药师传奇

王岭群 著

中国文联出版社

图书在版编目（CIP）数据

药师传奇 / 倚山令著. -- 北京：中国文联出版社，2023.6

ISBN 978-7-5190-5196-9

Ⅰ．①药… Ⅱ．①倚… Ⅲ．①长篇小说－中国－当代 Ⅳ．① I247.5

中国国家版本馆 CIP 数据核字（2023）第 097666 号

著　　者　倚山令
责任编辑　闫　洁　王　萌
责任校对　秀点校对
装帧设计　中尚图

出版发行　中国文联出版社有限公司
社　　址　北京市朝阳区农展馆南里 10 号　　邮编　100125
电　　话　010-85923025（发行部）　010-85923091（总编室）
经　　销　全国新华书店等
印　　刷　天津画中画印刷有限公司

开　　本　710 毫米 ×1000 毫米　1/16
印　　张　16.75
字　　数　270 千字
版　　次　2023 年 6 月第 1 版第 1 次印刷
定　　价　49.00 元

版权所有·侵权必究
如有印装质量问题，请与本社发行部联系调换

目　录

第1章	深山靓妹别有情	001
第2章	狭路相逢难退身	008
第3章	柳暗花明会有村吗	013
第4章	险象环生的蛇王宫	019
第5章	夜踩八卦	024
第6章	神秘的阴阳果	029
第7章	江南蛇王是个传说	034
第8章	龙蛇本一类，是蛇三分龙	039
第9章	心病还须心药治，一语惊醒梦中人	043
第10章	三教九流五行八作之外	048
第11章	生活是激流，处处有浪花	053
第12章	扑朔迷离难识真面目	058
第13章	心不可两持，事不可反复	063
第14章	药不治假病	068
第15章	一声炮响带来的姻缘	073
第16章	扭曲的人生道路	079
第17章	人生不相见，动如参与商	084
第18章	强塞到手里的鲜花	089
第19章	扔美人蕉惹出的祸端	094
第20章	不爱鲜花爱美人	099
第21章	英雄流血不流泪，只因未到动情时	104
第22章	人生自古多恩怨，芳心岂能轻易换	109
第23章	阴晴圆缺古难全	114
第24章	月儿皎皎也朦胧	119
第25章	洞房花烛夜	124
第26章	月有阴晴圆缺	128
第27章	萧瑟秋风下，人比黄花瘦	133
第28章	生活的路没有一马平川	137

第 29 章	可以共忧患，而不可以共安乐	141
第 30 章	真正的感情	146
第 31 章	希望之光	150
第 32 章	男儿当自立	155
第 33 章	青春韶光	160
第 34 章	同是天涯沦落人	165
第 35 章	早知灯是火，饭熟已多时	170
第 36 章	回乡探望	175
第 37 章	享受重逢欢乐，却又一个劲地去怀旧	180
第 38 章	喜则同笑，悲则同泣，怒则同呼，哀则同号	185
第 39 章	峰回路转又一村	190
第 40 章	人上一百，形形色色	195
第 41 章	将心换心	200
第 42 章	"白虎探爪"与"青龙盘掌"	205
第 43 章	解透人心是世界上最深的学问	209
第 44 章	蛇场风波	214
第 45 章	做贾家女婿吧	219
第 46 章	能遥控的酒	224
第 47 章	许红珠来探望	229
第 48 章	装迷作哑是老翁	234
第 49 章	占地工的风波	239
第 50 章	义断亲疏只为财	244
第 51 章	外地和尚会念经	249
第 52 章	以德报怨是人生的最高境界	254
第 53 章	创业的路是漫长的跑道	259

第1章 深山靓妹别有情

"你叫什么名字？"土家坡乡副乡长兼劳务输出办公室主任萨球和亲切地问一个准备外出务工的小伙子。

"我叫土坷垃，大浪沟村的。"小伙子毕恭毕敬地答道。

"什么？什么？"萨球和一本正经地说，"我问你名字呢！"

"我就叫土坷垃，俺村有一半都姓土。"那个自称土坷垃的小伙子解释说，"坷垃两个字就是地里面坷垃蛋子的坷垃。"

"你怎么不叫砖头？"萨球和终于弄明白了，调侃地说了一句。

"俺村有个邻居叫砖头，比俺大两岁，不能重他的名。"坷垃解释说。

"你们两家是开窑厂的吧？不是砖头就是坷垃。"萨球和笑了起来。

"俺家三代单传，小时候俺爹怕俺养不活，就给俺起了个人、鬼、神都不待见的最贱的名字，说是好养活。"坷垃解释说，"上学时老师根据谐音，把坷垃两字变成克拉，就是一克拉等于0.2克的那个质量用的克拉。可是下学后村里人仍然叫俺坷垃，就连身份证也写成了坷垃。只好又变回来了。"

"哎呀，你这名字还挺复杂的。"萨球和打趣地说，"有历史渊源啊！"

"反正也没有参加工作，就这么凑合着叫呗。"坷垃有点不好意思起来。

"你准备到什么地方打工？咱们乡和南方很多城市都签有劳务输出合同，乡里可以推荐你去那里打工。"萨球和介绍说。

萨球和说的是实话，前几年乡里年轻人到外地打工的很多，但零零星星外出的人员毫无目的到处乱跑，有的花光了盘缠还没有找到工作，还有不少人上当受骗，弄得苦不堪言。为了帮助乡里的年轻人外出打工，乡政府领导们亲自带队外出考察，和一些城市的人力资源部门签订了劳务输出合同，这些农民工由乡劳务输出办公室介绍，和当地的人力资源部门对接，既保证了这些农民工到了地方就能立即上岗，又能保证农民工的合法权益。

"我想去浙江。"坷垃说。

"去浙江什么地方啊？"萨球和进一步问道，"是不是想去杭州、温州、金华、嘉兴、湖州？那里企业多，用人也多。那里的人力资源部门

和咱们乡都有劳务输出合同，工作也有保障。"

"我想去双童山。"坷垃冒出了一句没头没脑的话。

"什么，什么？"萨球和一下子没有听明白。

"双童山。"坷垃又重复了一遍，"双是单双的双，童是儿童的童，山是大山的山。"

"双童山在哪个城市或者地区？"萨球和疑惑地问道。

"我只记得在浙江省，具体，具体……"坷垃一下子没有想起来。

萨球和翻开浙江省地图，找了半天，终于在丽水市下面的一个县里找到了一个叫双童山的风景区的名字，忙问道："你是想去双童山风景名胜区吗？那里和咱们可没有劳务输出合同，再说去风景区打工概率也很低啊！"

"这个双童山在什么县？"坷垃又问道。

"在丽水的县。"萨球和在地图上指给他看。

"是这里，是这里！"坷垃终于想起来了，说，"俺有个同学在浙江当兵，我是听他说的双童山。"

这仍然是一句没头没脑的话，听你同学说过双童山，你就想去双童山啊？你去那里能干些什么？不会是去双童山风景区旅游吧？你现在恐怕还不太具备外出旅游的条件啊。萨球和毕竟是个有修养的人，不会说出让坷垃难堪的话，还是温和地问道："你是想去找你当兵的同学介绍工作吗？"

"不是，我那同学已经退伍了。"坷垃赶忙说。

"那你去那里是想干什么？"萨球和似乎觉得自己被绕进去了，他真的被弄糊涂了。

"我去找一个人。"坷垃终于说出了他去的目的，"我去找一个人拜师学艺。"

"拜什么人为师，学什么艺啊？"萨球和仍然不明就里，问道。

"我那个同学听人说过，双童山有一个号称江南蛇王的人，有饲养双头白花蛇的绝技。"坷垃说到这里，两眼泛出亮光，带着一种无比崇拜的神态说，"那双头白花蛇可是稀有药材，蛇毒堪比黄金，如果学会了这门绝技，我就可以回家乡致富了！"

"那江南蛇王叫什么，到底在什么地方你知道吗？双童山是个地区，地面很大的呀！"萨球和终于明白了坷垃此行的目的，出于关心又进一步问道。

"不知道叫什么，也不知道具体在什么地方。"坷垃似乎有点泄气地说，"所以来找你们，帮助介绍一下，我好去那一带找。"

萨球和无语了，他向外介绍过不少务工人员，有纯属出去打工的，做什么都行，不挑不拣；有的有一技之长要求定向去打工的；还有的想外出学技术准备学成回家创业的。但都是去大中等城市，唯有这一个另类是去深山老林的，而且是去学闻所未闻的养蛇技术。真的会有这种技术吗？萨球和第一次听说。不过他确实见过有卖用双头白花蛇炮制的药酒，那价钱好像是挺贵挺贵的。可见这种蛇的稀有，既然如此稀有珍贵，那说不定会真的有人饲养。不过即便真的有人饲养，也没有地方去介绍啊。何况即便有这种绝技，也绝非等闲之人，人家肯收徒弟吗？再说没名没姓没地方的，怎么介绍啊？

萨球和看着坷垃那泄气中带着失望的神色，不忍心让这个小伙子乘兴而来败兴而归，何况作为一个劳务输出办公室主任，他有责任帮助自己的乡民外出务工，哪怕是出个介绍信也好。萨球和略一思索，便填写了一份介绍信似的公函：

尊敬的江南蛇王先生：

久闻先生如雷大名，我土家坡乡上下莫不高山仰止，叹为观止！乡民土坷垃更是视先生为先贤大德，愿诚拜先生足下，乞学高艺，唯此为大。望先生不以竖子愚钝，广施恩泽，以了其愿。

既颂

师安

楚东县土家坡乡劳务输出办公室

填好这张类似介绍信的公函，萨球和长长地出了口气，也不管文字是否通顺，反正自己就这么个水平，再说也来不及详细推敲，盖上公章以后交给了坷垃。坷垃接过公函，仔细一字一句琢磨了半天，不由得对这个父母官肃然起敬起来。他不但如此动情地写了这么多文字，而且对这个近乎传说的江南蛇王几乎是恳求，要他收自己为徒弟。坷垃暗自庆幸自己碰上了这么一个贴心贴肺的好官，不由得两眼湿润了……

"东方欲晓，莫道君行早。踏遍青山人未老，风景这边独好！"坷垃口中吟咏着《清平乐》词，踌躇满志地行进在山间小径上。微风乍起，轻轻摇曳着山林，像殷勤地为大山梳着满头的秀发。

这是一条崎岖而又古老的小径，小径静悄悄的，显得寂静而又空旷。四周静得有点怕人。一个人走山路是有点无聊的，开始小径边的野花还不时地微笑点头，走着走着就剩下脚底硌脚的感觉了。翻过一个山口，坷垃突然发现前面隐隐约约地飘着一片米黄色的头巾。

这一发现使坷垃喜出望外，在这近乎蛮荒的山野小道上，要有一个人同行那可是太好了。坷垃不由自主地加快了脚步，急匆匆地奔走着，追赶着前面小径上那片素净淡雅的米黄色头巾。那女人走得真快，素净淡雅的米黄色头巾像片飘荡在半山腰中的彩云，倏而出现，转瞬即逝，似乎令人可望而不可即。

这山径实在太崎了，以至于无论站在哪个山头上，都看不到它的源头和归宿。也许它真是无穷无尽的。也许它并没有源头，也没有归宿，只是像枯藤缠绕着一棵巨大的老树那样，从山脚绕到山头，又从山头绕到山腰。一个山头尚未绕完，又从异峰突起的山峦中发现了新欢，突然伸出两臂，把另一个山峰拦腰抱住。

山径很古老，古老得谁都无法准确地考证它的年月。拐弯处几级刀劈的台阶，经过岁月的风雨侵袭，早已变得面目全非，留下的只是一些隐约可见的残迹。

野藤和杂草似乎怜悯它的孤独和寂寞，用肥嫩的枝叶尽情地在它身上覆盖着，抚摸着；几簇带刺的野蔷薇像个多情而又撒娇的少女，把淡黄色娇艳的笑脸毫无顾忌地贴在它的身上，似乎是在作温柔的悄声絮语。

自从那片米黄色的头巾出现之后，坷垃内心一下子放松了许多。只有在这个时候，他才真正有了一种回归自然的感觉，才领略到了大自然的原始的和谐之美。

可是那片素净淡雅的米黄色头巾在拐弯处飘荡了一下，倏地又消失了，像微风吹散了一缕山岚，带走了美好的希冀，给坷垃只留下了寂寞和惆怅。

像放风筝的人，生怕随风飘荡的风筝断了线会消失在遥远无际的天空里，坠落在无法寻找的丛林中；又像狩猎者突然间失去了目标一样，有一种前功尽弃的失望感。坷垃踌躇了一阵，终于又急急忙忙地向转弯处奔去。他不甘心那片素净淡雅的米黄色头巾就此失去。

山里的黄昏来得早一点，太阳还不曾下山，暮霭就已蔓延开了。

夕阳像熟透了的蜜橘，在苍穹与山峰的连接处画了一道动人的彩环。蔚蓝色的天空也立刻变得极其妖艳起来，像蒙上了一层城市人喜欢穿的、淡紫色的半透明的乔其纱，更淋漓尽致地体现了山区黄昏的柔软和温和。

山区的黄昏是恬静的。这里没有城里人讨厌而又避不开的那种喧嚣，路旁的野蔷薇和夜来香暗放着芳香，足以把人们带进一个温馨而和谐的太虚仙境。

"唰"的一声响，拐弯处稀疏的竹林中飞出一团东西，像从天而降的一条围脖儿，软绵绵而又凉冰冰地套在他的脖子上。

坷垃猛一愣怔，本能的自卫反应使他伸手去拉那条围脖儿，突然感到一股刺鼻的膻腥味向他袭来。这时他才发现，原来是一条比鸡蛋还粗的蛇缠在脖里。

骤然而来的惊恐，使他浑身像被电击了一般，绝望地叫了一声"哎呀"，便向后倒去。脖子里的花围脖儿似乎越来越紧，缠得他几乎透不过气来。那蛇的头正往他的脸上延伸，从那越来越强烈的膻腥味里他明显地感觉到了这一点。

"救命……"他呜咽着喊了一句，便绝望地闭上了眼睛。

稀疏的竹丛发生一阵沙沙抖动，随着响声，那素净淡雅的米黄色头巾又倏地一下飘了出来。

这是一位身材修长的少女。那一身打扮和时髦的城市姑娘没有什么两样。特别是那双淡黄色的旅游鞋更显得利索，一身淡青色新式风衣，把紧裹着的身躯勾勒出了几条明显的曲线。微黑的脸膛上显示着少女的妩媚，只是过分的自信和矜持，使这张本来应该是温柔的面孔变得冷艳逼人，那双不停转动的眼珠，流露出嘲弄、得意的光芒。

她以得胜者的姿态盯着斜卧在地上的坷垃，从那狡黠的眼神里可以看出，她是征服者。

"起来！"果然，她冷冷地朝对方喊着。

尽管这声冷冰冰的语言像石头蛋一样砸人，而此时坷垃却像得到救星一样猛地睁开眼来，又慌乱喊了声："救命——"

她没有动手救他，只是又往前跨了一步，像审讯俘虏似的问道："你是干什么的？"

"我……我……"从对方那带有敌意的目光里，他猛地悟出了什么，也明白了自己为什么会陷入这样的境地，结结巴巴地说："我，我是出外做生意的……"

"嘿嘿！"她冷冷笑了一声，仍然逼视着乞求般的他，问道："做生意的？鬼鬼祟祟地跟着我干什么？我看你这贼头贼脑的鬼样子，怕是做无

本生意的吧？"

"真的……"他感到脖子上的花围脖儿在一阵阵地紧缠着，他不敢动，他怕触怒这条蛇，要是被咬上一口，那就一切都完了，毒汁留在身上，救下来又有什么用。眼下，他清醒地感到，毒蛇那可怕的牙齿并没有刺在他身上，只是缠得他难受。他极力忍受着这种窒息的苦痛，乞求地说："我在县城里……看见你卖双头白花蛇……很赚钱，就想……想跟你学……学本事，就跟着你来了……并没有……没有坏意……"

她似信非信地盯着对方，尽管仍然带着敌意的戒备，但目光却比刚才柔和了许多。也许，她从对方身上并没有发现任何可以拦路抢劫的凶器，有点相信他不是那种歹人了。

"你是哪里人？"她从对方的口音中发现不是本地人，又问了一句。

"楚东县……"他突然想起了能证明自己身份的东西，说，"我口袋……有……介……介绍信……"

她犹豫了片刻，终于走上前去。从对方的褂子里摸出了一张折叠得周正的介绍信。

介绍信

沿途各地：

兹介绍我村青年土坷垃前往浙江、江西等地学习养殖牛蛙技术，请予接纳为盼！

　　此致

敬礼

楚东县土家坡乡大浪沟村村民委员会

这是一封临出发时，村委会给他开的介绍信，他装在外面的口袋里。至于乡劳务输出办公室开的那封公函，他珍藏在挎包里，不见江南蛇王他是不会拿出来的，也不会说出来。

也许是介绍信后面那红圆圈圈起了作用，她翻过来掉过去地看了两遍，终于相信了对方的身份。

她转身又进了那片稀疏的竹丛，提出了那只方方的精制的竹篮儿，又快步来到他的跟前。他早已是满头大汗，不知是憋出的热汗还是惊吓出的冷汗，脖子上的青筋绷得豆角一样，脸色也变成了紫红色。

她用纤纤的手指在一个小塑料袋里摸了摸，似乎是要沾上一点什么药,然后迅速地打开了竹篮的上盖。她把打开盖的竹篮贴在坷垃的脖子上,用在塑料袋里摸过的纤纤细指轻轻地接近蛇头。一瞬间,那蛇像突然间断了筋骨一般软瘫下来,"花围脖儿"在脖子上挂不住了,慢慢地掉进了竹篮里。

坷垃终于能张开大嘴,他深深地吸了几口山里的新鲜空气,仿佛要把刚才窒息的胸腔狠狠地填满,山里的空气竟是这样的甜润,像是被蜂蜜拌了一般。随着吐出的几口浑气,他头上的汗珠像豆粒一样滚落下来。

也许是由于刚才的误会引起的恶作剧使她感到不安,或者是她有意打破难堪的局面,她那长长的脸上冷艳顿收,山里女子特有的那种野性也被温柔和怜悯代替。她掏出一只印有西湖旅游图案的花手帕,递给对方擦汗。

"不,不。"他感激地推让着。少女突然间的关心倒使他变得极度不安起来,胆怯地往后退着,习惯地用袖口在脸上胡乱抹了一把,与其说是擦汗,倒不如说是掩饰眼下的尴尬。

她"噗"的一声笑了,原来这是一个没出过门的老实巴交的青年后生。刚才,她却把他当成了歹人。

第 2 章　狭路相逢难退身

"你叫土坷垃？怎么起了这么怪的一个名字？"她恢复了少女那欢快的神态，笑着问道。

气氛比刚才融洽多了，他没想到穿戴如此阔气的姑娘，竟会用如此亲切的态度对待他。乡下人的自卑感，在这个衣着华丽的女人面前，使他首先觉得自己矮了三分。

坷垃这时候才敢正眼打量站在自己面前的这个女子，这就是他在县城医药公司外面碰上的那个姑娘。她当时好像并不是这般打扮，好像当时她没有穿这个外罩，到山里以后才加上去的，也没有顶这个米黄色的头巾。

他初来乍到这个县里，下了汽车自然要到城里转转，了解一下怎么去双童山。说实话，尽管萨球和给他写了那么一封充满恭敬、热情和期望的介绍信，可要去双童山找到这个连名字都不知道的江南蛇王，谈何容易。双童山是个地名，双童山方圆绵延几百里，里面大大小小不知道有多少个小山村，没有准确的地方贸然去找一个人，跟大海捞针也差不了多少。可这江南蛇王就是个神龙见头不见尾的近乎传说中的人物，哪里会有他的准确地址呢？

正当坷垃踌躇不前的时候，他鬼使神差地转悠到了县医药公司的门前，看到不少人在围观。他怀着好奇的心理挤进去一看，原来人们在看一个姑娘笼子中的双头白花蛇。不少人啧啧连声地赞叹，还有人说他得了严重的风湿，愿意出高价购买去泡酒，都被这姑娘一一拒绝了。

"我们跟医药公司订的合同，这些都是给他们送的。"姑娘解释说，"人要重合同守信用，你就是出再高的价钱我也不能卖。"

"你什么时候还再来啊？我们也先订几条。"有人不死心，想预约订货。

"这不一定。"姑娘诚恳地说，"不过下次我可以多带一些。你们可以给我留个地址和联系方式。"

"好，好！"随着呼喊声，不少人都递上名片。

这种喧闹的场面持续了好大一会儿，直到医药公司的人闻讯出来解围，人们才悻悻地散去。

意外地碰见这种场面，坷垃心里一动，不由得又惊又喜。莫非是踏破铁鞋无觅处得来全不费工夫？这姑娘会不会是自己要找的那个江南蛇王？可是这个念头出现只是一刹那，坷垃就自己把自己否定了。他在这一带当兵的同学把江南蛇王描绘得神乎其神，如仙如妖，如神如圣，怎么可能是一个如此年轻的小丫头？这姑娘充其量也不过二十岁，大小和自己也差不了多少。自己如今还是一事无成，四处漂泊寻觅出路，她怎么可能是传说中的江南蛇王？这也未免太夸张了吧？坷垃有点嘲笑自己是个幻想主义者，哪能碰上这么蹊跷的事情。

可坷垃毕竟是个逻辑性思维很强的人，立即就做出了如下判断：这姑娘的出现起码可以说明两个问题，第一，如果她不是所谓的江南蛇王，那就说明这一带能饲养白花蛇的不只是蛇王一家，也许还有若干家。不过从人们刚才对那姑娘的求购热度来看，可能也不会太多，因为这毕竟是一门绝技，不可能有太多的人能干并掌握得了，如果那么轻易就能掌握，那还称什么绝技。第二，这姑娘即便不是江南蛇王，说不定和江南蛇王会有什么关系，也许会认识江南蛇王，同行之间总是会相互知道的。退一步说就算她真的不认识江南蛇王，起码她也掌握饲养双头白花蛇的绝技，自己何不拜她为师学艺？难不成非要吊死在一棵歪脖子老柳树上吗？

可是转念一想似乎也有不妥，这姑娘说不定还没有自己年龄大，真要拜她为师还怪难为情的。"师父"二字叫得出口吗？

坷垃是个跳跃式思维的人物，思维的跨度有时候很大。当他这个念头刚刚出现的时候，突然间一个扬弃之扬弃便出现在他的脑海。他似乎是找到了答案，似乎是找到了否定前一个的根据，那根据就是《师说》上的一段话："生乎吾前，其闻道也固先乎吾，吾从而师之；生乎吾后，其闻道也亦先乎吾，吾从而师之。吾师道也，夫庸知其年之先后生于吾乎？是故无贵无贱，无长无少，道之所存，师之所存也。"

要说坷垃在学校确实是个好学生，对老师那是尊崇有加，对《师说》这篇文章背得滚瓜烂熟，而他自己也正是遵照这个先贤教诲去做人做事的。这无疑给他找这个小姑娘拜师提供了理论支持和心理安慰。

"就跟定她学艺了！"坷垃心里暗暗下定决心。

可下决心归下决心，现实却很骨感。在医药公司外面那么多人围着，他根本就和那姑娘搭不上话。他是个意志很坚定的人，别人都说这叫死心眼。他认定了的事情，就算碰到南墙也绝不回头。他有自己的方法，

在门口死等，就不信你不出来。

果然，过了一个多小时，也许是两个小时，那姑娘终于从医药公司出来了，满脸带着喜气，可见在里面谈得很顺利，一切都很完美。坷垃看到这种情况，赶忙趁机上前搭讪。也许是他太唐突了，也许是那姑娘没有任何心理准备。看到斜刺里冲出来一个人拦住去路，那姑娘大吃一惊，本能地捂紧了挎包。看来那姑娘刚刚在医药公司结算完账，挎包里面肯定是货款。坷垃的突然出现，使姑娘产生了极大的疑心，把他当成别有用心的人了，或者当成了抢包的那种人了。

由于高度的戒备心理，坷垃最终没有和姑娘搭上话。坷垃似乎也意识到了对方的戒备心理，可又没有办法对她解释。这时候你如果跟她说想拜师学艺，那真是鬼才相信呢。有些飞车党就是专门盯着银行的门口，看到有人从银行提款出来，就飞车向前抢过包飞驰而去，所以在银行门口和你搭讪的人都值得戒备。她刚刚从医药公司结完账，包里肯定是货款，自己这个时候突然出现去和她搭讪，能不引起她的怀疑吗？因此这种误解一时半会是无法消除的，再怎么解释她也不会相信。何况也没有这么拜师的，人家凭什么信你？

尽管一时搭不上话，坷垃仍然不愿失去这次机会。那种撞倒南墙不拐弯的拗劲又上来了。他决定跟着这个姑娘，到她家里以后再正式提出拜师学艺，大不了再拿出乡里萨球和给他写的介绍信。尽管那介绍信是写给江南蛇王的，但总能证明自己的身份，证明自己确确实实是出来学艺的，也许她会相信。有道是精诚所至，金石为开，只要自己尽到精诚，做到所至，那金石总会开的。人心都是肉长的，不信就感动不了她。

他选择了远距离跟踪，远到不能再远的距离，远到若即若离的境地。功夫不负有心人，一路下来那姑娘真的没有发现坷垃在悄悄地跟踪。坷垃正在暗自庆幸自己的初战告捷，谁知道跟到山里的小径上，三转两转就跟丢了目标。虽说跟丢了，可坷垃立即冷静地判断，这姑娘一定还在这条山路上。因为他没有发现岔道，也没有发现附近有什么村庄存在。因此他断定对方一定还在山里。

果然，不多久他就发现了那条米黄色头巾。他并不敢断定那米黄色头巾就是那卖蛇的姑娘，但总得追上去看看。万万没有想到竟会落到一个如此的结局，这时候他才明白，也许那姑娘进山以后就发现了他，所以才穿上外罩又顶起来米黄色头巾。以这种情况结束，落到这种下场，坷垃真有点后悔，后悔自己做出的那种草率的跟踪决定。可这能怪他吗？

他并不是急功近利的人，可是几度的创业失败，几经磨难和折磨，他简直感到无路可走了。古语说："能遭天磨为铁汉，不被人妒是庸才。"他遭尽了天磨也没有变成铁汉，倒是真的没有人妒忌他，谁会妒忌一个一无所成的人呢？也许他真的是个庸才。

可从内心深处他又不觉得自己是个庸才，他甚至觉得自己是个卧虎，只是没有站立起来罢了。他有点不服气，他信奉一个哲人说的话："薄底开花晚，穷人发迹迟。虽说蛇无脚，腾空也未知。"他有时候甚至觉得自己就是一条无脚的蛇，说不定什么时候也真的会腾空而起。他更信奉另一句哲人的话："腾跃龙首亦为龙。""我现在虽然是一条无脚的小蛇，说不定哪天一跃而起跳到龙的前面，那我也是一条龙。"

要说起来，坷垃也并不完全是个幻想主义者，作为五尺高的年轻后生，他并不乏男子汉特有的那种血气，也并不乏聪颖和智慧。在大浪沟那个并不太大的小村庄里，他也是数得着的精明强干的后生。听父亲说，他们家本不是大浪沟的正宗，尽管和大浪沟的人同姓一个土字。老辈人暗地里传说，他们祖上原是犹太人。念过中学的他心里非常清楚，生活在汉民族的这个海洋里，他们早被同化了，恐怕谁也说不上来他是第几代混血儿了。事实上，他也根本没读过《旧约全书》或《新约全书》，也说不上来耶和华神的来历。从他记事的那一天起，他就看到家里人和大浪沟的人同样过春节，在喜忧大典和红白喜事上，再也分不出和同村的人有什么区别了。

尽管他不知道自己是第几代混血儿，他仍然非常漂亮，高高的个头，深深的眼窝，配上一双略呈黛绿色的眼珠，显示出内在的聪颖和敏慧；鼻子尽管早已不再呈什么钩形，但仍然显露出高高的鼻梁，加上天生的嫩白皮肤，也称得上是一表人才。

在学校念书那阵子，他和许多雄心勃勃的同龄人一样，一心要跃过龙门。但在这样一个教学质量不高的乡镇中学里，鲤鱼跃龙门又谈何容易。

他为自己的命运哀叹过，觉得冥冥之中似乎有一种什么东西主宰着自己的命运。那《名贤集》上分明写着"白云朝朝过，青天日日闲，自家无运至，却怨世界难"。他觉得凭自己的智力商数和天赋，只要给一根竹竿他就可以上天，可偏偏在这大千世界里，没有人给他这样的竹竿。

"哀叹"并不等于心死。他决心在其他方面显示自己的才华了。他上了函授，而且取得了很好的成绩。但在大浪沟，函授并没有改变多少他的命运，他决定搞实业了。

眼下，随着农村的改革，大浪沟的村民们再也不会为吃到白面馍而发愁了，但经济上的贫穷仍然像一条又粗又长的绳索紧紧缠绕在身上，使人们欲动不能。

作为新一代有文化素养的农民，他想得更深、更远一些，野心也更大一些。他相信梁生宝时代的创业已经过去，新时代的创业会更加辉煌。他决心要闯一闯这条创业之道了。

大浪沟人和北方很多庄户人家一样，习惯于千百年来的农家生活方式，日出而耕，日落而归，把自己拴在几亩责任田里，守着馍筐而不再作其他非分之想，自乐在一日三餐的农家生活之中。

他决心要打乱大浪沟人的这种生活方式，用新的价值观念来唤起人们新的向往和新的追求。

第3章　柳暗花明会有村吗

他在创业之路上并不顺利。一开始，他凭大浪沟坑、河、沟、汊多的特点，从外地买了一批鱼苗，养在塘里。可偏偏天不作美，一连数日大雨，沟满水流，鱼苗随着河水付之东流。听说外地养鸳鸯发了财，他借了一笔钱从外地买回来百十只，没想到长大以后全部是公鸭，天下竟有这么多骗子！

凭着年轻人的一股血气，他并不甘心自己的失败。听说江南有养牛蛙的，就和同村好友赵艮瓜又一起出来了。事有凑巧，在城里发现这卖蛇女子，看到一条小小的白花蛇能换来一张"大团结"，他突然间又改变了主意，也是鬼迷心窍，竟悄悄跟姑娘进了山，才受了这场虚惊。

眼下，他见这姑娘问起自己的名字，不由得感到一阵难为情。

他是土生土长的乡里孩子，就连起名字也摆脱不了当地的习气。他是家里的独根苗苗，从爷爷那一辈起，到他这一辈已经是单传三代了。家乡的习惯，越是娇养的宝贝，越是起一个最下贱的名字，为的是容易养大成人。算命先生说这孩子是水命，因此，家里人就给他起了个乳名叫坷垃。

谁知道这乳名一叫起来就不容易被人忘记，直到他入学的时候起了个大名，村里人还是照样叫他坷垃。

他从自己的名字中，似乎感到了一种打在身上的无形的烙印。乡下人那种挣不脱的自卑感，又使他感到惶惑和不安。

在同伴们中，他也算是伶牙俐齿，而且不乏自信和主见的。但在这个神奇而又陌生的姑娘面前，他有些愕然了。

直视女性的尴尬，使他避开对方那善意嘲笑的目光，嗫嚅着说："不怕您笑话，我小名叫坷垃。上学时，老师就用这个谐音，在报名册上写了'土坷垃'这三个字，以后就成了我的大名。"

"嘻嘻！坷垃，真有意思。一个漂漂亮亮的小伙子叫这么个名字。"她毫无顾忌地笑了起来，那放肆的笑声带着山里姑娘特有的野性味。"笑莫露齿，言莫高声"的古老闺训，与她是无缘的。她生长在深山老林里，长期与鸟兽为伍，她喜欢无拘无束，自由自在。看着五尺高的男子汉在

她面前扭扭捏捏的,她感到一阵好笑,嘲弄地说:"怪不得你看到长虫这么害怕,长虫钻坷垃呀!一物降一物!"

对方的话尽管带着戏谑,他却突然感到一阵余悸。想起刚才的情景,真还使人有点后怕,不由得毛骨悚然地说:"你还怪会说哩,那咋不怕?我听人说,被蛇咬上一口,跑不了七步就没命了,那能是闹着玩的吗?!"

"嘻嘻!"她笑得更欢了。那神态仿佛是嘲弄对方无知,又仿佛是觉得对方诚实得可爱,"我再缺德,也不会放蛇去咬人!那是一只拔过毒牙的蛇!"

"啊!原来是这样!"他长长地松了口气。猛然间,眼前这个少女的形象在他面前变得美好起来,原来这是个心地并不坏的人。"怪不得那蛇只往我脸上舔,却不咬我。"他笑了。

"别生我的气。"她替对方拾起那只破旧的黄挎包,歉意地说:"我并不是有意吓你,在这种地方,你一个男人家老在屁股后面跟着我,太阳快下山了,我不得不防。"

"不生气,不生气。"他感激地接过挎包说,"都怪我不好,惹人烦。"

她笑了,咧开的嘴像一弯月牙,以至于整个脸上都呈现出甜蜜的和谐美,一种略带野性的敦厚的美,这也许是山里人的另一种性格。误解虽然消除了,但毕竟是萍水相逢,他们是陌路人。她挎起那只精巧的细竹篮,又把篮盖扣紧,转身欲走。

"大姐……"他似乎意识到了某种结局,又急忙叫了一声。虽然刚才受了一场虚惊,总算是有了攀话的机会。如果失去了这种机会,他这趟进山不是白跑了吗?

她闻声转过身来,似乎早就预料到他还有话说,静静地等待着。

他不知道该怎样称呼合适,仔细地斟酌着自己的语言。可一抬头,在对方那直视的目光下又变得胆怯起来。他实在不善于和女人攀谈,特别是在这种幽静的地方一个人和年轻女子攀谈。这一瞬间,他觉得背上渗出了一层细细的汗,而这种汗和刚才头上的淋漓大汗是不同的,尽管都是由于紧张。出前一种汗时他觉得浑身发凉,血管暴胀,似乎是从身上的汗腺中拧出来的;而后一种汗是不知不觉地渗出来的细汗,他觉得脸上微微有点发热,似乎是从细胞中溢出来的。

"你这个人也真是。"她从对方那吞吞吐吐的样子里,发现这是个老实得可爱的角色,就说,"我还没见过像你这样子的,有话不会说,只会悄悄地在后面跟着。"

"我不大会说话。"他自嘲地笑了笑，歉意地说，"特别是一急，就什么也说不出来了。"

他何尝不想痛痛快快地向她说明：我是来学艺的，想向你学养双头白花蛇的手艺，回去也搞养蛇，也赚一笔钱。但是，他不能这么直截了当地说出来。

外出学艺，他吃了不少闭门羹，才知道要想跟别人学点本事，实在不容易。他过去常听人说，手艺人没有一个不是自私的。也许，"同行是冤家"的这种传统观念决定了手艺人的这种自私狭隘。他常听人讲，有些绝招的手艺人，是绝不肯轻易外传的。即使在一个家庭里，有的也只传儿子，连姑娘都不传。他轻易地向别人提出学艺，人家会答应吗？

他外出学养鸳鸯那阵子，白白给人家干了好长时间的活儿，结果啥也没学到手。后来发发狠，从另一个地方买了百十只小鸳鸯，没想到受了骗，长大以后全是公鸭！眼下，这饲养双头白花蛇显然是一种更绝妙的手艺，她更不会轻易外传。他不得不小心从事了。

"大姐，我们那里穷得很，我想出来帮人家做个活儿。你能不能帮帮忙，工钱好说，给多少都行。"他思忖了一阵子，终于试探着说。

"做帮工？我们这里可不缺人哪。"她狡黠地笑了，似乎看透了对方的隐秘，"你那介绍信上不是说，想出来学养牛蛙吗？怎么又想当帮工？"

"唉，想学是想学，可谁肯教啊！"他长长地叹了口气，一肚子气不觉涌上心头。一塘鱼苗随水而去，百十只小鸳鸯全变成了公鸭，几次的失败，在他心头积压了一层厚厚的阴云，不觉眼睛湿润了。男儿有泪不轻弹，只因未到伤心处。虽然眼前这陌路女子并不是可以倾诉的知音，但他还是委婉地吐露了自己的苦衷，以期得到她的同情。恻隐之心人皆有之，她也不会例外。对落难之人的冷漠和麻木，除非是铁石心肠。何况一般来说女人的心肠都是极软的，都是富于同情心的。

有道是哀兵可以制胜。果然，一个五尺高的男子汉表现出来的哀怨情绪，使对方受到了很大感染。她长长地叹了口气，一种怜悯之心复苏了，深表同情地说："想学点技术是不容易呀，非亲非故的，谁肯尽心教。就说连那贴广告的学习班吧，哪个不是为了赚钱，真本事哪里肯舍得外传。"

"谁说不是的！那些人恨不得把天下的钱都赚到他自己手里！连指头缝里都不想露出半个子。钱越多越想赚，越多瘾越大，越怕别人学他的

本事。像我这可怜巴巴的人，跟谁学去！"对方的话勾起了他的伤心处，他真的动起感情来。

"就拿刚才来说吧，我原也打算跟你学点养蛇技术，现在我觉得这种想法也是很不现实的……"他略一停顿，看了一下对方的脸色，想从对方那面孔上的细微变化中，捕捉到某种信号。但是对方脸上没有任何信号发出，似乎早就意识到他会这么说。他失望了，苦笑着摇了摇头，自嘲地接着说，"现在我已经心灰意冷了，什么也不想学了。既然出来了，就找个活儿干干，赚几个盘缠好回家，安安分分地过日子。"

山里女子并不乏机敏，那机敏，那闪着聪颖和智慧的眸子里，早已摄下了对方内心的秘密。她确实是个富于同情心的人，叹了口气，有些为难地说："就冲着你这点诚心，在大山里跟我这半天，我也想收留你……"

像浓云密布的天空突然出现一道裂缝，一束祥光照顶，他猛然感到一线希望，感到一种吉祥之神的光临。他浑身一阵颤抖，眼里闪射着喜悦之光，他凝神地听着，注视着，心几乎提到了嗓子眼。

"唉！"她又长长地叹了口气，眉宇间笼罩着一片阴云。她似乎不愿说下面的话，可事到眼前又不得不说，"实话告诉你吧，我爹是个很严厉的人。桃花坞镇上的贾货，和我爹是多年的老相识，他想来学本事，我爹都不肯教他。当然，他们老辈人之间可能有什么难于启齿的事。不过，从我爹对贾货的态度来看，他是不肯轻易收徒弟的，我劝你还是别……"

姑娘的直言忠告，像一声惊雷，使他从五彩缤纷的幻梦中跌落下来，回到眼前严峻的现实之中。

他长长地叹了口气，默默无言地站了一会儿，失魂落魄地往回走去。

残阳像一盏耗尽了的豆油灯，那一点余晖早被浓浓的暮霭吞噬。

"回来！"她朝渐渐被夜幕吞没的背影喊了一声，说不上来这是什么滋味的喊声。也许是"境由心造"的原因，在他听起来，这声音如雷贯耳，如福音来临。他默默地停下来，在夜幕中望着那苗条的倩影和明亮的眼睛。尽管那眼睛根本不会像童话中的白雪公主一样闪闪发亮，但他还是希望它晶莹发亮，像北斗星一样。也许他此刻最需要的是照亮他前程的北斗星。

"下山还有几十里路。天这么黑，你怎么回去？"她到底是个女子，想得很细。

"慢慢摸吧。"虽然对方的答话仍使他失望，但他还是感激地说，"我一个男人家怕啥，身上啥也没有，谁还会找我的麻烦。你就放心吧。"

"你没走过山路,夜里会出事的。"她仍然不放心,往前走了几步,说,"弄不好摔下去,可都是我造的孽。还是我送送你吧。"

"不,不。我怎么能让你送。"他真的受感动了,连连推辞着。尽管对方的好心使他受到了某种抚慰,但男子汉的尊严使他变得固执起来,他怎么能让一个女子送自己。"谢谢你,再见。"他失急慌忙地朝前赶去,好像迟一步会被对方抓住似的。

"回来!"她又喊了一声。这一声不算很高,但在寂静的山径上却显得很威严,给人一种不可抗拒的感觉。

他终于被这喊声震慑,尽管没有回来,但还是站住了,在夜幕中静静地等待着。

她快步走到对方跟前,伸手夺过对方那破旧的挎包,说:"既然你不叫我送,那就跟我回去吧。我家快到了,在我家住一晚,明早再下山。出门在外的人也真不容易。"

"这,这……"他感到有些意想不到,一瞬间乱了方寸。

"你不是想学本事吗?"她狡黠地笑了笑,说,"见了我爹碰碰运气吧,要是你和他有缘分,兴许会传授你一点。"

"真的?"他喜出望外,两眼又冒出希望的火花,仿佛那北斗又突然间亮了起来,"我听大姐的,走!"

"别大姐大姐地叫,咱俩谁大还不一定呢!"叫得人怪难为情的。

"南京到北京,大姐是高称。"坷垃说,"叫大姐是对您的尊重并不是说您比我大。"

坷垃明白很多女孩子的心理,她们都希望自己年轻一点,很多人甚至于不轻易说出自己的年龄。别看有些女孩子骂人时张口一个姑奶奶,闭口一个老娘的,你要是真的叫她姑奶奶或老娘的,她肯定骂死你。这就是女孩子的心理。

"是南京到北京,大哥是高称,你有没有搞错啊!"对方立即纠正地说。

"这不都一样吗?是一个理。"坷垃解释说。

"当然不一样,男女是有别的。"对方说。

"我真的不明白。"坷垃有些歉意地说。

"那我给你批讲批讲吧。"对方说,"大姐一般有两个含义:一种是德高望重的人,大家都称之为大姐,这些和年龄辈分没有关系,只是一个尊称,但这些德高望重的女性一般都比较大,都有地位;还有一种就是黑社会的人也把他们的女头头称为大姐。你说我该是哪一种呢?"

"您当然哪一种都不是。"坷垃终于明白了对方的忌讳原因，赶忙说道。他想改口称对方妹妹，或者阿妹，但他确实不敢。哥哥妹妹这个称呼有点过分亲昵，甚至于有点暧昧；阿哥阿妹的更是电影上热恋中的男女的称呼，他不敢和对方攀亲近。如果她肯收留自己学艺的话，那更是要泾渭分明，师父就是师父，徒弟就是徒弟，隔着辈分呢！如果见到江南蛇王，他肯收自己当徒弟的话，那再改口叫她师妹也不迟。现在叫有点唐突，也不合适。人在屋檐下不得不低头，他是出来求人的，自然是比别人低半截儿。

坷垃不知说什么好了，就干脆什么也不叫，就给她来个呼哈，什么也不称呼，到她家里见到江南蛇王再见机行事。

第4章　险象环生的蛇王宫

山里的夜路可真难走。月亮无私地把银灰色的光洒在山径上，可走起来还是感到高一脚低一脚的，叫人不敢放开步子。小径两边的草丛也失去了原来的娇嫩柔和，变得影影绰绰的，叫人分不清哪是山径的边缘和沟壑，提心吊胆地不敢下脚。他只好紧紧跟在姑娘后面深一步浅一步地走着。

山里的灯火真像倒挂在天幕上的星星，一闪一闪，令人可望而不可即。刚才还看得清清楚楚的，一转眼又什么都看不见了。咫尺之间，又那么遥远。姑娘早就指着山坳中的灯光，说是快到了。可他不知道山里的路为什么这样长，上了几个坡，下了几个坡，灯光还在前头闪烁。

她一直很少说话，正在思索着回去以后怎么向父亲解释带回来这么个陌生人，父亲埋怨起来怎么对付。

同行了一路，他连对方的名字叫什么都不知道。别人不讲，他怎么好开口去问？特别是对姑娘，弄得不好会引起人家疑心的，何必无缘无故地讨人嫌？应该说，他智力商数并不算低，想得很周全，也称得上是个心灵慧秀的角色。他觉得这次求师成不成功，第一印象很重要。他要以稳重和诚恳给对方第一印象。他听人常说，精诚所至，金石为开。他要用自己的精诚感动"上帝"，尽管他实在想象不出来要见的上帝是什么样子。

他正在胡思乱想地消磨着时光，没提防"呼"的一声，一个毛茸茸的黑家伙迎面扑了上来。它竟没有发出一点响声。

他猛一个愣怔，月光下，清楚地看见那畜生往前一跃，直挺挺地立了起来，前爪扒在那姑娘的身上。他心中蓦地掠过一个可怕的念头："碰上了狼！"

不知怎的，一进到山里，他就把狼和山连在了一起。和许多没进过山的人一样，对那些起伏的峰峦、深邃的沟壑、密密层层的树林，总有一种深奥而神秘的感觉。他听那些到过山林的人绘声绘色地摆过龙门阵，讲过和狼搏斗的故事，还听老奶奶讲过，狼是土地公公的狗，专门咬那些心术不正的人，并且像传授一种仙家秘诀似的悄悄告诉他，狼是铜头

铁腿麻秆腰。要是在山里碰上了狼，就喊土地公公，狼就会吓跑，还说，要是吓不跑的话，那就是外山上来的野狼，不归这方的土地公公管，那你就打它的腰，千万不要打它的头和腿。

眼下，碰上这个怪物，他早就记不起老奶奶的嘱咐了。在这一瞬间，男子汉的血气涌上心头，他顾不得害怕，也顾不得什么铜头铁腿麻秆腰，就想冲上去撕拼，他要用男人的勇敢和尊严来充当对方的保护神。即便是懦弱的男人，在女人面前也会变得有血气的。

可惜，他还没来得及动手，就发现自己是受了一场虚惊。

首先他发现那女子没有丝毫惊慌的举动，只是轻轻地"唏嘘"了一声。他简直不敢相信一个姑娘家临危之中竟有如此大的勇气，竟能如此从容不迫。接着，他发现那只挎篮的手轻轻地在那畜生头上拍了拍，又打了声呼哨，那畜生便欢快地跃了几跃，围着姑娘撒起欢来，在脚下绊来绊去地跑着。

原来是一条狗。他一下松弛下来，浑身出现一种过度紧张之后散架般的乏力感。继而，他又觉得空落落的，似乎是失去了一种什么机会，一种报效无门的惆怅。

一颗流星从苍穹中突然划过，那长长的尾巴还挂在黛蓝色的天幕上，星体却早已坠进远山和近林组成的剪影之中，他顺着流星划过的轨道望去，蓦地发现在星体坠落的山里，闪起了亮光。他惊呆了，简直怀疑那是坠落的星体在燃烧。他紧张地注视着，生怕会引起一场山火。注视了一阵子他又感到奇怪了，那火光尽管闪闪烁烁的，可并不向外蔓延，也没有一点扩大的意思，朦朦胧胧之中，还隐隐约约地勾勒出一个房屋的轮廓。他终于相信了，那是从农家的竹篱茅舍里透出来的灯光。

到了家门口，那狗也顾不得和女主人亲，着急往前面的灯火处跑去。

来到小山村前面，他才发现还隔着一条小溪。月光下看出那溪水不是很深，只是溪边布满了鹅卵石。滑滑的溪流冲击着那强行露头的石块，激起细细的浪花，像弹奏着一支无休无止的小夜曲。这支小夜曲的名字应该叫什么，他想不出来，他只觉得似乎和自己心里唱的是一个调儿。要不，怎么那样和谐，怎么能那样引起心灵的共鸣呢！

朦胧的月光下，他感觉得出这是个幽雅恬静的小山村，真有点"小桥流水人家"的意境。只可惜的是，这个小山村实在太小了，从那闪烁的灯火判断，充其量也只有几户人家，而且分散得特别远，无形中给人一种与世隔绝的味道。

"到了。"一直来到闪烁着灯火的小院外面,她才打了一下招呼。

"啊,啊。"他从杂乱的思绪中突然醒悟,不置可否地应了一声,像进入了一个迷茫而又陌生的童话中的宫殿,怯生生地停在了小篱笆墙的外面。

她并没有理会对方的情绪,熟练地扳动了一下木栅门上的机关,推开门进到院里,转身招呼说:"进来吧。"

进到院里,他仔细而好奇地打量着:这是一个典型的带着浓郁风情味的深山区小院,三间堂屋的墙基,是用大块的不规则的红石头砌起来的。他惊讶地望着这些建筑,感叹地摇摇头。他想不出开采这些石头要用多少时间,搬运这些石头又要花费多大力气。在他们老家也许是不可理解的事,只有在就地取材的山里才能做到。也许这就是靠山吃山的来由吧。

听姑娘说,他们只有父女两个人,可不知道为啥要盖这么多房子,和堂屋相对,又有三间南屋。他仔细瞅了一下,那墙却又特别,都是用厚厚的木板做成的,上面却散盖着茅草,真是名副其实的竹篱茅舍了。

西面一间同样的房子大概是厨房吧,他听见哗哗的流水声不断传来。他不相信在这样的深山里面会安上自来水,到跟前一瞧,原来是劈开的一根粗竹竿,像渡槽一样把远处的山泉水引了过来,哗哗地落在一个石槽里,又从石槽里溢了出来,顺着砌成的小水沟从院里流了出去。对于一个初进山里的人来说,这简直像童话中的仙境一般美。跑了这么远的路,他感到浑身汗渍渍的,就跑到石槽边,想洗一下脸。

"不要乱跑!"姑娘在后面警告说,她竟是如此的不客气。

他愣住了,猛然间意识到这是在一个陌生的地方。是啊,在别人家里好像是不应该乱跑的。他怎么忘记了这一点,要给人留下个稳重的第一印象,求艺才有可能。尽管这叮叮咚咚的泉水声对他产生了一种莫名其妙的吸引力,他还是停住了脚步,一瞬间有点不知所措起来。

银色的月亮把光华无私地洒在小院里,留下斑斑驳驳的影花。他猛地发现,水槽后面突然间升起两根黑色的小木桩。朦胧的月光下,他看见那两根木桩晃了两晃,似乎变成柔软得可塑的弹簧状东西。他正感到奇怪,却发现那木桩突然间呈弧圈形向他伸来。他惊愕了,本能地向后退着。借着门口射出的灯光,他终于看清楚了。天哪,哪里是什么木桩!原来是两条茶杯粗细的大蟒,正昂着头向他扑来。

他吓得"哎呀"一声转身就跑,慌乱之中像捉迷藏似的躲在姑娘身后,把脸紧紧地贴在姑娘的背上,连气都不敢出了。

姑娘似乎早已预料到会有这样的事情发生，并没有任何慌乱的举动，只是使劲地在地下跺了跺脚，顺手操起墙边的一根细竹竿，朝两条大蟒的头上轻轻敲了敲，又"嘘"了一声。那两条大蟒也真通人性，头伸了两伸，尾巴甩了两甩，又掉头钻进石槽后面去了。

他惊出了一身冷汗，好半天才敢从姑娘身后探出头来。他猜想着，这一定是饲养的两条大蟒，怪不得姑娘不叫他乱跑。

在乡间，养狗看家是司空见惯了的，特别是在一些偏僻的乡村，几乎家家都养，不足为奇。在一些水塘河湾多的乡村，他也见过养鹅看家的。遇到陌生人进门，那鹅便会喔喔地叫起来，伸长脖子去扯陌生人的衣服。只是养蟒看家，他平生还不曾听说过，这次算是开了眼界。若不是亲眼见到，写到书上也会被认为是猎奇。他猛地觉得，那白蛇传的故事也许不是瞎编，也可能有些道理。天下的事谁能说得清楚呢？眼下，他不也处在一个奇妙、惊幻的世界里了吗？

"红珠，你在跟谁讲话？"也许刚才的惊叫声引起了主人的注意，一个男人的声音从茅屋里传来。

"我在山里碰上一个迷路人，天晚了，怕他出事，带到家里住一宿。"姑娘愣了愣神，朝那边的茅屋说。他听得出，姑娘说这话的时候，嗓音有些不大自然。

"啊，饭在厨房里热着呢，你自己去拿吧。"主人并没有从屋里出来，只是应了一声。

奇怪，家里来个陌生人，主人倒不见出来。也许他正忙着什么脱不开身。听那声音说不上热情，倒也没什么反感。他听人说山里人都是极好客的，原因是到山里来的人少。对这一点，他都不敢相信。萍水相逢，他不敢往好处想。但一个陌路之人夜晚投宿，在这样的深山里前不着村后不着店，恻隐之心恐怕谁都会有。他猛然觉得，这个老汉也许不像姑娘说得那么厉害。他毕竟不是来专程投宿，他要学艺，他要给这老人留下一个好印象，然后再提学艺的事。他定了定神，想上南屋和老汉打个招呼，哪怕攀谈一两句话，心里也算有个底了。何况就算投宿一晚，也得和主人说两句客气话吧。

他刚要朝南屋迈步，就觉得背上被人用手抓住了。一回头，见姑娘正向他使眼色，示意他不要去南屋。

他不解其意地盯着姑娘。但由于吸取了刚才的教训，他不敢乱跑了，只得乖乖地跟着她进了厨房。

留在锅里的饭果然还冒着热气。跑了这么远的山路，他确实感到饿了，闻到饭菜诱人的香味，他顾不上客气，就吃了起来。

一直到吃完饭，南边茅屋里的老人也没有出来，他又不敢冒昧地进去道谢一声，只好向姑娘作谢了。

姑娘把他安置在厨房边的一间房子里，只嘱咐他早点睡，就到堂屋去了。他躺在这间堆放东西的厢房里，琢磨这个连面都不肯见的老人，越发感到奇怪起来，这到底是一个什么样的老人呢？

他突然想到一本书上写的"深山藏逸民"的话，这老汉也许就是那种逸民吧？

"哐当""哐当"……

雄浑、沉重的撞击声从清晨雾幔中传了出来，高一声低一声，显得杂乱而无节奏。在这朦朦胧胧的混沌世界里，使人分不清到底是山在雾里，还是雾在山中。柴刀和树木枯枝单调的碰撞声显得更加沉闷，如泣如诉，仿佛是一种力的发泄，是一种被压抑得无法忍受的倾吐。

太阳渐渐露脸了，坷垃那细长的身影也慢慢显示出来，在薄雾和浓枝的遮掩中时隐时现。那柴刀在树丛中闪烁，仿佛是一只怪兽锋利的牙齿，啃着那无辜的绿色的生命。

"哐当"声渐渐稀疏下来。坷垃终于丢下柴刀，无力地坐在松软的草地上。浓荫掩盖的草地阴暗潮湿，腐败的落叶发着霉味，刚砍下的树枝却发出一种苦涩的清香，使人感觉不出山野空气的清新。他倚卧在树枝上，摸出烟来狠劲地抽了两口，又长长地吐了出来。

第 5 章　夜踩八卦

　　四周是那样的静谧，静得可以让人尽情地去思索，去遐想。在这连绵起伏的峰峦之中，躺下来只占那么一块不到几平方米的地方。而在这几平方米的地方却藏着一颗想征服一切、闯出一条新的创业之路的心。这颗心是不是太大了点，野了点，以至于大浪沟的人们都不能理解，把他视为不肯安分守己的年轻人。因此，他有时候不得不理智地约束自己，隐匿自己的野心，与芸芸众生为伍，使一切言行都约束在某种范畴之中。这就是千百年来人们在他还没有出世的时候，就早已制定好了的各种成文的、不成文的法规。这种法规有道德方面的，有世俗方面的。他甚至无法辨别出哪是道德，哪是世俗，哪是传统，哪是陋习。有人摇头叹息，说人心不古，世风不古；他感叹的却是社会演变的缓慢，人生进展的艰难。他觉得大浪沟不是一件文物，不能让它完整无损地一直保存下去。

　　他不想过多地思索这些不快的东西，让这些烦恼的记忆永远消失。人生空有七十余，多少风光不同居。难得在这幽雅恬静的山林之中回归自然，要好好地陶冶一下性情，净化一下心灵。他静静地躺着，尽情地享受着大自然的宠爱。

　　可静下心来理智地想一想，一种阴暗的思绪又涌上心头。他毕竟不是来修仙攀道的，他此行的目的是求艺，那个连面都不肯见的老汉不知道肯不肯发点慈悲？要是他实在不肯的话，就求那红珠姑娘，她难道真的会不知道养蛇的绝招？

　　为了这事，坷垃昨夜不知道是怎么熬过来的。尽管跑了半天的山路，一歇下来就感到浑身疲乏，他真想香香甜甜地睡上一觉，可一躺下来，那些睡意就被沉重的心思冲淡了。他睡了，又似乎没有睡着，一切都是朦朦胧胧的。他没有失眠的习惯，可今天却老早就醒了。睁开眼睛，他看见墙上挂着一条腰带，那腰带上面串着一个方方的木块，小木块上面插着一把柴刀。看到柴刀，他才突然想起了要打柴，他并非为了讨得主人的好感，他也想上山发泄一下胸中的闷气。

　　爽人的晨风戏弄着树丛中肥嫩的枝叶，开始了森林万物之间的悄声絮语，温情细腻的对话。随着树枝的摇摆，一条细软的藤蔓带着几个殷红的指头肚大的小果果，在坷垃脸前摇过，几乎碰着他的鼻子。他本能地用手去挡一下，那细软的藤蔓带着晨风送来的惯性荡到了一边。

当那细软的藤蔓再次荡到面前时，他不再用手去挡，而是张开嘴巴迎头去咬那红果果。可是，就在他把嘴伸向红果果的一刹那，那藤蔓又突然间向上飞去。一种美好的意境破灭了，而随着藤蔓荡起的红果果却打中了他的眼睛，他感到一阵酸痛。

他揉了一下眼睛，空幻之中仿佛感觉到有一种力量在戏弄他，抬头向上一看，不由得呆住了。一个姑娘叉开双腿骑在树杈上，正笑嘻嘻地望着他。

天哪，这不是那个白蛇公主许红珠吗？她怎么知道自己在这里打柴？也许是早上起来发现没人，才找到这里的，可惜的是她爬到了树上自己竟没有发现，那细藤蔓原来是她牵着逗人的。

他蓦地坐了起来，感到有些尴尬，极不自然地说："你，你怎么知道我在这里？"

姑娘从树杈上跳下来，叉着腰站在那里，活脱脱的一个白蛇公主的形象。不知怎么回事，自从到了这个小山村，坷垃就把《白蛇传》里白娘子的形象和这个姑娘连在了一起。形象的思维和眼前的形象渐渐融为一体，构成了一个白蛇公主的美好的整体。白蛇公主没有回答坷垃的话，而是逼视着他佯嗔地说："你好大的胆子，敢在山上打瞌睡，就不怕野狼把你叼吃了吗？"

尽管她讲的是玩笑话，坷垃还是心里一阵惊悸，不由得打了个寒战，接着感到脊梁沟一阵发凉。说实话，他心里真有些后怕，自嘲地说："我只是歇一会儿，没有敢睡。"

她用脚拢了拢砍下来的树枝，带着几分教训的口吻说："还说没睡？干活累乏了的人，身子能当家吗？再等一会儿你肯定睡着，被狼拖跑了也不知道。"

这几句话尽管带着一种奚落的味道，但坷垃还是感到心里一阵发热，感激地望着对方，问道："你是专门来招呼我的吗？"

白蛇公主抬起头来，狡黠地一笑，说："你是想用一捆柴来抵饭钱和住店钱的吧？"

坷垃一下被呛噎住了，赶快分辩说："不不，我根本不是那个意思，我……"

她嘻嘻一笑，截断了对方的话："你这个人看着老实巴交，心里还真有几个小九九呢！你当我看不出来吗？你偷偷上山砍柴，想表现一下自

己的勤快，突然背回一捆柴来，讨我爹的欢心。可你没想想，陌生人求宿一晚，就上山帮人打柴，你不感到太殷勤了吗？"

坷垃被她几句话说得如堕五里雾中，再也摸不清其中的玄妙，忙问："这么说，你爹他，他，他不喜欢这样？"

她莞尔一笑，淡淡地说："这我可说不清了。不过，你那点小把戏是瞒不过我爹的。你出门的时候我爹就发现了，见你这么久没有回来，怕有闪失，就让我看看。"

坷垃心里一阵感激一阵惊悸，问道："这山里面真的有狼吗？"

她轻快地笑了笑，似乎是有意缓和一下对方的紧张情绪，说："我是吓你哪！那么五大三粗的男子汉，狼会拖得动吗？"

"啊。"坷垃长长地松了口气，神色渐渐平静下来，就像他当初就没想到山里会有狼一样，那只是一种传说。男子汉能怕狼吗？

"你也别得意，这么大个深山，啥野虫子没有？"她认真地说。那双乌黑闪亮的瞳仁里带着温存，已经没有了山里女子那种野性，而更多的却是一种真挚的关切。"不过你也用不着害怕，啥野虫子都怕人，见了人都会避开的，除非你把它逼急了。一般来说，它们都不会主动进攻人。俗话说'人无害虎心，虎无伤人意'，就是这个道理。"

坷垃认真地听着，就像小时候认真地听老奶奶讲述山里狼婆婆的故事一样。可是，当他的目光和对方那双乌黑的瞳仁相遇的时候，他又突然感到一阵不安，站在他面前的毕竟不是那絮絮叨叨、喋喋不休的老奶奶，而是在昨天山路上才萍水相逢的年轻姑娘。他不由得感到有点尴尬。

"今早我爹一再问我，他觉得你这个人有点来历呢！怕不是迷路借宿的人。"她扑闪着长长的睫毛，带点狡黠地盯着对方。

坷垃突然被人道破心中的隐秘，感到一阵不安，就像自己身后长出一条毛茸茸的尾巴那样感到无地自容，同时也暗暗觉得这个没见过面的老汉十分厉害。他愣怔了一会儿，试探着问道："昨天晚上，你爹在南屋不肯出来，是不是看我这寒酸样子有点讨厌？"

许红珠瞪了他一眼，说："你这人也真奇怪，昨晚我爹连你啥模样都没看见，怎么会讨厌你呢？你这个人疑心真大！"

"那……"他自觉有些失言，赶忙说，"我不是这个意思，只是，只是家里来个人，咋能连面都不露呢？"

许红珠笑了，说："昨晚咱们回来的时候，我爹正在踩八卦，一直踩到后半夜。等到他出来的时候，你早睡了。别说出来见你，踩八卦的时候，有时候连话都不说呢！"

"踩八卦？"坷垃感到有些奇怪。他并不真正懂得八卦是什么东西，只是在电影上看到一些道家练武功的时候，围着两个像鱼一样的圆圈圈转，看到那些道长们披的衣服上画着长短不一的符号，说是八卦图。但到底有些什么玄妙，他并不清楚。这个深山老林中的人家，莫非也沾点道家仙气？他纳闷地问："你爹也练道家的武功吗？"

"练武功？"白蛇公主嘻嘻地笑了起来，望着对方那一脸疑云，解释说，"你以为我爹是围着八卦炉转的炼丹道士啊？那是在给蛇配饲料呢！"

"配蛇料怎么叫踩八卦呢？"坷垃感到非但没有弄明白而且又进入了一个更迷茫的糊涂境地，说，"蛇不是吃肉吗？把肉剁碎扔给它不就行了吗？"

许红珠见他说得如此轻巧，知道他是个什么都不懂的门外汉，就戏弄地说："你既然会养蛇，那还绕着弯儿来求师干什么？明儿我白送给你几条，你带回去养好了。"

坷垃尽管看出她是在戏弄自己，但仍然有些不服，说："你是说我养不活吗？"

"我没说你养不活，蛇这东西很泼皮，适应能力也强，轻易不大会死的，怎么能养不活呢？"许红珠说。

"那，君子一言，驷马难追！你若送给我几条好品种，我就感激不尽了。"坷垃兴奋地说。

"我说话当然算数，送给你几条品种蛇能值多少钱？你别太小看人了。"她有些生气，但那神色并不认真。

"那好，我先感谢了。"坷垃没想到对方如此慷慨，神色有些激动，不知怎么感谢对方才好。

许红珠并没有激动，只是狡猾地一笑，说："我不要你感谢，到时候只要不骂我就行了。"

"这，这……你这是说哪里话来。"坷垃感到有些莫名其妙，赌咒发誓地说，"你今年送给我十条蛇，我回去后好好养着，蛇生蛋，蛋孵蛇，我拼上一年不睡觉，白天黑夜都看着，到明年说不定就能养三五百条，到后年说不定就是几千条，等我成了专业户，来报恩谢师时，一定一步磕一个头，怎么能会骂你？那我不成了数典忘祖的小人了吗？"

许红珠见他说得那么认真，仿佛眼下就会趴下磕仁头的模样，不由得笑得更欢了，说："你讲得那么轻巧，我看你这不是养蛇，是养鸡！要像

你说得那么容易，那人人都可以当养蛇专业户，到外面买几条蛇不就行了吗？"

"买嘛……当然可以，只是外面的都不是良种。"坷垃摇了摇头说。

其实，坷垃看到姑娘卖蛇的时候，就到医药公司试探过了。他找到收购门市部的那位胖胖的老同志，好话足足说了一大车，想叫其转卖给他几条。那收购门市部的老同志是个极内行的收购员，那双既聪明而又狡猾的眼睛，一下子就看穿了这个乡下小伙子的内心隐秘。他很坦率，直言不讳地说："小兄弟，你要是买去治病，冲你这份热情，我也卖给你几条；可你得跟我说实话，要是买回去养着，也想繁殖，那可不行。"

坷垃以为这门市部和那养蛇姑娘订的有什么保密合同，越发乞求起来。最后膝盖一软，几乎要给人家磕头。那老同志赶忙扶住坷垃，摇了摇头，说出了真情："不是我不卖给你，你是不知道情况。这白花蛇是稀有的名贵药材，过去都靠野生，现在只有蛇王许旺一家会养。他卖给我们这些蛇，都是商品蛇，是经过什么办法处理过的，一个个都不会生蛋，而且过不了几天就死，得赶快加工。你想想看，要是这蛇都会繁殖，我们就不想养吗？"

坷垃愣怔了半天，才打消了在收购门市部买蛇的主意。要不然，他何苦悄悄跟着姑娘进山？只是眼下他不好说出这种隐秘，只能说外面的蛇不是良种蛇。

许红珠是何等精明的姑娘，尽管对方如此拐弯抹角，她早已从坷垃那不自然的神色中明白了一切。她狡黠地眨了眨眼说："你以为有这十条良种蛇就可以了吗？我老实告诉你，养蛇可比不得你在家养鸡、养鸭，一年会下那么多蛋。这十条蛇如果养得好，也许明年会变成二十条；如果养不好，明年还是俩五条。放在家里当玩意儿，助雅兴，自然可以，要说想当专业户，卖蛇嘛，说句不客气的话，有多少财产也不怕赔不完。"

第 6 章　神秘的阴阳果

"啊?"坷垃大吃一惊,两眼瞪得溜圆,赶忙问道:"它繁殖得这么慢吗?"

许红珠闭口不答,只是笑,笑得叫人难以捉摸,笑得坷垃心里像针刺一样难受。可是,从对方那狡猾的笑里,他似乎悟出了点什么,疑惑地说:"你们家喂的蛇也繁殖这么慢吗?那你们怎么卖呢?"

也许是一天多来的接触,这个山里姑娘对坷垃产生了某种好感;也许是觉得对方诚实中带着点傻乎乎的,怪好玩的;也许是为了炫耀自己蛇王家的骄傲,她像个骄傲的白天鹅,头一扬,得意中带着自负地说:"这不是吹的,我们蛇王家养的蛇,叫它什么时候下蛋它就什么时候下蛋,叫小蛇长多快它就长多快,叫它是双头的就双头,叫它是单头的就单头,要它长多大就长多大,要……"许红珠怕说漏了嘴,突然间收住话头,不往下说了。

坷垃半信半疑,但又觉得这当中一定有玄妙之处,趁着白蛇公主在兴头上,又问:"你们的饲料一定很讲究吧?"

也许是感情有些通融了的关系,许红珠并没有回避对方的问话,说:"那是自然,全靠掌握喂蛇的饲料。蛇按不同种类,得喂不同的饲料。比如说产蛇、交配的公蛇、刚孵出来的幼蛇、发育期的小蛇,还有准备出售的商品蛇,再加上专门培育产畸形卵的蛇,就是人们常说的双头白花蛇,都按八卦方位,乾、坤、坎、离、震、艮、巽、兑放在不同的地方,饲料按金、木、水、火、土分成五种,按相生相克的原理,分别喂养,随时变换。"

坷垃听着许红珠那玄奥得叫人难以捉摸的话,像听天书一样,傻了,迷了。

可猛然间一个念头的闪现,又使他心里收缩了一阵。俗话说:"同行是冤家。""无商不奸。"她家卖给收购门市部的蛇都是经过特殊处理的,不会繁殖,她会轻易传给自己本领吗?何况白花蛇又是名贵的中药材,谁肯把财神爷往门外推?

蓦地,他又从对方那高傲而得意的笑容中看到了一丝年轻姑娘特有的那种纯真。是啊,她毕竟是个年轻人,也许还没染上这种世俗,和那种

专门靠钻营经商的人有所不同。何况,二十几岁的姑娘,从年龄上讲还不到该长坏心眼的时候。从这一天多来的接触中,他似乎发现她还蛮讲义气哩,这也许还是个好兆头。再说,天下之大,他就会偏偏碰不到一个好人吗?大江南北,天各一方,即便自己成了专业户,对她能有多大的妨碍?

想到这里,眼前又出现了一片彩色的光圈,他试探着问道:"你爹配饲料的时候,你总得帮忙吧?"

许红珠自然明白他这话的弦外之音,摇了摇头,说:"几种动物的肉和其他饲料,我倒是会搭配,别的就不会了。都是我爹亲自动手。"

坷垃有些奇怪地说:"那不就行了吗?别的还会有什么呢?你不是故意骗我吧?"

许红珠苦笑着摇了摇头,一脸诚恳地说:"你想得太简单了,哪一种饲料里都有微量元素,配多少,怎么往里加,只有我爹知道。何况这些不同的微量元素,都在我爹升炼的几种药里。就连临时加进的野草药,我也不知道分量。我只管喂食,只会配头遍粗食,别的什么也不会。"

坷垃有些丧气,无力地斜倚着树坐了下来,有点赌气地说:"你爹真是保守透了。"

许红珠不满地斜眼白了对方一下,说:"这怎么叫保守呢?技术都有专利权嘛!"

"那就不怕人家偷你们的技术吗?"坷垃故意刺激一下对方,认真地说,"现在的科学技术很发达,什么秘密都是保不住的。万一人家偷你们一点饲料,拿回去一化验,不什么都知道了吗?"

许红珠没有生气,像突然发现一个怪物似的盯着对方,说:"我感谢你的提醒,也感谢你的坦率,但我也相信,你还不至于去偷。"

"那可不一定。"坷垃故意装作一副抢的架势,说,"常言道'画人画虎难画骨,知人知面不知心',人家想学,你不漏一点缝,兔子急了还咬人哪,就没人会想这个点子?何况想发财的人钻到钱眼里出不来,什么事不会干?"

许红珠反唇相讥道:"想偷吗?你忘了昨晚上那两条大蟒了?"

坷垃倒抽了一口凉气,浑身顿时起了层鸡皮疙瘩。昨晚上,要不是这位白蛇公主,他真不知道要被那大蟒缠成什么样子。现在想起来还真有点后怕呢!不由得头发梢又竖了起来。他嘘了一口气,说:"原来你们养蟒看家,就是为了防止人家偷饲料啊!"

许红珠脸色变得阴沉起来,说:"也是这样,也不是这样。不瞒你说,还真的发生过这种事哩!还记得我在路上跟你说的那个贾货吗?他和我爹是旧相识,来我家学本事。我爹嫌他人品不好,不肯教他。他学不到本事就起了坏心,把金木水火土五种饲料都偷偷包一点,来个不辞而别,溜了。"

"他偷走了秘方吗?"坷垃担心地问。

许红珠不屑一顾地笑了笑,说:"料是偷走了,还跑到城里托人化验,花了不少钱,结果里面的微量元素一点也没化验出来。你想想看,那微量元素都含在升炼的丹药里面,而且又极少极少,谁能有本事化验出来?就像很多治病的祖传秘方一样,各有绝妙之处。同是一种药,用不同的方法制作,不同的火候去升炼,就有不同的效果,甚至是相反的效果。中国草药的绝妙之处就在这里,和西药不同。要是都能化验出来,世界上还会有秘方吗?升炼药全凭眼力、经验、掌握火候,那不是一般人所能达到的,你想得太天真了。"

从姑娘那自信的神色里,坷垃相信她说的是实话,就说:"那你爹不教你,你就不会偷偷学着点?"

许红珠唏嘘了一声,说:"那可不是闹着玩的,弄不好要出大事的。有一次我爹配料时,错放了一点点他升炼的丹药,结果你猜怎么着?"

"那能怎么着,最多蛇不吃食呗!"坷垃说。

"要是那样倒好了。"许红珠苦笑着摇了摇头,说,"娄子捅大了,一百多条蛇发性咬起来,咬死个精光,还有百十条蛇压根儿不会产卵了。这可把我爹急坏了,后来仔细想想,是错放了一点点升炼的丹药。你想想看,我爹不小心还出岔子,我敢瞎折腾吗?"

坷垃像被兜头浇了一盆冷水,感到浑身冰冷冰冰的。没想到养一条短短的几寸长的小白花蛇,当中还有这么许多令人难以相信的奥妙。自古以来,中国民间有多少神奇的东西,各行各业有多少绝招。这些三教九流、五行八作间的神奇绝招,大都是经过几代人甚至几十代人的探索总结积累而成的,一般都掌握在那些近乎于隐士和逸民的手里,这是他们静心苦修苦练总结摸索的结晶。神奇而古老的中国啊,自从神农尝百草以来,这块古老而又辽阔的土地上,出现了多少神话般的奇迹啊!

坷垃感叹之余,一种不祥的兆头慢慢涌上心来,那蛇王许旺连自己的亲生姑娘都不肯传授,对一个外省的陌路人,能轻易传授吗?若不是这白蛇公主的热情相待,恐怕连这些外皮的东西自己都听不到呢!

刚才的刺激，把他的希望一下子化为乌有。失去了希望，断绝了精神上的支柱，他感到浑身瘫软无力。只觉得像飘在厚厚的云层上，在虚无缥缈的太空中穿行，时隐时现地追逐着那些闪烁的星星。那些星星也许就是自己眼睛里冒出的金花，要不然的话，那些闪亮的光圈怎么一个劲儿地往自己脖子套呢！

晨风突然间变得冷飕飕的，在空旷寂寞的山野里无声无息地旋转着。他只觉得自己像一片落叶一样被晨风旋转起来，又被狠狠地抛下，眼前的一切都成了幻影。他无力地斜倚着树干，懒得动弹，懒得再说一句话，木呆呆地望着白蛇公主许红珠替自己去捆那砍下来的柴。

一阵晨风戏弄似的在他眼前荡过，引起周围的树叶一阵沙沙作响。那带着小红果的藤蔓抖动了几下，又低垂下来，嘲弄似的倒挂在坷垃的眼前。他一阵心烦，顺手扯了一下，将那细细的藤蔓扯落下来。而一颗熟透的小红果果却被他意外地揪下来，握在手里。

他凝视着这个红玛瑙般透明发亮的小果实，在手里摆弄着，越看越像老家的樱桃。一种好奇心促使着他，下意识地把它塞进了嘴里。这小果实长得比樱桃诱人，却不甚好吃，有一种强烈的茴香味，又有几分可口可乐味，凉滋滋的。他索性又揪下几颗来，慢慢地品尝着。

坷垃只顾细细地品尝这种怪味，不知不觉地几颗红果果全部被咽到了肚里。慢慢地，那种怪味没有了，代之而来的是一种莫名其妙的浑身颤抖。紧接着大脑有点眩晕，像喝了口威士忌烈酒一样，从食道到胃部火辣辣地难受，仿佛一颗燃烧的火炭在肚里滚动，火炭滚到哪里，哪里就燃烧起来，烧得浑身直想往外冒热气。而那热气却又不冒出来，只在全身聚集着。

他受不了这种刺激，猛地站起来，想奔跑、狂跳、呼号，想找地方发泄。但是，就在他站起来的这一瞬间，突然感到浑身一阵冲动，一种莫名其妙的欲望突然爆发了。他只觉得眼睛有些发直，浑身的肌肉似乎都在抖动。理性的障碍仿佛骤然减退，一种本能的欲火冲撞着，燃烧着。

如果说人的一半是属于理智的，另一半是属于动物性的话，那么此刻的坷垃早已被野性的欲火烧掉了理智，烧掉了他赖以做人的最核心的东西。

失去了观念形态的约束，就像杠杆一样失去了平衡，动物的本能完完全全地显露出来。此刻，眼前的许红珠身上像突然间闪出无数耀眼而诱人的光环，一起向他抛来，随着这些诱人的光环的闪现，白蛇公主身上仿佛产生了巨大的磁力。

他只觉得两颊烫得难受，嗓子眼里几乎要冒出烟来。灵魂早已出窍，他再也无法控制自己，一步一步地向正在捆柴的许红珠走去……

第 7 章 江南蛇王是个传说

许红珠刚好捆住绳子，猛一抬头，被坷垃的神态吓坏了。只见他两眼红着，往外喷射着邪恶的欲火，刚才的那种稳重腼腆早已烟消云散，代之而来的是一种贪馋得发狂的面孔。这种面孔实在太可怕了，她不由自主地往后退缩着……

她实在不敢相信，一个老实得近乎有点傻乎乎的人，怎么突然间变成了这个样子！除非是他中了邪，着了魔，成了个真正的傻瓜。否则，这个内精外傻，傻得有点令人怜爱的人怎么会变成这样。但眼前的事实不容她多想，她必须小心认真地对付。要不然，他什么蠢事都会做得出来。

猛然间，她发现了那被扯断了的藤蔓，一下子明白了。那小红果果叫阴阳果，好看不好吃。她听父亲说，这是一种毒果，毒性很大，能置人于死地。她虽然把这种藤蔓采下来玩过，可从来没敢尝过这种可怕的阴阳果。

偶然有一次，她发现父亲采了不少这种果实，把它压成汁，在成蛇产卵前交配的时候，滴在饲料里，那蛇吃了这种饲料发狂一般滚动。她当时就怀疑这阴阳果并不是毒果，不会毒死人的。要不，为啥连蛇都毒不死呢？也许，蛇身上的毒性和这种毒性互相抵消了吧。从那以后，尽管她对阴阳果不再那样害怕，但始终没有敢尝过。

眼下，她看到坷垃由于冲动而发红的脸颊，看到他那种丧失理性而出现的狂态，便知道他刚才一定吃了阴阳果。从坷垃那两眼燃烧着的欲火，她似乎明白了这种果子的作用，也预料到了在这种毒果的刺激下，他会失去理智，什么事都干得出来。

她急中生智，冲着坷垃大喊一声："坷垃！你吃了毒果，中毒了！马上就会死的！快别动！"

坷垃尽管被这阴阳果刺激得到了发狂的地步，但毕竟还不是到了毫无知觉的地步，许红珠这声喊叫，也是带着强刺激性的。他听到自己中毒了，又听到有生命危险，心里不由得打了个寒战。这股冷流的强冲击，使他那发狂的神经受到了暂时的抑制，猛一个愣怔，脚步踉跄了几下，终于停在了那里。

在坷垃愣怔的当儿，许红珠夺路就跑。刚跑出几步，迎面碰上蛇王许旺也朝这里走来。

许旺个头不算低，长了一副像弥勒佛一样的面孔，看上去叫人喜欢。但那眼睛虽然和善，却有一种神韵，是那种目有光而不浮的人。他大概精于养生之道，看上去并不显老，也很难估计出实际年龄来，矫健的脚步像年轻人一样充满着活力。

今天一早，他在屋后的一块平地上练气功，发现坷垃提着柴刀拿着绳子上山，就猜想到他一定是打柴去了。昨晚上他听女儿说，这是一个在山里迷了路来投宿的小伙子。迷路人来投宿，自然无可非议，可一大早上山打柴，倒引起了他的注意。在家投宿一晚，如果不是有求于主人，用得着如此殷勤吗？

但凡有些年纪的人，心眼都比较细，这也许是他们饱经风霜谙于世故的结果。对女儿的话，他有些怀疑了。这个小伙子到底是干什么的。他猜想了很久，慢慢地似乎悟出了一些眉目。晚上，一个姑娘把小伙子引到家里，这当中有没有别的缘故呢？作为父亲，出于对女儿的溺爱，他想得更多些，但又不便多问，只有凭着他敏锐的感觉，细细观察罢了。

由于这种心情，他对于这个陌生的小伙子分外关心起来。见他出去这么久没回来，生怕在山里出什么差错，就打发女儿去看看。

早饭是他亲自下手做的，自然也做得比较讲究。可饭早已摆上，还不见两个人回来，心里不免有些挂念，就朝山上一路寻来。刚好听到女儿那声惊叫，急忙问道："谁中毒了？"

许红珠此刻看到父亲，像突然间见到了保护神一样，顿时感到一阵宽慰，紧张的心情也立刻松弛下来，说："爹，坷垃吃了阴阳果，中毒了！快救救他吧，要不一会儿就会死的，现在已经傻了！"

坷垃在愣怔之中突然发现这个胖胖的男人，又听见许红珠叫他爹，便猜想到这就是蛇王许旺。第一次看到蛇王，那种敬畏的心情陡地又萌发了。这一瞬间，理智冲开了一点心窍。他趁势靠在树上，任凭浑身烈火燃烧，再也没往前走一步。

许旺向前走了几步，紧紧盯着倚靠在树干上呆呆愣在那里的坷垃，又看看吊在树上的那半截被扯断的细藤蔓，心里便明白了一切。

刚才听女儿说坷垃吃了阴阳果，他着实吃惊不小。他所担心的并不是坷垃中毒，也并不担心坷垃的性命。因为他心里非常清楚，这种阴阳果是他自己给起的土名，到底该叫什么，谁也不知道，在山里也很稀少。

吃了它是不会中毒的，更不会危及性命。他曾悄悄地把这种野果拿到外面化验过，证明这种果实并不含什么毒性。只是里面含有一种类似荷尔蒙一类的激素，而且是强刺激性的，比荷尔蒙这类东西要强烈得多。因此，他便在繁殖蛇的关键时候，微量地使用这种果汁。当然，他在摸索中恰当地掌握了使用的分量，不然的话，蛇会发疯般地互相咬起来，以至于把全部的蛇都咬死。

即使在人迹罕至的深山沟里，这种阴阳果也很难找到，大部分熟了之后都被野鸟叨吃了。为了养蛇的需要，他曾有意地栽培一些，但这野东西很难侍候，栽培了很多次都没有成功。这棵古老的野树杈里不知怎么偏偏生了一棵，而且又被这个初进山的年轻人碰上了。

眼下，他看到这个吃了阴阳果的年轻后生，烧得满脸通红，居然还能木呆呆地倚树站在那里没有发狂的举动，不由得感到一阵惊奇。这需要有多大的克制力啊！

对于这种阴阳果的力量，他是深深知道的。且不说他从对蛇的刺激上看到了这种果实的厉害，他本身就有深刻的体验。当他第一次误食了这种果实时，被燃烧的烈火冲击得满山乱跑，最后感到实在受不了的时候，就一头钻到瀑布下面，让飞流直下的瀑布狠命地冲刷。他蹲在瀑布下面整整一个上午没敢爬出来。那一次，他算是领教了这种果实的厉害。自那以后，他给这种魔鬼一样的果实取名叫阴阳果。

眼下，蛇王许旺看到这个年轻后生的自制能力能够压抑住这种阴阳果的强烈刺激，而愣怔在那里木呆呆地不动，真感到有些奇怪。这需要有多么强的克制力，需要有多么坚强的神经系统啊！就在这一瞬间，他对这个年轻人产生了极大的好感。

他什么也没说，走到坷垃跟前，在一个穴位上使劲地按了两下，又在后脑勺上使劲拍了一掌。当他确信这两下会起作用时，才抛下对方，拾起地下的柴刀，在树林里乱转了起来。显然，他是在寻找什么东西。

坷垃感到头脑清醒了一些。只是觉得刚才被按过的地方，有些钻心般的疼痛。蛇王的手可真狠，别看他长着一副慈善的面孔，那手劲可真大得出奇。他甚至怀疑，那手指尖是不是掐进了肉里。

蛇王在林子里转了好一阵子，终于发现了什么，用柴刀在地下刨了起来。刨了很深，到底被他挖出来了个像地梨一样的圆东西。他把沾满泥的手胡乱地在脚下的软草上抹了抹，又在身上擦了几下，才用柴刀刮起那地梨一样圆果实的皮来。

蛇王来到坷垃跟前，把刮光皮的东西塞进坷垃嘴里，命令般地说："吃下去，别品味。"

坷垃狠命地嚼着，他遵照蛇王的话尽量不品滋味。可那东西实在太难吃了，他只感到嘴里一阵苦涩，舌头都蜇得麻木了，一股辣味直呛鼻子。他顾不得这些，在蛇王那双眼睛的逼视下，强伸了伸脖子咽了下去。

这东西也真灵。他说不上来是什么东西，但猜想到这肯定是一种解药。片刻工夫，坷垃只感到脊梁沟一阵发凉，紧接着浑身像退了烧一样直冒虚汗。身上燃烧得叫人熬不住的那种邪火顿时熄灭了。随着冒出的虚汗，他浑身一软，无力地坐了下来，只觉得骨头像散了架一般难受。

坷垃完全清醒了。可清醒着并不一定是好事情。望着站在对面的蛇王和白蛇公主，接着而来的是一种失望和恐惧，继而是一种莫名其妙的惆怅。

坷垃一觉醒来的时候，已经是红日西沉了。他记不清楚在山上是怎么跌跌撞撞地跟红珠姑娘回来的，也记不清楚是怎么躺在床上酣然入睡的。一切都浑似依稀的幻梦，尽管还残存着一些记忆，但总不是那么强烈了。

隔着窗户，他看到了院子里还放着他砍的那捆柴，可这捆柴到底是不是他背回来的，他都记不准了。

他伸了伸胳膊腿，只觉得浑身懒洋洋的，脑子里迷迷糊糊，像酩酊大醉以后刚醒过来一样。早上的事情，他还依稀记得。

出现了山上那场难堪的局面，学艺的事恐怕要完了。即便不完，恐怕也要费一番周折。都怪那可怕的阴阳果，这魔鬼般的东西竟把他苦费心机的盘算一下子打乱了。他又有点恨自己，怎么会神差鬼使地想到要上山砍柴？这下可好，不但没取得蛇王的好感，反而凭空生出许多是非来。

他冷静地思索了一下，决定赶快离开，免得蛇王赶他走，那将会使他更难堪。

"坷垃，你怎么这样能睡？"听到屋里响动，许红珠推开西屋的门，叫了起来，"你早饭和午饭都没吃呢，不饿吗？"

坷垃一骨碌爬了起来，慌乱地说："不饿，不饿。我咋能没吃饭呢？记得吃过了。"

许红珠看他那昏头昏脑的样子，笑了起来，说："你做梦吃了吧？真是睡昏头了。"

许旺端了一盆水放在外面的小桌上，又放了一条新毛巾，说："年轻人容易困乏，赶快洗洗脸吃饭。"

坷垃感到一阵困惑，又有点受宠若惊。蛇王对他异常热情，就像什么事都没发生过一样，看那神态，似乎对他产生了好感。

　　坷垃被当作客人一样让到堂屋里，许旺给他倒了杯汤水，亲热地招呼他喝。坷垃像堕入了云雾之中，看来这绝非一担柴所能起到的作用，说不定是误食了那可怕的阴阳果而因祸得福了。

　　尽管他懂得"祸兮福所倚，福兮祸所伏"的道理，可眼下到底是福是祸，他却没法准确地判断出来。凭着一种直感，他觉得对方并无讨厌的意思罢了。

　　他像进入了一个陌生的地方一样，第一次打量着这个堂屋。屋里收拾得很整齐，摆着两只藤条编成的带扶手的躺椅，还有两只颇为时髦的沙发。沙发前面的茶几，竟是透明的玻璃钢做成的，真可以领导家具的新潮流了。

　　堂屋正中靠墙放着一只黑漆的老式条几，挨着条几是一张古色古香的八仙桌。条几一头放着几叠古老的线装书，坷垃用眼扫了一下，发现一叠封皮上写着"本草纲目"几个字，心中不由得一动，难道这个许老伯还精通医道吗？怪不得他在山里能临时挖到不知名的草药，就地解除自己误食毒果的痛苦。

　　坷垃怀着极大的好奇心打量着这装饰得不伦不类的堂屋，它显示着古朴，又有着时代的特色；墙上的字画条幅显示着高雅，梁头上吊着的大蒜瓣上又分明写着"粗俗"二字。

　　但是，从这些细微的变化可以看出主人生活方式的演变：由古老的、封闭式的低层次小农生活，逐渐向现代化的、开放式的小康生活过渡的痕迹。尽管这种过渡还没有彻底完成，但总算有了一种雏形。也可能正是这种原因，才使得屋里的对比度十分强烈。

第8章 龙蛇本一类，是蛇三分龙

古老的藤椅和领导家具新潮流的玻璃钢茶几；墙上发黄的字画条幅和旁边的电子石英钟，以及印着大美人头的挂历；条几上古老的线装书和旁边的四喇叭进口收录机，都成了不同时代的鲜明对照。

不知道是什么原因，对那些过时的陈旧的老古董，主人似乎舍不得扔掉，仍在长长的条几上给它们留了一席之地。也许是为了显示一下古朴的美而有意装点起来的，也许反差和比较本身就是一种美。虽然那古铜色的狮子蜡台、青灰色的陶瓷香炉、深褐色的藏书匣子，早已失去了实际的应用价值，但是，主人的爱好却仍把它们有条不紊地排列在那里，傲视着那带洋文的收录机、那跳动的电子石英钟。尽管它们也知道这极不协调，可也能安然相处，各自显出独特的风姿。

"像啊，真像啊！"后面传来蛇王许旺的感叹声，"真是太像了，活脱脱一个模子脱出来的！"

坷垃转过身来，发现许旺正在认真地打量着他，从头到脚看得那么仔细，似乎要重新认识一下似的，不由得被他看得发窘起来，问道："大伯，什么太像了？"

许旺笑眯眯地摇了摇头，没有吭声。一边转身到厨房拿东西，一边自言自语地说："有缘分，有缘分哪！"

坷垃像吞了个闷葫芦，拘谨地坐在藤椅上，听候命运的裁决。

猛地，他闻到了一股淡雅的香味，似乎是消毒空气的芭兰香。他随着那缕淡淡的青烟搜寻去，原来是从堂屋西侧的大门后飘出来的。他惊讶了，难道像蛇王这种有知识的人还烧香吗？也许是另有什么原委吧？或者是……

他家也有过这种东西，远隔千里之外，民俗还有相通之处。这种古老的传统风习，并没有随着四喇叭洋文收录机和电子石英钟的到来而消失。他记不得今天是什么日子，因此也无法推测蛇王烧香的原因。他只记得，每逢大年三十晚上，父亲总是把他作业本上的黄皮封底纸撕下来，叠成一个长条形，然后再把长条形的一头叠成一个三角，让他用毛笔写上"本音门宗三代宗亲"的字样，贴在门后。据说，这本来是应该贴在

正中墙上的,后来在那种非常的年代怕被人发现才贴到了门后。每当贴的时候,父亲总是叹息地摇摇头,说这里本是家仙的牌位,只好和三代牌位移到一块了。他也曾见过,父亲把写着"本宅家仙之神位"的黄纸和"本音门宗三代宗亲"的黄纸并贴在一块,一同享受烟火。

他等蛇王离开的时候,探身瞅了瞅。发现这里并没有供奉什么"三代"牌位和"家仙"牌位,那里是一张画,一张被烟火熏得发黄的画。也许这画和牌位有什么相似之处吗?

一种好奇心促使着,他借着往门外倒残茶的机会瞅了瞅。那画有些年月了,虽然是出自民间艺人的手笔,章法布局倒也讲究,浓淡适宜,有一种古朴的美。

画的远景是一抹湖水和寥寥几笔淡淡的山影,近景却是工笔精细的一座桥,桥边一个仙风道骨的人提着一个孩童,似乎要往桥下扔,一个圆滚的小球正向桥下落去。

画的另一边是两个女子,一个温柔娴静,端坐在龙头椅上,一个在旁边挺剑而立,英姿飒爽,看来是出自一种什么典故或者传说。

坷垃读过不少野史,高中毕业后在家苦闷的时候也读过一些医、卜、星、相的杂书。当时只是为了消遣,借以打发无聊和烦恼。不知不觉中,他的知识面达到了和年龄极不相称的程度。可是,眼下他对蛇王为什么对这幅古色古香的画顶礼膜拜,却有点茫然不解了。

在漫长的中国社会里,由于传统的习惯,各行各业和各种民间艺人,除了共同信奉的天地君亲师之外,还有各自崇拜的独特的偶像。一些旧戏班和烟花柳巷的人大都拜"五仙堂",他们尊称黄鼠狼为"黄五爷",称蛇为"海四爷",称老鼠为"灰八爷",就连兔子和刺猬也都是爷字辈。追溯起来,据说和他们的处境及职业有着很大关系。烟花柳巷俗称"窑子",戏班住的地方俗称"下处"。不管怎么叫,都是在地下的意思。因为这"五仙堂"的五种爷也都生活在地下,为了平安相处,自然就敬起来了。

想到"海四爷",坷垃突然悟出了一些眉目。这蛇王的职业,不也和那"海四爷"有些相似吗?他信奉的偶像,很可能也是类似的图腾。从画上的那两个女子,他似乎又想起了一个古老的传说,心里好像悟出点什么来了。

蛇王从厨房里拿了东西进来,发现坷垃饶有兴趣地瞅着门西侧的画和那袅袅缭绕的香烟,那双瞳仁里分明显示着惊讶和疑惑。他理解这个年轻人的全部眼神,在社会早已进入电子时代的今天,尽管在这深山小村里，崇拜某种偶像也是一种不合时宜、荒唐可笑的事情。何况他又是有名的江南蛇王，有着满肚子学问的人。可是，年轻人哪，你哪里会知道，社会和人生是一门深不可测的学问，并不是某种现象所能解释得了的。

他见坷垃用这种误解的目光打量自己，不由得有些不自在起来。

也许是为了显示自己和社会上的善男信女们的区别，也许是为了说明他并不是那些芸芸众生中的庸俗之人，他自负地笑了笑，自嘲自解地说："要说起来，这世上的百业都有自己的起源，也都有自己的宗师，还有自己的规矩和信仰。就像历朝历代的学生都拜孔夫子；医家都拜李时珍、张仲景、华佗、扁鹊；木匠都拜祖师鲁班；就连那算卦的先生，也总是开口不离文王、周公。当然，我眼下干的这一行，虽在三教九流、五行八作之外，可也在百业之中。可话又说回来，它毕竟不是个啥固定的行当，自然也不必像世上百工那样去信仰啥，求拜啥。我是个世外的俗人，也不想去烧香拜佛，寻找形体之外的精神寄托。我这只能说是一种良心上的忏悔吧。"

蛇王不知触动了什么心事，脸上笼罩着一层灰暗的阴云。那发面馍似的胖胖的面孔，变得僵硬起来，俨然成了一尊木雕，麻木得毫无表情，和他刚才的神情判若两人。

坷垃从蛇王的一席话里，猛地感到这并不是个一般见识的人物。从他的言谈之中，可以判断出他有着不同寻常的社会见解，至少是见过世面的。他对世上百工或多或少流露出来的某种淡漠，足以说明他有着很深的阅历。他对人情世态表现出来的淡泊情绪，并非紧张激烈的竞争之后出现的那种厌倦；也并非坎坷的人生和某种复杂的遭遇之后，出现的常有悲凉色彩的麻木；更不是久居深山，与世隔绝长久了的人出现的那种孤僻。这是一个性格深沉得叫人摸不透的人物，更看不出他有多深的城府。

可就是这样的一个人，他确确实实地烧了一炉香，而且人又很虔诚。难道真是如他所说的那种内心深处的忏悔吗？他向谁忏悔？忏悔什么呢？莫非他有什么难言之隐吗？坷垃是个外实内秀的精明人，这样的事情，别人不讲，他自然不肯去问。但是，对蛇王的话他又不能不表示一点反应，那样更不礼貌。他微笑了一下，略略点了点头。

微笑可以解释一切，也可以代表一切，它包揽的东西带有无限的玄妙，怎样解释都可以，怎样理解都有道理。当然，坷垃毕竟不是交际场上的人，那种拘谨之中的微笑、点头代表什么意思，他自己也说不清楚。

蛇王见坷垃微笑不语，摇了摇头，叹了口气，似乎真正要忏悔似的，说："我干这一行，要说也是误入歧途。细细想一想，这和杀猪宰牛的屠户有什么区别？别看这蛇小，俗话说：'龙蛇本一类，是蛇三分龙。'这小东西也是有灵性的，可我却以它为商，用这东西去赚钱，总让人心里感到有些不安。"

坷垃开始还不明白蛇王的意思，细细一品味，不由得有些可笑。没想到蛇王还是个感情如此丰富的人。养蛇卖钱，劳动所得，是天经地义理所当然的事情，这有什么内疚？况且，这怎么能和屠户相比？他不明白这蛇王内心深处到底是怎么想的，只得劝慰地说："大伯养蛇是靠自己的辛勤劳动。起五更熬半夜不说，光操这份心就够人受的了。何况自产自销的事情，这有什么不安的？"

蛇王苦笑了一下，说："话是这样讲，可这种行业毕竟是社会上不多见的，难免会引起不少非议。话又说回来，养蛇总不是像养鸡养鸭那样，是一种非正常的饲养，有时候还得喂药，人为地使它畸形发展。用你们年轻人的话来说，这叫压抑本性，也有人认为这是一种不人道的事情。"

"又来了，走自己的路，管人家说长道短干什么？"没等坷垃接腔，白蛇公主就抢白起来，"蛇毕竟是蛇，什么龙不龙的？要说它有灵性，它咬起人来灵性跑哪里去了？照你这种说法，那人家养鸡、养鸭、养鹅的，就不要吃了，供起来算了。"

蛇王对女儿的抢白和嘲笑毫不介意，看得出来，这种唇枪舌剑在他们父女间进行过已非一次两次。他只是摇摇头，说："话可以那样说，自己从小恩养起来的东西，到时候总有点舍不得。俗话说'猫狗识恩存'嘛！"

第9章　心病还须心药治，一语惊醒梦中人

也许是这种原因，才使蛇王产生了一种奇怪的自省和反思，才有这种莫名其妙的怪想法。

坷垃突然觉得，人真是个怪东西，是个道道地地的混世虫。自己家里穷得叮当响，为了一个钱字生了多少窝囊气，看了人家多少白眼，五尺高的男子汉不得不在人面前折腰。为了这，他发誓要占有金钱。蛇王当初也许像自己这样追求过，也有过这种心理。可是，眼下他得到了，又感到是那样的空虚、那样的乏味，不仅没有给他带来多少欢乐，还给他带来了新的忧愁和烦恼，使他又处在惶惑之中。

他无法理解蛇王的心理。但是有一点他很清楚：大浪沟需要富起来。这种富不是"三十亩地一头牛，老婆孩子热炕头"的富，也不是"筐里白面馍，身上花衣裳"的富。他要大浪沟彻底摆脱贫穷，为大浪沟的富裕寻找一条新路。要找到这条新路，就需要得到蛇王的帮助，他需要借助蛇王的绝技使大浪沟走上一条新的创业之路，向商品经济发展。由于这种原因，他要帮蛇王解除那种莫须有的烦恼。他抓住对方的心理，说："大伯养的这些蛇，虽说是当成商品卖掉了，也赚了钱，这只是一个方面。从另一个方面看，你卖的不是蛇，是一批名贵的中药材，是药材，是救人的仙丹和灵芝草。你想过没有？你为那些长年卧床的人解除了病痛，恢复了健康，给他们送去了福音，这是多么好的事情！从这点上说，你倒是积德行善了。救人脱苦海，这是人人应当称颂的，也符合佛道教普度众生宗旨的，你应该感到宽慰才是啊。"

有道是："色中一点，话明一句。"那蛇王不知道怎么鬼迷心窍，一点事情横到心里再也颠倒不过来，以至于像块心病一样感到内疚和自责。

何况在这样的深山里面，很难碰到一个推心置腹的人互相倾吐一番，得到一点精神上和心灵上的安慰。坷垃这一席话虽然不多，却像拨亮了一盏油灯一样，使蛇王精神为之一振，眼里突然射出奇异的亮光。他兴奋地说："照你这么说，我良心上是不负债的了？我赚这钱是天经地义的，是干净的吗？"

"那当然，本来就是干净的。而且你赚得越多，对病人解除的危难也

就越多，对社会的贡献也就越大。那些脱离苦海的病人都会为你祝福，说不定还会给你送'千家匾'和'万民伞'。你救人出苦海，是真正的救苦救难的观世音。"坷垃顺着蛇王的心意，极力奉承地说。

蛇王真的有点高兴了，从那神色里可以明显地看出这一点。也许压抑了他很久的、聚集在心头上的这块疑云被坷垃突然拔除了，出现了一片明媚的春光。而他，眼下正沐浴在这明媚的春光里。

其实，坷垃讲这几句话都是些普通的道理，并不怎么深奥玄妙，也没有什么发人深省的哲理，而且还带着明显的讨好、奉承之词。蛇王是个精明之人，当然也能听得出来，而且也明显地感觉到了坷垃是"礼下于人，必有所求"，但是他仍然很兴奋。

"都是那个贾货，说了些捅人心窝子的混账话，他才被弄得鬼迷心窍！"白蛇公主在一旁冷冷地插了一句。

"是那个偷秘方的贾货吗？"坷垃问道。

"你怎么知道？"蛇王有些惊奇，瞪大了眼睛问坷垃，"你认识他吗？"

"我哪里会认识！"坷垃摇了摇头说，"还不是早上听红珠姑娘说的。"

"啊，原来是这样。"蛇王长长地松了口气。

"大伯，我进山以后不止一次听到说这个贾货，这到底是怎么回事？"坷垃观察了一下对方的脸色，若有所思地说，"要是这个人不怎么地道，就不理他算了，何必为他烦恼呢？"

说实在话，坷垃在山里听说贾货的事，就猜想出这人并不怎么正派。可是他担心蛇王谈到贾货学艺的事，再也不肯收徒弟，像对待贾货一样对待自己。他想趁机摸摸蛇王的底，以便早些打主意。

蛇王长长地叹了一口气，似乎是不愿提起这些往事。

贾货曾是小镇上的一个风云人物，在小镇上露过脸，一度春风得意过。不过好景不长，没过多久便翻了车，又堕落到芸芸众生之中。

这桃花坞是一个边陲小镇，要说起来有些山高皇帝远的味道，但闭塞的地方并不一定都是世外桃源，这里五花八门的人也有他们的矛盾和恩怨。

这里的居民成分很复杂，有世居的本地人，有不知哪个年代逃荒落户的外地人，也有零星杂居的少数民族。

贾货是本地人。有人说他祖上是少数民族，也有说不是的；他自己也是有时候说是，有时候说不是，到底是不是谁也说不清。贾货称得上是个"混世虫"，士、农、工、商，他又样样不通。后来不知道怎么卖起了药材。其实，深山里面有的是中草药，只要肯吃苦下力气去挖、去找，也不失为一种生活之计。

可他偏偏不安分守己，一心要赚钱。名贵草药也不是那么轻而易举能够采到的，就是偶尔采到一些，那毕竟有限。为了赚钱，他就把采到的中草药炮制一番，冒充名贵药材了。

在这边陲小镇上，能真正识别药材的内行毕竟不多。何况即使是真正的名贵药材，对有些人有效，对另一些人也不一定会有明显效果。贾货的药虽然治不了大病，也不会坏症候，也有偶尔碰巧治好的，开始并没有露出多少马脚。他走乡串寨，今天穿这种民族的服装，明天又换另一种打扮，还能说些少数民族的土话，真蒙混了不少人。

在老鼠多的那阵子，他还卖过老鼠药。他女儿贾荷花用他的老鼠药药过老鼠，发现不灵，就问他："爹，咱的老鼠药怎么不灵？"

贾货诡谲地一笑，说："怎么不灵？你不会用。"

贾荷花奇怪地问道："怎么个用法？"

贾货哈哈大笑，说："有两种用法：一种是一包药拌一碗香油，叫老鼠喝饱撑死；另一种是先逮住老鼠，掰开嘴塞药，叫它憋死。"

贾货就是这么样一个人。

他确实曾偷过蛇王的秘方，而且还偷过蛇，这是不久前的事情。

他提着酒来找蛇王，说是要消除旧隙。蛇王本是豁达大度的人，虽然旧有积怨，还是盛情招待了他。贾货一副忏悔的样子，百般劝酒，把蛇王灌了个酩酊大醉，趁机溜进南屋饲养室，拣一个池子里最肥壮的蛇偷了十几条，还把一个坛子里配好的饲料偷了一大包，就悄悄下山了。

蛇王酒醒以后不见了贾货，开始倒没有疑心什么。等到他晚上喂食的时候，才发现池子里准备产卵的母蛇少了十几条，又看看饲料，发现一个坛子被动过，饲料也少了些。他立刻明白了：贾货此次上山，是为了打他的主意，偷他的技术。

他淡淡一笑，没有声张，连女儿也没告诉，只是静静地等着下文。

那贾货得手以后喜欢坏了，自以为神不知鬼不觉地偷到了蛇王的绝技。连夜跑到城里，托人化验偷来的饲料。可他哪里知道，这饲料中含的微量元素甚少，且都是经过蛇王像炼丹一样升炼过的，和碎的肉混在一起。肉血混在一块，哪里会化验得出来？他也只认为是一般的几种肉混合在一起，便放心了。

那贾货化验以后回到家里，见有两只蛇已经生了蛋，更是喜欢得了不得，心想："我这次可繁殖一批小蛇，不用二年工夫，就会像蛇王一样成为养蛇专业户了。"

贾货原来听人传说，说蛇王的饲料配得很有讲究，那配方是绝不外传的秘密，连他女儿都不让知道。通过这次化验，他才知道那传说都是假的，也许是蛇王故弄玄虚散布出来的，是骗人的鬼话。他准备照样买几种动物的肉，将来自己也配。眼下，先把偷来的那包饲料喂着。

有道是乐极生悲。机关算尽太聪明，反误了卿卿性命。贾货夜里把那包偷来的饲料喂了十几条产卵的母蛇。那些母蛇吃了饲料，开始只是不安地乱窜，到最后竟猛烈地发疯狂跳，互相撕咬起来，不一会工夫，十几条白花蛇死得光光的。

贾货这一下傻了眼，木呆呆地愣在那里，大骂蛇王奸诈心黑，又哀叹自己像三国里蒋干盗书那样上了当，受了骗，一气之下，把那些咬死的蛇砸得粉碎，扔到外边。没想到福不双至，祸不单行。他养的两口肥猪不知什么时候跑了出来，偷吃了被他砸得稀烂的蛇肉，结果两口膘肥肉壮的大肥猪也直挺挺躺在外面，中毒而死。

贾货气得几乎要发疯，要是在平常，他非掂刀找蛇王拼命不行。可这次他干的是见不得人的买卖，虽然吃了这么大的亏，也只好是哑巴吞黄连，有苦说不出来。

其实，他骂蛇王黑心奸诈是冤枉的，蛇王并无心害他，也不知道他会偷蛇偷饲料。只是他并不了解内情。

可是恼归恼，那贾货发财之心不死，何况他已迷到这一窍上了，不达目的，怎肯罢休？

他躺在床上一夜没合眼，思前想后，总抵挡不住用幻想的花环编织起来的金钱梦的诱惑。他决定二次上山，凭自己的三寸不烂之舌和察言观色的本领，再和蛇王周旋一番。

见面以后，贾货比以前更加热情，只是那热情之中有丝苦涩和自惭，笑容之中有些浅浮和做作。热情得过分了就难免会露出些不自然来，叫人感到虚假。蛇王还是和以前一样，置酒相待，就像没发生过任何一件事一样。

贾货见蛇王如此热情，以为他真的没有发现什么破绽，越发放下心来。

酒至半酣，贾货出来小解，他有意溜到饲养室门口察看动静。哪知刚到门口,还未来得及往里探头,两只大蟒便蹿了出来,摔打着尾巴,昂着头直往他身上缠来,吓得他连滚带爬地逃到屋后,三魂已去了两魄。幸好那大蟒没有追出来,他才喘了口气,心里明白了一切。那蛇王早有准备,要成心治他,处处提防着他。

看来上次偷蛇和饲料的事情蛇王并不是不知道,而是故意装作没有发现;或者本身就是蛇王故意做的一个局,用这个局来算计他,害得他不但丢了蛇,还赔上了两口大肥猪。那大肥猪可是他的一大笔财产哪,还有不少事指望那两口大肥猪呢,这下完了,赔了夫人又折兵。

后来他又往好处想了想:也许蛇王不至于如此歹毒,他难道有未卜先知的本领?事先知道我会来偷他?即便能猜想到,也来不及配药啊?何况他也不可能知道弄他哪个坛子里的饲料啊?莫非这当中另有玄机?贾货毕竟有厚黑学的本事,只作没事人一样重新回到屋里。

回到堂屋,他已无心喝酒,但这次不能白来,便提出想跟蛇王学点本事,也想养几条蛇。蛇王对贾货的两次行动都了如指掌,正在气头上,见他说出这样的话来,把脸一沉,说:"我和你作为朋友交往,要是缺钱花,三百二百的你尽管张口,要是想学本事,就免开尊口吧。我这本事,上不传父母,下不传妻子儿女。别的就不要再讲了。"

第10章　三教九流五行八作之外

　　这贾货本来就有些无赖，加上上次偷蛇不成又死了两口猪，一口气窝在心里哪里能出得来？一气之下，那种刻薄的恶言恶语就出口了，说："你许旺以为我真想跟你学本事吗？我只是想劝劝你，别做这种伤天害理的坏良心事！"

　　许旺没想到他会说出这种话来，问道："我坏什么良心？"

　　"嘿嘿！"贾货冷笑一声，"你想想看，你拿这些小龙的命去换钱、去发财，是得的害命钱。你害的性命多了，说不定哪个有灵性的蛇恼上来，一口把你咬死。瓦罐离不了井上碎，你不积一点阴德，等着报应吧！"

　　那贾货说罢，扬长而去，走着骂着，仿佛他就是主宰阴曹地府的阎罗。

　　那蛇王本来并不相信因果报应的，也知道贾货是求艺不成才恶语伤人，可凭空受了这场窝囊气，一股恶气冲到心里，再也过不来，慢慢地竟成了一块心病。

　　常言说得好："好话一句三冬暖，恶语伤人六月寒。"

　　贾货这些话，确实刺伤了蛇王的心。也不知是刺伤了哪根神经，他一直久久转不过来。加上他有个善于思索的怪毛病，一点小事总喜欢翻过来覆过去地想，越是想忘却，那印象就越深，越深就越感到压抑。慢慢地，那块聚集起来的阴云竟消散不了，叫人凭空生出无限烦恼来。

　　因此，尽管蛇王也听得出坷垃那话是奉承的，但此时此刻对他毕竟是一种安慰，毕竟能消除一些他心头的烦恼，像突然注射了一支兴奋剂那样，浑身为之一振。想起女儿平常不是拿话开导他，给他解闷，而是奚落他，嘲笑他，他觉得女儿并不理解他的心。想到这里，他忤嗔地责怪起女儿来，说："你看看人家坷垃这孩子，多有涵养，多会说话，几句话就拨亮了一盏灯。不像你，疯疯傻傻的，总会拿话来怄我。"

　　许红珠平常在父亲面前撒娇惯了，说起话来自然无大无小地缺少分寸，见父亲埋怨她，就赌气地说："你自己神经出了毛病还不觉得，只会怨别人。蛇总是蛇，终归不是啥好东西。什么灵性啊，什么三分龙啊，都是自己想出来的。别看你成天地喂它，要是手上不抹药，你敢去摸它吗？它会不咬你吗？它的灵性到哪里去了？不是我亵渎神明，世上的蛇不会都变成白娘娘的！"

"你看这孩子，越说越不像话了。"蛇王摇了摇头，自嘲自解地说。

尽管如此，由于心里高兴，他倒也不计较女儿的奚落，反而从柜子里取出一瓶好酒，给坷垃倒了一杯，自己也喝了起来。

接过酒杯，坷垃真有点受宠若惊，没想到几句话能引起蛇王如此厚爱，对蛇王的脾气更加估摸不透了。从白蛇公主给他讲的话里，他就认定蛇王是个十分古板、十分难接近的人，在他脑海中甚至形成了一个不近人情的孤老头的形象。没想到蛇王对人倒是如此的热情，如此的宽宏大量。这到底是什么原因，他想不出个所以然，也估摸不透当中的奥妙。反正对方是真心实意，他尽管不会饮酒，也只得勉强陪着喝了起来。

酒过三巡，蛇王显得更加兴奋起来，话锋一转，说："年轻人，如果我没看错的话，你不是迷路进山的。"坷垃心头一惊，尽管这是预料中的事，但蛇王突然点破，他还是有些难堪。他求救似的瞅了一眼白蛇公主，希望她能帮助打个圆场，摆脱一下尴尬的局面。

但许红珠只作不知，头也不抬，一个劲地吃菜。坷垃实在受不了蛇王那审视的目光，嗫嚅着说："小侄原来想学些养殖牛蛙的技术，一来没出过远门，没见过世面，在外面瞎闯；二来求师学艺，本来想着是件容易的事，出来之后，才知道世事艰难，不敢再作非分之想了。在山里碰上红珠姑娘，才有幸结识大伯，也算是有缘分吧。"

"有缘分，有缘分。"蛇王乘着酒兴，哈哈大笑起来。

尽管坷垃的话里已明显地暗示了他是来投师的，何况像蛇王这样的精明人，不会听不出话中的试探之意，但他却闭口不谈下文，既无应允的意思，也无拒绝的表示，像一个闷葫芦那样按在了坷垃心里。

坷垃心里一阵发怵，暗暗觉得有些危险。但贸然直接提出来，害怕冲撞了对方，那将更糟糕，说不定会化为泡影。他原来打算先取得蛇王的好感，然后再趁机提出来。可是，谁知事与愿违，打柴偏偏误食了阴阳果，引起那场狼狈的事，尽管蛇王没有怪他，谁知道蛇王心里又怎么想？从刚才的闲谈里，他看出蛇王对自己产生了好感。但这种好感来得太突然了，他不相信自己几句宽慰奉承的话会产生那么大的作用，因此，他觉得提学艺的事还不到火候。他满心希望白蛇公主会帮他说几句好话，谁知她此刻像个锯了嘴的葫芦，一句话也没有。这倒真使坷垃为难了。

好在蛇王并没有再问什么，只是闲扯起一些家常话来，坷垃的情绪才稍稍放松一些。

又喝了两杯酒，他猛一抬头，无意间又瞅见了门后的那幅画，心中猛地一动，一点灵感涌上心头。

那香炉里的三根芭兰香已烧了大半，缕缕青烟还像细纱一样缠绕着。这幅画一定有些来历，像其他行业一样，也许是蛇王崇拜的最高偶像了。尽管蛇王自己表白他的行业在三教九流之外，但他总有自己推崇的东西。从这幅古色古香的画来看，也许是对某种事物的怀念，倒不如换这样一个话题扯一扯，也许能沟通一下彼此之间的感情。

又喝了一杯酒，坷垃已有三分酒意了。酒的精灵弥漫着，无形之间助长了人的勇气和胆量，也在人与人之间由于各种因素构成的距离中搭起了桥梁。趁着酒兴，他有点放肆地问道：

"请问大伯，这一炉香，是敬神的呢？还是敬人的？"

蛇王微微一个愣怔，那把着酒壶的手不由得放下了。他下意识地望了望那张熏得有些发黄的画，又惊讶地端详起这个年轻人来。

刚进屋那阵子，他就发现这个年轻人很注意这张画，也注意到那香炉里的三根芭兰香。他那目光似乎把自己和迷信联系在了一起，眼下这问话里，又似乎有某种不恭之意。

他不怪年轻人的浅薄，更不怪他的直言不恭。老年人的心理，对于不到这个年龄的人来说有时是无法理解的。人老了，总喜欢追忆往事，想那些无休无止、了犹未了的恩恩怨怨，今天是什么日子？是他当初和水源道长戏剧般相逢的日子。他总是想重现一下当年的生活画面，寻找一些零碎的记忆，也不失为对故人的一种怀念吧。当然，年轻人是不可能知道他这种心情的。他微微笑了笑，说："你能理解这幅画的含义吗？"

坷垃笑了笑，说："我只是一种猜测，大伯如果不见怪的话，我就说。"

蛇王点了点头，开始重新评估起这个年轻人来。正因为蛇王走南闯北，有着很深的阅历，才真正懂得"市井多英俊"的道理。在一般情况下，他不以世俗的眼光看人。他读过不少古书，他最欣赏的是古书上的几段话："古之大将，多出自寒微，岂可以门户而论人耶？伊尹莘野匹夫，太公渭水钓叟，宁戚为抱车竖子，管仲为槛车匹夫，后来施用作为，皆成大事。"他曾自比山野逸民，自信如果让自己出来治理一个地方，建树不比别人差。可惜的是，他这种才华和抱负一直没有人欣赏，也没有碰到伯乐光顾。年复一年，日复一日，他也只能在深山老林中自生自灭了。苦闷的时候，免不了哼两句据说是当时韩信不得志时唱过的歌："日未明兮，小星竞光；运未逆兮，才能隐藏；驴蹄蹇滞兮，身寄殊乡；龙泉埋没兮，若钝无钢；芝生函谷兮，谁为与探；兰长深林兮，孰识其香；安得美人兮，愿从与游；同心断金兮，为鸾为凰。"开始哼时，觉得还能吐一点胸中的闷气；后来哼得多了，也就觉得淡而无味。也许胸中的闷气被吐光了，哼尽了，剩下的只有严酷的现实。久而久之，他似乎也觉得自己有些不合时宜，才慢慢地静下心来，做一些脚踏实地的事，后来才搞起了养蛇这个行当。

说实在话，凭自己的眼力，他一下就看出了坷垃的聪明智慧，就像当初水源道长一眼看中自己一样。因此，他有意和坷垃闲扯起来，以便在闲扯中孕育成熟某种决心。

坷垃见蛇王高兴，胆子更大了起来。加上酒的精灵在体内扩散着，拘谨、理智都逐渐退位，一种莫名其妙的豪放感随之产生了。随着胆壮嘴松，他毫无顾忌地讲了起来："世上的三教九流、五行八作都有着沿袭下来的崇拜的祖师。可百工之人并不一定都能找到自己的起源。养蛇这一业虽在百工之列，却是世上罕见的。柳宗元写的《捕蛇者说》虽见于经传，但那毕竟没有成为一脉沿袭下来。因此，如果这一业能发展流传下去的话，您蛇王应当是鼻祖，几百年后，说不定也会像鲁班一样受到同行后人的尊重。"

坷垃讲这一番话，无疑是先把蛇王神化了一番。他见蛇王兴致很高，颇有几分扬扬自得的味道，才话锋一转，又拉到这幅画上，拘谨地说："大伯不是俗人，自然不会崇拜什么偶像。我想，这当中可能有您一生中难以忘怀的事情，或者记录着您不平凡的创业之路。"

坷垃言中了。蛇王那胖胖的脸上出现了极为复杂的表情，时而兴奋，时而苦涩，间或又夹杂莫名其妙的惶惑，就像空闲之余嚼酸梅杏干一样，虽然有些酸涩，后味还是深长的。

蛇王深思了片刻，并没有直接回答坷垃的问话，只是淡淡地说了句："你可以到跟前仔细看看。"

坷垃踌躇了一会儿，终于来到那张发黄的旧画面前，仔细地瞅了瞅，原来这画的一边还有用蝇头小楷写的两首小诗。

从这蝇头小字的笔迹来看，不像是一个人的手迹。第一首可能是有感于白娘子而写的，那诗文是：

几觅峨嵋欲进香，何故白娘恋苏杭？
蛇多人性何妖论，人为鬼蜮堪须防。

这首小诗的一侧还有一行小字，仔细辨认起来，似乎是"水源戏笔又题"。

下面的另一侧那首诗没有落款，但似乎是有感于小青的。那诗文是：

忠肝义胆勿相忘，金钵罩顶亦相帮。
青山只传正气歌，西湖不载秦始皇。

坷垃仔细地品味着两首小诗，隐隐约约觉得字里行间隐藏着一种情绪。那是哀怨？好像也不全是。是对社会生活的解剖？好像又都不能包容。坷垃毕竟社会阅历太浅，不了解当时的社会背景，更不了解写诗人的心情，当然无从琢磨了。

坷垃细细地品评这两首小诗，总觉得有诗外诗、话外话，莫非蛇王也有人生道路上的难言之隐吗？

第11章　生活是激流，处处有浪花

其实，蛇王此刻也在细心观察着坷垃，窥测着对方心理的变化，尽管对方并没有失态的地方，但他还是捉到了某种形体之外的东西。他笑了笑，说："年轻人，恕我直言，你下这么大决心进深山来学艺，总有点背景吧？"

坷垃微愣了一下，望着对方那笑眯眯的眼睛，坦率地说："背景是有一些，我们那个地方实是太穷了。不瞒大伯说，我是个不肯安分守己的人，不甘心像老辈人那样，守个破摊摊一直穷下去，人横竖只有几十年好光景，我趁年轻，要把这几十年好光景用到该用的地方。我没有什么野心，只是想摸索出一条致富的路子来。我相信自己并不笨，能够干出点事业来。所以才决心出来闯一闯，学点本事。"

"这点我完全相信。"蛇王点了点头。他也看出对方是个有见识和有抱负的人，他脚踏实地而不好高骛远，努力追求而不怨天尤人，是个能成事业的人，只要拉他一把，他就能起步，何况人在迷茫、困惑的时候，只要拉他一把，他永远也不会忘怀。只是他觉得这个青年人身上似乎多了一层落魄之气，精神状态上有些消沉，他一定受了不少挫折和刺激。

他递给对方一支烟，自己也抽了一支，说："看来，你已经受了不少挫折吧？你的精神状态可有点不太好啊！"

坷垃被蛇王一句话勾起了无限心事，不由得一阵沉默。他是受了不少挫折，但是，这些挫折他都能够承受，都能支撑，而且离他心理的最大承受限度还有距离。他深深懂得，在大浪沟这个穷窝窝里要闯出一条致富之路，确实并不是件容易的事，接二连三的失败他都挺过来了。他对蛇王讲述了他失败的经过。

他很坦诚地讲了他在婚姻问题上受到的挫折。这个挫折对他的刺激是很大的。

经他同族哥哥艮瓜的介绍，他和一个叫冬妮的姑娘订了婚。他与冬妮原是高中同班同学，又一起回乡，两人早就心心相印，只隔着一层纸没有捅破。但是，在这个偏僻闭塞的乡村里，私订终身是遭人忌讳的，必须托个媒人。

冬妮和艮瓜的老婆在同一个村。冬妮排行老二，上面还有一个哥哥，下面还有一个弟弟。这几年冬妮家的日子过得并不宽裕，为了大哥娶亲，几乎耗尽了全家的积蓄，还欠了一屁股的债。弟弟也到了娶亲的年龄，但是没有房子。家里便闹成了一锅粥，父子反目，兄弟斗架。

母亲一气之下回了娘家，过了不久，又捎信回来叫冬妮去接她，谁知道事情就出在这上面。

这几年山里办起了不少小煤矿，很多人家挖煤发了财。那村里一个人死了老婆，愿意替冬妮家还完所有的债，还答应再替她盖三间瓦房，这一下冬妮娘动了心，就自作主张，把女儿许给了人家。冬妮被骗到姥姥家的时候，生米已做成了熟饭。母亲收了人家几千块钱，自然要劝说女儿就范的，何况那边连新房都布置好了。冬妮给坷垃写了一封长信，诉说了事情的原委，表示了自己的歉意。

这意外的打击，对于初登情场的年轻人来说，刺激实在是太大了。他恨生活对自己太不公平了，自己如此虔诚地对待生活，热爱生活，到头来却遭到生活如此的嘲弄。恨冬妮的薄情寡义吗？她和自己一样，是芸芸众生中的一个无名小辈，在这样的环境里怎么能够脱俗？恨冬妮她娘吗？她也是够可怜可悲的了，这个当年的逃婚者，如今又成了女儿的逼婚者。吞下的苦果，也够她品味的了。

艮瓜到底比他大几岁，在人生道路上经过的坎坷多一些，怕他受不住刺激生出其他意外来，就鼓动他出去闯一闯，搞点致富门路。正好听说南方有养殖牛蛙的，他就出来了。

坷垃坦诚的叙述，引起了蛇王心灵深处的极大共鸣。历史有很多惊人的相似之处，人生旅途中也难免有类似的历程。也许蛇王内心深处和这个青年人之间有一座可以交融的桥梁，随着桥梁的延伸，他们之间的距离在逐渐缩短，中间那道陌生的高墙在逐渐拆除。蛇王长长地叹了口气，一种恻隐和怜悯之心复苏了，萌发了。

他笑眯眯地盯住坷垃，似乎并不关心，随随便便地问道："你说的那个艮瓜是怎么一个人？"

坷垃并没在意蛇王的表情，说："他是我同村同辈的哥哥，大名叫赵根华，是个有见识的人。前些年在这一带当过兵，听说也是受过挫折的，可惜虎落平川。不过眼下好了，他会有作为的。要说他和我一样，不甘守穷，也是一个不肯安分守己的人。"

"噢，噢。"蛇王若有所思，不置可否地点着头，眼光在坷垃脸上打量着。那神态是似曾相识，又像要重新认识一下一样。

踌躇了片刻，他终于把目光收了回来，问道："那你打算怎么办呢？"

"我？"坷垃愣怔了一下，满脸惶恐地说，"我能有什么打算呢？只有听之任之了。"

蛇王那笑眯眯的眼睛突然一亮，问道："你愿在我这当徒弟吗？要是愿意的话，我就收留你！"

"这是真的吗？"坷垃有点怀疑对方在逗自己。可看看对方一脸真诚，那闪亮的瞳仁里分明写着"真的"两个字，他一下子不知所措了。人际间的微妙关系有时候真像大自然中很多无法解释的怪现象一样，简直是一个复杂而可爱的谜。看着是条直道，有时候却走不通；看上去没有道，却能顺顺当当地通过。怪不得人们常说地无常势，水无常形。看来宇宙间的万事万物，无不处在运动之中，阴阳相克，矛盾互制，质中有量，量中有质，其变化万端而又无穷无尽。看起来毫无关系的事情，却能起到非常大的作用。

形势的急转直下，使坷垃有点茫然。

他望了望白蛇公主，许红珠也为急剧直下的转化感到愕然。但似乎又早有所料，只是在一旁捂着嘴"嗤嗤"地笑。那眼神却是极热烈的。

坷垃心里一热，猛然间又想不起如何表示谢意才好，慌乱间膝盖一软，几乎要行磕头礼了。

"慢！"蛇王一把拉住坷垃，神色变得严峻起来，也许他早已思虑成熟，预料会有这一招，一字一句地说，"我收你这个徒弟得有个条件：咱丑话说在头里，我这里是上山容易下山难！来由你，走可得由我！你再考虑考虑，要是想走的话，现在走还来得及！"

坷垃一心想着上山学艺，此时哪还顾得及许多？况且学不会本事，就是赶他走他也不会下山的。要真是学会了本事，师父还会留他吗？蛇王这话，无非是要他专心学艺罢了。于是，他不假思索地说："我一定听师父的！大伯什么时候叫我下山，我就走；不叫我下山，我绝不离开一步！"

蛇王两眼射出严厉的冷光，逼视着对方，说："好！一言为定！要是反反复复，休怪我做师父的不客气！"

坷垃是社会上的一个无名小卒，尘世上有他不多，无他不少。他的存在与消失，除了他的家庭成员外，恐怕再也不会引起更多人的注意。他眼下所处的层次，决定了他没有更高的奢望和要求，极容易得到满足。

坷垃自从被蛇王留下来当徒弟以后，一下子判若两人，脸放红光，印

堂发亮，浑身散发着青春的活力。

这些天来，他处处显得非常勤快。除了照常一早起来上山打柴外，家里能插上手的事他都抢着干。

小山村本来并不大，凭空里添了一个陌生人，一下子就成了人们注意的中心。消息传得很快，不到两天工夫，家家户户都知道蛇王家新添了一个小徒弟。

每当坷垃走出那道篱笆门的时候，总有人指指点点地议论着什么，叫人感到怪难为情的。人们的目光多半是惊讶和羡慕；自然也有好事者评头论足地说长道短，那神态仿佛是评价动物园里新添的一个怪物。

年轻人倒是熟识得快，又喜欢三五成群地相聚，不到几天工夫，坷垃便和村里的几个小伙子混熟了。他们也喜欢这个来自北方的老侉，开始只是和他聊些当地的风土人情和山里的趣事，后来，连上山打柴、挖草药也叫他做伴了。在一个新的环境里，坷垃感受到了一种从来没有过的乐趣。

生活中有乐趣就必定有烦恼，正像一首小诗写的那样："生活是激流，处处有浪花。浪花本无忌，最道脚下沙。"

坷垃也碰到了一朵小小的浪花。这朵小浪花的冲击，倾斜了他心中的平衡。

那天，他在山里抓了一只野獾，兴冲冲地回到家里，在小溪边剥洗干净，便往蛇房里送。

蛇王闻声从里面出来，叉开双腿站在饲养房门口，挡住坷垃的去路。

"师父，肉，新鲜的。"坷垃被挡在门外，一下子不知所措，看看蛇王并没有放他进去的意思，有些茫然，下意识地举起手中的肉，朝蛇王挥了挥手说。

"哪来的肉？"蛇王脸上毫无表情，冷漠地盯着对方淡淡地问道。那叉开的双腿却没有挪动一步。

坷垃见蛇王仍然没有让他进去的意思，有些泄气，刚才那种兴致不觉一扫而光。他下意识地往后退了一步，喃喃地说："在山上弄来的。"

"嗯？！"蛇王又是轻轻地哼了一声。那声调他实在听不出来是什么意思，只是感到有些冷漠。

他不知道自己的满腔热情为什么会引起蛇王的如此不快和反感。

也许自己太急于求成了吧？初来乍到，总应该放稳重一点。他似乎觉得蛇王非常忌讳别人到他的饲养室，可能是由于以前出了几次不愉快的事情，而使蛇王形成了一种条件反射，看到别人往蛇房闯就产生一种习惯性的防范。自己怎么没有想到这些，怎么能贸然往蛇房里闯，犯他这个忌讳呢？

唉，古人不是早就说过：难进易退。若进得容易，终究不得大用。这个千百年来的古训，他是知道的，有时候也作为遵循的信条，为什么这时候倒忘了呢？

他恨自己的急躁，恨自己不老成，恨自己不检点，恨自己急于求成。

也许蛇王的冷漠是一种好心，是一种对他的关切。他突然间想起了那两条望而生畏的大蟒，至今还心有余悸。

再说，别看那白花蛇小，却是蛇中的剧毒者。论身材不及七寸蛇，若论毒性，可并不比七寸蛇逊色。也不知当初柳宗元在《捕蛇者说》里记载的那种蛇，是不是这种蛇的祖先。自己既不懂蛇的习性，又不知道防范的办法，万一出了个差错，那可不是闹着玩的。

自己冒冒失失地往饲养室里闯，引起蛇王的不快和反感，也许是很自然的事。

想到这里坷垃心中平静了一些，解释着说："我们在山上逮住了一只獾，他们……叫我拿回来喂蛇。"

"什么？什么？"蛇王像突然发现一个怪物似的盯着坷垃手中的獾肉。他那目光又从肉上移到院子里，移到小树上挂着的那张獾皮。脸上的冷漠变成了气愤，"没事就在家看蚂蚁上树！到山上乱跑什么！我啥时候叫你去弄獾肉了？！"

坷垃像被兜头浇了一盆冷水，不知蛇王今天怎么会如此绝情。他只觉得浑身一阵战栗，两腿麻木得仿佛生了根似的拉不动了。

第12章　扑朔迷离难识真面目

他呆呆地立在蛇房门口，像个机械人一样，拿在手中的肉不停地往下滴着带血的水，一点一点地落在脚上，把鞋滴湿了他也全然不觉得。此时的他已完全陷入了一个难堪的境地：走也不是，站着也不是。他想解释什么，可又觉得在这种场合下，能解释什么呢？

赌气走开吗？他觉得那样不妥。他想用歉意的笑来摆脱这种难堪的局面，来表示自己的过失。可他此刻无论如何也笑不出来，就是挤也挤不出一点笑意，那笑的细胞也许早被冰霜凝固了。况且，自己又有什么过失？

踌躇了片刻，他终于抬起头来，仿佛是下了最大的决心，迎着蛇王那冷漠的目光，嗫嚅着问道："这肉……"

蛇王没有吭声，从坷垃手中一把夺过那滴着血水的肉扔进了饲养室一侧的石头池里，连看都没再看一眼，转身进了蛇房。

坷垃更加愕然了：难道这肉都跟着倒霉了吗？我能在肉里下毒药吗？

猛然间，他看见两条大蟒探出头来，争抢那扔过去的肉，心里又泛起一丝宽慰，也许蛇王是有意喂它们的吧。

坷垃内心有一种失落感，又有一种如坠烟海般的迷茫，蛇王的形象在他脑海中变得陌生起来。随着时间的推移，他越来越觉得这是个性格极为复杂、叫人难以捉摸的人。自从收了徒弟以来，蛇王从性格上一下子变得判若两人，当初那发面馍似的胖胖的脸庞上，像弥勒佛一样的笑容，如今由于过多的外溢而流枯了。弥勒佛的慈悲之处就在于他的"开口便笑"，至于他笑的是不是"天下可笑之人"是无关紧要的；那大肚是否能容"天下难容之事"也没多少人去注意。但是，如果失去了那"开口便笑"的面容，给人的也就是另外一种形象了。

他对坷垃的态度显然不像来时那样客气，除了支配他去干一些必要的活儿以外，很少和他说无关的话。就连让他去干活儿时，话也很简单，多一句也不说。

开始，坷垃干完活儿，有空的时候总想和他聊聊。这并不全是为了尽早了解到一些有关养蛇的知识，主要还想逐渐沟通感情，能够融合得真正像一家人那样。可是,蛇王并不是像当初那样容易接近。他总是板着脸孔一个劲地抽烟,和他攀谈的时候,总是有一搭没一搭的,叫人感到冷落、没趣,似乎是有很重的心事。

坷垃开始以为他不高兴,为什么事犯愁,或者在琢磨什么新的技术问题,过去几天就好了。

据说,人的情绪变化除了外界的直接或间接的刺激以外,还有个自身的变化周期。而这个周期像个正弦曲线一样,也许蛇王的情绪正处在曲线的下半周。可是,一连几天蛇王脸上丝毫没有多云转晴天的意思。

坷垃心里犯嘀咕了,莫非他凭着当初的一时高兴,收留了自己,后来静心思索了以后,觉得又不妥当,心里后悔了吗?要不然的话,那脸上的冰霜为什么一直不化呢?也许他话已出口,心里有苦说不出来,又不好反悔,只有用冷漠的感情对待自己,使自己感到无趣而离开吗?

坷垃受不了这种冷落,渐渐有些忍耐不住了,只觉得胸中有团如烟如气的东西在滚动着,膨胀着,渐渐把他的五脏六腑都挤到了角落里,挤成了肉干。这团东西简直要置他于死地了。他受不了这种冷落,冷落是无形的鞭子。

他毕竟是个男人,而且是个火气正旺的年轻男子汉。他感到自尊心受到了损害。寄人篱下的那种苦楚他尚可忍受,但嗟来之食的那种侮辱是很难往下咽的。尽管他是个小人物,没有不食周食的那高风亮节,更没有士可杀而不可辱的那种慷慨之情。但是一种男子汉血气的冲击,使他一怒之下想离开这里。

要说起来,他的求艺之心简直像沙漠里的行路人盼望得到一滴水那样,甚至为此他可以做出很多牺牲。但是,眼下他的意志还是动摇了。当初那种美好的、用幻想堆砌起来的宫殿坍塌了。也许是由于精神支柱的倾斜,他心里泛起了一种流落到异乡的凄楚和悲凉。

人生啊,为何这么多的艰难?世态炎凉,冰刀霜剑非要这个初出家门的年轻人都见识一番吗?这大千世界,真的是"人情似纸张张薄,世事如棋局局新"吗?

他感到迷茫了,惶惑了。烟笼雾锁的群山,扑朔迷离的峰峦,尽管难识其真面目,但只要云开日出,总还能看到重叠的剪影和层次不太分明的轮廓;可人与人之间隔着的一层薄薄的肚皮,仿佛是隔着一层永恒的雾霭,什么时候能够消散,什么时候能够一眼见底呢?

一缕阳光从窗口射进来,柔和的阳光似姑娘的纤手在他脸上拧了一

把,他才懒洋洋地爬了起来。进山以来,他第一次睡到这时才起床。

他没有去取药锄和柴刀,却下意识地收拾起自己的东西来。他说不出是一种什么样的心情,只感到空落落的。

"太阳把屁股晒焦了!"白蛇公主听到屋里有声音推开门走了进来,戏弄地说,"当徒弟还能睡懒觉啊!"

"啊,啊。我有点不太舒服。"坷垃应付地说,"睡过头了。"

"你这是干什么?"许红珠一眼发现了他在收拾东西。

"太乱了,我整理一下。"坷垃像突然间被抓住了身后一条毛茸茸的尾巴,浑身不自在起来,赶忙掩饰地说。

"想走吗?"白蛇公主冷艳逼人,盯着对方问道。

"不,不……"他被对方那会说话的瞳仁征服了,连连否认。他失去了开口的勇气,失去了自己的主意,也失去了自己。

她不会相信对方的狡辩和否认,狡黠地嘿嘿一笑,说:"我要提醒你,不要忘了上山时我爹给你订的约法三章:'上山由你,下山由他。'这可是你亲口答应的!"

坷垃被彻底征服了。他丧气地一屁股坐在床上,一声不吭。

"我知道你心里想的什么!"白蛇公主又是嘻嘻一笑,奚落地说道,"我说你老想进饲养房干什么?我实话告诉你吧,养蛇的关键并不在于饲养,要紧的地方是饲料的配方,是微量元素的品种和分量。只要掌握了这些,喂食有什么技巧?不教你这些,你在蛇房里待三年也没有用处。"

一句话拨亮了一盏灯,坷垃心中的怨气消除了不少。原来蛇王不让他进饲养房并没有其他的意思,倒是他自己多心了。人哪,彼此之间要真正了解也实在太难了。

"你这几天没事就跟我上山,不要跟我爹闲聊。"白蛇公主忠告地说。

"为什么?"坷垃不解地问,"大伯讨厌我了吗?"

"他讨厌被人打搅。"白蛇公主没有正面回答坷垃的话,"他正在研制三号料的配方,心里烦得很,看到啥都讨厌。"

"三号料?"坷垃惊奇地说,"那么还有一号料、二号料啰!"

"是的。"许红珠说,"在蛇初期发育阶段,一号料一天得喂三次到四次,那蛇还不安分;二号料一天只喂一次就行了。这三号料两天喂一次就能达到同样的效果。我爹正在试验配方,还有些问题没解决好。"

"噢,噢。"坷垃似乎突然间发现了一个新的天地一样,心里陡然一亮。怪不得人家称他为蛇王,原来这当中有如此高深的技术,看来这学艺并非一天两天所能盼得到的，也并非一天两天所能掌握得了的。他心里默默地想着，将来蛇王信任自己了，能传自己一号料的配制绝技就不错了，他就心满意足了。

吃了早饭，他无精打采地跟着白蛇公主上了山。不管怎么说，蛇王的冷漠总使坷垃感到一种无形的压抑。

他背着箩筐，想采一些木耳和蘑菇；掂着药锄，挖一些最近才认识的草药。有些草药他叫不上名来，那是些古怪的、山里人给起的土名，他也说不上药性和用处，但他还是一个劲地往筐里采。

他能做什么呢？借此浇愁吧。家里的杂活儿是有限的，他很快地就把能做的都做了。开始砍些木桩修补篱笆，把围墙接起来；做完了这些，又砍了些毛竹，把它们一节一节捅开，做引水的管道；最后，还特地用一段毛竹把水引到厕所里，挖了下水道，像城里人用自来水冲便池一样。

他做得很出色，也很卖力气，使这个小小的院落里充满了生气。但是，这一切似乎并没有感动蛇王，也没听到他半句赞赏的话。仿佛这一切都是他应该干的，是分内的事。那张冷面孔并没有因此而有变化。

前天晚上，小山村里难得来一次放电影，坷垃被几个青年后生拉去，爬到了他们在树杈上用绳子和藤条搭成的吊铺上。他看着电影，听见前面的大树下有人说话。

"旺大哥，你收了个好徒弟啊，有眼力。"一个人在和蛇王攀话。

"瞎说，我哪里收什么徒弟来着。"这是蛇王那淡淡的毫无表情的语言。

由于天黑，看不清问话人的面孔，只见香烟闪烁的红光，但那语气却是诧异的："怎么？那坷垃不是你新收的徒弟吗？"

"不是。我从来不收徒弟。"蛇王的语气显得有些不容置疑，"养几条小长虫，又不是啥行业，用不着收什么徒弟。"

"噢，我明白了。"香烟的火光晃了晃，传出轻轻的干笑声，"那一定是请的帮工了。"

"就算是吧。"蛇王往前挪了挪凳子，语气中流露出一种不耐烦。

无意中听来的话，像一根闷棍打在坷垃的头上，他只觉得头嗡的一下，浑身一阵眩晕，身子一阵痉挛，差一点从吊铺上摔下来。幸好伙伴们都在看电影，谁也没注意到这一切，也没人注意前面树下说的什么话。

坷垃再也看不清楚前面到底演的什么电影，只觉得银幕上出现的就是蛇王那一副冰冷的面孔。

他开始恨蛇王了。可又觉得蛇王这样做也是为了生存而采取的一种自保手段。传出去一点技艺，就多了一个竞争者。他是不是害怕自己这个年轻的徒弟后生可畏，会成为师父的竞争对手呢？他是个老谋深算的人，不会想不到这些。

自古以来，就有"传了徒弟，饿死师父"的说法；民间还流传有"老虎跟着猫学艺，大胆的老虎把猫伤"的寓言。尽管自己可以对天起誓，绝不会忘了师父，绝不会和师父竞争。一旦自己将来对师父的事业构成威胁时，他宁肯不干，也不做这种忘恩负义的事。何况，他根本不可能超过师父，因为蛇王有得天独厚的条件，有山里取不尽用不完的资源。何况他又是个不断探索的人。就自己的条件说，也很难超过师父。

但是，蛇王能相信这些吗？他会相信自己将来不成为他竞争的对手吗？人世间最难的事恐怕要算能够使别人相信自己了。可怎么使蛇王相信自己呢？他实在想不出来了。

坷垃默默地跟着白蛇公主在山里转着，两人都很少说话。

一阵穿山风吹过，林中沙沙作响，在潮湿腐烂的气味中，又增加了一种悲凉肃杀的气氛。葛藤摇摇晃晃仿佛缠绕不住树木那过分粗大的枝干，几乎要坠落下来。

"快看，猴头！"白蛇公主在一旁兴奋地叫了起来。

坷垃吃了一惊。平常只听说过它和燕窝齐名，是一种高贵的东西，却从来没见过是什么模样。

他顺白蛇公主指的方向看去，却发现在一棵老树杈的掩映中，有拳头大小一团白色的毛茸茸的东西，看上去真叫人喜爱。

"快上去啊，愣着干吗？"许红珠在一旁催促起来。

坷垃脱了鞋子就朝大树上爬，好不容易摘下了那团白茸茸的猴头，盘树而上的一棵野葡萄被他蹬断了。也许这两天心情不好的缘故，看到毁坏的野葡萄，心里又一阵感伤。

第 13 章　心不可两持，事不可反复

在这深山老林里，似乎也存在着某种竞争。高大的树木吸尽了周围的养分拔地而起，盘根错节；而这棵野葡萄因为争不到养分就骨瘦如柴，可怜巴巴地经不起一蹬；下面的小矮树也许在和大树的竞争中败下阵来，安分守己地过着营养不足的生活。而猴头却用另一种手段寄生在大树上，显示出它的狡黠。

那可怜巴巴的野葡萄为了生存，不得不缠着树干来支撑它那骨瘦如柴的身躯。而自己眼下的处境，连这可怜的野葡萄都不如。但他又不愿去做这狡黠的猴头。

他有点心灰意冷了。不由得嘲笑起自己来，为了获得金钱，他竟跑到异乡寄人篱下，折了五尺身躯，而得到的却是失望和凄楚，是冷漠和孤单。这太不值得了。

"嘿！这猴头长得真蹊跷，这地方我来过多少次都没发现。"白蛇公主接过那毛茸茸的大猴头，兴奋地说，"还是你有福气，来了就发现这东西。"

珂垃受了白蛇公主的感染，也变得高兴起来，心情顿时好了不少。在这一瞬间，他突然觉得当时想离开的念头是多么幼稚。随着这种想法的出现，那激起波澜的心绪也骤然平静下来。他现在才体会到：由激动而引起的盲目是一种不成熟的标志。只有平静才有理智，才能做深入的思考，才会有智慧的延伸。所以古人说"心平气和则能言"，就是这个道理。

对，不能离开这里。要有耐性，要忍耐。一忍可以制百勇，一静可以制百动。忍耐不是无能，是一种意志和毅力的体现，是高度修养的内涵，是积蓄力量争取转折性的变化。他再也不能三心二意了。古训说得好："心不可两持，事不可反复；两持者多疑而取败，反复者轻举而取辱。"这个徒弟要好好地当下去。

"砰——"

远处传来一声猎枪响。两人都吃了一惊，随着响声望去，原来是蛇王放的，他不知道什么时候也进山来了。他兴奋地跑着，提起一只打中的

野獾,仿佛像猎取了一件什么宝贝似的。奇怪,坷垃自打给他当徒弟以后,还没见他这么笑过,原以为他不会笑了呢。

猛然间,坷垃想起来了。在老家的时候,他听说獾油是可以熬药的,说是烫伤了,抹一点就好。蛇王也许是用这种獾油升炼什么秘方吧?要不,为什么会这么高兴呢?

许红珠似乎突然悟出了点什么,兴奋地说:"三号料的研制一定有进展!从我爹的脸上可以看出来。"

"噢?"坷垃惊疑地望望白蛇公主,又望了望渐渐消失的蛇王的背影,似乎明白了一些什么,可细细想一想,仍觉得脑海里一片迷茫。

他悄悄地往白蛇公主身边挨了挨,趁机问道:"大伯是不是有点不大喜欢我?或者有什么心事?"

"你怎么知道?"白蛇公主像发现一个怪物似的盯着对方,那目光灼灼,透人心底,又有几分冷艳逼人。

坷垃在那目光的逼视下胆怯了,退却了,嗫嚅着说:"我只是瞎猜,看他最近不大多说话。"

"恰恰相反,不大多说话才是我爹的本来性格。"许红珠觉察到了对方的心理,直言不讳地问道,"你是不是感到他对你有些冷落?"

"不是的,不是的。"坷垃虽然被对方击中要害,却又赶忙否认,不敢正视对方的问话,转了个弯说,"我只是想,如果大伯有什么为难之处,或者有什么不好说的话,何不和大家商量商量?兴许我们可以帮他出点主意,排除忧烦呢!其实,有些话说明了倒比窝在心里强一些。"

"我看一切都很正常。"白蛇公主狡猾地一笑,乜斜着对方,那神态分明是嘲笑对方那笨拙的掩饰,说,"我看你是太聪明了,心眼太多了,倒不如我们山里人实在。说什么帮他出点主意,排除忧烦,这话多轻巧!他研制不出三号料,你能帮他出主意吗?你能帮他排除烦恼吗?你有这等本事,还来学什么!"

坷垃被她抢白了一顿,一句话也答不上来。他自知理屈,只好呆呆地站在那里任她数落,脸上一阵红一阵白的,样子狼狈极了。

白蛇公主一张嘴虽然厉害,那心眼却是极细腻的,看到坷垃的窘态,心里又老大不忍,自嘲地笑了笑,感情深沉地说:"有些人的热情表现在语言上,我们山里人讲的是诚恳。一家人天天在一块,说那么多废话、套话干什么?咱是过日子的,又不是开酒馆,迎来送往,拿话卖钱。我爹这样对待你,倒是没把你当外人看待。要是天天对你客客气气的,像初来那样，我看倒不一定是好事，说不定要请你出师了。"

"啊，啊。"坷垃连连地点头应着，像在感悟着一种什么深奥的道理，又像在品尝着话外的滋味。

许红珠到另一边采蘑菇去了，扔下了坷垃。他愣怔了一会儿，也四处搜寻起蘑菇来……

坷垃挖了半箩筐蘑菇，感到有些累，就倚着树干坐下，想摸出烟来抽一支。

爽人的小风在树林中穿过，葛藤瑟瑟地抖动起来。树林中的空气是清新的，吸上一口叫人感到舒坦，而吐出的一口却是浑浊的闷气。

他仰脸望着林中的天空，几团破棉絮般的乱云不安地移动着，晃荡着，互相撞击着，撞击着，把本来蓝得像湖水一样的天空，搅得乱七八糟，就像一幅色彩本来十分明快的水墨画，一瞬间被调得灰暗杂乱起来。坷垃又长长地吐了口气，只觉得眼前的一切又变得恍恍惚惚的。诚然，林中的景致是美丽的，但此刻却失去了那种袅娜多姿的神韵，隐隐约约，若有若无，变得如丝如缕。他眼下已进入了"境由心造"的幻觉之中，许红珠的诚恳和蛇王的冷漠交替出现着……

刚抽了两口烟，却听见前面草丛中传来"叽叽"的叫声，那声音虽然不大，却也听着凄厉，带着一丝悲哀。

他觉得奇怪，掂着药锄跑了过去。那凄厉声处，一条黑底黄花的毒蛇捕捉到了一只田鼠。那田鼠的后腿被毒牙挂住，正在拼命地挣扎着。也可能那毒液在田鼠身上还没来得及发作，也可能田鼠是用全部的生命做最后的一搏，一只弱小的田鼠，不知哪来的那么大力气，它竟把毒蛇带出了草丛，向坷垃这边挣扎过来，仿佛忘记了人对它会有同样的威胁。真是到了慌不择路的地步。

对老鼠的家族们，坷垃一向是深恶痛绝的。如果没有这条毒蛇，单单这只田鼠从草丛中跑过来，坷垃会毫不犹豫地挥起药锄把它敲死；可眼下在自然界弱肉强食的争斗中，却改变了他那种本来应该是顺理成章的做法。也许是对弱者的同情，也许是对强者的憎恨，也许是感到了毒蛇可能会对自己产生某种威胁。他竟对那只可恶的田鼠产生了恻隐之心，挥起药锄朝那毒蛇敲去。毒蛇被药锄击中，翻了翻身，松开了田鼠。他仍不解恨，又是一连几锄挥去，直到把那毒蛇砍为几截方才罢休。

那只可怜的田鼠并没有因为毒蛇的腰断三截而得救，没跑多远，留在体内的毒性便发作起来，一阵痉挛，便躺在枯枝败叶上不动了。

坷垃呆呆地站在那里，望着这个自然界小生命，他猛地想到了自己。要是那条毒蛇咬中的不是田鼠，而是自己的腿和脚，那后果又将如何呢？他不由得浑身一阵战栗，也可能是后怕的原因，浑身起了一层鸡皮疙瘩。他亲眼看到了毒蛇对动物的威胁，目睹了它的残忍和凶狠。怪不得人们把世界上一切最凶残、最丑恶的灵魂比作毒蛇。而自己为了摆脱贫困的绳索，为了挣到金钱，却选择了这条铤而走险的道路，要和世界上这种最凶残的东西朝夕相处了。也许，金钱总是和危险连在一起的。"金"总是要由"戈"来看守，离了"戈"，"金"就不成为"钱"。

不管怎么说，给蛇王当上了徒弟，就得与蛇为伍，就得和蛇打交道。想到这里，他不由得一阵后怕。诚然，蛇王家有一种特殊的驱蛇药，把药抹在手上和身上，蛇就会望而生畏不敢接近。但这种药的配方，蛇王会传给自己吗？他没有把握，也预料不出来。常在河边走，哪有不湿鞋的道理？瓦罐总离不了井上破。难道就没有疏忽的时候？万一被咬了怎么办？听说许家有秘不传人的急救药，灵验得很。他会传给自己吗？要学养蛇技术，与毒蛇为伍，不学到防范药的配制秘方怎么行？

"坷垃——"

远处传来许红珠的呼唤。

她总是这样。虽然两人一块上山，但总好像怕他跑了似的，每隔不了多久就要喊叫一声，仿佛一会儿不喊就要出什么差错。

这种喊叫也许不全是为了关照坷垃，也可能是为了给自己壮胆。在这样一个大林子里，一个女孩子会不感到某种潜在的威胁吗？尽管她已习惯于这种山林生活，但毕竟这里太空旷寂寞了。不管怎么说，坷垃对她这种喊叫都是感激的。前者是出于一种关心，后者是出于一种信任。

可这次坷垃却没有应声。为了学到这种解毒药，在这种特定的环境下，他灵机一动，一个鬼点子便产生了。他为了求艺，在这深山里面要同对方开一个玩笑，一个苦涩的玩笑。

他从荆棘上掰下两个大刺来，狠狠心，咬咬牙，使劲地在右手上扎了两下。

山林中的荆棘都带点毒性，扎得他又痒又痛，钻心地难受。他咬着牙忍受着，又狠狠地挤了挤，挤出几滴血来。那荆刺扎的两个印子，真有点像毒蛇的牙齿咬过的样子。

他用药锄铲断了一株肥壮的猫儿眼，那猫儿眼淌着乳白色的液汁。他咬着牙将那乳白色的汁液点到扎出血的地方。他一点，嘴不由自主地咧开了,一阵钻心的疼痛直往里面冲。他倒吸着凉气,头上渗出了一层冷汗。片刻工夫,手上便红肿起来。

这一次,他没等许红珠再喊叫,便憋足了劲,大声地号叫了一声:"啊——"

这声嘶力竭的号叫,在空旷的山林里传得很远。加上山沟那嗡嗡的回音,也就越发显得凄厉和恐怖,仿佛是天塌地裂一般叫人心惊。

许红珠正在山番那边一片林子里采木耳,听到这声号叫,预感到出现了什么不吉祥的事,便心急火燎地跑了过来。

坷垃一屁股坐在地下,嘴咧得像小瓢一样,头上冒着冷汗,一个劲地嘘着气,连话也顾不得说了。这是真疼,没有丝毫的做作。

许红珠看见地下被截成几段的蛇,又看见坷垃不停地摇着右手,立刻明白了。她猛抓起坷垃的右手,看到那红肿处隐约露出两个小黑点,那黑点有针眼般大小,她更相信了,这是毒蛇的牙印。

长期生活在山里,经常与蛇虫类为伍,她比坷垃更知道这类东西的厉害,慌忙之中,早已乱了方寸,哪还有时间去寻根问底?她掏出一条花手帕,使劲地扎在对方肘关节下面的小臂上,两手的拇指按住对方的伤口处,使劲地挤了起来。

坷垃真想不到,她那纤纤的细手从哪来的那么大劲儿,挤得他难以忍受,颤抖得像触电一样,直到伤口处出现了几滴紫黑色的血液她方才罢手。

坷垃像得到赦免一般地蹲在那里,大口地嘘着气,仿佛软瘫了一般,一动也不动了。

许红珠掂起药锄要走,又不放心地把手帕放开,然后重新扎紧,叮咛他不要乱动,才急匆匆地向林子里走去。

看到白蛇公主离去,坷垃抹了一把头上的汗珠,心里一阵狂喜。这种兴奋激动的心情早把那点疼痛抑制住了。他从对方那匆忙的行踪可以判断得出,她是去寻解毒草药去了。看来这大自然里存在着无穷无尽的奥秘,一物降一物,就像有矛就必然有盾一样。自己虽然受了一点皮肉之苦,可这回给她来了个一针见血,迫使她在危急之中露出真神来了。

第 14 章　药不治假病

他摸出烟来，点上火抽了两口，想稳定一下自己的情绪。真过瘾，此刻他恨不得把它一口吞到肚里。

果然，半支烟没抽完，白蛇公主便回来了。她满头大汗，额前的刘海也被汗水浸湿了，和眉毛紧贴在一起。看到对方那涨红了的脸颊和喘着粗气的疲劳神态，他真有些不忍。

"疼吗？"白蛇公主关切地问道。她看到了对方头上急剧往外冒的汗珠。她不知道那汗珠是羞愧难忍之下急出来的，以为是痛苦之中渗出来的冷汗。

这种关切和爱抚使他内心感到愧疚。良心的惩罚是超过一切的，他不敢正视对方的目光，只是机械地点点头。他愧对这多情的圣洁之心。

她仿佛理解对方的疼痛，也理解对方被蛇咬后的那种恐惧心情，而唯独没有想到别的，更没有想到会有人骗她。她找到一块小石头，把草药放到药锄上敲碎，紧张得几乎砸住了手。

珂垃偷眼瞅了一下，她挖的也只是一些平常的一般草药：有七叶一枝花、半枝莲，还有鱼腥草和苦参。这几种草药，许红珠平时也教他用过。难道它们真的会有这么大的用处吗？

草药被砸碎了，渗出了暗绿色的汁液，许红珠把它们小心地刮到一片厚厚的大树叶上，又打开一个包着的树叶，露出一个像天牛一样的小甲虫来。

珂垃吃了一惊，他曾经见过这种黑壳，背上带白点、绿点，有些像天牛一样的小动物。那是有一次在荒坟上挖草药时发现的。他当时误认为是天牛，许红珠却极珍贵地把它装进了一个小瓶里。

他当时感到奇怪，就问她这是什么动物？许红珠告诉他这种甲虫叫"鬼马"，因为它生长在荒坟里，别的地方很少有，并警告他千万不要去碰这种小甲虫，说它会蜇人，比蝎子还要厉害，万一被蜇了是很危险的，疼得会叫几天。

珂垃当时并没有在意，没想到这被毒蛇咬伤的主要解毒灵药里会有它，真是怪了。

许红珠用药锄小心地把那"鬼马"敲死,又慢慢地砸碎,拨了一半和树叶上的草药混在一起,又小心翼翼地用树枝掺匀。一切都是那样细致,那样有程序,就像在实验室里做一项化学实验那样一丝不苟,分得那样均匀。

她拉起坷垃的右手,小心地把药抹在伤口上,连那树叶都盖在上面。左找右找没有包扎的东西,就折下一根树枝,剥下一段树皮来。想想又恐怕不妥,踌躇了片刻,终于掏出自己的花手帕,把伤口包扎起来。

那药抹上片刻伤口立刻不疼了。只觉得一股冰凉的冷气直往肉里钻,就像许多小虫往里面爬那样强烈。他从这药力的迅猛程度上来判断,肯定是那种特效的秘方解毒药了。

白蛇公主在这种情况下毫无顾忌地为他配药,使坷垃心灵上受到很大震动。他感激而又有些不安地望着她,兴奋、内疚、惭愧、自责,各种复杂的感情在心里冲击着,翻腾着,一下子竟不知用什么语言来表达。他张了张嘴,一瞬间,各种复杂的感情凝聚在一起,呜咽着叫了一声:"红珠……我对不起你……"

白蛇公主并没有注意到对方那种复杂的感情,误认为他这是被蛇咬后出现的一种紧张情绪和畏惧心理,就诙谐地笑了笑,说:"蛇毒这东西,要是取出来卖,比黄金还要金贵;可五尺高的男子汉,给你一滴都受不了。"

"我……"坷垃听得出她是在缓解和安定自己的紧张情绪。但是,她哪里会知道,自己正在受到一种心灵上的谴责。而自己的惴惴不安,恰恰是来自这种无形的谴责,并不是蛇毒。

许红珠如释重负地长出了口气,用袖口抹了一把脸上的汗珠,泛起了一种极为复杂的表情,叹了口气,说:"蛇毒比黄金贵,可我们许家的解蛇毒的药从来是秘不传人的,它比蛇毒还要贵。这次,都让你知道了……"

"这……"坷垃不安地望着对方一下子不知说什么好,"多亏了你……"

"可我总不能见死不救,这点良心还是有的。"许红珠望着坷垃不安的面孔,说,"我本来想在别处配药,又怕你在这里出现意外。这种蛇毒性大,不看着你总归不放心。好了,一半是天意,一半是人心。你是我爹收下的徒弟,好赖也算是许家的人了。这个特效秘方救了你的命,可你绝不能外传。不然的话,我爹知道了会惩罚你的。"

"我绝不外传!"坷垃被对方的热诚感染,膝盖一软,五尺高的男子汉竟下意识地跪了下来,赌咒发誓地说,"这事只有你知、我知、天知、地知。天在上，地在下，人在中间，我坷垃要是不守许家的规矩，泄露秘方，天地不容！"

坷垃这种举动连他自己都有点吃惊。但这毕竟是发自肺腑的、真诚的感情流露。也许只有这样才能弥补一点内心的不安，才能在对方的赤诚相待面前表示一点感激和忏悔之意。

许红珠倒给他弄得尴尬起来，一下子乱了方寸，竟不知所措。慌乱了片刻，她一把拉起坷垃，嗔怪之中带点怜悯地说："你呀，何苦自己咒自己来着？赶快走吧，我用的药重，到了家里，这毒就解完了。"

坷垃站起身来，感激地点了点头。

"记着，到家门口的小溪里洗洗手，别让我爹知道，就当没这事一样。"白蛇公主又悄悄地嘱咐道，"他怕别人得到这种秘方到处骗钱……"

坷垃望着对方那真挚而又严肃的面孔，完全理解她的心情。他真后悔在一个心地善良、纯正无私的姑娘面前弄假。

奇怪的是，这许家的解毒灵药并没有像许红珠说得那样灵。开始那阵子，他还感到一股冷气直往皮肉里钻。走着走着，这种感觉就没有了，渐渐地，代之而来的是一种火烧火燎般的疼痛，仿佛像当初点上猫儿眼时那样。

他以为是药物的正常反应，就忍耐着没有吭声，也不好意思去动那被药汁浸透了的花手帕。来到家门口的小溪边，许红珠招呼他停住，极有把握地给他解开花手帕，就像稳操胜券的将军那样自信。许家的灵药从来没有不灵过。

她呆住了，惊得一句话也说不出来。那手比原来肿得还要厉害，而且已经蔓延到小臂。许红珠莫名其妙地望着坷垃，发现他头上早已渗出了冷汗，知道他一直忍受着疼痛的折磨，咬着牙一声没吭，不由得从心里敬佩起这个男子汉来：这需要有多大毅力和耐性，真刚强啊！

许家的秘方第一次失灵了。她乱了方寸，再也顾不得什么了，拉起坷垃一口气跑进家里，把事情的前前后后告诉了蛇王。

事情发生得太突然了。蛇王先是感到一阵惊慌，而后接着又是一阵疑惑，最后竟阴沉着脸，毫无表情地坐在那里，一句话也不说了。

空气顿时凝固了。两人怀着不同的心情观察着蛇王的脸色，等待着他的话。可他偏偏麻木地坐在那里，一句话也不说。许红珠到底忍不住了，她望着坷垃头上渗出的冷汗，怕耽误了时间出事，恳求地望着蛇王，叫了声："爹，您看这……还是救人要紧哪……"

蛇王慢慢地伸出手来，抓住坷垃的手臂，仔细地看了看，两眼直盯在对方的脸上。那目光带着冷酷的威严，仿佛能刺进人的肉里，叫人感到一阵不安，他冷冷地问道："你这伤是被蛇咬的吗？"

许红珠愣住了，没想到父亲会如此发问，一下子被带进了迷茫的惶惑之中。伤还会有假吗？

坷垃更是惊愕。他见蛇王用这种怀疑的目光看着他，心里早已发怵；又见他突然问起这来，更是慌乱。心里急，手上疼，额头上的汗珠像小河一样直泻下来。事情发展到这个地步，他不敢再隐瞒了，但在对方那不怒而威的目光下，又不敢说出实话，灵机一动，只得急中生智地说："我用药锄敲那蛇的时候，那蛇冲着我蹿来，在我手背上划过。敲死了那蛇以后，我才发现手上有伤印……也可能是那蛇蹿的时候咬的，也可能是打蛇的时候被荆棘刺的……我当时吓昏了头，只知道疼，也弄不清楚到底是不是咬伤的，可又怕万一是咬伤的就完了……我实在是没看清楚，没想到……"

蛇王的目光缓和了不少，似乎是相信了他的话，似乎还有些怀疑，但最后却肯定地说："你这不是被蛇咬伤的！要不然，绝不会成这个样子！你这是二次中毒！中了蛇药之毒！"

他不再审视坷垃了，却转脸责怪起许红珠来，说："认不得机器瞎膏油！连怎么伤的都不知道，怎好乱用药？这药是能乱用的吗？你又不是不知道，这药是以毒攻毒。有毒解毒，没毒会中毒的。他中毒了！"

许红珠一肚子委屈，没想到好心反而又惹出乱子来。她翻了翻眼，说："我看到了那条大蝮蛇，当时只顾救人，谁还会想那么多？都怪他吓昏了头，说不清楚。我又怕耽误了时间出乱子，才……"

蛇王没有再说什么，跑到屋里拿出两粒黄豆般大的药丸叫他吃下，又挖出一点淡紫色的药膏，叫许红珠把坷垃的手面洗净，重新敷上药，又包了起来。

也许是蛇王老于世故，也许是猜测到了坷垃的心理，上好药后，竟然对坷垃说："好吧，从今天起，我教你配制防蛇毒的药。也传你一号料的配方。免得你再心神不定，吃不好睡不安。"

坷垃瞪大了眼睛，反而一下子不知所措了。这一切似乎来得太突然了，以至于他根本就没有这个思想准备。看起来，这真是个令人捉摸不透的、神奇的人物。

蛇王也觉察到了对方的心思，但并没有在脸上流露出任何表情，只是

望了望脸上带着得意神色的女儿，说了句："不管怎么说，收了这个徒弟，就有一半是许家的人了。"

"是的，是的。"坷垃感激得连连点头，"不是一半，整个都算许家的人了。"

"不，没那么快，也没那么容易！"蛇王站起身来，脸色也严峻起来，一字一句地说，"你还不真正了解许家的人！"

这是一间特殊的房子。一半在地上，一半在地下。室内有两米来深，像个地窖，四周的墙垒得严严实实，连个窗户都没留，不但增加了几分神秘感，而且还真起到了冬暖夏凉的作用。

房子的正中盘着一个炉子，上面吊着一个用陶土制成的坩埚。

那坩埚比古老的木制水桶还要大两倍。用铁链吊在滑轮上，可以自由升降。只是做工比较粗糙，不像人们想象中的八卦炉那样精细和神秘。但是，坩埚的四周也开了大小不等的门，门上也按不同方位画着八卦的符号。

墙角堆放着不同种类的炭，一只古老的风箱被冷落在一边，似乎是退役了，代之而来的是一个小巧玲珑的鼓风机。

靠墙壁的桌子上，有秩序地摆满了大小不同的陶土瓦罐。那瓦罐有黑色的，棕色的，暗红色的，土黄色的。另外的一张桌子上放着漂亮的钧瓷罐，还有玻璃烧杯一类的东西。

这是现代文明和古老作坊的混合体。尽管新添了一些现代化的工具，但古老的家什仍保持着旧日的风貌。这些东西在今天也许并没有什么实用的价值，但他仍然舍不得丢掉这些陈旧的陪着主人度过了多少不平常的岁月的东西，每一件东西都能联想起一串的回忆。

坷垃第一次踏进这间房子，难免会有一种神秘感。就像突然间闯进一座古堡一样，里面藏有不少神秘的坛坛罐罐，连碰都不敢碰一下，生怕从里面会蹿出一个像"鬼马"那类的怪物来。

蛇王今天似乎很高兴，但脸上的笑容仍然不多，带坷垃到这间房子里来，似乎只是为见识见识，知道一些必用药物的性能和基本的知识。

第15章 一声炮响带来的姻缘

"这边大坛子里是植物类的药物;那边黑坛子里面是动物类的药物;还有昆虫一类的药物。"蛇王一一指给坷垃看,"这些都要预先炮制好,然后按不同分量装在炉子里升炼。最重要的是掌握火候,不同时间打开炉子上不同的门。"

"那怎么掌握火候呢?"坷垃感到这事实在太难了,"又没法放温度计,怎么知道什么时候最好呢?"

"主要凭眼力,还要凭嗅觉。"蛇王说,"闻到气味,就能辨别出到了什么程度。"

坷垃点了点头,知道这是知识和经验的结合,二者缺一不可。蛇王之所以成为蛇王,没有人能取代他,恐怕这是一个主要的因素。

无意之中,坷垃发现了两个玻璃烧杯中的壁虎,一只壁虎浑身透亮,几乎能看到腹中的一切;而另一只壁虎却浑身发蓝,像被泼了一身钢笔水。他奇怪起来,从来没见过这种形态的壁虎,就问道:"师父,这壁虎是从国外进来的吧?"

蛇王被他逗乐了,说:"我可没么大本事从国外进口这东西,这都是普通的壁虎。"

"我怎么没见过这样的?"坷垃似信非信。

"这是我特殊饲养的。"蛇王对自己的徒弟并不避讳,说,"壁虎吃苍蝇,我让苍蝇吃朱砂,再拌点别的药物;再喂点别的混合料,这壁虎就变成了像玉石一样透亮。那蓝色的是喂了鬼马和其他昆虫后慢慢变成的。"

"噢,那这壁虎干什么用呢?"坷垃猜想到蛇王下这么大功夫,必有特殊的用场。

"这是升炼一种特殊药品用的,我以后慢慢给你讲。"蛇王微笑不答,"一下子说不明白的。"

"师父,你真可以成为一个昆虫学家了。"坷垃一时高兴,不由得脱口而出,称赞说,"就凭你对这些昆虫和动物的研究,要是在大的科研单位,一定可以写出惊人的论文。"

"我算什么动物学家,一知半解,只不过是拾点动物学家的牙慧罢了。"蛇王似乎被触动了什么心事,长长地叹了口气说。

坷垃听出蛇王话里有些蹊跷,猜想着在他的坎坷生涯中肯定有一段不平凡的经历。

出于一种好奇心,坷垃问道:"师父,您年轻时是不是研究过动物?"

蛇王没有回答坷垃的话,脸色又变得木然了。那冷漠的目光中感情是复杂的,深沉的。这些天来,坷垃似乎已习惯了蛇王的这种冷漠,而且从那种冷漠中渐渐悟出了一点什么。他的冷漠寡言也许才是本来的真正面目。诚然,他老于世故,有很深的城府,这也恰恰说明了他胸中蕴藏着另一种巨大的财富。

不知怎么搞的,他竟喜欢上蛇王那张冷酷的面孔了。他说一是一,说二是二,就像电子石英钟那样准确无误,那样给人一种信赖的力量。

就是在这张冷漠的面孔和那严峻的目光下,蛇王一点一点地教他配制一号料的技术,教他配制解毒灵药的秘方。

就凭他现在所学的并不成熟的知识和技术,他自以为可以凑合着回家养活蛇了。俗话说:"师傅领进门,修行在个人。"只要自己潜心钻研,慢慢探索,一定可以养下去的。

从这点上来讲,他感激蛇王,感激那张冷漠的面孔。他突然觉得:也许冷漠本来就比微笑好。冷漠虽则冰凉,但却是圣洁的,是返璞归真的本来面目,它毫不遮掩,毫无虚假,是真实的表情。微笑固然给人带来暖意,但有时候难免会失去真实,难免会掩盖着不愿让人看到的东西。而这种东西,就像寒流一样,总是尾随在暖气的后面,一旦袭来,也怪怕人的。

蛇王不愿计较师徒的名分,实际上也不把自己当成徒弟看待,但却真心实意地传授技术;而有些人收了徒弟,实则当成长工使唤,干了几年尚不肯传授真经。相比之下,蛇王那冷漠的面孔倒是一种正直和高尚的写照。难道这就是蛇王所谓的许家人的情操吗?

蛇王看到坷垃盯着那些坛坛罐罐发呆,轻轻地拍了拍他的肩膀,递给他一支烟。

坷垃自知失态,赶忙接过烟,又给师父点上火,然后自己才吸着。

烟和茶都是话的媒介。吸了两口烟,蛇王又恢复了初进屋时的那种欢快的心境。也许这两天来他心里确实高兴,就想和徒弟拉拉,也许想借此来启发徒弟点什么。

"你心里想的什么师父心里都清楚。"蛇王轻轻地抚摸着那吊着的坩埚,似乎是一种深沉的感情的倾吐,"你一定觉得师父有些古怪,也觉得咱们养蛇的法子来得蹊跷,不是一般人所能悟出来的。师父不想故弄玄虚,也不想瞒你。实话跟你讲吧,我年轻时,并没有研究过动物,但和动物学家有过交往,有过一段难忘的生活,还当过炼丹道士的徒弟,跟水源道长学过艺。你来时看到的那幅画,就是水源道长的亲笔,所以我一直留着,作为对早已作古的道长的思念……"蛇王笑了笑。那笑容中带着苦涩,带着一种追忆往事的凄楚。

坷垃惊愕了,他后悔自己不该提起这类伤心事。他抽了一口烟,赶忙截住蛇王的话头,说:"师父,我只想跟您一心一意地学本事,别的什么都不想知道。"

蛇王没再说什么,他理解年轻人的心。从这个年轻人身上,他似乎得到了某种安慰和某种精神上的寄托。这种形体之外的东西像希望之光闪烁着,使人感到兴奋,感到舒畅,感到心里有一片明媚的春天。

这种返璞归真的心情他多年没有过了。随着养蛇发迹,随之而来的是对金钱的占有。这种占有欲曾一度刺激过他的神经,使他兴奋过,欢快过,甚至睡不着觉。

随着金钱的流入,他的生活节奏和方式都逐渐变化着:首先,不再为柴米油盐一类东西费神了;其次,不再为添置什么东西精打细算了,买东西的时候用不着去琢磨价钱的高低了;最后,用不着为支出和开销列计划排先后了,想办什么就开销,真有点达到随心所欲的程度了。

他曾为此感到满足,感到欣慰,但是,这种欢欣持续的时间太短了。渐渐,他觉得少了点什么。

他没有值得向人炫耀的光辉的历史,年轻时也有着和普通人一样的绵绵儿女情长,也过了一段糊里糊涂的生活。他做过聪明事,也做过蠢事,但他还是个聪明人。

他很少向别人讲自己的往事,就连女儿许红珠也不让知道。过去的往事,就像过眼烟云一样早已不复存在。

他的家乡几乎没有什么特色,没有出过什么像样的人物。村里的人都很穷。一条弯弯曲曲的河流绕村而过,留下了一片坑塘。靠村头的一个坑塘不算太大,却有点人工湖的味道,中间还有个半岛和小小村庄叫作芦苇湾。和芦苇湾相邻的一个村庄叫桑树园,那里是桑树的世界。那半岛旁边的一条小路,就通到桑树园里。

他曾凫水游到半岛上去捡野鸭子的蛋，也掏些苇鸟蛋。那些苇鸟并不大，人们也叫不上来它的名字，只因为它一天到晚喳喳地叫，人们便管它叫"苇喳喳"。那芦苇很茂密，钻到里面什么也看不到，有些阴森森的，加上偶尔还会有一条水蛇钻出来，怪吓人的。现在，他倒真有点怀念那种吓人的场面了。

那时候，农药一类的东西还不曾销到这个地方，鸟儿们多得惊人。那些"苇喳喳"们用草把相连的苇子拢到了一起，便结成了一个窝，在里面下蛋。他童年的色彩斑斓的梦，便是和这些"苇喳喳"们一起度过的。

但是，另一个梦幻般的奇遇闯进他的生活里，使他儿童的心理发生了巨大的变化。也许就是由于这种变化，改变了他人生的道路。

"砰"的一声巨响，撕裂着寂静的苇林上空，震得鸟雀们像灭顶之灾来临般地狂飞，逃命。

"扑通"的一声，他也从塘边的老柳树上掉了下来，在塘里掀起了一片巨大的水浪。

他吓昏了头，不知哪里传来这么一声吓人的炮声，只震得耳朵嗡嗡乱叫，两手一松便一头栽进了深水里，糊里糊涂地喝了几口水。

他挣扎着往岸边爬，拼命地扑打着水。那塘水太深了，总爬不出来，鞋子蹬丢了，又咕咚、咕咚地喝了几口水，呛得他直翻白眼。

真见鬼，他一阵胡乱扑腾，竟离岸边越来越远了。湿衣服在身上缠着，他几乎要下沉。

"救命……"他终于喊了起来。

一根细长竹竿抛了过来，后边还拖了一条长长的绳子。这根竹竿就成了他的救星。

他一把抓住竹竿，抓得那样死。绳子将竹竿往岸上拉，便也牵住了他。他终于被拖到岸边。

他跌跌撞撞地爬上岸来，才发现救他的是一个姑娘。

"是你救……"他一句话还没有说完，只觉得肚里直往上翻，哗哗地吐了起来。

吐了肚里的水，他觉得好受了一些。腹内不再往上翻了，眼睛也不再涩了，神志也慢慢安定了下来。

他正想朝姑娘说句感谢的话。那姑娘仿佛料定他会说的，还没等他开口，就说："快到苇林里去，把衣裳拧干。"

他这时才发现自己脚下湿了一片。那水湿的衣服贴在身上，样子一定非常狼狈。他顺从地跑进那半岛的芦苇丛中，脱下衣服，使劲地拧干，又狠狠地抖了抖，重新穿上。

他走出芦苇丛，却不见了那姑娘的影子。他纳闷了，四处寻找起来。姑娘不会有意和他捉迷藏，可他始终也没有找到。

他失望了，有一种怅然若失的忧愁在心头萦绕。寂静的塘面一下变得那么空旷，那么单调，那么缺少趣味。那曾给他带来过无限乐趣的半岛，也因为她的离去而一下子变得黯然失色了。

夜里他做了个梦，梦见自己骑上那根竹竿在空中飞腾，终于在一个小楼上发现了她。他隔着窗户一把抓住了她，抓得紧紧的，再也不放她跑了。

终于，他又在村东的半岛边听到了炮响。也许这炮响引起过他美好的记忆，引出了他的联想，他没有惊慌，反而觉得亲切起来。

他顺着响声的方向找去，绕过半岛，穿过小路，来到一片桑林里。

他在桑树林里跑着，"喂——""喂——"地喊着，就像儿时捉迷藏一样。

在桑林的尽头，他终于发现了梦中的那位姑娘。

她手里还拿着几个没放的大纸炮。

啊，原来这炮就是她放的。那天，要不是被她这炮声惊吓，自己会从柳树上跌进水里去吗？会凭空受到那场惊恐而喝一肚子水吗？原来都是她干的，真可恨！

骤然间，他心中那个美好的形象破灭了，消散了，代之而来的是一种怨恨。对，那天的响声很近，肯定就在半岛边。她是不是有意吓自己呢？怪不得她赶快溜走了，怕和自己再见面。这个狐狸精，害人的东西！

她转过身来，发现了追过来的他，也发现了愣在那里的他。

没有语言，没有声音，那眼神的变化已说明了一切。他直盯着她手中的炮，那是仇恨的根源，也是眼神和感情变化的根源。

她明白了一切。

"那天，炮是我放的，可我不是有意吓你。"她终于开口了，那声音很诚恳，也很好听，带着歉意，"我是放炮赶鸟的。桑树上有蚕，那鸟老来叼蚕吃。我在这面赶，那鸟就跑到芦苇里躲起来，我没办法，只好放炮把它们吓跑。"

"噢、噢。"他点点头，明白了一切，相信了一切，也谅解了她。

他猛地发现，姑娘长得很好看。在村子里他从来没有看到过这么好看的姑娘，那模样真叫人喜欢，看上一眼即便有多大的气也会烟消云散。

　　"我是来找你道谢的。"他目光变得热情起来，"那天多亏你把我拖上岸。"

　　"不，不，你只要不恨我就行。"姑娘笑了，笑得腼腆，笑得香甜。那是一种被人理解之后开心的笑，因此也就笑得非常动人，令人难忘，"是我把你吓掉水里的。我怕你知道了会骂我，就跑了……"

第 16 章　扭曲的人生道路

　　那天，他们好像说了很多很多的话，也玩得很痛快。他从来没有发现有这么好的伙伴儿。

　　姑娘小名叫桑姐儿，家就住在桑树园。因为看桑树上的蚕，大人们忙不过来，才让她出来照看。

　　儿童的心理是圣洁的。他们不懂得青梅竹马，也不懂得男女授受不亲，只知道他们是要好的伙伴，一天不见，就想得慌。他们一起掏芦苇里的野鸟蛋，到桑林里烧熟了吃。他也帮桑姐儿用长长的竹竿驱鸟，还帮她放那纸炮。

　　他从小就聪明过人，别出心裁地扎了几只大黑老鹰风筝，在桑树林上空放起来，一起一伏的，还真的把那些野鸟们吓得再也不敢来了。

　　从此，他和桑姐儿结下了不解之缘。可万万没有想到，人生的恩恩怨怨也从此拉开了序幕……

　　他真有点惋惜已经逝去的生活，尽管现在看起来那时候有些傻里傻气的。但细细想想，只有年轻时那种傻里傻气的时候才毫无顾忌，才有勇气干得出来。那逝去的年华带着年轻时的热情和火气，带着一种对美好生活的执着追求，多少还带点侠义心肠。当然，也有几分浪漫的色彩，尽管那结果是酸楚的、苦涩的，带着悲凉色彩的，甚至到现在他还怨恨天理不公，叹息无力扭转人生的命运，空留下一段令人终生遗憾的风流韵事。

　　他忘不了那一个晚上，命运之神扭曲了他的人生道路。

　　那天夜里村里唱地摊戏，引得三乡五里的庄户人家都来一饱眼福，芦苇湾突然热闹起来。

　　他正看到热闹处，家里人却打发一个邻居的孩子来找他说是来了客人，叫他回家看看。

　　他刚一进家，就听见屋里隐隐约约地有女人的抽泣声，觉得奇怪。他满腹疑惑地来到屋里，却见桑姐儿扑在母亲怀里哭得像泪人一般，不由得他又是一阵愕然。

　　这几年，他们来往不那么密切了。随着年龄的增长，时光的流逝，他们都已到了男婚女嫁的岁数了。孩提时代那种纯真无瑕的友谊，彼此间

无拘无束的嬉闹，开始转化成另一种形式，一种更加深沉、更加含蓄的形式。披上了一层扑朔迷离的外衣，不像孩提时代那样直率了。但是，感情的交融并不是这道无形的高墙所能隔绝的，它有很强的渗透力。彼此都感到有一种形体之外的东西向外辐射着，在高墙两边袅袅地旋转着，升华着。

　　天天相处，一起玩耍的时候倒没有什么异样的感觉，倒觉得心平气和的，一切都很自然。见面少了，倒觉得脸热心跳起来，仿佛一切都不那么自然了。看起来要想回归自然，返璞归真，并不是一件容易的事。

　　也许见面的机会少了，彼此才觉得更加珍惜，看上一眼是一种力的传递，脸红一下是一种内心火苗的燃烧。简单的几句话包容了万千种感情，相视一笑沟通了思念的空间……

　　他们没有提过亲事，但已心照不宣。两颗心的跳动应该说一切都是顺理成章也是水到渠成的事。

　　他的家境不算富裕，但总还是殷实人家，祖上出过秀才，有点书香之气。他念过私塾，也到镇上念过国立小学。只是近几年家境衰败，才辍学回乡。

　　也许是厄运未尽，这两年家里又连连出事，农家小户哪能经得起天灾人祸的折腾？还没等到给他去提这门亲事，就已到了典房卖地、穷困潦倒的地步了……

　　"别哭了，孩子。"母亲扶起泪人儿似的桑姐儿说，"你旺哥回来了，咱们商量一下，天底下没有过不去的路。"

　　"到底发生了啥事情？"他心急火燎地问。

　　桑姐儿只是哭，哭得更痛心了。

　　在对方呜呜咽咽的倾诉中，他终于明白了发生的事情是这千百年来乡村中最常见，又最复杂、最难缠的事情，它是很多儿女悲剧的起源，也是最粗俗、最丑陋、最落套而又久演不衰的丑剧。人人都憎恨这幕丑剧，可在现实生活中还是一代一代传了下来。只不过是更换了丑剧中的角色而已。正像人人都恨《梁祝》中的祝员外，而现实生活中祝员外仍不绝种那样。没想到他也成了这种儿女悲剧中的角色。

　　事情很简单，桑儿的父亲为了百株桑树的聘礼，把她许给了桑园主作填房。言日已定，三五天内就要过门。

　　桑姐儿要死要活，把他当成了唯一的保护神。可他空有一腔怒火，却无力回天，在这种关键的时刻，却乱了方寸。

还是母亲有些见识，也许当初她毕竟是大户人家的女儿，可真称得上"大事临头有静气"了。她只是略一思忖，就来了主意，说："叫我看，事大事小，一走就了。你们俩当着我的面磕个头，就算是成亲了。我有个远房表妹，离咱这远一点，你们到她家里住上个一年半载，回来以后木已成舟，我就不信他老亲家不认这壶酒钱！"

没想到母亲办事如此干脆利落，真比男人还有主见，有点近乎大将风度了。

他也很清楚，这是不得已的办法，有点铤而走险的意思。他理解母亲的心，她可能早已被桑姐儿那醉海棠似的泪脸感动、征服，女人的心都是极容易相通的。在一个弱女子的泪雨面前，怜悯之心和恻隐之情是最好的滋生地，不为这种冷艳哀绝的凄楚所打动，才真称得上铁石心肠。

母亲是个细致的人，这样做的后果和可能引出的麻烦，她不会想不到，只是不愿意说，尽量讲得轻松一些。她也许早就下了决心，要把后果和麻烦留给自己，把未来和幸福的追求留给儿女们。

面对这样的慈母，他们还能再说什么呢？这并不是一条陌生的路，很多追求希望之光的痴男痴女们都走过。尽管这条路并不好走，结果也并不都是光明的，但他们还得走。

前人已辟桃园路，后人无须再问津。他们终于在母亲面前磕了头，在夜幕中匆匆上路了……

平淡的生活可以被流逝的岁月冲得荡然无存，苦难的遭遇却像刻在石头上的碑文，并不那么容易失去。

要是生活都能怜惜人们苦苦的、执着的追求，都能像慈悲的时间老人那样平等对待人，他应该是幸福的。桑姐儿也应该是这个家庭的成员，他和桑姐儿也应该是膝下儿孙满堂了。

冷酷的生活戏弄了他，竟使他当了炼丹道士的徒弟……

他和桑姐儿在远方的亲戚家里住了将近一年的时间，看看没什么事情，想着这场风波也该平息了。加上桑姐儿也有了几个月的身孕，总不能老在亲戚家里住着，就决定回家了。

也许正是这一举动，造成了他们终生的遗憾。

傍晚时候，已经能望见家乡那熟悉的山影和迷人的峰峦了。一种归心似箭的心情促使着他们想连夜赶完这几十里山路。

刚刚翻过一个山岙，碰上一群逃难的乡民们乱哄哄地跑来，后面还有一群散兵追赶着，抢着东西。

他们被裹在这些逃跑的人们中间，在山里跑了一阵子却没想到一下子失散了。

尽管失散了，他并不感到惊慌。这里离家毕竟不太远了即便今夜彼此见不到面，天亮以后也会摸回家去。大不了在山沟里蹲上一夜罢了。

他轻轻地呼叫着桑姐儿的名字，在山岙里慢慢寻找起来。

他只记得那天晚上月光亮得出奇，而山岙里的阴影也就越发显得层次分明。以至于后来他甚至怀疑从没有再见过如此惨白的月光。

他像夜游神一样地转着，沿着回家乡的山路找着，转出山岙，又转到一条熟悉的岗沟。

空旷的山野变得异常的寂静，静得可怕，静得没有一点生气。他忽然看到岗沟里边一个黑乎乎的东西在蠕动，由于离得太远，又看不甚真切。他突然害怕起来，拔起了两块地界石喊了声："狗东西，着家伙！"便朝那黑影砸去。只听见岗沟里传来一声："哎呀！"随着这声低沉的叫喊，紧接着又是一阵骚动。他吓得浑身一阵战栗，拔腿就往回跑。可惜的是没跑几步，他便被什么东西绊了下，扑通一声跌了。还没等他再爬起来，两只胳膊已被狠狠地扭住了。紧接着，头上又被什么东西狠狠捣了一下，他只觉得眼前一片金花乱闪，便什么也不知道了。

当他醒过来的时候，四周响起了激烈的枪声和喊杀声，手榴弹的爆炸声和刺刀的铿锵声。他伸了伸腿，想爬起来，但很快就发现自己被捆得结结实实的，动弹不得，只有老老实实地趴在那里，等待命运的裁决了。他第一次经历了这种惊险而又可怕的场面。

没过多久，他终于被人从地下提了起来，和被绑着的俘虏押在一起带走了。

他跟着这支队伍整整跑了一夜，也不知跑了多少路，也不知被带到了什么地方，只是身不由己地跟着走，稍慢一点，便有人用枪托捣他的屁股。

他莫名其妙地跟着走，似乎走了很远很远的路，也不知道这到底是什么队伍，也没人跟他说一句话。

突然间，队伍前面又传来了激烈的枪声，不知又碰上了什么情况。

这场遭遇战打得很突然，队伍一下子被打乱了。人们纷纷寻找地方隐蔽，顾不上他了。

他这回一点儿都不怕了，看看是个逃跑的机会，拔腿就往回跑。

尽管黑暗中一片混乱，他的逃跑还是被发现了，紧接着后面便是一阵乱枪，他只觉得两腿一沉，像被人用力地推了一下，便一头栽进了山沟里，什么也不知道了……

当他再次睁开眼的时候，发现自己躺在一个古老的庙院里。也许他和水源道长有缘，从山上摔下来，正好落在寺院后面的药材地里，被道长救回来了。枪伤加上摔伤，把他送到幽冥地府转了一圈。尽管保住了性命，可他几乎成了终身残废。幸亏水源道长精通医道，用传统的方法接骨舒筋，用名贵的药材调理，用升炼的丹药长期治疗，经过将近一年的时间，他终于慢慢地痊愈了，而且奇迹般地没留下任何残疾。

他始终惦念着桑姐儿，迫不及待地要回家看看。

两年的时间对有的人来说只不过是短暂的瞬间，对他来说却好似沧海桑田了。

那时候的交通极不发达，信息更是不通。人一旦离开，便不知道了任何情况。书信的来往极不正常，能收到一封家书真的是抵万金了。关于他的信息，村里也是传说不一，有的说他被队伍捉去，有的说他被处决了，有的说他死于乱兵之中。

老母亲思儿心切，一场大病之中作古。桑姐儿因为是被他"拐骗"走的，本是穷苦人家的女儿，就被送回到了老家。她父亲本是桑园主家的佃户，自然成了农会的人。

桑姐儿这时已生了个女儿，叫采桑妹。采桑妹刚满一岁的时候，桑姐儿的父亲又作主给桑姐儿找了户人家，嫁了过去……

家乡已经没有了他的立足之地，何况眼前的现实又使他变得心灰意冷了。他不敢再进家门，也不敢再进芦苇湾。

他并非六根清净之人，但为了生存，他又回到了寺院，跟着水源道长做起了徒弟……

他苦心摸索出来的养蛇经验不想外传，不想让人们给他戴上什么桂冠。他不觉得自己是什么专业户，也不认为自己是什么事业家。只是在报纸上出现了专业户这一新名词时，他才被人叫作专业户的。他就是他，别的什么都不是。他觉得自己不是个清高之人，但也不是苟且钻营之人，一生并不怎么清白，但也并没有什么污点，只是生活的坎坷太多罢了。

这些年来，他只求生活上的安逸。但是，近几年来随着对财富的积累，他发现自己的心理有了某种微妙的变化。他发现了自身的价值，发现了社会离不开他，同时也发现他的价值是和他的绝技紧紧相关的。这次他破例地收坷垃为徒弟，把自己潜心摸索配制饲料的绝技传授给坷垃，实在也是出自一种偶然。

第17章 人生不相见，动如参与商

这种偶然并非别的，对他来说是一种弥补心灵上的创伤，是追求一种精神上的解脱。老于世故的他，一生中经历了多少风风雨雨，走过了多少坎坷崎岖的小道，鬓角上的每根白发都染着岁月的风尘，额头上每道刀刻似的皱纹里都写着世态炎凉。岁月的波涛使他那双本来应该显得浑浊无光的眼睛变得像鹰一样的厉害。只要他认真看你一眼，仿佛就像啄进去三分一般。一般情况下，那目光带着对人情世态的冷漠，带着对一切人们的审视和戒备，带着一股逼人的寒气，构成一道无形的自卫的高墙。在这道无形的高墙面前，一切有损于墙内王国利益的东西休想越雷池半步。

按说坷垃也是越不过这道高墙的。可他竟然顺利地越过了，甚至不费什么力气。这不是他自己的能力，也不是什么机遇。这当中有一种微妙的偶然巧合。

坷垃来到他这里以后，尽管处处小心，可还是出了一连串的意想不到的扫兴事。误食阴阳果后出现的那种狼狈的、令人无法容忍的变态；为了想取得许家解毒灵药而制造的被蛇咬的假象，以至于后来弄巧成拙。这一切能瞒得了他那鹰一样的眼睛吗？根本不可能。特别是坷垃投宿他家，第二天一早就上山打柴，这更犯了他的忌讳。这种讨好人的小殷勤，这种顽童常耍的小把戏，在他那双鹰一样的眼睛里，简直是笨拙得可笑。要按他以往的脾性，早就该把这人驱逐出去了。但这次连他自己都感到意外：对方每做一次笨拙可笑之事，反倒引起他的同情和怜悯。这种逆反心理，在特定的环境里起了令人们意想不到的作用。他终于在痛苦和反思当中，决定收留这个徒弟了。这种反常的心绪是别人所无法理解的。

坷垃长得太像艮瓜了，活脱脱是一个模子脱出来的，连说话的声音都像，一举一动都无差别。那雄浑的乡音，把他带到了色彩浓重的往事画面中。他正是在这种画面里，找到了自己失去的东西。坷垃的一仰头，一侧脸，都能勾起他胸中的波涛。他虽然明白这是由于一种心绪折射出来的虚无缥缈的幻境，但他仍然陶醉在这幻梦般的虚境里，而且生怕它离去，就像一个正做着甜蜜梦的人怕被惊醒一样。

他的这段往事是苦涩的。有人说痛苦的生活是一种独特享受，可他实在无法去适应这种特殊的享受，他和这种享受无缘。只是近几年生活发生了变化，物质生活上已无所追求的时候，他才过多地怀念起往事，而且不时地感慨一番。

随着岁月的流逝，他已两鬓斑白。也许是舒心日子过腻了的缘故，他倒慢慢地体会到了那种苦涩的独特享受，觉得这是一种对空虚的填补，是一种对孤单的充实。他真想再退回去重新体验一下。可惜当时科学不发达，没有录像机一类东西，无法记录这一段生活，不然的话，他也许会天天晚上放一放这段以往生活的录像。

他这两年突然分外思念起艮瓜来，总觉得在艮瓜身上欠下一笔人情账似的。也许是由于过分思念采桑妹引起的连锁反应。尽管采桑妹会恨他，不会认他这个父亲。可他是个很重感情的人，对这一切都能理解。随着时光的推移，他总感到自己陷入了感情的深渊里不能自拔。他也知道这是一个弱点，但是，却每每不能自制。人哪，为什么会有这么多复杂的感情！

实际上，自从坷垃来到这个地方以后，他就把坷垃和艮瓜混为一体了。从形象思维上再也分不清楚哪是艮瓜哪是坷垃。从那一口浓重的河南腔里，他只觉得耳边的每个音节都是从艮瓜那甜润的嗓子里发出来的。昔日的那个支离破碎的形象，只是在记忆的长河里时隐时现地漂浮着，若即若离地倏忽出现，转瞬即逝；自从坷垃来了以后，这些幻影般的形象和破碎的记忆又渐渐凝聚在一起了，精神的寄托和心灵的忏悔出现了天然的和谐。

他简直把坷垃当成了艮瓜，他要把在艮瓜身上欠下的感情账统统移到坷垃的身上。也许只有这样，他才能在痛苦的反思中得到解脱，才能在精神的桎梏中挣扎出来。坷垃也许好就好在酷似艮瓜而又不是真正的艮瓜，恰似相逢而又不是真正的相逢。这当中既有感情的满足而又有希望的追求。

艮瓜竟然会和坷垃是一个村的，而且是同辈分的哥哥，也来这一带学习养殖牛蛙的技术。他会来看望自己吗？他知道自己的近况吗？他肯定不会知道。

坷垃并不知道他的心思，看来艮瓜也没有和这个同辈分的小弟说起过自己。各人都有自己的隐秘，都有不可告人的事情。可是，这个小伙子也许还不知道，如果他不说起艮瓜，不说艮瓜是他一个村的同辈分的哥

哥,他会这么容易地收留他吗?

让这个美好的谜永远隐藏下去吧。

不管怎么说,感情的潮水总是时时冲决理智堤坝,在脑海里汹涌澎湃地翻腾起来。自从坷垃到来以后,他再也保持不住往日的平静了。怕见到艮瓜,可又恨不得立刻见到他。哪怕是他恨自己,不理睬自己,甚至是骂上两声也好。已经到了这个年龄,他心里不想再留下遗憾。

这一带养殖牛蛙的专业户,他知道几个。虽然弄不清楚具体的情况,但大致是哪个村的,他还知晓一些。他想到小镇上去打听一下,兴许会有些消息。在这种心理的支配下,他想领着坷垃到这个小镇上去赶圩,碰碰运气。

"人生不相见,动如参与商。"他突然想起了杜甫的两句名诗。悲欢离合,也许各有定分,是人力所无法改变的,就像参星出现商星必定隐退一样。要不然的话,他怎么会有如此一系列的偶合呢?他又茫然了。

也许这次能见到艮瓜,可他的心情并不轻松。也不知道这会是一种什么样的相逢。人哪!哪来这么多的烦恼呢?谁要真能摆脱这种烦忧,他真愿意倾家荡产去买这种妙方。他第一次尝到了金钱占有者的烦恼,把摆脱这种烦恼的希望寄托在一个穷光蛋的艮瓜身上。

大千世界,就有这种千奇百怪的事,而他自己,好像是这种千奇百怪的编织者。这也许是造物者有意的嘲弄。而他,还要一步一步地向嘲弄者走去……

"学这升炼技术很费工夫,以后慢慢地学吧。"蛇王扔掉手中的烟蒂,朝愣在那里的坷垃说,"你来了以后还没有下过山呢,今个是逢圩,我带你到镇上转转,也算是散散心。"

坷垃摸不透蛇王的脾气,见他一会儿兴奋一会儿烦恼,好像有什么沉重的心事,又不敢多问,正愣在那里纳闷。听说他要带自己到镇上去,不由得一阵高兴,说:"那太好了,我还没赶过圩呢!"

蛇王带着坷垃来到桃花坞的时候,人群已经挤不动了。边陲小镇虽然不大,来赶会的人却是不少。这里尽管没有"翠袖三千楼上下"的那种繁华;但那古朴的民风和浓烈的山乡野味却独树一帜。不同民族的服装汇集在一起,各具风采,五光十色。特别是少数民族姑娘那花枝招展的服装,更使人想起了点缀在万绿丛中的花蝴蝶。

今天人特别多,小镇村头的圣母庙里,可以称得上是人山人海了。

蛇王带着坷垃在圣母庙前转了一会儿,因为心里有事,就让坷垃一个人在会上逛逛，他就找卖牛蛙的地方打听情况去了。

珂垃一个人在会上转了一会儿，自觉乏味，不卖不买，在一街两厢的生意摊子里穿梭，也感到没什么意思。不知不觉地，他又随着人流来到圣母庙前。

在门口踌躇了片刻，正想找人打听一下，突然间，一把裹着黄纸的、制作粗糙的香被塞进他的怀里。

他愣怔了一下，回过头来，一个穿戴着少数民族服装的少女站在身边，手里也拿着一把香，正对着他咻咻地笑。不用说，这把裹着黄表纸的香是她塞过来的。

他对这里的风俗一无所知，也弄不清这是哪个民族的装束。她那一脸憨笑的姿态，活脱脱地像一个傻大姐。珂垃不知这是何意，正在窘迫间，那傻大姐却说话了："到这里不烧一炉香，圣母娘娘要降罪的。"

听这劝香的口气，倒像一个香火客。可她手里只拿了一把香，又不大像是专卖香的。他犹豫了一下，还是把一张钞票递了过去，算是买香钱。素不相识的人总不会白白免费送香的。

傻大姐没有接钱，也没有小生意人成交后的那种欢喜，更不见那些生意油子迫不及待地接钱的媚态。她仍然咻咻地笑着，那笑声真使珂垃有些不自在起来。

傻大姐并不傻。确切说，那是一种惹人喜爱的半痴半嗔的媚人憨态。刚才那回首的莞尔一笑，足以使人魂不守舍。

珂垃愣在那里，摆脱了直视女性的尴尬，细细地打量起这个奇怪的姑娘来。那似憨非憨、似傻非傻的姿态，给人一种敦厚之中的质朴美，突破了人们对轻浮女子那种故弄风骚、斜乜秋波所产生的戒备。

在对方那咻咻的憨笑声中，珂垃仿佛醉了，痴呆呆地愣在那里。那拿着钞票的手伸了伸，像不太灵活的木偶立在那里。

傻大姐伸出细藕般的胳膊，轻轻挡了一下对方那僵硬在面前的手，又是嫣然一笑，声如画眉，说："我不是卖香妹子，我也去进香，一块去吧。"

珂垃此时已乱了方寸，不知所措起来。看到不少青年携女伴进香，也不知是何规矩，觉得跟傻大姐一块进香有些不妥，可也不便拒绝盛情一片。在对方那灼灼逼人的目光下，他机械地跟着进了庙院。

傻大姐点着香，虔诚地跪在地下的棉布团上，给圣母娘娘磕了个头，嘴里默默地祈祷着什么。珂垃傻愣愣地站在那里，他猛然间觉得一个男

子汉跪在那里，实在有些太难为情，只是点着了香，默默地站着。

傻大姐用眼角的余光瞟着对方，见他傻站着，便伸手拉住他的衣襟，使劲地拽了一下。他脸一红，被对方这种近乎亲昵的动作搞得极难为情，窘迫之中乱了方寸，膝盖一软，身不由己地跪了下来。

傻大姐满意地斜乜了他一眼，赧然一笑，又急忙掩口，祈祷起来。她祈祷得很快，嘴唇不停地翻动，只是谁也听不懂她祈祷的是什么，也许这是专门说给圣母娘娘的吧。

坷垃跪在布团上，说不上来是一种什么滋味，也说不上来是一种什么心情，只觉得背上像突然间长出了许多谷穗一般。那谷穗带着芒刺，刺得他像毛虫爬似的难受。慢慢地，这谷穗仿佛又滑到了屁股后面，变成了一条长长的、难看的尾巴，在人们面前悠打起来。

第 18 章　强塞到手里的鲜花

他觉得空气突然间闷热起来，热得叫人难受。大殿内也一下子被香火烤得灼热灼热的，锯末和柏壳制的香燃烧后的气味呛得他几乎窒息。一抬头，恍惚之中，仿佛三圣母正用热烈的目光灼视着他，逼问着和他跪在一起的傻大姐是什么人。

他被这灼热的目光逼得受不住了，只觉得头上渗出了细细的汗珠。悄悄地回视了一下：周围的人们似乎也用异样的目光打量着他。那些人的目光比三圣母的目光还要厉害，像锥子一样刺人。他顿时感到受不住了，像火烧一样猛地站了起来，挤出人群，朝大殿外面跑去。

坷垃一气跑到山门外面，在一个石凳上坐了下来，喘了口气，摸出烟来抽了一支。想着刚才烧香的荒唐事，自己也感到实在难为情。那傻大姐既非香火妹子，又和自己萍水相逢素不相识，为何冒昧地塞给自己一把香？这是民俗还是好客，他弄不懂。反正自己不该迷迷糊糊地和她一道去进香，想想真叫人难堪。他站起身来，扔掉手中的烟蒂，转身就朝山门外走去。

"请留步。"身后一声呼唤，声到人到，傻大姐从后面赶了过来。

她笑吟吟的，尽管在慌忙之中仍保持着嘻笑，那笑容充满着憨厚，憨厚之中带着娇态。两道经过细心修整的眉毛像线一样，使人想起那是贴上去的两片兰草。由于跑得急，那憨厚得像橡皮娃娃一样的面孔上带着潮红，配上咧开发笑的嘴巴，又使人想起长裂了的石榴。

她手里拿着一束美人蕉，随着奔跑而上下晃动。那美人蕉也不知道在什么地方采来的，火红火红的，红得足以撩动青春的韵律和美好的遐想。那束美人蕉又是用淡蓝色的丝帕扎着，红、绿、蓝三色融为一体，显得那样的和谐。那束花在手里晃动着，仿佛飘然而去又倏然而回，配上那五颜六色的衣裙，真有几分天女散花的意境。只不过这个仙女显得粗俗一些，缺乏艺术感。她那急切的样子，又有点像童话中的一个什么公主去追赶王子。遗憾的是，这位公主的风度和气质都显得有些先天不足，未免流于做作。

坷垃望着那一脸热艳和两眼射出的火辣辣的光芒，敏感地觉得她是冲

自己而来的。想起刚才烧香时的那种窘态，他真想避开对方，免得再和她纠缠，可又觉得刚刚接受了人家送的香，转脸就不认人，也显得太绝情，就不自然地笑笑，朝对方点点头。

他正在踌躇着，她已几步抢到石凳前面，挡住了去路，又是憨厚地咻咻一笑。她总是用笑开路，用笑打墙，仿佛是个固定的模式，也仿佛是她的绝技。女人的笑，一般情况下是不会遭人反对的。她笑过一阵之后，好像故友重逢一般，说："人家都说：'香客不断神前路，有缘处处能相逢。'你看，这不是又碰上了？庙会上这么多的人，想躲都躲不开，这不是天意吗？"

笑，也许是女人征服异性的天然武器，就像螃蟹天生的一对大钳一样。她真有办法搭讪，也许早有成竹在胸。

他愕然了。看她这身少数民族的打扮，竟能讲出如此流利的普通话。他甚至怀疑起她的身份来。她的举止神态和语言与她那憨厚的长相是那样的不协调，简直使人无法相信这两者会出自同一个人。他突然觉得，她不应该是个傻大姐，而是另外一个形象，一个秀秀气气又大胆泼辣的刘三姐式的形象。

他突然想起刚才进香时跪在三圣母面前的那种心态，不想再和这个陌路的女子过多地纠缠了，他那颗年轻的心早被她诱人的秋波弄得意马心猿。有道是色中一点，他恰恰就是被那咻咻的憨笑击中，有点三魂出窍，难以守舍了。这时他突然想起了在学校时，他和几个同学偷看老师女朋友的照片，那照片背面写着一首小诗，显然是老师的字迹："回首一笑百媚生，果然我见自忘形；自古红袖伴书卷，无情未必是雄风。"他不是柳下惠，他也不相信世界上真有什么柳下惠。但是，在一种来得太快、太廉价的异性的追逐面前，难免会产生一种本能的戒备。

他清醒地知道，在这种边陲之地，只要他控制不住萌发的那种冲动，根据对方的那种举止，他肯定会像俘虏一样跟着她离开小镇。他不敢想下去了，只觉得心跳得厉害，浑身开始发烧。他知道，一念之差，霎时间会带来他无法预料的后果。

他终于从香风艳色中摆脱出来，回到了现实之中。他明白自己的身份，明白一个游子在异乡的处境。尽管他对这个突然从天国里冒出来的女子有着一种好感，但那种戒备之心冷却了这种欲望的冲击，使他不敢有其他非分的想法，更不敢奢望半空中会飘下一个彩球，或者落下一个香布袋一类的东西来。

他理智地避开了对方那灼热的目光，不敢正视那张热情逼人的面孔，客气而又不失礼貌地说了句："谢谢你的香火，再会。"

傻大姐那长长的睫毛忽地抖动起来，乌黑的眸子猛然间涌起秋波。那张方方的面孔先是一阵惊愕，而紧接着又升起一脸愠怒。那一对泉眼里，突突突地溢出来几颗珍珠。

她竟掉下泪来，湿漉漉的，晶莹透亮，仿佛是一支哀兵，可以冲撞对方的肺腑。

女人的眼泪是最能动人的。哪怕你是刚强铁汉，哪怕你能叱咤风云，也不能不为之所动，何况坷垃本是芸芸众生中的草木之人，他被那几滴泪水征服了。他见不得眼泪，何况是一个年轻姑娘专为他落下的泪水。他的脚步终于没有迈出去，不知所措地愣怔在那里。他自己都感到奇怪，他虽然不是个十分果断的人，但今天怎么会这样子呢？

她那双光芒逼人的眼睛却没有被泪水遮挡住，在对方犹豫踌躇的一瞬间，捕捉到了男性心理上的变化。她知道对方迟缓的举动和躲闪的目光，正是被征服的征兆。

泉眼中的泉水也随之停流了，代之而来的是山茶花初绽般的笑容。她大胆地拦住对方的去路，以进攻的姿态把那束美人蕉递到对方手里，确切点说，应该是塞进对方手里。她是一只手抓住对方的手腕，另一只手把花塞过去的。就像第一次往对方手里塞香那样果断，那样不容对方推辞，大有强者的风度。

她有很强的自信心，她相信在心理上和精神上能够赢对方。她已经明显地觉察到，对方那点可怜的戒备也被她的泪水冲垮了。她是胜利者。她猜测得很有道理：在一个女性的进攻面前，这样一个性格懦弱、犹豫不决的男人的防御是无力的，那种精神上对陌生人天然戒备的木桩，很容易被连根拔出来。她攻破了这个城堡。他，成了她的俘虏。尽管他还没意识到自己的处境，有着良好的自我感觉。

她成了征服者，但却有一种征服之后的悲哀。她确确实实是爱他的，她知道他的底细，尽管他对她一无所知。但她更知道这件事情的背景，知道这是一场圈套。而此刻她仿佛有一种预感：这个圈套的绳索并不是套在坷垃的脖子上，而是套在了她的脖子上，她感到一阵难受。莫非他们真成了一根绳子上拴的两个蚂蚱？跑不了他也飞不了她吗？要真是那样的话，倒好了。怕的是一场镜花缘过后，转脸成仇，她怎么能活得下去！不，她要争取另一场结果，一场弄假成真的结果。她看过《龙凤呈

祥》的戏，她要争取那种境界，尽管她知道并不容易。不容易得来的东西才更珍贵。

她曾切齿地憎恨过她的父亲，憎恨他为了金钱而不惜一切手段，甚至不惜把自己的女儿抛出去当作诱饵。但眼下她又有些感激她的父亲了。这尽管不是他的初衷，但他毕竟办了一件使她称心的事。

她见到坷垃以后便被他迷上了。迷得那么深，仿佛天地之间专为她造就了这么一个男性的精灵。说实在话，小伙子是长得有点帅，但她仿佛迷恋的并不是他的帅劲。这里山灵水秀，山川地气也养育了一方人才，她见到的帅小伙子也并不少，但不知为什么，她并没有真正倾心地去爱过哪一个。而这次，她相信是真的爱上坷垃了。她从心跳的程度上明显地感觉到了这一点。她也相信这爱是和父亲不一样的。父亲是爱他学到手的绝技，而她却是爱上了这个人。

她不知道这种爱从他身上哪一点开始，而又由这一点遍及整个躯体，甚至连对方那优柔寡断的神态和举动都是迷人的。她已经没有丝毫逢场作戏的意思了，而是满腔热情、一心一意地全力追求了。

她并不叫傻大姐，她的名字叫作贾荷花。因为长相憨厚，性格开朗从不知道什么叫闺训，确实被人称作过傻大姐。这种称呼其实并非贬义，还带有某种程度的亲切感。正像她的父亲外号叫"十二能"那样，也并非一种褒义。也许正因为她父亲落了个"十二能"，她才被称作傻大姐的，中国老百姓喜欢对比和幽默。

那贾货和蛇王的恩恩怨怨由来已久了。追溯起来，起源于贾货当年卖假药的时候。按说，蛇王也并非多事之人，并不会无缘无故去告发他，这当中另有一番因由。不管怎么说，那次贾货吃尽了苦头。以至于后来贾货在小镇上春风得意的时候，也让蛇王受尽人世间的坎坷。尽管贾货翻车后，蛇王谅解了他；他也感到在蛇王身上做得过分，所以两人都不再计较过去的事了，但从感情来说，终归隔着一道无法逾越的鸿沟。

其实，蛇王并非心胸狭窄之人，到了这一把年纪，年轻时的火气早已消尽，对很多事情都应该淡漠了。家里那根铜烟袋上的花纹都能磨平，难道人心里的沟沟壑壑，还能填不平吗？

要说起来，旧痕是容易填平的，可也最怕新裂痕的诱发。贾货上山偷蛇和饲料那回，结果是偷鸡不成反而蚀了一把米，弄了个无脸再相见。这新裂痕无形之中又诱发了旧的裂痕。

他一直关注着蛇王。听说蛇王收了个徒弟，而且传给了他配制饲料的秘方，不禁使他大为震惊。那"十二能"无法从蛇王身上得到秘方，要从他的这个小徒弟身上得到。

按说，他完全可以不用着急，等这个小徒弟再学一段时间之后再下手。但是，他是个精明人，脑子里的沟沟壑壑实在太多了。他深知蛇王是从不外传绝技的，这次肯传坷垃本事，怕也有招婿之意。所以他走这步棋又有几分抢先的意思。

要说起来，他和独生女儿相依为命，倒并不想招这个无根浮萍的野小子做女婿。但为了能进入金元宫殿，他还是借用了当地少数民族的独特风俗，设计了一个桃色的连环套。此刻，他正带着几个同族的人在远处押着后阵，那心情比女儿还要焦急呢！坷垃的一举一动，仿佛都有一条无形的线牵着他的心。看到坷垃要走，他恨不得像千手千眼佛那样，突然从半空里伸出一条手臂来，把他牢牢地抓住，或者使一个定身法把他定住，任凭女儿去摆布。

贾货平时颇善交际，也能维持几个人。俗话说："秦桧还有仨相好。"他虽说前段混得名声不好，但终归有几个酒肉朋友，有事了还是愿意给他帮忙的。眼下，跟他来的几个人都远远地在四下里待着，看他的眼色行事。

第 19 章　扔美人蕉惹出的祸端

他看到女儿把那束美人蕉塞进了坷垃手里，心里长长出了一口气，暗暗佩服起这姑娘的精明强干，暗中庆幸把这一宝押在她身上，做得对。

从天而降的一束美人蕉在这一瞬间，确实把坷垃带进了一个迷茫的宫殿。他一下子失去了灵感，失去了应酬的能力，呆呆地愣在那里，不知道如何表示才好，道声"谢谢"？这未免太俗气。且不说在这种环境下不太适宜，而且也不是他的初衷，恐怕也不是姑娘所希望的。

她奉上一束鲜花，无疑是奉上姑娘的一颗心。人家捧出如此珍贵的东西，难道只希望听到你一声廉价的"谢谢"吗？他实在想不出最佳的表示形式。

猛然间灵机一动，他把那束美人蕉举到鼻子上闻了闻，激动地说："这花好香啊！"

为了表示这一切都是真的，他又做了个动作，把那花紧紧地贴在胸口上。

他的举动，本意是想用虔诚来宽慰一个姑娘的心。他知道这也许不会成为姻缘的佳话，但却又有几分难以抑制的渴求。不管怎么说，一个姑娘圣洁的情义是不能亵渎的。他不能让人感到冷酷和无情。

适得其反。他没想到，也不可能想到，在这样一个特定的典型环境里，他的这种表示是一种独特的表达感情的方式。

傻大姐看到他的这一举动，脸上的表情急剧发生了变化。渐渐地，那种逼人的热艳收敛起来了。仿佛是一股美丽的山岚突然碰到穿谷的大风一般，刹那间云消雾散，再也没有踪迹，代之而来的是一种惆怅和懊丧。尽管那热艳并不愿离去，可懊丧不得不来。

坷垃明显地看到：那张憨厚的脸上，红润骤然变成了灰白，浓云开始聚拢，仿佛会把这憨厚的面孔压扁，拧下两碗苦水来。她那丰满的胸脯起伏着，颤动着。这当中没有丝毫的做作和表演，这是一个动了真实感情的人才会在苦痛面前出现的战栗。

几颗珍珠大的泪滴终于滚了出来，这是内心苦痛的外泄。她咬咬那石榴籽般的牙齿，扭过头去，转身就走。

坷垃吓坏了。他被这瞬间出现的变化吓傻了眼。好端端的一个人，刚才还喜笑颜开，风风火火地热浪扑面，恨不得一下子扑到自己怀里；如果不是神经病或者有其他原因的话，怎么会一下子变成这样？舞台上的演员也不至于这样快吧。

他陷入了自省之中。

他猛然悟出来了点什么。也许别人送花是出于一种礼节，而自己却自作多情，想入非非，弄得人家啼笑皆非，亵渎了那圣洁的灵魂！他为此恼恨起自己来。但他坚信自己并没有什么过失。他的举动丝毫没有不恭之处啊。

莫非她有意捉弄自己吗？她是否在玩弄自己的感情？不然的话，素不相识，素昧平生，她为什么和自己纠缠？

他又不相信傻大姐会玩弄他的感情。凡事都有它的起因和结果。她为什么会如此对待自己呢？骗取钱财吗？自己是个一眼就可以看出的穷光蛋。她不会这样没眼力。

他百思不得其解。

傻大姐走了不远，突然又停住了，犹豫了片刻，终于又不甘心似的转了回来，两眼盯着坷垃，问道："你当真爱这鲜花吗？"

"不，不！"坷垃连忙矢口否认着，想竭力解释清楚，想说刚才是一种误会，他误解了对方的意思，他没有那种意思，他……

为了表示自己没有丝毫的邪念和不恭之处，他突然把那束美人蕉塞回对方手里，转身就走。

傻大姐猝不及防，下意识地接过那束花，憨厚的脸上掠过一丝悲痛和惆怅。她抓住那束花，不知出于一种什么心理，也在鼻子上嗅了嗅。她快步跑着追上坷垃，又把那束花硬塞进他的怀里。

她呆呆地站在一旁，两眼满含深情地盯着坷垃，像等待着看一场好戏似的。但从那扑闪不定的目光里，可以看出她此刻心情并不轻松，心提到了嗓子眼。

坷垃被激怒了。他尽管不明白对方搞的什么名堂，但明显地意识到这是在捉弄自己。一种男人的尊严使他变得愤慨起来，渐渐地一腔怒火从丹田里开始上涌，烧得他血管膨胀，脸上像被扇了几耳光。性格腼腆的人是不会轻易动怒的，但要真的动起怒来，就会比一般人暴烈得多。

他忍受不了这种戏弄了，他要发作，他要报复对方。他感觉到此刻自己的眼睛一定往外喷着火焰，那表情肯定是吓人的，甚至会吓得这姑娘大叫起来。

但是，就在逼视对方的这一瞬间，他心软了。这毕竟是面对一个黄花弱女，他又不忍心。他感到眼前这个对手太无力量了，她根本无法和自己较量，何况她那眸子里并无敌意，还微微流露出某种可怜和乞求。发泄无有对象，那火便燃不起来。

他终于没有发作，只是有节制地报复一下：他掂起那束美人蕉，"嘿嘿"一声冷笑，不屑一顾地斜视了一眼，玩弄似的在空中悠了两圈，轻蔑地顺手把它扔在石凳上，扬长而去。

"哈、哈、哈、哈，嘻、嘻、嘻、嘻……"

他刚走了几步，猛然听见后面传来一阵欢快而又放肆的笑声。那声音太热烈了，热烈得他不得不扭回头来瞅了一眼。

他愣住了。傻大姐紧紧抱住那束美人蕉，感情深沉地吻着，两眼由于兴奋而闪烁着泪花。那美人蕉仿佛是个活物，仿佛能听到她的心跳，能收容她的全部感情。她如痴如醉，想要把万般情思尽情地倾吐出来。那神态，活像一个醉美人。

"不，不……这不是真的。"她嗫嚅着，似乎又怀疑眼前的一切，"我不该……不该这样……"那闪着泪花的眼睛似乎又有些犹豫，有些莫名其妙的悲哀，有一种凄楚的惶惑和不安。

坷垃似乎意识到了一种什么莫可名状的不祥之兆，感到有一种形体之外的东西慢慢向他袭来，好像是一张无形的网。

果然，四周有不少人被傻大姐的举动吸引，投来好奇的探询目光。好事者先是交头接耳，指指点点，慢慢地，又像看热闹一般围拢过来。

坷垃感到了某种气氛的压力，预料到会生出是非来。他不愿再停留了，拔腿就走。

但是，他没有来得及走脱。

贾货早已预料到他会走，带几个人迎头拦住了他。坷垃只感到头"轰"的一下炸开了，眼前出现了一片黑色的云彩，他所预感的事情终于发生了。虽然他还不清楚发生了多么严重的事，但从眼前这帮人的突然出现，知道一定要有一场可怕的是非纠缠。男女之间的事情是说不清楚的。尽管他的行为丝毫没有不轨之处，但如果这帮预谋人硬说你调戏女人，或者硬说你和这女人野合，你能说得明白么？谁会给你作证？

坷垃真实地感到一阵战栗，无名的恐惧笼罩在心头，看准人缝夺路就跑。

几个年轻后生紧追几步把他拽住了，拉拉扯扯地把他推到石凳跟前，把那束美人蕉从傻大姐手里夺过来放到他的头顶上。坷垃挣扎着,摇晃着,大声喊道:"你们要干什么?干什么?"

一个后生把掉在地的美人蕉拾起来,重新放到坷垃头上。由于坷垃摇晃得放不住,索性插在他的衣领里。一边插一边说:"给新姑爷贺喜!贺喜!"

另一个流里流气的后生扯着坷垃的衣襟,浑身上下乱摸起来,一边和坷垃撕扯一边嚷:"新姑爷真小气,喜钱不给一个就想溜号,真不够意思!"

"对,真不够意思!"

"快拿喜钱来!"

"皇帝佬也得发喜钱,不能白要我家姑娘!"

仿佛他真的成了新姑爷,已经结过婚,回门走亲戚一样。

坷垃被闹昏了头,挣扎着,吵嚷着,但被几个小伙子架着,如何脱得了身?

闹腾了一阵子,人越聚越多。看热闹的人叽叽喳喳,有人骂新姑爷不是东西,讨了人家女人,喜钱都舍不得出。有人提议,把这个一毛不拔的铁公鸡的裤子扒掉,套在头,叫他蒙着脸走路。

贾货在人们的闹嚷中出场了。他分开众人来到圈内,几个年轻后生煞有介事地连连作揖、打恭,抱歉地说:"我家新姑爷出门时急了点,身上没带钱,我替姑爷向乡亲们赔个礼。这喜钱嘛,新姑爷原来就放在我这里,我替他赏给大家。大家同喜,同喜!"

贾货从口袋里掏出一叠崭新的毛票,胡乱地给每个人塞了几张。一边塞一边说着:"同喜,同喜!"

要喜钱的人们不再吵闹了。围观的人从来没见过老丈人替新姑爷发喜钱的事,嘻嘻哈哈地哄笑了一阵,才慢慢地离去。

坷垃没想到会发生这种荒唐事,刚才的慌乱和恐惧变成了愤慨,一种上当和被人捉弄的恼恨化作一团烈火,慢慢从丹田涌起,直往心头冲来。他用脚踢着架他的人,用头冲撞扶着他的人,但这一切都无济于事。他仍然被推着,朝"十二能"家走去。从没有经过被人绑架做姑爷的场面,他恨不得一头撞翻这些人。

"贾货!你想干什么?"

一声吼叫,蛇王许旺从斜刺里冲了过来。他一脸愤怒,发面似的胖脸上肌肉抖动着,劈头截住了得意扬扬的"十二能"。

蛇王和坷垃分手以后,在桃花坞小镇上转了一圈,也碰上了几家养殖牛蛙的人家,打听来打听去,都说没有碰上从河南来学艺的人,也没听说一个叫赵根华的人来找过谁。蛇王有些扫兴,就转到庙会上来找坷垃。看到几个人拉着坷垃推推搡搡的,不知道出了什么事。猛然间发现满脸得意的"十二能",心里骤然明白了:他是在抢自己的徒弟。这家伙一肚子坏水,近些时候一直在打白花蛇的主意,没有门路,竟然算计起自己的徒弟来了。他顾不得多想,上去堵住了这伙人的去路。

这时候碰上蛇王,贾货虽然早有思想准备,但看他那怒气冲冲的样子像是要跟谁拼命,未免有几分胆怯了。但事到如今,不容他有半点退路,只好硬着头皮顶了上去。

人做了亏心事,心里总不是那么自然。还没有答话,自己先有几分气短了。贾货忙掏出烟来,恭恭敬敬地递上一支,小心地赔着笑脸,故作惊奇地说:"原来是许大哥!没想到在这里碰上,失敬!失敬!"

许旺挥手挡住他递过来的烟,由于用力太大,那支烟被打掉在地下。他两眼喷火,逼视着"十二能",问道:"光天化日之下,你为什么抢我的徒弟?到底想干什么?"

贾货装作大惊失色的样子,愣怔了半天,说:"哎呀!今天是什么日子啊?我家新姑爷要上门,这新姑爷又正好是许大哥您的徒弟,咱老哥俩可真是亲上加亲啦!走走走!许大哥,这杯喜酒你一定要吃!还要请你做个证婚人!"

蛇王这下可愣住了,由于摸不着头脑,像突然间坠进了茫茫的雾海之中,一时答不上话来,只是用惊讶和愤怒的目光盯着坷垃,大声问道:"这到底是怎么回事?你说!"

"胡说!我根本就不认识他,也不是他的什么姑爷!"

坷垃看到蛇王来了,心里踏实了许多,胆子也壮了起来,大声争辩道:"是他们硬把我给拉过来的!"

贾货被坷垃几句话噎得倒吸了一口冷气,脸上出现一种尴尬的苦笑。但这种难堪只是一瞬间的事,很快地就恢复了平静。他踱到坷垃面前,亲昵地拍了拍对方的肩膀,以大人不见小人怪的风度笑了两声,说:"姑爷,不要怕难为情!我和你师父是多年的老朋友了,俺哥俩说起来还是金兰之交,咱们成了亲上加亲,你师父是不会怪你的,啊?!"

坷垃给他蒙住了,一句话说不出来。

第20章　不爱鲜花爱美人

那"十二能"见坷垃被他的一席话镇住了，趁机扑哧一笑，朝蛇王极其亲热地说："哎呀，许大哥，你好严的家法啊！看看，你不放脸，我家姑爷连话都不敢说了。一日为师，终身为父，徒弟和自己的孩子差不多，您就松松金口，当这个家吧。咱老哥俩又成亲家翁啦。哈哈哈！"

蛇王虽然老于世故，但也被眼前的情况弄得乱了方寸。他不知道这当中到底有什么纠葛，也不知道坷垃是怎么和"十二能"的女儿弄到一起的。年轻人哪，谁能猜得透？一个年轻的小伙子，一个青春的女子，干柴遇烈火焉有不燃之理？他愕然了。尽管他知道坷垃为人老实，不会做出越轨之事。但老实人因为心眼太实，往往也会做出蠢事。

蛇王瞪着一双疑惑的眼睛逼视着自己的徒弟，问道："你真愿做他家的姑爷吗？"

"不，不……"坷垃从师父的眼神里已悟出了一切，赶忙分辩道，"我实在不知道是怎么回事，至今还在鼓里蒙着。也不知道这位大伯为何叫我姑爷，还叫我发喜钱，我想怕是他们认错了人，闹了一场误会……"

他想尽量把话说得缓和一些，好使师父有周旋的余地，同时也不使对方太失面子。

"啊！我明白了，原来是一场误会！"蛇王想趁坡下驴，说，"我说呢，我这个徒弟才来没多久，人地两生，又是个外乡人，咋能一下子攀上了这门高亲？看来是闹了一场笑话。不要紧，你这个大叔和我是老交情，话只要说透，他是不会见怪的。给你大叔赔个不是就得了。你不会见怪是吧？贾老弟，啊？"

贾货气得鼻子快斜到耳朵上了，心里暗暗骂道："老滑头，你想缩回脖子，没那么容易。我贾货今天要是斗不住你，就不叫'十二能'。"他微微一笑，掏出烟来点上，又递给蛇王一支，殷勤地划着火柴给蛇王点火。吐了两个蓝色的烟圈，才以守为攻地说："老哥，你以为我在选姑爷啊？其实要说误会，我看咱俩都误会了。当今这种形势，孩子们的事大人能做得了主吗？是咱那傻大姐和你这高徒两人谈好了的，你我都被蒙在鼓里。我是看他们山盟海誓以后才迎新姑爷回家的。你我都是脸朝外

混过事的人，应该懂得尊重孩子们的意见。我想，咱们还是不要过多地干预这事吧？啊？"

蛇王无形之中又挨了一闷棍，只感到胸口像塞了一团什么东西，憋得够呛，可又吐不出来，也没地方发泄。徒弟毕竟不是自己的儿子啊！何况又是刚收不久的徒弟。要是自己的儿子，他可不管那么多，扇他几巴掌，拉上他就走。你自由也好，自愿也好，恋也好，爱也好，老子不同意，一切都白搭。可对坷垃，他不能这样做。

他感到失算了，收了这个徒弟，又鬼迷心窍地传了他配制一号料的绝技，没想到这套绝技最终还要落到"十二能"手里。他恨透了"十二能"，可又不得不服气他钻营的本领，这家伙真像恶虎掏心，从自己的心肝里挖走了一块。他甚至有点怀疑，这坷垃是不是原来就和"十二能"串通好的，骗到绝技以后，才露出本来的面目。都怪自己当初没多长个心眼，一念之差后悔莫及呀！

他瞪着一双布满血丝的眼睛盯着坷垃。那目光仿佛要把对方那颗狡诈的心穿上两个窟窿。

坷垃从来没见过蛇王用这样的眼睛盯着自己，即使他发怒的时候也没有这样过。那双圆眼充满了某种恐怖，使他浑身毛骨悚然。从那阴冷的目光里，他甚至想到了那条大蟒的眼睛，浑身不由得起了一层鸡皮疙瘩。

眼神说明了一切。师父恼恨自己，更恼恨眼前这个称他"许大哥"的人，这个莫名其妙冒出来的"贾老弟"。他不愿再给对方留什么情面了，他扑上去抱住蛇王的胳膊，大声地道："师父，我真的不是他家姑爷！我不认识他们！我什么也没做，什么事也没做啊！我可以赌咒，可以发誓！可以……"

蛇王毕竟是老于世故的人。他从坷垃的眼神中悟出了点什么，相信这当中定有蹊跷。按照一般的常规，徒弟翅膀没长硬，恐怕还不敢一下子这样做。"人心都是肉长的，我一片好心收留这个徒弟，又传给他自己苦心钻研多年的配料绝技，他能这样无情吗？都说是人心换人心，八两换半斤。自己掏出了八两，难道换回来的竟是这个？"他不相信。诚然，搞权术的人为了某种需要可以翻手为云覆手为雨，可反目为仇。但坷垃毕竟是个草木之人，草木之人往往有草木之人的美德。闭塞的农村，有他们世世代代沿袭下来的传统的道德标准，这就是"知恩必报"。特别是对于传授技艺的老师，大都是称作"恩师"的。从坷垃对自己的恭敬之心，也可以看出这种痕迹。

从另一个方面看，坷垃才是个二十几岁的年轻人。应该说，这还不到该长坏心眼的年龄。尽管现在的社会发展使不少人早熟起来，但他还是相信，坷垃不会如此狡猾奸诈。

他终于相信了自己，也相信了徒弟。那双像巨蟒一样闪着阴绿色火苗的眼睛变得柔和起来，只是表面上仍然蒙着一层疑雾。那双眼睛开始转向了"十二能"。

"十二能"到底有些心虚。那双眼睛从他身上扫过，便觉得像被火烫着一般，浑身一阵灼疼。但贾货毕竟是贾货，何况他早就有这种精神上的准备，只是略略惶惑了一阵，便又精神抖擞起来。

他知道蛇王不好对付，便避其锋芒，而直视着那个曾经被他征服的年轻后生。

他"嘿嘿"一阵冷笑。那笑着的面孔上带着极度的自信，也带着对这个异乡人的轻蔑，带着对这个异乡人的抗议。他逼视着坷垃，说："姑爷，转脸不认账可不行。咱得把话说明白。我家妹子可不是嫁不出去的憨姑娘，你也打听打听，十村八寨哪个不晓得我家妹子！到我家求婚的后生把门槛都踢破了，我贾货还看不上呢！说实话，那些个后生随便拉一个也比你强！你别在我面前拿大堂！我实话告诉你，要不是今天这个日子，要不是你和我家妹子在神前发誓，我还根本看不上你呢！不识字你摸摸腰牌，看看我贾货是什么人，给我胡搅蛮缠，坏了我家名声，那我可不依！"

坷垃被"十二能"这席话镇住了。他虽然讨厌透了这个无赖，可又觉得他说的不全是假话。其实，不用他说，他也看得出来傻大姐是十里八村数得着的姑娘。尽管她没有城里姑娘那种风姿，也缺乏交际场合里那种披发女郎的妩媚，但她有自己独特的风韵。尽管这种风韵有一股山野之味，但绝不是矫揉造作，更没有脂粉气，透出一种质朴的原始美。说实在话，他心里真有点喜欢这个山野女子，如果不是以这种形式开始的话。

但是，在师父那火炭般的目光逼视下，他已感到事情的严重性，悟出了其中的利害和得失，那种非分之想早已灰飞烟灭。加上贾货这么一闹腾，代之而来的却是一种莫名其妙的厌恶和憎恨。在师父面前，他不能不辩解了。他气愤地冲着贾货说："你家姑娘嫁不嫁出去，这是你们的事，和我有什么关系？我和你家姑娘连话都不曾说过，发过什么誓？"

贾货不慌不忙，也没有生气。对付这个乳臭未干的年轻人，他早已成

竹在胸。他并不直接回答对方的问话,而是反问道:"今天是什么日子?"

坷垃有些莫名其妙,不假思索地说:"什么日子,我不知道,也不想知道。"

贾货笑了起来:"装迷不如自来迷有福。我可以告诉你:今天是三圣母的生日,按照我们这里传统的规矩,今天是青年男女订亲的吉庆佳日。"

坷垃吃了一惊,他实在不知道这个习俗。反正他不知道这个节日,也不需要这个节日。他翻了翻眼睛,露出一副满不在乎的样子,说:"三圣母是你们这里的,节日也是你们的,和我又有什么相干?"

"嘿嘿!""十二能"逼进一步:"说得那么轻巧!像吃灯草灰一般!我问你,是谁在三圣母庙前接受了我家姑娘的香火?"

"这、这……"坷垃感到一阵语塞,一时翻不过嘴来。

"十二能"像个征服者一般高傲地笑了起来,他一步一步逼近坷垃:"我问你,是谁和我家姑娘一块进的香?一块跪到圣母娘娘面前?"

"跪在圣母娘娘面前起的誓算不算?""十二能"进一步逼坷垃。

"我没有起誓……"坷垃终于找到了反驳的话,"我什么都没说,什么都不知道。"

"没有起誓?那你都说的啥?"

"我啥也没说。"

"啥都没说?那你跪到那里干啥?一男一女跪到圣母面前闹着玩?""十二能"讥笑起来。

在唇枪舌剑面前,坷垃实在不是对手,头上冒出了细汗,而话语仿佛也随着这细汗冒丢了。

"我再问你,你接受了我家姑娘的美人蕉了吧?""十二能"乘胜追击,话锋突然一转又问。

"我没有。"坷垃突然感到腰杆硬了起来,他终于抓到了对方的漏洞,开始反驳起来,"她把美人蕉塞进我怀里,我把它扔了!"

"真的?""十二能"故作吃惊地问。

"真的!"坷垃理直气壮地回答。

"真的扔了?"一个又慌乱地问。

"真的扔了!"一个气壮如牛地回答。

"哈哈哈哈!"贾货一反常态,突然间大笑起来。

那狂笑之中带着得意,带着一种自信,也带着一种圈套编织者对所获猎物的嘲弄。

坷垃被他笑蒙了,不知道他葫芦里究竟卖的什么药,感到一阵愕然。也实在觉得自己身单力薄,不是这个老谋深算者的对手。

　　果然,一阵大笑之后,"十二能"的脸像猴儿屁股一般又变了。紫黑色的肌肉紧绷着,嘴唇先是一阵紧闭,而后又是一字一顿,示威似的对着坷垃,也是在敲蛇王。他终于亮出了制服对方的天牌:"你不是把美人蕉扔了吗?这就对了。如果你不扔,哪个龟儿子会招你做姑爷!"

　　"你,你,你,你这是什么意思?"坷垃茫然不解,他判断着对方想要无赖。

　　"什么意思?这就是你的态度!你对我家姑娘发誓:不爱美人蕉爱美人,不爱鲜花爱美人!这是几百年传下来的老规矩了,寨子里大人小孩谁不知道?还用我解释吗?""十二能"双手叉腰,那姿态不亚于拿破仑经过凯旋门。

　　坷垃惊愕了,蛇王也惊愕了。这种少数民族的风俗习惯,特别儿女之情方面的习俗,不要说坷垃这个外乡人,就是蛇王自己也知道甚少。这也难怪,他蛇王原来是水源道长寺院中出来的人,落户山里。眼下虽是两鬓染霜,哪里会晓得这种奇奇怪怪的异俗?哪里会有心思去关注这种儿女风月之情?而"十二能"恰恰就钻了这个空子。

　　"十二能"得理不让人,他不容蛇王和坷垃细想,就又发难地拿话相逼:"既不同意做我家姑爷,为啥和我家姑娘一道在圣母面前进香?为啥扔她的美人蕉?到如今木已成舟,又反悔不认账。你能把泼地下的水收起来吗?!"

　　坷垃没想到进一炉香,扔一束美人蕉,这后面还有如此复杂的背景。他直恨自己,恨那引诱他上当的傻大姐,恨这奸猾的贾货。但眼下恨谁似乎都无用,浑身是嘴都说不清楚。他只觉得进入了一个圈套,而这个圈套也许会把他置于身败名裂的地步。他一向敬重的师父、老谋深算的蛇王,恐怕也没有办法帮他解脱了。一种失望的悲哀使他觉得头晕眼花一阵旋转,一屁股坐在石凳上,再也说不出什么来了。

第 21 章　英雄流血不流泪，只因未到动情时

"他是外乡人，不知道这里的风俗习惯，这你不知道吗？为什么还要难为他？"蛇王终于开腔了。他尽管恼怒，可眼下的事情明摆着，只得强咽下这口恶气，语调变得柔和起来，有几分商量的意思。

"不知道习俗？那不关我的事。总该知道入乡随俗吧？接受了我家姑娘的香火，又扔了她的美人蕉，又在三圣母面前双双跪下发誓，叫我家姑娘以后怎么嫁人？叫我这老脸以后往哪儿搁？寨子里的乡亲们也不会答应的。你们说是吧？""十二能"摊开双手，朝身后的几个年轻后生问道。

得到"十二能"的暗示，几个年轻人立刻起哄，性急地又到石凳上去拉坷垃。

蛇王看到事情弄成这个地步，知道很难收拾。对"十二能"的泼皮无赖，他是领教过的。看来这是他事先预谋好了的事情，他如果达不到目的，一定会纠集寨子里的人闹个天翻地覆，甚至会大打出手，弄出更大的乱子来。尽管"十二能"为人不怎么样，但牵涉到这种婚姻的纠葛上，寨子里的人说不定会向着他的。

"贾货，别装腔作势了。我知道你算计我的徒弟是想干什么！"蛇王终于妥协了，他换了一种商量的口吻说，"你到底想干什么，咱哥俩可以谈谈，不要难为这孩子。"

贾货看到蛇王终于被他制服了，也想趁坡下驴。说实在话，招不招女婿对他本是无所谓的事情。只要能掌握蛇王配料的秘方，他要这个外乡人何用？但他"十二能"毕竟是个人精，他还要拉拉硬功，他想从蛇王那里得到更多的东西。他"嘿嘿"一声冷笑，说："看来大哥的意思是想和我'私了'？我贾货能见利忘义，为了一点小利把女儿的大事误了吗？那损失可是太大了！"

蛇王看得出来他是在装腔作势，想讨价还价。对付这种人，必须把话挑明。他咬咬牙，狠了狠心，说："别说了，我传你配制一号料的方子。"

坷垃这时才如大梦初醒，明白了这场闹剧的真正目的。他看到师父脸色铁青，知道他心里如刀剜一般难受，又看到"十二能"那张奸笑油猾的面孔，恨不得跑上去啃他两口。他大声地道："师父，不能，不能啊！"

贾货却不管坷垃了，他进一步逼着蛇王，说："许大哥如此大方，倒叫小弟感动。不过我连自己的姑娘都牺牲了，许大哥这点意思未免太小气了吧？我要你三号料的方子，干不干由你！"

"放屁！"许旺被彻底激怒了。一种被戏弄的耻辱化作烈火突然燃烧起来。他双拳紧握，两眼喷火，忍不住大声吼叫着："贾货！你不要欺人太甚！我许旺也不是好惹的！"

蛇王突然翻了脸，倒是贾货没有想到的。看到蛇王那暴怒的样子，他倒有点心怯了。但事已到此，他无论如何是不甘罢休的，平时那种无赖劲又使出来了，他装作一种大人不见小人怪的样子，大大咧咧地说："好，有你这句话就行了！你我井水不犯河水，我招我的姑爷，你养你的白花蛇！谁再理谁是山狗子养的！"

贾货使劲朝地下吐了一口，转身就走。那几个年轻后生一起上前去拉坷垃。气氛顿时又紧张起来。眼看，一场真正的抢婚就要开始了。

"贾货！"

随着一声喊声一个少妇模样的女人斜刺里冲了过来，直冲贾货而来。她后面跟着个中年男子，想拉她没有拉住，也跟了过来。

贾货猛一转脸，发现了这个中年妇女，先是一阵惊疑，愣怔了片刻，立刻脸色骤变，慌乱得手足无措，嘴头也变得结巴起来："你、你、你、你是采、采桑妹……"

"算你还认得我！"那采桑妹一步抢上前去，抓住贾货的衣领，不由分说就是两个耳光。

贾货被这中年妇人打得昏了头，连连往后退缩。可那女人死死地抓住他，他怎么也挣不脱，甩不掉。脸上又被抓了两道印子。

贾货彻底软了，像个熊包一样左躲右闪，望着后面追过来的中年男子求援起来："赵、赵、赵老弟，这、这、这……快拉一把……"

那中年男子终于赶上前来，上去拉住了采桑妹，把她和贾货隔开。

贾货像得到救星似的夺路而逃，什么也顾不得了。那跟贾货来的几个青年后生被弄得莫名其妙，看到贾货如此怕那中年妇女，料定必有原因。他们本是看贾货眼色行事的，见他如此狼狈，谁还再去管那坷垃？也跟着贾货匆匆离去……

像平地突然卷起一阵狂风，一场轩然大波骤然间烟消云散。

蛇王仿佛是被这阵狂风刮到了一个迷茫的孤岛上，待到他睁开眼睛的

时候，才发现四周是一个陌生的、奇异的神话世界。而他自己却扮演了一个神话世界中漂泊者的角色。

其实他神志非常清醒。只是事情发生得太突然了，以至于他那紧张的神经没有转过弯来。他有点不大相信这眼前的一切是真的，突然而来的东西总是会引起人们的怀疑，总是会把它和幻觉联系在一起，尽管它是实实在在地摆在面前。

惊愕是短暂的，接之而来的便是现实与虚幻搏斗之后的狂喜。

"采，采，采桑妹……"他终于颤抖着喊了一声。随着这声喊叫，几滴老泪从鱼尾形的眼角滚落下来。

自古"英雄流血不流泪"。蛇王的泪不是高贵的珍珠，也不是廉价的同情之泪，它是感情的结晶，其中有父性的内核。

采桑妹早就认出了蛇王。也许正因为她认出了蛇王，才增添了那股怨气，才导致贾货挨那两记耳光。贾货走了，她那一腔怨气失去了发泄的对象，尽管没有平息，也只好作罢。

咫尺之间，蛇王的喊叫，她听得非常清楚，那表情也看得非常真切。她没有应声，也没有放脸。但她无法隔绝这种感情的传递。

从那战栗的嗓音之中，她感觉到了一种忏悔者的乞求，从那几滴纵横的老泪里，她看到了一颗创伤未合的流血的心。

她没有伤感，也没有流泪，钢铸铜雕般地站在那里，两只杏眼里的光芒显示着她不凡的性格，一种女人少有的强硬性格。

"我不认识你！"她突然转过身来，冰冷的话语抛向那挂泪人。

他没有惊愕，也没有悲怆，仿佛一切都在意料之中。他也许有足够的思想准备，他想竭力保持住平静。

他失败了。感情这东西是难以驯服的，特别是在这样的一个特定环境里，它仍然不听驯服地往外勃发着。何况良心的谴责对谁都是不放过的。

他终于又往前跨了一步，声音颤抖着说："桑妹子，我知道你恨我，怨我……我对不起你们，我欠了你们的债……可我这么多年来，心里一直惦念着你们，为了弥补心灵的创伤，我……我破例地收了徒弟……你也许不喜欢听这些，我也不想解释什么……你，你，你也打我几下出出这口怨气吧……"

他一阵呜咽，又是几滴泪珠掉了下来。上了年纪的人动起感情来，分外使人感到悲怆，谁都会为之动情。坷垃在一旁受不住了，也无形中受到了感染，眼角有些湿润。他尽管不明白这场意外的相逢到底为什么使师父伤感，但却埋怨起这女人不通情理来。在这种悲楚的气氛之中，他想上前劝劝师父，但又觉得有些不妥，只好呆呆地站着。那女人好像铁了心，又转过身让脊背朝着蛇王，扔过来的仍然是那句冷冰冰的话："我已经说过，我不认识你！"

她说这话的时候，脊背微微颤抖了一下。她并不是铁石心肠的女人，在这种场合下，往事的浪潮难免会冲击抑制的堤坝。但是，那种浪花只是翻腾了几下很快地就平息下来。苦涩太多了反而不感到苦涩，这当中有适应性也有抗衡性，她已习惯了这种苦涩，在思索和痛苦中站立起来了。人世间的眉眼高低，生活中的风刀霜剑都和她较量过，她承受的苦难太多了。她有过美好的追求，也有过爱的幻灭；有过陷入泥潭的苦恼和劳累，也有过超脱世俗、自我解脱的快乐。感动、鄙夷、痛苦都很难轻易触动她的神经。肉体上的创痛和精神上的折磨，浇铸了她这个被时代遗弃的女人的性格，也洗涤了她脆弱的感情。

她在自我解脱之中悟出了生活的真谛："人到无求品自高。"她信奉民间的一句格言："人不求人一般大，水不流动一般平。"她不想得到别人的恩赐，也不想得到人们的注意。一句话，她无求于任何人。她像山中的青石，不管斗转星移，她依然是她，昂首挺立，不摧眉折腰。

她不愿纠缠往事，不愿再去萌发伤感的情绪。她转身欲走，一了百了。

蛇王彻底失望了。他感到苍穹之中仿佛有无数闪亮的光点突然炸裂，灰飞烟灭般地化为乌有。他精神上寄托的东西倏忽飞来，转瞬而逝，剩下的只是一片空旷和悲凉。

十多年前他就有过这种感觉，但那时候好像并没有现在这么强烈。那时候他们之间只是朦朦胧胧、恍恍惚惚的。她并不知道他就是她的父亲，她母亲也不会告诉她这种事情。他怀着慈父的感情，心里像明镜一般。但是他无法保护自己的女儿，精神上的折磨并不比她们轻松多少。他的心也随着她们去了，只剩下了思念的躯壳。这些，也许她们是无法知道的。

自古以来就有那种"骨肉相逢不相识，亲者如同陌路人"的事情，没想到这种结局也会降临到他的身上。他本意想见到艮瓜，没想到他们先相逢了，而自己却用这种方式见到了他们。

沧海桑田，一切的沟壑都随着时光的流逝化为平川，而他心灵的折磨却并没有随着尘埃飞去。他想求得对方的宽恕，得到一种精神上的安慰，可却不能。他是金钱的富有者，是远近闻名的蛇王。他的富有可以使贾

货那种人垂涎三尺，而他却得不到一个亲生骨肉的谅解和宽恕。

平心静气地想一想，自己并没有什么过错。可是，他和贾货的恩怨却无形地波及了他们，使她受到了伤害。也许因为这，她才恨自己。

一种伤感情绪冲击着心房，他产生了一种哭的欲望。但是长辈的自尊心克制了他所有的感情，他终于没有哭出来，只是嘴角动了动，抽搐了两下。他只觉得腹中的肠子被拧到了一块，疼得难受。无处发泄的痛苦才是真正的痛苦，哭也是一种解脱。他真羡慕那些爱哭的人们，大哭一场使精神和灵魂得以解脱。而他毕竟要顾及那张老脸，连哭的权利都没有，只好把这苦痛暂存起来。

蛇王的感情变化，那中年男子看得最为真切，他也可能是最了解蛇王的人。他终于感到不忍，几步跨上前去，失声地叫了句："许大伯……"

"艮瓜！"蛇王呜咽着迎了上去，不知说什么好了。

"回来！"采桑妹没有转脸，却威严地喊了一声。不用回头，她却知道对方感情的变化。

艮瓜愣怔了一下，胆怯而迟疑地望着女人那丰满的后背和微微颤动着的曲线。

"回来！"又是一声喊叫。那声音低沉，却不容人置疑，像一个将军在发布命令。

艮瓜那双脚终于没敢往前再跨一步，像被钉子钉住了一般。蛇王也感到像被鞭子抽了一下，知趣地愣在那里。咫尺之间，他们默默地对望着。

"艮瓜哥！"坷垃从斜刺里扑了上来，抱住艮瓜的胳膊。

坷垃是无知的。他不知道眼前发生了什么事情。他既不知道今天，更不知道昨天。他不知道这个同乡哥哥怎么会认识师父，怎么会和这个女人突然来到这里，也不知道一向威严的师父怎么会变得如此软弱可欺，像低人三分似的。

第22章　人生自古多恩怨，芳心岂能轻易换

他一切都不明白，但却感到了这女人的厉害。老谋深算而又神圣不可侵犯的师父对贾货束手无策，为了自己竟乞求般地和他谈交易。而她却像飞将军从天而降，两个耳光便打发走了贾货，使一场轩然大波瞬间化为乌有。她是那样的神奇，那样的有力量。要不，艮瓜哥会被她一句吼叫镇得连动都不敢动吗？多么神奇的女人！

"还磨蹭什么？走！"她又吼叫了一声。这一声虽是命令式的，但口气却没有刚才那么严厉。也许她和坷垃并无冤仇，她并不认识这个小伙子。

艮瓜无可奈何地松开了坷垃的手。他还是那么软弱，缺乏男子汉的刚烈，像一只绵羊。

"坷垃，你先跟师父回去。改日，改日我去看你们……"

"啰唆什么？没完没了啦！"她显得颇不耐烦，但火气毕竟平息了许多。她是个征服者，征服了眼前这个男子汉，也许从中得到了安慰，这种安慰或多或少地平息了心中的怨恨。

"大伯……我走了。改时间……改时间再去看你……"艮瓜的一双眼睛也湿润了。他突然想起来什么，正儿八经地举起手来敬了个军礼。

蛇王颤抖着抬了抬手，又摇了摇头，什么也没说。他什么也说不出来。

"你知道我们家吗？"坷垃好不知趣，追上去，又问了一句。

艮瓜点了点头："我能问到的。"

采桑妹把艮瓜带走了，把怨和恨也带走了。

她并不是聪明人，带走的怨和恨会无情地折磨她。人生自古多恩怨，芳心岂能轻易换！

她走了。

蛇王那颗心仿佛也被她带走了。

那颗心在穿云破雾地飞行，超越了时间和空间飞到了一个小镇上，落到了一所小学校的门口。

那时候他比现在要年轻得多，好像也派头得多，说不上英俊，也堪称一表人才。山里人到城里去，就像过年一样稀少，去小镇上也极有限。

他是受镇上一家制药厂邀请，去鉴定一种用传统配方研制的中成药的。

那厂家知道他在水源道长那里学了几年艺，懂得升炼中草药的绝技。如果他能把升炼中草药的绝技用上一点，改进一下配方，这新产品就可起到出奇的效果。甚至可以挂上传统升炼药的招牌，名声大振。

他被时代的潮流卷到山里落了户。只是在闲暇时，仍忘不了研制一些蛇药。山里蛇是极多的，村上人常出现被咬的现象。自然，他偶尔也升炼一些中草药。

那些蛇药自然是给村里人服用的。后来人们发现这药特别灵，才对他刮目相看起来，那药的名声也大了。甚至远远近近的人们都提着礼物来求药。

他从不给人看病，乡亲们有个什么疑难杂症，寻上门来了，他也乐于助人。

他不图别的，只图个好人缘。三乡五里的，谁能用不着谁？谁家也不会挂着无事牌。

但他从不收钱。他又不准备行医，也不准备开药铺卖药。"钱财如粪土，仁义值千金。"他常这样对感激的人们说。其实，他并不是不爱钱，但是，君子爱财取之有道，乡亲们都很穷，他不忍索取。

这家药厂邀请他去鉴定新产品，他自然也明白，对方是想请教升炼中草药的秘方，但他心里自有主意。

乡亲们向他讨药，他可以分文不取。但药厂要向他讨升炼的绝技，他是不会拿出来的。

药厂当然也知道他这种心理，竭力想用热情来感化他，留他住了几天。

那天早上，他无意转到了学校的门口，突然发现一个小女孩子酷似桑姐儿。他怀疑是幻觉。在大千世界里，这飘浮不定的两个人能在人海里相遇，擦肩而过，实在是不容易的事情。只是这相遇的时间太短了，刚一照面，又立刻错位，失之交臂。

但他确信自己没有看错，也不是幻觉。就在这一瞬间，他捕捉了整个的印象。那脸型，那眉眼，那鼻子，那嘴角，惟妙惟肖，活脱脱是一个翻版的桑姐儿。只不过这张脸幼嫩，太稚气罢了。

当他知道她叫采桑妹时，屈指算了一下，年龄差不多，这孩子该有这么大了。他不再怀疑了。天底下的路曲曲弯弯，纵横交错，难道他就没有机会和自己的女儿相逢吗？

在他愣怔的一瞬间，那女孩子已进了学校，消失在欢蹦乱跳的孩子们的海洋之中，都是那么大的孩子，穿戴打扮又差不多，他一下子失去了目标，也失去了眼前的一切。

他感到一阵茫然，心里空落落的，五脏六腑似乎都不在其位。如果不是命运的无情折磨和摧残，那采桑妹本应属于他，桑姐儿也应属于他，而他呢，也应该属于她们。他们会是热热乎乎的一家子，他会尽到一个父亲的责任，送这孩子上学。可是，生活欠了他们的债，这就是人们常说的"青春的宿债"。一切都像落花流水般地过去了，无可挽回了。青春不常驻，宿债无法还。可是，他对这孩子应该尽到父亲的责任啊！他为什么不能向生活索回这本应该属于他的、天经地义的权力呢？

这种念头出现的时候，他的四肢出现了一阵下意识的战栗。这无疑是心跳传动的结果，是勇气不足的信号。望着这些天真无邪的孩子们，他犹豫的脸上又出现了一片苍白，瞳仁里的呆滞的目光又变成了恐惧和焦渴。

他想到了严峻的现实，想到了传统的道德规范，从名分上讲，这孩子毕竟不是他的了。随着桑姐儿的另嫁，这孩子理所当然地成了别人的。他也许没有了向生活索回青春宿债的权力。孩子是天真无邪的，心里是一片圣洁的天地，何必让她知道大人们这种痛苦的往事呢？他不忍在那片纯洁的心灵上画一道痛苦的痕迹。往事折磨了自己，也折磨了桑姐儿，但绝不能让它再来折磨孩子。

从另一方面来讲，他和孩子没见过一面，她对自己没有丝毫的印象，更谈不上任何的感情，就像陌路之人一般。怎么向孩子讲述这些往事呢？他无法张口，也羞于张口。孩子也不会相信。她还处在童蒙时代，一片纯洁，一片天真，不会理解人生，不会理解大人们的心理。

当初，他和桑姐儿也许本不应该结合，他们的出走也许是一种罪过。他不怨恨桑姐儿的另嫁，他恨自己。作为一个男人，如果连一个真心实意倾慕自己的女人都保护不了，还有什么可以怨天尤人的呢？

他突然觉得，也许自己不配做一个男人，起码不配称作一个男子汉。他无法和命运之神抗争，不敢用鞭子抽打命运，而只会软弱地去服从命运，听从它的摆布和安排。这也许就是一切悲剧的开始。既然他都无力把一个弱女子从命运之神手中夺回来，而一个身单力薄的女人，怎能和现实抗争呢？他谅解了她。

眼前的一切渐渐模糊起来，他只觉得一股悲凉涌遍全身。孩子的出

现，唤起了他压抑多年的感情。他被拖进了往事的旋涡里，无力回到现实的岸边。

他在往事的旋涡里身不由己地转着，突然感到一种感情的饥渴，一种做父亲的欲望的滋生。朦胧之中，那孩子蝴蝶般地向他飞来了，他甚至丝毫没有犹豫，伸开双臂把她抱了起来，向她那细嫩的小脸颊上、向她微微带点顽皮的小鼻子上、向那披着刘海的额头上，倾泻了一连串慈父般的感情。他的大胡子把孩子扎得咧嘴叫着，笑着，挣扎着。那一双柔嫩的小胳膊紧紧抱住了他的脖子，撒娇地叫着爸爸，叫得那么甜脆，那么好听，那么动人，叫得他心里的冷冻化开了。他陶醉在幻梦般的境界里。

上课的铃声像电击一样打得他浑身颤抖起来，也撕碎了这幻觉中的动人画面。他被父爱之火烤得精疲力尽而又重新回到冰冷的现实中来。仍然是他只身一人呆呆地立着。

铃声依旧响着，撕裂着他的心。孩子们都跑散了，四周顿时寂静下来。他突然间发现，刚才的世界已经变得无迹无踪。他还是那样孤单寂寞，没有一点儿变化，没随画面而去仍留在现实之中。空旷的、寂静的校园，使他那渴求的、炽热的目光重新变得麻木起来。刚才幻觉中的狂乱，迷乱了他的理智，使他得到了暂时的满足。而理智的正常恢复，倒引出了懊悔和颓丧。

他突然间悟出了点人生的真谛：人的感情是不会死的。所谓的心死，只是暂时的压抑，像动物的冬眠一样。一旦得到春天的信息，它很快就会复苏。压抑的时间越长，勃发起来也就越厉害。梦幻是一种反压抑，是一种向现实的抗争和挑战。它可以超越现实，可以得到现实无法得到的东西，可以缓解人的饥渴，可以使人得到满足而又无须承担任何的责任。

对弱者来说，它永远是虚无缥缈的，可望而不可即的幻影，是一种莫须有的东西。但对强者来说，它是一种诱发剂，是一种现实的先导，是架通希望和现实之间的桥梁，可以使人过渡到承担现实责任的境地。那是一种实实在在的地方，而他似乎更渴望承担现实的责任，不留恋那种虚幻。

中午放学的时候，他又到外面去等待。可是，他渴望的那种时刻没有到来。他不死心一直在校园外面徘徊了两天，他始终再也没有见到这个女孩子。

第三天，他又来了。也许是精诚所至，金石为开的原因吧，在小镇外面，他终于发现了那女孩子的影子。

几天来的惶惑不安顿时化作一阵狂喜。在这一瞬间，他简直乱了方寸，原来想好的各种搭讪的话头飞得无影无踪。在现实面前，原来设想的话头是那么不中用，那么笨拙而无力。他跟跟跄跄地跑上前去，狂乱迷了心窍，伸开双手就去抱那孩子。

突然间出现的陌生人那种近乎神经质的举动，使这女孩子愣住了，旋即吓得"嗷嗷"叫着，飞快地跑了起来。

女孩子的惊叫声使他顿时醒悟过来，从迷乱的情感中意识到自己的错愕。他真恨自己，思念孩子的急迫怎么变得这样毫无理智，昏头昏脑的呢？

他后悔极了，但不能错过这种机会，他要撵上孩子，向她说明一切。

他终于没有追上。孩子飞快地跑进了学校，把他甩在了大门外面。

他失神地愣在那里，眼前出现了一片迷茫……

"喂，你是干什么的？！"一声冷冰冰的、带着敌意的喝问把他从迷茫之中拉了回来，两个教师模样的人带着审视的目光盯着他。

"我，我……不干什么……"他突然间意识到了自己的处境，那逼视的目光告诉他了一切。

他被叫进了传达室。

"你为什么追一个女学生？"对方的语调仍然是严厉的。

"她，她是我的孩子。"他从对方的神态上明白了事情的严重性，但很快又明白了这是一场误解，赶忙解释说。可话一出口，他便觉得不妥，又说："她很像是我的孩子，都怪我想孩子想昏了头……"

两个老师彼此交换了一下眼色，目光变得柔和起来。也许，他脸上的真挚和诚恳取得了对方的信任；也许对方把他当作想孩子想得神经错乱了的人。总之，他们相信了他，也谅解了他。

看来，这一男一女两个老师都是做过父亲和母亲的人，能体会和理解他的思念之情。慢慢地，这种理解又变成了同情。

"你的孩子不在身边吗？"那男教师试探着问。他的问话是聪明的，他从对方那渴望的目光里判断得出来：他肯定很久没见过孩子了，要么孩子丢了，要么孩子死了，或者出现了其他的意外。但他的问话很有分寸，怕刺激了对方。

第23章　阴晴圆缺古难全

"不……不在。"他不知如何回答才好，也无法向陌生人诉说自己的那段经历，那是无法开口的。思忖了片刻，他只得含糊其词地说，"孩子在她妈那里，我没法见……"

"噢，噢。"对方点了点头，似乎明白了什么。肯定是由于家庭破裂，孩子判给了女方。大人们义断情绝，天各一方，可以重新组合成新的家庭，而孩子是旧家庭的纽带，是旧日感情的结晶，是无法隔断的。那女人也太狠心了，为啥把这孩子当成自己的私产，当作折磨对方感情的工具，连见都不让见呢？人心哪人心！

"这不是你的孩子。"那女教师毕竟心软，想安慰对方解释说，"她的家庭情况我知道，我是她的班主任老师。她母亲有病在镇上住院，这孩子为了照顾她妈，已经请两天假了。这不，刚到校就碰上你，还把你当成坏人了呢！"

"啊，啊。"他答应着，心里却一阵惊愕。她母亲病了，会是什么病呢？听到这个意外的消息又搅得他心里不安起来。

他又觉得奇怪，他和孩子的母亲已经没有任何关系了，为什么还会泛起这种感情呢？人是无法跨越时空回到过去的。这些年来，彼此都有了一段坎坷而复杂的经历，再也不是过去的他和过去的桑姐儿了。就像自己脸上那磨灭不掉的皱纹，一条条都宣布着思念只能成为历史，而不能成为现实，更不能逾越。

但是，他毕竟无法抑制自己的不安，试探着问道："在镇上住院，那一定得了重病哟！孩子一定上不好课的。"

"按说不是什么要紧的病，是由于吃了假药拖延了时间，给耽误了。"谈到学生家长的病，女教师愤慨起来，"那些卖假药的真该好好治一治。"

"卖假药误人病情，真该法办！"他也愤慨起来，说，"可是，往哪儿找这卖假药的人呢？"

"卖假药的人倒是知道了。可这学生家长不知怎么了，死活不让往外说。"女教师是个热心肠的直性子人，也很健谈，可能也为这事鸣不平，"我猜想一定是怕惹事。"

"倒不一定是怕惹事。"那男教师说，"可能有什么难言之隐。"

"或者是怕那道士。"女教师苦笑了一下，无可奈何地摇摇头，说，"乡里人都迷信。"

"道士会卖假药吗？"他有些惊愕地问，"没听说这带有什么道士啊？"

"其实也并不是什么道士。"那女教师似乎知道事情的根底，也许是从女学生那里听说的，"那药是一个叫贾货的人卖的，他经常串乡卖药，人们都认识他。他说那药是一个叫许旺的道士配的丹药。其实，那许旺，听说并不是什么道士，只是跟道士当过几年徒弟，会配很多种药。要不，这学生的家长也不会信。"

他的头嗡的一下炸开了，像是突然间被人重重地击了一棍，灵魂顿时飞出了他的躯壳，化作缕缕青烟飘散了。"贾货啊贾货，你泼到我许旺头上的不仅是一盆脏水，而且是在伤口上又剜了一刀啊！"

桑姐儿并不相信那假药，而是相信那许旺的为人；她至今不让说起这事，也是怕伤害了许旺。她是个善良的软弱的女人，有一颗能承担起负荷的心。她没什么能耐，是个逆来顺受的人，她能承担和忍受别人所无法忍受的痛苦，而不和命运抗争。这也许是她的善良之处，可也是她的可悲之处。

他终于鼓起勇气来到了小镇上的医院。

在外面徘徊了两个来小时，抽了足足大半包烟。当他确信那简陋的病房里只有她一个人时，他才跨踏着走了进去。

他进来了。夕阳把那长长的身影投到病床上，屋内空落落的叫人感到不安。

她侧身躺在床上，一切都很安静，眼睛微微闭着，似乎刚刚睡着。床头扔着几个空葡萄糖瓶子，竹篮里放着七八个鸡蛋。

他闻到了病房里所特有的那种来苏水气味，熏得内心隐隐作痛。正由于她信赖许旺，相信许旺所配制的灵药，才导致了这场灾难的降临。这是一片痴心导致了这种信赖，而这种信赖又导致了这场灾祸。不管怎么说，他总觉得是自己害了她。

"你，你……是你……"她突然睁开眼来，她并没有睡着，只是闭目养神。

"你，你好点了吗？"他不知道怎么会用这句话开头。这么多年来的牵肠挂肚，千思万念，难道就凝练了这么一句话吗？人世间那么多复杂的感情，难道这么一句平淡的话能包容得了吗？

她却被这句平平淡淡的话震撼，激动，呼的一下从床上坐起，瞳孔里骤然间闪亮起来，一直盯着他的脸，像在仔细地鉴赏着一件古董，审视着是不是伪品。

　　她察看得很仔细，似乎是在一根一根地数他眼角上那鱼尾形的皱纹，或者是从那瞳仁里寻找已经消失的痕迹。

　　她失望了，轻轻地叹了口气，刺眼的白发宣告着一切都成为过去。她曾经是他的人，真心实意地想跟着他过日子，也曾想过要给他生个儿子，白头到老，像乡村中千万个农家小户那样，盼的是子孙满堂，盼的是有个热窝窝。

　　尽管她是个"嫁鸡随鸡飞，嫁狗随狗走"的软弱女人，是个逆来顺受、听从命运摆布的人，但她毕竟真心实意地爱过他，跟他度过了一段甜甜蜜蜜的、带点浪漫色彩的难忘的岁月。那是爱的开始，也是爱的枯竭。

　　她总觉得背上负了一大笔人情债，感到对不起他。当她听说他死于乱兵之中的消息时，曾痛不欲生，要不是被人拉住，早就随他而去了。由于对生活的绝望，后来她才听任生活的摆布。

　　她是近两年才得到他的确实消息的，山里人闭塞得很。得到这消息倒并不是一种好事，悔恨曾噬咬过她的五脏六腑。听说他已和一个女人成婚了，她心底那段赖以自我安慰的堤坝被冲断了，使本来常常浮现的甜甜蜜蜜的、缠缠绵绵的回忆变成了一片黑暗，变成了一片苦涩和酸楚。像鱼刺卡住喉咙，欲吐不能，欲咽不下。

　　这消息摧毁了她的精神支柱，她不敢想他，更不敢见他，一种缺憾再也找不到弥补的东西了。

　　但是，岁月的风尘毕竟消磨了青春的活力，迟钝了的思维，再也不会有年轻人的激动了。只是因为他的突然出现才使得那一度被抑制的种种思绪，在忏悔中变得十分明了起来。

　　"我猜想到你会来的。"她在夕阳那柔和的光线下神色惨淡地说，"其实你不用多心，也不用去想别的。这不怪你的药，是我自己拖延的……我欠了你的债，这是命……我巴不得多害几天病心里才好受。我不会对外人说，也不会去告发。就是毒药，只要你叫我吃，我也会吃的……"

　　他怎么也不会想到，她竟说出这一番话来。她没再悲伤，也不愤慨，那双眼睛平和地瞧着他的脸。他突然感到一丝凉气顺着脊梁沟往上蹿，身不由己地哆嗦了一下，似乎有一条无形的鞭子在抽打着他的心。他还能说什么呢？还能向她解释什么呢？一切都没有必要，一切都是多余的。

何况从他的本意来讲，他并不想来洗刷自己，来表白自己。对她说这药是贾货假冒他的名字卖的，有这个必要吗？她希望听到这些解释吗？解释无非是为了消除误会，使人理解。她的话已经把"理解"彻底地捧到了他的面前，而且无论在什么情况下，无论是真的还是假的，她都会理解。那解释还有什么必要？解释就显得多余，反而会显得对她的善良、宽容不理解。

他什么也不想说了，也没有必要说了。

柔和的夕照被树枝和树叶宰割得鸡零狗碎，从窗口里抛进斑斑点点的光圈。房子里静得很，整个世界仿佛也停止了运动，甚至连彼此的心跳都能感觉到，听得清。他理智地、静静地立在那里，不再往前挪动一步。他不能给她抚慰，只能给她以理解。往昔的梦幻只能一闪而过，时间重新制造的陌生使一切都模糊起来，那梦幻的记忆就显得虚假，显得令人难以置信。他们都无法回到过去，只有留在冷酷的现实之中。

他该走了，他此行应该到此为止。既保存了过去，也无损于现在，无损于现实中的她和她的家庭。

他没有原谅贾货。

无论从哪个方面讲，他都不能谅解他。卖假药无疑是图财害命。何况他冒名卖药，不仅是往自己头上倒了一盆脏水，也伤害了那可怜的桑姐儿，在自己的旧伤口上又捅了一刀。

尽管他与世无争，与人无争，但天理良心驱使着他，不能与贾货干休。

他终于告发了贾货。

贾货也因此倒了大霉，吃了不少苦头。

并非前世有冤，也非今日有恨。两个毫无瓜葛的人在各自的人生轨道上运行，像行星那样突然间相遇，从此种下了怨恨的种子。

艮瓜跟着采桑妹子，心事重重地往回走去。

穿街过巷，谁也没有说话。熙熙攘攘的人群，叫卖的声音从他们身边穿过，他们全然不觉，只顾走路。

尽管没有语言的传递，但他们还是感到了彼此内心里有一种压抑的情绪，感到了有一股悲酸和凄楚的气流在他们中间旋转着，叫人心烦，叫人透不过气来。

赶会的兴趣被这种无形的气流席卷得烟消云散，连买东西的事情也给忘得干干净净。

快走出小镇了，采桑妹才突然意识到少了点什么。艮瓜来学养殖牛蛙，在蛙塘边日夜操劳，于情于理，她都应该给他添置些衣服。她知道他不会要，但她必须办，这是她的心意，是她对旧日生活的怀念，也是一种对人情的补偿。但是，不愉快的事情毕竟冲淡了这项计划，她又不愿意拐回去，就掏出一卷钞票递给艮瓜，说："你再拐回去一趟，买套衣服。咱那儿经常有人来谈牛蛙生意，得叫人家看着有点派头，像个样子。"当然，这话的前半截是她的本意，后半截是借口也算是为达到本意的手段。眼前，她不得不这样说。

"我是来当学徒的，又不是主家，要那些派头做什么。"艮瓜当然也理解她的本意，但仍然没有接那钞票，一副若痴若呆的样子。

"即使你是伙计，我是东家，我也不愿看到这么窝囊的伙计。"她一脸不快，怏怏地说。

"那好，我这里有钱，我去买。"艮瓜说了一下，转身就去。

"回来。"她真有点东家对伙计的气派，那语气是不容置疑的，"我要你用这钱买，我要看看这钱会不会咬你的手。"

艮瓜被她说得极难为情，几乎是乞求地说："换个日子再买不行吗？今个心里烦，也没心思去挑。"

"我就要叫你今个买。"她又把钱递了过来，"关你什么事？你心烦什么来着？"

艮瓜摇了摇头，苦笑着说："要是十年以前，我用这钱去买，心里是甜的，那是……可现在，咱们都不是过去了……这钱虽然不会咬我的手，却会吞食我的心……"

采桑妹似乎被什么触动了，浑身像电击一样。她赌气地说："我就是要你难受，就是要它吞食你的心，吃完了我才高兴。吃完了心再吃你的肝，剩下的才是你……"

她赌气拐回到一个小店买东西去了。艮瓜感到心里一阵隐隐作痛，仿佛心肝真的被吞噬掉了。她第一次这样骂自己没心肝，骂得痛快，骂得淋漓尽致。自己是对不起她，是该骂。他理解她的心，她这样骂恰恰是谅解了他，谅解了他的过去。他长长地松了口气，那种负疚感顿时消除了不少。

她曾是他的妻子，有过名义上的结合，可她确实狂热地爱过他。

第 24 章　月儿皎皎也朦胧

那是一种初恋时真诚的爱，没有半点也不掺任何杂质。她也曾为失去他而切齿地憎恨过，那是一种爱的扭曲，一种爱的变异，是一种爱得更深沉的表现形式。

后来这种爱的内核燃烧殆尽，只剩下了平静，剩下了淡泊，给予他的只有毫无生命的微笑。这种淡泊的微笑，使他感到了一种透心的凉，毁灭了一切美好的回忆和期望。恨是感情复苏的前夜，用悔可以取得理解，用真诚可以融化冰的外壳，对平淡的微笑他却毫无办法。这种微笑有可能是感情之根的死；有可能是理智布下的防线，断绝感情的滋生。

镇头的小店实在太小了，采桑妹子又不愿再到里面去，挑来挑去还是没买到什么像样的东西，只买了一双旅游鞋和一件浅蓝色衬衣。

艮瓜只是感激地望着对方，没有推辞，也没说道谢的话。

就像十多年前那样，尽量显示出一种自然。他并不想完整地回到过去，只是想融化掉眼前这种陌生的隔阂，回归到一种无拘无束的和谐中去。他不想客气，客气总是和假气有相似之处，有假气的嫌疑，这样会伤她的心。

果然，毫不推辞地接受使对方感到了一种安慰，感到了一种往日的气息，感到了一种失落很久的、形体之外的东西的归来。她脸上出现了明显的宽慰，那脸上细密的皱纹突然间消失了，就像不曾有过它们的存在一样。

艮瓜看到采桑妹的情绪好了一些，就婉转地说："你刚才那阵子也太感情用事了。我真没有想到你竟敢伸手打贾货。好像你原来不是这样子的。"

"你倒还是十年前那个样子，一点没变，满身的傻大兵味。"采桑妹反唇相讥地说。

"你不应该对许大伯那样，这样太伤他的心了。"艮瓜长长地叹了一口气，满腹惆怅地说。

"好一副大慈大悲的菩萨心肠！我问你，你知道什么叫女人的心吗？你懂得女人的心吗？我现在不是你的老婆，是你的老师，用不着你来教

训我！"她抢白了艮瓜几句，气呼呼地前头走了。

什么是女人的心呢？这个问题艮瓜实在没有研究过，也说不上来。他生性懦弱，被当时严格的军队生活雕塑得只知道以服从命令为天职，从不去想别的；解甲归田以后，也仍保持着他认为是至高无上的本色。结婚对他来说，只是人生必须经过的一个程序，没有那么复杂，没有那么多理论。

他们这是第二次相逢了。相逢给他们带来了对过去美好的回忆，也带来了对现实冷静的思索。自然，又伴随着难言的苦涩和淡淡的忧伤。

他们都是又结过婚的人了。彼此又按着新的生活轨道重新运行、重新组合，寻找各自的归宿。

归宿总归会有的，你不选择它，它也要选择你。就像被风吹得满天飞舞的蒲公英种子那样，总有落下的时候，总会生根，总会固定在一个地方。

只是人生更复杂一些，不像蒲公英那样只能随风飘荡，消极适应。有的能选择归宿，有的只能被归宿选择。但是青春的旋律却是有极强的节奏性的，一曲奏过，绝不再重复。他们的青春韵律已经成为过去，只能像博物馆的油画那样值得珍惜，而无法增添新的色彩。

他从农业科技小报上看到她养殖牛蛙的报道，但却没有勇气来寻她。他周围的人们却不了解他这种苦衷，只知道他在这一带当过兵，就竭力怂恿他来投师，学养殖牛蛙的技术，好为家乡找到一条致富的门路。他只好硬着头皮来了，来投这个既熟悉又陌生的老师。

大千世界，天各一方，人生难得几相逢。重逢虽然弹起了新的琴弦，新曲也会撩拨旧情的萌发，但她毕竟不是他的妻子了。年年岁岁花相似，岁岁年年人不同！

他们之间的关系变了，位置也变了。她是主家，也是老师。他呢？是来当徒弟的，有学生之分。他再也不能像过去那样，对她表现出一种特殊的爱抚了。天天相处，倒有一种咫尺天涯之感，似曾相识又不曾相识，他说不上来是一种什么样的味道。

他真恨自己，她作为他的情侣的那阵子，他给她的爱抚实在太少了，缠绵的情意流露得也太少了。人啊，为什么当一种东西丢失以后，却偏偏要寻觅它的价值呢？偏偏才悟出它的珍贵呢？

他真想去赎回自己过去的失误，打开心房上那把早已生了锈的铁锁，放出长期囚禁在里面的、折磨自己的幽灵，让它去抚平她心头的创伤。

但是，他不能这样，也无法做到。

采桑妹也不再是过去温柔、羞涩的女子了。她明显地变了。这种变化不只反映在形体上，不只反映在眼角那细密的皱纹上，还反映在性格上和气质上。她已经完成了从温柔矜持的姑娘到一个深沉、刚毅、厉害的中年妇女的进化过程。

这些年来她生活得并不怎么顺心和愉快，坎坷和不幸磨掉了姑娘的羞涩和温柔，代之而来的是泼辣和厉害。这是在复杂的社会生活中磨炼出来的，来自一种自卫的能力，像动物那样为适应生存而长出的坚强的外壳。刚毅则是对人生冷静思索的结果，是一种力的凝聚；深沉是一种对人生真谛的不断探索和感悟，她已经成了驾驭生活的强者了。

这种变异，使她的生理年龄和心理年龄巧妙地混合了。他明显地感觉到，那张并不算漂亮的瓜子脸上，失去了昔日那种诱人的妩媚，剩下的却是矜持和刚毅。只有偶尔触动到感情的琴弦时，隐藏得很深的温存才会发出轻微的和鸣。

在她身上，确实很难再找到昔日的影子了，那种青春的风韵一去不复返了。但是，她毕竟有自己独特的风姿，那乌黑眸子转动的一刹那，仍然会流露出一丝遮掩不住的、女性的妩媚和青春的气息。

昔日的采桑妹和眼下的采桑妹，在他的眼前交替地出现着。渐渐地，那妩媚的和刚毅、深沉的面孔都变成了一片模糊，就像电影上的化入镜头一样。他的思绪超越了时空的界线，回到了那段难忘的日子……

月儿皎皎，那是一个中秋之夜。

人们常用花好月圆来比喻青年男女美好的结合。如果按顺序排列的话，这是艮瓜举行的第一次婚礼。这次婚礼的新娘就是采桑妹。

他和采桑妹的结合并不复杂。他们相识很偶然，也很必然，是在那动荡的年月里。

那时候，采桑妹在镇上一所小学校里当耕读教师，而他就在这附近当兵。小镇附近有好几个部队农场，他就在一个部队农场里任代理排长。

他被这个小学校聘请为校外辅导员，并对高年级学生进行军训。就这样，两个素不相识又毫无瓜葛的人碰到一起了。

在和学生们的相处中，在欢乐融洽的气氛里，他们之间产生了一种相互吸引力。这种吸引力到底是什么，一开始他们也许并没有认真地想过，只是双方都觉得心底深处藏进了对方的影子。这种意念的东西叫人摸不着，可又离不开。

他们终于明白了：这种东西就是平时人们所说的那种与日俱增的感情。

其实，他们只是模模糊糊地有这种感觉，谁也猜不透对方的心。因为一开始同志之间的感情，和那种男女恋情是没有严格的界线的，而且有时是互相交叉的，纠缠不清的。他们虽然都有一定的文化修养，可在这个问题上倒没有一个乡间老太太那么爽快，还是她帮助捅开了这张无形的隔膜：她们班有个学生病了，一连耽误了一周的功课。采桑妹子很着急，天天晚上要摸黑，跑好几里山路去学生家里补课。

那天晚上天不凑巧，从傍晚起就不紧不慢地下起细雨来。在农家眼里这春雨是甘露，是圣水，是粮食的精灵，而在采桑妹子的心里却化成了焦急、烦躁。看着那雨没有停的意思，她只好带了雨伞，穿上胶鞋，和老天爷赌一赌运气了。

看到采桑妹子冒雨去给学生补课，艮瓜心里很受感动，想到一个年轻女子在夜里冒雨去翻山爬岭，总有些不放心，就跟她一道去了。

这是一家军属。儿子在部队，只有孙子和老奶奶在家。

老太太看到老师冒雨来给孙子补课，心里十分感动，不知道说什么好，于是，又拿烟，又烧鸡蛋茶，恨不得把家里所有能吃的东西都搬出来。

这采桑妹来过几次，她是认识的。这次跟来一个当兵的，陪着女老师一块来，她却误解了。山里人心眼实，话也直，怎么想就怎么说，何况这老太太又是个热心肠人，拉着艮瓜和采桑妹的手就说上了："哎哟！真是太难为你们了。为了我家这个猴羔子，害得你两口子都不能安生！我知道你们队伍上的规矩，探亲日子短，在家住不了几天的。小两口还没亲热几天就得走。还要串串亲戚，瞧瞧朋友，分不开身。明个就别再为我家这猴羔子费心了。"

老太太这番话，本是内心感情的流泻，倒把他俩都弄得十分尴尬。采桑妹脸皮儿薄，作为一个女子，本能地感到一阵脸热心跳，赶快解释说："大妈，这是我们辅导员。"

"啊，啊。我知道，知道。我儿子在队伍上也是指导员。"

"指导员就是开导人的，有学问，懂事，还知道体贴人。我那儿子和媳妇也跟您俩一个样，形影不离。一个走，一个跟着，他俩好着呢！这不，儿子探亲刚走，媳妇就送去了，说是要一直送到队伍上。如今的年轻人哪，都知道体贴，心疼。要说这样好哇，小两口恩恩爱爱的，老辈人也放心。"

老太太什么都懂，他们就解释不清楚了，而且似乎有越解释越麻烦的趋势。

这也难怪，老太太不出三门四户，哪里分得清什么是辅导员和指导员？不管什么员，在她脑海里只能留下一个"好"字，因为这是和儿子相关联的。要不是儿子当指导员，媳妇常跟她念，恐怕连指导员这个词，她也不知道呢！

山里的老太太有自己的生活圈子和活动范围，这种狭窄的生活圈子形成了某种固定的意念：男人和女人在一块走动特别是晚上结伴而行，不是两口儿还能是什么呢？当然，形成老太太意念最深的东西，恐怕还是探亲、相送和体贴，因为这是从儿子和媳妇的身影中折射来的。她会用这种折射的光圈去套一切人。

他们干脆不再解释了，免得再引出老太太更复杂的话头。他们是来给孩子补课的，而老太太唠叨起来会没完没了的。

可是，回来的路上他们都没有来时那样自然了。谁也没有说话，彼此都感到有些难为情起来，也似乎突然间变得陌生起来。

他们就这样在寂静的山路上走着，再也找不到话题了。细雨还在淅淅沥沥下着，春雨潜入夜，润物细无声。

泥泞的山径突然缩短了。细雨撞击布伞的节奏和心律跳动的节奏混为一体，不知道是谁淹没了谁。

快到家了，采桑妹心中的花已在细雨的浸润中孕育成熟。她突然停了下来，望了望艮瓜，若有所思地说："人老了，就是糊涂。"

艮瓜愣了愣，以为采桑妹还在为老太太的误解而难为情，就随口应道："是啊，老太太就是有点糊涂……"

采桑妹一阵愕然，半天没有接腔，黑夜中直盯着对方的脸。只是夜色太浓重了，脸上所有的表情都被掩盖得严严实实，连那瞳仁也不发光了。她一无所获，终于丧气地说："我看，你比她还要糊涂！"

她捂着脸跑了，袅娜的身影消失在夜雨中。艮瓜却愣怔在那里，好半天才悟出了点什么。他是太糊涂了。

第 25 章　洞房花烛夜

从那以后，他变得聪明起来。但是，他一直没有勇气去表示自己的聪明和感悟。直到后来他离开了这所小学校，被派到镇上的一家制药厂当军代表时，才正儿八经地通过人介绍，和采桑妹确立了关系……

他的婚礼既简朴又热闹，来祝贺的人也很多，新房里被挤满了。

说起新房，其实只是采桑妹在学校里的一间临时住房。作为洞房，它实在太简单了。但是，越简单越符合新潮流。里面除了一张三斗桌、一张硬板床和简单的生活用具外，剩下的就是一些方凳子了。但是，它却是时代风云的剪影，四周墙壁上贴满了带有时代色彩的各种宣传画。这都是连里的战友们和周围的同志们为祝贺他们新婚之喜，送来的最时髦的礼物。

靠窗户放着的那张三斗桌上，肩挨肩地摆满了各种姿态和各种原料做的伟人塑像。这都是好友们费了不少周折，通过各种渠道，经过精心选择才送来的，一句话，表达了人们一颗颗火热赤诚的心。只是委屈了那热水瓶和茶杯了，它们被挤得没有地方，只好暂时被安顿在桌子底下的水泥地上。

好友们口中的喜糖还没有化完，许旺来了。也许由于年龄上和这些人们的差异，他显得庄重而有风度。可能考虑到这种场合的需要，他满脸的胡子刮得精光，又换了一件合体的新衣服，显得神采奕奕。

他怀里抱着个精致的大纸箱，看那神态却是极兴奋的，像刚喝了一杯威士忌，脸上红喷喷地放着光，不停地向人们点头，打招呼。

按许旺的身份，在这种热闹的场合下是不该来的。采桑妹毕竟是他的女儿，尽管她不知道，艮瓜也不会知道。但他自己是清楚的，艮瓜实际上是他的女婿。可是，他还是来了。他为采桑妹能选到这样一个好女婿，心里实在太高兴了。

他和艮瓜之间，除了那一层谁都不知道的关系外，还有另外一层关系。

他曾被小镇上的制药厂聘请为名誉厂长，为这家制药厂的发展出过力。可是，后来他倒了大霉。

那时候的贾货已在小镇上发迹，成了那个岁月里的显赫人物，是个能呼风唤雨的人物头子。可是他始终没有忘记，那次卖假药被许旺告发而倒大霉的事。他得意后，第一个想"关照"的就是许旺。

他砸烂了药厂的"黑班子"，解聘了许旺的名誉厂长。谁知那许旺人缘不错，平日里对人颇宽厚，上上下下对他都有好印象。他在厂里只挂了个名誉厂长的牌子，无非在技术上指导指导，在质量上把一把关，有人还替他说好话。无论谁都想借助他的技术。

这时候，恰巧艮瓜被派到制药厂当军代表，第一个碰到的问题就是许旺的案子。对许旺的为人，不用怎么了解就一清二楚。他也深深懂得，将来这个药厂要生存下去，要不断推出新产品，就离不了许旺。作为一个军队的代表他要尽自己的一切能力，竭力地保护许旺。他也感到有点压力，就决定亲自调查。

他调查得很顺利。很多听起来复杂的事情，有时候却很简单，只不过是人为地把事情搅浑了。

许旺的问题就出在他讨的一个老婆身上。他住的那个小山村里，来了一个被管制劳动的女人。这女人是一个什么生物研究所专门研究毒蛇的，可能在婚姻问题上出现过什么挫折和不幸，三十五六岁了还是孤身一人。

小山村里没有现成的房子。唯有许旺单身一人，有一间东屋空着，他自己住在西间堂屋里。自从被聘为药厂的名誉厂长之后，他有很多时间在厂里走动，只有晚上才能回到家里。这间东屋就被那女人作为暂时的栖身之地了。也许这就是她不幸之中良缘的开始。

她对蛇确实很有研究，而且有点入迷。听说许旺会配解毒灵药，还会升炼中草药，就不断请教。许旺也从她那里学了很多有关毒蛇的知识。

她用许旺升炼的药研究蛇，试验蛇，而许旺也用她试验的蛇来改进自己的药。也许是气味相投吧，他们很快就结成了蛇缘，而且以后有了个可爱的小姑娘，取名叫红珠，人称白蛇公主……

这女人有海外关系，怎么能给许旺加上罪名？艮瓜以军代表的身份和贾货顶上了。从此，两人闹得很僵，贾货又把怨恨转移到了艮瓜身上……

许旺两手抱着纸箱，想找个地方放下。可这屋里实在太小了，挤得满满的，连下脚的地方都没有了。

"哟，许厂长送来了什么礼物呀？叫咱们都开开眼界！"认得许旺的人嚷嚷了起来。

"保准让你们都吃一惊！"许旺得意地笑着。尽管他在这种场合尽量制造融洽的气氛，竭力使自己融进这欢乐的行列之中，不使他们感到自

己和他们年龄上的差别。但是，他毕竟当过制药厂的名誉厂长，而且是个有很高威望的人，从人们的目光中，仍然可以看到。人们的欢笑是有分寸的，那亲热的逗趣也是有分寸的，欢笑和逗趣之中都不失恭敬。

　　许旺在人们的欢快笑声中四下打量着，显然是在选择放箱子的地方，他不能老是抱着。脸上略带几分女子羞涩的采桑妹，早已看出许旺的难处，为了不让这个药厂的名誉厂长在这个狭窄的新房里感到难堪，她以女主人的身份微笑着接过纸箱，又敏捷地把草绿色军被往靠墙的地方推了推，放在床上。

　　也许是礼品太贵重了，许旺略略皱了皱眉，似乎认为放在床上不合适。可在这样的环境里，也无可奈何了，人们都围了上来，嚷着要看老厂长的礼物，许旺这才又高兴起来，咧开嘴巴带着几分炫耀的神色打开纸箱，恭恭敬敬地从里面请出一尊做工精细的瓷质伟人塑像。

　　这是一尊人们还没见过的彩色细瓷塑像。从造型到工艺，都有巧夺天工之妙。一饱眼福的人们都猜测到，这一定有着不凡的来历，也不是一般人所能得到的。

　　"老厂长，不知您从哪里请来的？"终于有人惊奇了，当然，这话里更多的是羡慕的成分。

　　"厂长可真有办法。"又有人发出由衷的赞叹。

　　许旺接过艮瓜递过来的香烟，惬意地抽了几口，眉头扬了扬，似乎忘记了自己的身份，得意地说："不瞒你们，这是江西景德镇老艺人传统的工艺，是专门请给高级首长和外宾的。按说我想请是不够格的，可啥事都有凑巧。咱县武装部长的夫人得了慢性病，跑了好多家医院都没治好，我瞎猫碰个死耗子，用升炼的药给她治好了。部长承情不过，为了表示感谢，才把这尊塑像请给了我。"

　　人们瞪大了眼睛，不相信一个武装部长会有如此珍贵的塑像。

　　"他也是从一位领导那里请来的。"许旺大概看出了人们的心情，又抽了口烟，说，"他原来跟老领导当过通讯员。"

　　人们的情绪一下子被轰了起来，陡然间增加了几分热度。

　　艮瓜激动得不知如何是好了。几经转折请来的塑像，许旺作为结婚的礼物捧来送给自己，这是一颗多么赤诚的心哪！他拉住许旺的手，眼睛有些湿润了。

　　采桑妹似乎并不像艮瓜那样富于感情，也许彼此的经历并不相同的缘故。她那双眼里只流露出一种礼貌性的感谢。

她打量着桌子上摆得满满的各种塑像，又看看屋里简陋的陈设，心里泛起了一种莫可名状的惆怅。如果不是墙上贴着用红纸剪成的、桃子似的两颗连在一起的心，她怎么也不敢相信这就是她的洞房。

她是在乡村长大的少女。虽然结婚时也由坐花轿改成打红旗送行，但门里门外的大红双喜还是要贴的。

闹腾了好一阵子，人们才陆续地慢慢离去，新房里顿时又寂静下来。

圆圆的月亮从窗口挤进来，伴随着这一对折腾得精疲力尽的情人。

月亮的笑脸毕竟没有洞房花烛夜的笑脸那么甜蜜，那么富有魅力。

采桑妹在人们离去之后才完全恢复了自我，一种做新娘的欢快情绪才在新婚之夜渐渐显露出来。她开始整理床铺，把那尊细瓷彩像放在床头的椅子上。

洞房花烛夜是一个神秘的时刻，少男少女之间的秘密将从这里结束，生命的延续将从这里开始。女性的矜持和羞涩，男性的庄重和伟岸都统统让步，代之而来的将是古人所说的"如胶似漆"和现代派所说的"爱的疯狂"。

采桑妹脱去外衣，露出紧身背心，她第一次在男人面前大胆地露出自己的肌肤。艮瓜看到妻子那洁白丰满的躯体、柔和的曲线，青春的火焰剧烈地燃烧起来。南国女子那柔媚的风韵，北国汉子那粗犷的激情，在这个小房间里弥漫着辐射着。

两人默默地对视着，彼此都感到了眼里火焰的喷射，感到了心的剧烈跳动。良宵一刻值千金，采桑妹"啪"的一声拉灭了灯。

艮瓜第一次受到妻子的爱抚，感到浑身像触电一般。他仿佛突然飞到了高高的云层上，失去了自我。黑暗中他浑身一阵紧张，两脚不知怎么一蹬，突然听到后面"扑通"一声，床头那只椅子倒了。

那只精制的景德镇细瓷塑像被摔碎了。

像平地一声炸雷，把他俩人击得灵魂出窍。艮瓜本能地跳起来，张开双臂扑上前去，一切都晚了，他搂到手的只是一堆碎片！

采桑妹披上衣服跳下床，刚拉开灯，还没等穿好鞋子，外面又响起了"嘭嘭"的敲门声……

第 26 章　月有阴晴圆缺

敲门声越来越紧。

艮瓜此时已完全乱了方寸，不知道该如何处理这堆瓷片。紧迫的敲门声使他的头脑嗡嗡作响，仿佛有一股冲击波破门而入，灼热的气浪冲得他摇摇晃晃的，灵魂早已随着冲击波飞到天外，剩下的只是一个麻木的、毫无意识的躯壳。

屋子里亮着灯，没法不开门。何况，隔着窗帘也能看到灯光下的人影。

"艮瓜，是我，快开门。"大概外面的人也发现他俩没有睡，又喊了起来。听那熟悉的声音，就知道是许旺。

"啊，啊，是许、许厂长。"艮瓜听到许旺的声音，他不能再装聋作哑了，"这，这就来……"

采桑妹悄悄拉了一下艮瓜，示意他先问问有什么事。

"有急事吗？"艮瓜才突然想起问了一句。

外面迟疑了一下。他从问话的口气上也意识到了打搅新婚之夜的不妥。可是，他踌躇了一阵，终于还是说了："快去看看吧，厂里人打起来了。"

这意外的事端使艮瓜大吃一惊，军代表的职责使他忘记了一切，忘记了身边的事情，起身就去开门。

采桑妹也感到事情确实紧迫，没有再阻止艮瓜。但是，她也没有忘记自己身边发生的事情，在艮瓜开门的当儿，急中生智，把那些碎瓷片往床下面堆。

门开了，许旺站在门口没有进来。

在这个时候打搅人家，他感到心里不安，他满脸的歉意，只在门外面等着。

艮瓜倒感到过意不去了，顺手搬来了个方凳子，把许旺让进屋里，问道："怎么回事？这个时候怎么会打架？"

许旺苦笑着摇了摇头，看得出真是一言难尽。

药厂的一帮年轻人闹过新房之后，余兴未尽，看看秋高气爽，明月悬空，又引起了酒兴，在厂里摆了个小酒摊，还拉上了许旺，又热热闹闹地赏起月来。

正在猜枚行令的热潮当中，贾货突然带着一帮子人闯了进来。

原来，贾货正和一帮子人在隔壁的院里喝酒，艮瓜结婚的消息他是知道的，他故意没去，他恨这个艮瓜。可是，他却派人去暗暗地打探消息，看看都谁去捧场了。打探消息的人回来告诉他，许旺去了，而且还送了一尊珍贵的景德镇彩色细瓷塑像，并绘声绘色地说这瓷像如何来历不凡，艮瓜得到瓷像以后如何感激，欣喜若狂。

贾货本来心里就窝一肚子气，听到这个消息，那股无名怒火不由得"轰"的一下冲了起来。他恨透了这个许旺，更恨那个保护许旺的艮瓜，这两个人那样亲密地纠缠到一块，无疑对他是不利的，旧恨何日能消！

酒精在肚里燃烧着，酒力在脑海里冲荡着，使他心里感到更加难受。"酒是惹祸根苗"这话一点不假。此刻，贾货已被酒的精灵冲荡得失去了理智，只有血管膨胀后的昏愕和落地叫人感到不安。

他猛地推开酒杯，决定带着一帮子人立即揪斗许旺，出出这口恶气。

药厂的一帮年轻人正在兴头上，自然不依，要他们有什么事等明天军代表来了再说。

两下里都有几分酒意，开始只是吵嚷，闹腾，指手画脚。后来不知是谁先动了手还是失了手，竟打了起来。

许旺无力阻挡这场事件，怕发展下去更为严重，只好来找艮瓜。

"好啊，你挑动两下里打起来了，自己躲起来坐山观虎斗！"许旺还没说完情况，贾货已带着一帮子人尾随而来，闯进屋里了。

艮瓜怕他在这里闹腾，赶忙站起身来，挡住对方，说："都冷静一下，有事明天再说。"

采桑妹看到来了这伙人，怕露出破绽，急忙把身后的床单往下拉拉，想挡住床下的那堆瓷片。

可是，慌乱中她还是疏忽了，椅子后面还有一块彩色瓷片。

贾货那带着敌意的眼睛终于发现了蛛丝马迹。他不动声色地摸出烟来，划根火柴点着火，将那火柴棒悠然自得地甩了一下，慢腾腾地走过去，一屁股坐在椅子上。

采桑妹突然发现了椅子后面的瓷片，浑身一阵痉挛。她急中生智，赶忙起身拿烟，趁人们不注意的时候，悄悄把那块瓷片踢到床下。

贾货是何等精明之人，早已从对方的神色中发现了一切。他趁采桑妹离开床沿的当儿，突然掀起垂在地下的床单。

一堆瓷片露出来了！

贾货像突然被电击了一下，从椅子上跳起来，浑身一阵狂喜。他终于抓到制服对方的把柄了。艮瓜啊艮瓜，我叫你自己都保不了自己，看你还怎么顾及许旺。

他迫不及待地捡起一块瓷片，举到人们面前，阴阳怪气地问道："这是怎么回事？啊？"

可怕的事情终于发生了。

许旺也感到一阵愕然。怪不得贾货进到屋里那么沉得住气，没有和他再纠缠，原来他发现了这个秘密。他又突然想起刚才自己敲门时，艮瓜迟迟没有开门的原因。

望着那堆精致的景德镇瓷片，他明白了一切，又感到一阵心疼。他一片热心，一番好意，没想到会出现了这样的结局，真是爱他们反而害了他们。这是哪一辈子的冤孽啊！

他真恨自己，恨不得立刻伸出千万只手来把那堆瓷片捂住。也许他根本不该多事，根本不该送这尊塑像。他更恨自己，为什么偏偏赶到这个时候叫门！要是自己不来，也许不会引来这帮人。他后悔极了，谁让自己这么多事，让他们打去吧，闹去吧，天又塌不下来，何苦来叫艮瓜，凭空生出一场是非来。

他心里非常清楚，贾货一直都在寻衅闹事，这次岂能善罢甘休！从他那张阴阳怪气的脸上，就可以看出这一点。

贾货像拿着一把尚方宝剑，在人们的眼前一一划过，仿佛他是主宰一切的胜利者。没有声音，只有目光的较量。空气骤然凝固了，几个人像被贾货卡住了脖子，窒息得喘不过气来。那瓷片转到艮瓜面前，一张冷漠的面孔和一双狡黠的目光也盯着艮瓜。

艮瓜也没想到贾货会突然间从这里找到突破口，一下子没了主意。把柄在他手里抓着，只好由着他了。他明白那双狡黠的目光是什么意思。在许旺的问题上，他恨透了自己，可又不敢明目张胆地反对军代表，只是在暗中找岔子，这次终于给他找到了。他一定会利用这事大做文章，他那闪烁不定的目光，就是这种阴谋心理的反映。

贾货见艮瓜不理睬，突然转身到许旺跟前，举起那块瓷片，阴阳怪气地说："许旺，我听说这尊瓷像是有点来历的呀？是你请来的吧？你大概不是专门送来让他们摔的吧？我想你是个明白人，我不说你心里也清楚，这是什么性质的问题。"

许旺听得出来，他是在敲艮瓜的麻骨，先从自己这里发难。他望了一眼艮瓜。艮瓜很平静，面对贾货那冰冷的目光，也许在苦苦地思索着对策，也许在听之任之。客观事实形成了，而且把柄就在贾货手中，他就像困在陷阱中的狮子，走投无路，有劲使不出。

此刻，许旺心里七上八下，很难预料到会有个什么结果。箭已在弦上，那贾货不会不放。而他深深知道，这一箭射到哪里都会伤人。

"是我打破的。"采桑妹突然站出来，对着许旺和贾货说，她浑身一阵颤抖，知道这句话的分量。她也清醒地认识到，这种不幸必然会降落到一个人的头上，这种后果必然要有一个人来承当。而洞房之内，除了她和艮瓜还会有谁呢？谁也没法替他们担当，谁也担当不了。除了她，就是自己的丈夫。她不能让他来承当。自己是个乡村女教师，是个自带粮票、不吃公粮的人，充其量不就是丢掉一个耕读教师吗？大不了面朝黄土背朝天，再回去修理地球！

时间不允许她有更多的思考余地，她害怕艮瓜抢先说出来。一双杏眼平平静静地扫了扫在场的几个人，坦然地说："我听见你们半夜三更地来敲门，慌忙爬起来，一不小心碰倒了。"

没想到事情会从这里下来，这使贾货有些失望，也有些扫兴，可又无可奈何。许旺尽管弄不清其中的真情，可也为采桑妹这种挺身而出的精神感到满意。从心里讲他也有些相信，因为刚才他们迟迟疑疑地不开门；可又有些怀疑，因为他没有听到响声。

"你胡说什么？"艮瓜吼叫起来，狠狠地盯了采桑妹一眼，说，"哪里是你打破的？"

贾货听了艮瓜的吼叫先是一愣，但很快就意识到了什么，脸上露出一丝不易觉察的奸笑。他并不希望这个女人出来顶缸，尽管他相信有可能是这个女人打破的。他要扳倒的是艮瓜，恨的是许旺，要借此机会整治一下他们。

他嘿嘿冷笑一声，朝采桑妹说："这不是你能包揽了的！是谁打破的他心里清楚，也不会让你来顶缸。这是严肃的问题，可不是闹着玩的，当然不能胡说。"

采桑妹知道他想往艮瓜身上扯，使劲地用鼻子哼了一声，说："信不信由你！"

贾货不与采桑妹计较，将瓷片在艮瓜脸前晃了一下，说："既然不是她打破的，我想，总不会是别人钻到屋里来给你们打破的吧？"

艮瓜已看出贾货的险恶用心，但也无可奈何，他知道事情的严重性，就说："是猫跳窗户打破的！"

　　"哈、哈、哈、哈！"贾货大笑起来，嘲弄地说，"这个猫可真能，打破了以后还会把碎片藏到床底下！那好，我现在就去县里军管会，将这瓷片送去，让这只猫等着瞧吧！"

　　贾货把那碎瓷片装进箱子，带着几个人急匆匆地连夜进城去了……

　　采桑妹终于被带走了。

　　为了保护艮瓜，她一口咬定是自己打破的。尽管这不是贾货的初衷，可却是实实在在的现实。这现实是艮瓜的悲哀，更是采桑妹的悲哀。

　　时间静静地流淌着。

　　欢快幸福的日子是容易度过的。它像春天里的花朵，披着明媚的春光，伴着绿色的韵律，四处飘香，不知不觉就过去了。甚至还没来得及细细品味，就欢快地消失了。痛苦的岁月却像个童话中的"老爷爷"，老爷爷年岁太大了，就难免会步履维艰，一步一颠，跌跌撞撞地，再也走不完那冰雪覆盖的路，迟迟不肯离去。

　　终于又是一个中秋节。

第 27 章　萧瑟秋风下，人比黄花瘦

萧瑟秋风今又是，人间心头有缺圆。不管人世间发生了多么大的变化，月亮到了这一天总是圆的。

不管怎么说，艮瓜心里总有些恼恨起月亮。他的心灵上缺了一大块，可月亮偏偏在他心灵上缺了一块的时候又圆了起来。人心上的缺块，要能像月亮那样缺了又圆该多好。他真有些嫉妒起月亮来。

打那次分手之后，他再也没有机会见到采桑妹了。他跑了好多次，都被挡了回来。

他也没有再见到许旺。听说贾货终于把许旺整倒了。许旺彻底脱离了制药厂，又回到他那个小山村。

没过多久，艮瓜接到了转来的一张离婚证，说是由采桑妹提出和他离婚的。

艮瓜受不了这种打击，他到处找采桑妹，可始终也没有能够见着。

他很快又被调到另一个偏僻的部队小农场里，在那里当起了"鸭司令"。

临走时，许旺等在半路上给他送行。两人默默地走了很远一段路，谁也没有说话。

许旺很痛苦，他倒不是为自己的不幸结局，他深深感到这场事情都是由自己引起的。他曾带着内心的愧疚，去探望采桑妹，但始终没有见成。只传出来一句话：她不认识许旺！

他伤透了心，知道她恨透了自己，不会谅解自己。他却能理解对方的心情，不管怎么说，这场灾难是他引起的，起源于他和贾货的积怨。

艮瓜也许受尽了精神上的折磨之后反而平静下来了，他谁也不怨，谁也不恨，以深沉的冷静来面对冷酷的现实。

小农场的生活是冷清的，与鸭群为伴是单调的，他几乎与外界隔绝了。就在这种冷清和单调之中，他迎来了第二个中秋。

中秋佳节会给人们带来欢乐和愉快，也会诱发烦恼和忧伤。他凝神望着山坡上的野菊花，一种肃杀的凄凉袭上了心头，不由得想起了一首古诗："去年今日此门中，人面桃花相映红。人面不知何处去，桃花依旧笑春风。"这不正是自己此时此刻心情的写照吗？秋风萧瑟，黄花遍地，

空气中隐隐飘着一股暗香。可他总感到那野菊花太瘦弱，太缺少生气了，尽管人们都说它能傲霜。他看到这瘦弱的菊花想起了采桑妹，也许，她比这黄花还要瘦弱吧？

夕阳衔山，晚霞还在半空中炫耀余晖，艮瓜独自沿着山间小径，漫无目的地在山谷中游荡起来。人们都说大自然的无限风光能够陶冶人的感情，改变人的性格，他却体验不出来。其实，他害怕大自然真的会冲刷掉对往事的无边无际的怀念。那些怀念虽然悲凉，但总还能给人一些美好的回味，要是连这些都没有了，那不是更加空虚了吗？残阳如血，洒在山谷左边的小径上。一捆柴草正向这里蠕动过来。

背柴人腰弯得很低，或者说蓬乱的柴草遮住了人的脑袋，他竟看不清楚背柴的到底是个什么样的人。不过，从那艰难的步履上判断，这无疑是个上了些年纪的老人。

这也许是孤寡的老人。不然的话，在这中秋佳节的黄昏里，空旷的山野里怎么还会有一个负薪的老人呢？难道他不知道今天是万家团圆的日子吗？即便是闲不住的勤快的老人，天到这般时候，家里人也会出来接一接的呀。

艮瓜那孤独的心碰到一个孤独的老人黄昏负薪而来，不由得产生了强烈的共鸣。这种共鸣又把他带到了"枯藤老树昏鸦……古道西风瘦马。夕阳西下，断肠人在天涯"的意境。

背柴人正在爬一个陡坡，那腰弯得更低了，手拉着陡岗边的藤条，一步一步地往前攀登。

"我该帮老人一把。"艮瓜心里想。老人的处境也许比自己更不幸，更孤独。他仿佛突然间从一种苦闷彷徨的困境中解脱出来，被一种形体之外的巨大力量推动着，大步走下坡去，喊道："老人家，我来帮你背。"

背柴人抬起头来，艮瓜愣住了。背柴人也愣怔了，手一松，柴草从背上滚了下来，顺着坡度滑了下去，柴刀也"咣"的一声落在小径的石头上。

采桑妹，竟会是她！第二个中秋，在三圣母庙的一堆废墟边，不期与她邂逅相逢了。这是天意？还是碰巧？他说不清，反正是实实在在的一个活人站在他面前。

"你，你怎么在这里？"艮瓜的声音有些近似呜咽，但里面也不乏欢喜的成分。

他失神地盯着对方那双杏眼和瓜子脸。那脸变瘦了，蒙上了一层灰暗的阴影。那双杏眼失去了光泽，只剩下了两个呆滞的瞳孔。从瞳孔里他看到了一切。

这一段时间，艮瓜从现实生活中悟出了一个经验，那就是对人的观察从不看面孔的表情，也不相信面孔的变化，因为面孔上粉饰的东西太多，有做作，有虚伪，也有欺骗。只有那双瞳仁，它能够印证一个人的心灵。

采桑妹仍然呆呆地站在那里，像毫无知觉一样。今天意外的相逢，没有引起她的激动和不安。

采桑妹惨淡地笑了笑，那笑很勉强，带着苦涩和酸楚，真比哭还让人难受，还使人伤心。但那毕竟是笑，是强挤出来的笑。她回首看了看那捆滚落的柴草，又看了看自己的脚。从那不安的举动中可以看出，她在回避对方的目光，怕和那热烈期待的目光碰撞，也许她受不了这种目光的逼视。

艮瓜往前又跨了一步，几乎碰着她了。"你受苦了。"艮瓜一阵伤感，但不知如何表达自己的感情，如何倾吐自己的内疚和不安。

她静静地站着，好像不想再说什么了，但也没走的意思。她没去捡那捆柴，也没拾柴刀。

艮瓜好生没趣，踌躇了片刻才说："我被调到这小农场里当鸭司令了。"

她仍然没有抬头，也没眨眼，面部的凄楚和苦涩仍然没有变化，只是淡淡地应了句："我知道你在这里。"

"什么？你知道我在这里？"艮瓜惊愕了，像审视着一个怪物，"那，那你为什么不来找我？"

采桑妹像对一个陌生人一样，再没有说别的什么话。她准备走了，弯腰拾起落在地上的柴刀，又去背那捆柴。

要不说艮瓜实在有些窝火呢。他到处打听对方，毫无一点踪迹，而她知道自己在这里竟无动于衷，甚至见面以后也陌同路人。他受不了这种打击和折磨，上前拦住对方，几乎是吼叫："你说，你到底为啥不来看我？"

"奇怪。"采桑妹仍然冰冷冷地说，"我看你干什么？我和你已经没有任何关系了。"

艮瓜像被电击一样浑身一阵颤抖，他几乎站立不住了，发疯似的喊道："不，我不同意！不同意离婚！"

采桑妹浑身也战栗了一下，那目光变得柔和起来。她似乎动了感情，可又看得出，她在用力地压抑住自己，使它不流露于外，不辐射到对方

那里。

她终于什么也没有说，像个冷血动物一样，再也不看对方一眼，背着那捆柴走了。

艮瓜迷茫地站在那里，心像被割去了大半，挂在她的柴捆上，随她而去了。留下来的半块却沾满了惶惑和苦闷。这种苦闷也慢慢变成了一股怒火，把剩下的一半心也烧得干枯了。他痛苦到了极点，精神上的支柱彻底倒塌了，绝望了。

他发誓永远不再想这个女人，让那一缕希望之光彻底泯灭。

两个月以后，又到了老兵退伍的时间。他突然接到退伍的命令，仓促之中解甲归田了，以至于他再也没有机会见到许旺，也没见到采桑妹。

直到回家很长一段时间以后，连队一个探家的干部绕道来到大浪沟看望艮瓜，告诉他事情的原委。遗憾的是，那时候他已经结婚了。

他到农场当了鸭司令之后，事情并没有结束。贾货把事捅到了上边，又惹出了麻烦，他所在的连队真正感到棘手了。连队为了保护艮瓜，派人悄悄找了采桑妹，劝她不要再生其他是非。采桑妹是个明白人，不愿让艮瓜再受牵连，就把一切痛苦埋在心底，独自承受。她知道这会刺痛艮瓜的心，但那只是暂时的。为了艮瓜的前途，她还是那样做了。没想到终归没有保护住艮瓜，他还是解甲归田了。

艮瓜走了，带着失望和怨恨。她的绝情确实刺痛了艮瓜的心，泯灭了他心中那束爱的火苗。他告别了他们过去的一切，没有了爱，也没有了恨，只剩下一颗硬邦邦的僵死的心。

在那种年月，解甲归田不只是环境的变化，生活也发生了巨大的转折。大浪沟的人太穷了，穷得连自己也瞧不起自己。刚回来时，亲友们还常来探望，谈谈笑笑，日子长了，一切又恢复了平淡。人们都在为自己的农活儿忙碌着，谁也想不起他。只有家里的人不得不为他的事操心，他年龄不算小了，不能老打光棍。

艮瓜尽管对成家已经心灰意冷，但总不能就此一个人下去。世俗的压力和家庭的劝告，还是把他领进了一条入乡随俗的道路。

第28章　生活的路没有一马平川

在家里人和亲友们的张罗下，他终于找了一个邻村的姑娘。尽管那姑娘相貌平平，而且比艮瓜大两岁，但心地还好，又不要彩礼，也就只好将就了。何况家里人都说："女大两，银钱长。"将来一定会过好的。

艮瓜已经完全失去了自我，听之任之了。"人穷志短，马瘦毛长。"到了这个地步，他还能有其他的非分之想吗？到什么山上唱什么歌吧。

他结了婚，有了一个可爱的小姑娘，开始全力为这个小家庭奔走了……

他突然收到了采桑妹的来信。这封信尽管转了几个地方，终于还是到了他的手里。采桑妹在信中说明了当初的情由和隐衷，尽管信中带着凄凉和悲哀，但还是兴奋地告诉他，她解脱了劳动改造，又恢复了自由。她等着他……

这像一颗石子投进了池塘，荡起了不平静的浪花。浪花虽是激动人的，可它实在又太折磨人……

他对生活是虔诚的，严肃的，没有对生活苛刻索取的欲望，而生活对他太吝啬了，太不公平了。不管怎么说，一切都过去了，他只能在现实中寻找自己的归宿。他给她写了一封回信，可他们之间的恩恩怨怨并不是那封书信所能包容得了的。

他没有再收到回信，他知道她不会再给他写信了。

稀疏的芦苇包围着一片低洼的池塘。这里离村庄不到两里地，是一个有着三四亩水面的池塘。说是池塘，实际上是几个相互连接的自然形成的水坑又经过了加工和改造形成的。池塘的四周除了一些篱笆外，还打了两米左右的一圈土墙。土墙里面放着一圈瓦盆，瓦盆里栽着茉莉。茉莉盛开的时节，很远就可以闻到花香。但是，从那粗糙的破瓦盆和排列的一字长蛇阵来看，这些花的培植绝不是为了观赏，而是为茶厂准备的原料。

穿过虚掩着的柴扉，可以看到池塘里面打着一道道土堰。这些土堰像小田埂一样露出水面，把池塘分成了几个方格子。细心观察就会明白这里不是鱼塘，而是用来饲养从古巴引进的牛蛙的。这里没有鱼塘的那种恬静，大蛙、小蛙、子蛙和蝌蚪们分别在各自的领域里生活着，叫声相

闻而不往来。

池塘的北边有三间简易的房子，西面的一间堆放着黄豆、玉米和其他一些饲料，还有一个加工饲料的小钢磨和一架柴油机。那柴油机是活动的，除了加工饲料，还能往池塘里抽水。东间垒着简易的锅灶间，屋里放着床，还有一张三斗桌和两只竹椅。从这简陋的设备看，这只能是个看守房。可这房子显然是经过了修饰和加固，北面土墙又包了一层砖，屋顶的茅草也换成了绿色的石棉瓦。中间屋子用石灰抹了一遍，大有陋室生辉的味道，总算像个住室了。

眼下，艮瓜成了这所陋室的临时主人，是名副其实的逍遥自在王了。

牛蛙的养殖有着很强的季节性。当然，在季节的变换中也有很多技术性很强的环节，是马虎不得的。

俗话说："有同行，没同利。"在养殖牛蛙过程中，采桑妹摸索出了自己独特的经验，但是，即使再绝密的本事，她会瞒着艮瓜吗？有些女人为了自己倾慕的心上人，可以拿出自己积攒下来的体己钱，毫不心疼地奉献给他。采桑妹对待艮瓜可以说是达到这样的程度了。

由于采桑妹真心实意地传授，推心置腹地一点不保留地讲解，艮瓜基本上掌握住了养殖牛蛙的各个环节。

按说他完全可以走了。

但是他没有走。

他不想走。为什么不想走，他自己也说不清楚。他心里很复杂，想帮采桑妹多干点活儿来弥补过去的损失？好像也并不完全是这样。似乎有千万条无形的丝带拴束着他，使他欲离不忍，欲走不能。特别是采桑妹那双明亮的眸子只要向他投来，他就会立刻产生一种特殊的念头，什么发财致富，什么创家立业，似乎这一切都失去了吸引力。这一瞬间仿佛只剩下了那双明亮的眸子，只剩下了他和她。

感情这东西是个非常古怪而又令人难以捉摸的怪物，得到它的时候似乎并不感到它的存在，或者说意识不到它的价值，就像穿在身上的衣服一样，只感到它是自身的一部分，随着自己行动，从没有感到别的。但是，一旦失去它的时候才会突然间觉得它是那么重要，是那样地不可缺少，是如此地令人珍贵和怀念。

当初采桑妹作为他的妻子，他并没有感到她的美丽，也并没觉察到她有什么魅力。她的一切都属于他，他并不留心去欣赏，去观察细微之处，没那个必要。就像自己盆中的花一样，司空见惯，不觉得新奇。

可是，眼前的采桑妹子，实在太美了，每个线条都具有吸引力。在失去她而又相逢的今天，用男性的孤独和不幸的眼光去看她，她显得异常动人。她的额头有两道皱纹，但脸上仍然带着昔日的风韵。在他面前她神色是安详的，仿佛仍把他当成自己的保护神。她鼻尖高高地翘着而独具特色，鼻孔像个艺术品一样藏在高高的鼻头下面。按星相家来解释这是福相，不知她为何多遭不幸。和自己在一起的时候，那张娇媚的面孔上总是洋溢着笑意。这不是一般女性羞涩式的笑，而是带着几分粗野的、纯真的、毫无虚假和掩饰的笑，在这种笑面前，人恨不得把心里所有的秘密都倾吐出来。

他真有点恨自己，为什么在对方额头上出现了两道皱纹的时候，才发现她是如此的动人呢？也许正是在这个时候他才意识到了自己五尺高的躯壳内，竟埋藏了这么多的情丝！

他发现，她有时候会莫名其妙地发脾气，发过脾气之后又哀声长叹，长叹过后又一个人静静地沉思。

这也难怪，她当初正处在女性最宝贵的韶华时期，青春的神韵鼓满着绿色的风帆，心中装着五彩缤纷的万花筒，在希望的、甜甜蜜蜜的追求之中做着温柔美妙的梦，怎挡得住这突然袭来的一股寒流？

对艮瓜她确实是爱着的，而且是真心实意地爱，爱得一往情深，爱得难以自拔，爱得体贴入微。她早已把自己的一切和艮瓜连在了一起。她对艮瓜可以说有百般情丝，她怎能不爱他呢？少女的第一缕情思是一生中最难泯灭的。何况在她心目中，艮瓜又是一个真正的男子汉。

从身份来说艮瓜确实是位卑职微，当时只是个小小的代理排长。但采桑妹有她的看法，她不以成败论英雄，总觉得艮瓜不会长久地碌碌无为。从他的气度上可以看到这一点，对此她深信不疑。要不然的话，艮瓜的连队会如此看重他吗？她在小镇上听人讲过一些相面术，而且相信这当中有一定的奥妙。也许这种因素也在起作用，她才对艮瓜一直报以赞赏和倾慕的态度，为自己选择了这样一个佳偶而感到幸运。当她第一次把湿漉漉的嘴唇贴到对方那发烫的脸颊上时，少女的羞涩被一种满足和宽慰代替了。但是，也许是从那以后，她更感到了一种爱的饥渴，更感觉到了一种感情的升华。她觉得自己是幸运的，作为一个耕读教师她已经非常满足了。

天有不测风云，人有旦夕祸福。生活的路和自然界的路一样都不是一马平川。

艮瓜终于被复员回乡了。

这个消息是贾货特意带给她的。

当然，贾货给她带来这个消息并非出于对这对恋人的恻隐之心，他是以取胜者的心理来炫耀的，自然也还带有另一个目的。那就是为了彻底击溃采桑妹心中的防线，撩起她心中对许旺的憎恨。最好能使许旺后院失火，或者使她为了保住艮瓜而把事情扯到许旺的头上。

这个意外的消息确实是采桑妹所没有料到的。她原以为艮瓜的失意只是暂时的，他们仍然会花好月圆，破镜重圆。这意外的突变像电击一样，使她浑身顿时软瘫下来。

在此以前她之所以能够默默地承受着一切痛苦，把不幸酿成的苦酒吞进肚里，用一种淡泊的平静面对眼前的现实就是赖于这根精神支柱的支撑。尽管她脸上经常带着淡淡的忧郁，尽管女性特有的那种神韵常常被一种冷艳的神色取代，但她心中毕竟还有一缕希望之光。就是这种希望之光的偶然闪现，才润育了她心中那初绽的蓓蕾不至于凋零，增添了与生活抗争的勇气。

她含辛茹苦地期待着，忍辱负重地支撑着，就是因为有这种信念。艮瓜走了，这对她无疑是一个巨大的打击，她心中的宫殿坍塌了。他们再度结合也许永远是不可能的事情了。

她心灰意冷了。

当她第一次心中浮现这样念头的时候，无疑是痛苦的，割裂感情总不像抛掉一件东西那样容易。感情是个怪东西，当它发现自己被生活玩弄的时候，当它发现自己被生活廉价抛售的时候，它会以巨大的反作用力疯狂地报复，以证实自己顽强的存在。

她在这种心态下变得神情幽怨而沮丧起来。首先感到的是，自己心目中那种纯洁、温良、柔美的自我形象破灭了。

代之而来的是一种变形的、被扭曲了的形象。这种形象究竟是个什么样子，她说不上来。仿佛是河边随风摆的杨柳？又好像是在清风中飘荡的芦花？她画不出自己的肖像，只觉得并不怎么美好，可又不相信是多么可恶，只觉得有些滑稽可笑，有些狡黠，有些圆滑和世故，多多少少又有些势利，但更多的却是内心的凄凉和悲酸。她觉得这种形象，让人爱不起来也恨不起来；叫人感到哭不起来，也笑不起来，欲动恻隐之心而不能，欲弃之而去又不舍。可这确实是一幅活生生的人物肖像。

第29章 可以共忧患，而不可以共安乐

她力图撕破世俗给她穿在身上的外衣，恢复一个女人本来应该具有的纯真、圣洁的面目，回到真正的自我中来，但这种世俗的外衣却像铁甲那样牢固那样不可摧毁，和大千世界混为一体。这是她一个弱女子所无法抵抗的。

正在苦闷彷徨中，又一个人闯进了她心中这块不平静的天地。那是一个同组的青年。他是县里一个领导干部的儿子。小伙子生得白白净净、细细条条的，可谓一表人才。

患难之中人与人之间的关系很容易相处，彼此之间的感情很容易沟通。这也可能是彼此都失去了身外之物，处在同一个地平线上，才出现了这种返璞归真的赤诚。

患难中的友谊是很难忘怀的。随着时光的推移，他们后来结了婚。

她结婚在艮瓜的后面，她觉得对得起他。她可以借以安慰自己的灵魂，可以宽恕自己的良心。但是，她仍然时时想到艮瓜。她总要把"小衙内"和艮瓜进行比较。特别是生活不怎么顺心的时候，这种比较就更为强烈。她不知道艮瓜生活得是不是顺心，会不会有这种心情。反正她为艮瓜尽到了女人所能够尽到的一切力量。尽管她仍然免不了在心理上有负债式的不安。可这有什么办法呢？生活就是如此。

他们很快地有了一个可爱的小女儿，给生活增添了无限的乐趣。小日子尽管不算很红火，可也很安静。渐渐地，她心理上那种负债式的不安淡漠了，消失了，也适应了。

她对生活满足了，把一颗心都倾注在孩子身上。女人的心是最善良的，也是最容易得到满足的，起码她是这样。

人生没有固定的模式，生活不会都是苦涩，也不会都是平静，偶尔也会激起浪花来。

那天他兴冲冲地从城里跑回来，两颊泛着红光，眼里的瞳仁也显得分外明亮，像喝了一杯浓酒似的，浑身往外辐射着一种从来没有见过的力量。他一脚踢开虚掩着的柴扉，风风火火地冲进院里，抱起正在洗衣服的她悠悠地转了两个圈子，吓得不懂事的孩子"哇哇"地哭了起来。

"你疯了？在哪儿喝那么多酒？"她挣脱对方，赶忙去哄孩子。她闻到了一股酒气，看到他那被酒精燃烧得发红的眼睛。

"哈哈哈哈！"他大笑起来，仿佛要把肚里的东西往外倾吐，又仿佛是一种力的发泄。

她从来没见过他这样兴奋，简直带着一种神经质，给人以一种歇斯底里的感觉。从和他接触的第一天起，在她的印象里他那小白脸上就经常笼罩着一种淡淡的阴云。即便在结婚的时候，那张细白的脸上也还带着暗淡的凄楚。

她从来没有发现他这样对待自己，这样狂热的举动。她甚至怀疑他患有一种抑郁症，性格深沉而不外露。事实上也正是这样，结婚以后他也只是安安静静地过日子，从一个男人的本能上来尽丈夫对家庭的职责。对他来说，结婚似乎是完成了一项任务，是人生所必须经过的一个旅程，他只是照章行事。因此小日子虽然过得安安宁宁，却也清淡寡味。

她被丈夫的狂热感染，一边哄着孩子，一边用深情的眼睛望着他，似乎在窥测着一种人生的奥秘。

"我父亲的问题弄清楚了，又要安排工作了。"他终于大声喊叫着扑了上来，把她又紧紧地抱住。

她感到他浑身都在颤抖，她理解他的心情。他曾为此事受了不少挫折，吃了不少苦头，这一天终于出现，而且来得这么快，自然会刺激他的神经，自然会使他发疯般地狂热。也许受了他的感染，她也激动起来，浑身似乎也在颤抖。

一种欢乐的气氛笼罩着这个家庭，一朵祥云在这个竹篱茅舍的上空出现了。

一通百通，一顺百顺。他的才华也闪电般地显示出来，很快地又上了大学，一跃而成为幸运儿。

幸运对他来说是好事，但对她来说却孕育着一种不祥的征兆。

也许他们当初结合的基础并不像钢筋水泥那般牢固，也许生活层次的差异本身就具有一种巨大的分解力，她渐渐觉察到了一种思想上的裂痕。

"人可以共忧患，而不可以共安乐。"她从这个几百年的古训中似乎悟出了点什么，隐隐约约地意识到了点什么。当然，他也不是什么"中山狼"，也不会"得志便猖狂"。人毕竟是个思维极为复杂的高级动物，大千世界中往往隐埋着很多为人睥睨的事情。她家的竹篱茅舍，虚掩的柴扉，远处的山峦，近处的溪流，也有被人看不清楚的时候，但那是在夜幕的掩盖之下失去了本来面目的时候。一旦夜幕散去，一切都会露出原来面目，让人一目了然。可人世间纵横交错的复杂关系，明来暗往的交易，惟妙惟肖的变化，却永远也没有拉起帷幕的时候，并不容易被人看得那么清楚。这主要是有的人身上真善美的东西含量多，假恶丑的东西含量少，自感无愧于世，无愧于人，总想把帷幕拉开让人鉴赏。也有的人身上真善美的东西含量少，假恶丑的东西含量多，自我感觉并不怎么好，或多或少地受到良心的谴责，总想把帷幕闭起来。这样拉拉闭闭，闭闭拉拉，编织成了大千世界的各种变化，谁也无法弄清事物的本来面目。

他们这个家庭就处在这种拉拉闭闭的变化之中。

社会地位和生活环境的变化毕竟是诱人的。它诱自己，也诱别人。首先是他所生活的层次变了，接触的人变了，视野不一样了，而更重要的是人们对他的目光变了。这种变化给他带来了兴奋，也给他带来了懊丧。采桑妹毕竟是一个小镇上的女子，缺少那种交际场上的气质和风度，尽管不像刘姥姥进大观园那样，可也总免不了那种泥巴味。他后悔自己当初缺乏战略眼光，处事太草率，以至于酿成了今天的遗憾。

就像裂了缝的鸡蛋必然会招来苍蝇一样，他这种情绪的变化自己感觉得出来，别人当然更看得出来。慢慢有不少人开始填补他这种精神上的空白了。他也乱了方寸。

他乱方寸并非出于一种感情上的不舍，而是惧怕于一种社会的压力和道德的谴责。除了社会舆论的压力之外，这个家庭的维持实际上已经没有任何约束力和基础了。

他不乏狡黠，开始施展手段了。他毫不掩饰自己的外遇，甚至有意地把人带到家里。采桑妹受不了这种精神上的折磨，意识到发展下去会酿成更大的苦难。

既然已经发展到如同陌路人一样了，何必要维持这种名存实亡的夫妻关系呢？她不是强者，但也不是弱女子，一张申诉书递上去，和他离了婚……

也许正因为她受了这种刺激，在生活的道路上找到了自我，才顽强地同命运搏斗，要在光明的前景中去安排自己的归宿，才干起了这番养殖牛蛙的事业。事业的发展给她带来了充实，给她带来了希望和寄托，也给她带来了挺起胸膛走下去的勇气……

她忘不掉那个温和而又柔软的黄昏。

夕阳像在云海里畅游的少女，嫣红的天空像挂着的一匹无边无际的杭州绸缎。暮霭为少女遮掩羞报，悄悄地开始蔓延，牛蛙饲养场那简陋的茅草房拉了个长长的影子。

黄狗跟在后面狺狺，柴扉外面投进来一个长长的影子。

他来了。

就像不速之客来自天外一样，又仿佛是倏忽飞来的一个怪物。

其实，采桑妹早就收到了艮瓜的来信，说他想来学习饲养牛蛙。接到信后，她确实耳热心跳了好一阵子。几年来，她总是或多或少地有一种莫名其妙的、不可抑制的惜别之情。特别是和那"小衙内"分手之后，这种惜别之情更加强烈，更加勾起她对艮瓜的怀念，更使她过多地去思念艮瓜的好处。越是想到这些好处，越是使她柔肠寸断。她只觉得四周有一种压抑得令人窒息的气流，围绕着她袅袅地旋转着，怎么也驱不散，排不开。

她想见他，做梦都盼着他早日到来。想他什么呢？想和他叙叙衷肠？想得到他的谅解和宽慰来弥补自己心灵上的创伤？也许这一切都没有必要。他未必知道自己的心绪，未必知道自己当初那不理想的选择。他能宽慰自己什么呢？也许他的宽慰更加引起良心的自责。但她还是想见到他，也许他现在生活得并不怎么好，要不为啥千里迢迢来学养殖牛蛙呢？也许他也是怀着和自己同样的心情才想来的？她毫不迟疑地写了封信，欢迎他来。

她确实又怕他来，相见时难别亦难。相见时也许会带来欢乐，可分别以后岂不是会带来更多的相思之苦吗？何况这见面之后的第一句话又该怎么说呢？他们都不同于过去了。

他终于来了。

她还是感到那么突然，那么陌生。

夕阳亲吻着宁静的蛙塘，晚霞的余晖在水面上闪耀，像血，也像火。几朵黑色的云块在天空移动着，显得那样的淡而遥远。那简陋的房舍和虚掩的柴扉也和宁静的蛙塘一样，仿佛以恬静淡泊的姿态观察着这两个久别重逢、曾经是恋人的陌生人。

她迅速而又认真地扫视了一下对方，就像雷达捕捉一个微弱的信号，生怕这个倏忽出现的微弱信号会突然消失一样。

他比她想象中的艮瓜要苍老一些，脸颊黧黑，胡子拉碴的。只有昔日的神采还可找到，但也不像过去那样光芒四射，那样温柔，更多的是忧郁和深沉。也可能是过多的操劳，头发已失去了光泽，而且出现了几根刺眼的白发。额头上刀刻似的皱纹和他的实际年龄极不相称，记载着并不太顺心的经历。

他仍然提着一个银灰色的人造革提包。那提包显得很陈旧，上面留下了一块块可能是在车上摩擦而出现的痕迹，侧面上的向日葵图案已经被岁月的风雨冲洗得不甚清楚，但还依稀可辨。也许是物见旧主会说话的原因，她突然又感到一阵心热。

第 30 章　真正的感情

这还是她当初在小镇上为他买的提包，没想到他现在还用着。这种提包早已过时，现在也很少见到有人出门提这样不合时宜的包包了。她不相信他现在竟没有一个出门的提包。提这个破包是出于一种怀旧之情呢？还是顺手拈来？还是出于一种偏爱？还是因为其他？难道说这只破提包能容纳得下昔日所有的感情？她理不出个头绪，在这一瞬间也顾不得想那么许多。

一阵晚风贴着塘面吹来，带着湿润的水腥味，把她从杂乱的思绪里拉回到现实的生活之中。她下意识地理了一下蓬乱的头发，双唇蠕动了一下："你，你来了？"

她自己也不知道为什么会说这样的废话。而且想好的那么多语言，在这个时候是那么不顶用，竟然全都跑得无影无踪，以至于只剩下这句最无色彩、最多余的话。她第一次觉得用语言表达感情竟是如此的费劲。她真想一步跑上前去，紧紧地把他的手抓住，依偎在他那宽阔的胸脯上尽情地倾吐内心的衷情，把一切原委都毫不保留地倒出来，把多年的压抑和郁积统统打发干净，把人情之账一笔勾销，还她本来的纯真的面目，恢复昔日的欢乐。但是，她没有这样做，她以理智的毅力遏制住了这种奔放的感情。她已不是昔日的采桑妹，他也不是昔日的艮瓜。时间在他们中间筑起了一道无形的高墙，使人犹如咫尺天涯。她只觉得鼻子有些酸楚，眼睛也跟着有些湿润了。

"来了，来了。"艮瓜机械地回答着。从采桑妹神态的变化里，他感到了一种形体之外的东西在他们中间交流着。她是那么陌生，那么遥远，可又实实在在地出现在面前。她并不显老，仍然带着南国女子特有的那种聪灵秀气，皮肤白嫩，脸色红润，胸部丰满而又不失身材的苗条，有一种恰到好处的美感。只是那双眼睛已不像过去那般透亮，失去了天真烂漫的光泽，多了几分刚烈，也多了几分阴郁。额头上细细的几道浅沟，记录着她也经过的不平凡的坎坷。

在过去分别的岁月里，他的思绪极为矛盾和复杂。他想念她时，觉得她实在令人憎恨，想忘记她时，又突然觉得实在难以忘怀；爱她觉得她可恨，恨她又觉得她可爱，这种欲恨不忍，欲爱不能的矛盾心情伴着他度过了坎坷的年华。

眼下一切都已过去，一切都已成为历史。他仿佛什么都没有想，什么都没有发生过。没有爱，也没有恨；没有思念，没有留恋，也没有痛苦，什么都没有，只有眼前的现实。委屈、怨恨、痛苦都被理解代替，他深深地理解她那被坎坷的生活扭曲了的心灵。她还是她，一个现实生活中真正的她，而不是理想中完美神圣的她。

动物似乎也懂得两人默默无言的感情交流，那黄狗不再跟着猎猎了，热情而又撒娇地去拱艮瓜的银灰色提包，仿佛往家里让客。

"快进来吧，老站在门口干啥？"她终于打破了可怕的沉默，接过那曾经留下过美好记忆的银灰色提包，把对方领进那简陋的屋子。

他顺从地跟着她来到这简陋的草房，四下打量着。一张单人床上铺着刚拆洗过的被褥，屋里收拾得很干净，显然是为他的到来而特意准备的。

"先歇息一会儿吧，等一下跟我回家吃饭。"她拿出了两包精致的香烟放在桌子上。她知道他会抽烟，而且一个人烦闷的时候经常抽。

他感激地望望对方，难得她想得如此周到，仍然记着他这个抽烟的坏毛病。她感情细腻，心眼也细，最懂得体贴人。也许这些都是她在他记忆里无法消失的重要因素。跑了这么远的路，他真想抽一支。

"我还是在这里吃吧。"他点上火，抽了一口烟，神色忧郁地说。

"这里没有生火，你能生吃牛蛙吗？"她笑了，又恢复了昔日的欢快。

"我不想回家里去添麻烦。"他仍然怯生生地，显得有些拘谨，"刚才问到家里了，见他们都很忙，就别再跟着搅和了。"

"什么搅和不搅和的，这个家我当着。"她有些不高兴地说，"你在家里看到的那两个人，一个是我五舅，一个是我表妹，是我请来做帮手的。我早就跟他们说过你要来的，他们也正发愁人手不够，你来得正好，就不用再请人了。"

"我看你这里也离不开人，家里离这里又远，我还是在这里起火吧，一个人怎么都好对付。"他仍然坚持着，"我喜欢这蛙塘清静。"

"那也好，这里确实也离不开人。"她想了想说，"明天从家里把锅碗瓢勺弄来，中午饭我也在这吃。"

并非没有在一块碰过锅碗瓢勺。对方也许怕他感到冷落，但他还是感到有某种不便。他深知眼下的身份已不比从前，他是作为一个投师学艺者的身份来的，不是来做客，不是来叙旧，而是来学本事。他不敢有过高的要求，能将就处且将就吧，就说："我自己随便烧一点吃吃就行了，

你还是在家里，和他们一块吃吧。我是来当徒弟学艺的，又不是来做客，有什么活儿要干你尽管吩咐，我一定尽心。"

她心里一阵悲哀，紧接着又是一阵莫可名状的怅惘。他们中间确实有一层不可逾越的隔膜了。这道无形的屏障使他们彼此既熟悉而又生疏，距离咫尺而又十分遥远，似曾相识而又陌生。她更加怀念起昔日无拘无束的欢乐来，那时候他们是何等的融洽，何等的充满乐趣。现在那些都成了往事，都成了支离破碎得再也捡不回来的美好记忆了。她又感到惶惑，难道男女之间除了婚姻的结合，就不能有别的感情吗？难道真的如有些人说的不成爱便成仇吗？她不相信，也不愿意去相信。

她对他没有任何仇恨，只有留恋和同情，而他千里迢迢投奔这里来学习养殖牛蛙，显然也没有仇恨。从他那莫可名状的惶惑里，可以看出一种被抑制住的炽热的感情，一种对往日旧情的怀念。她相信他们当中没有恨，没有怨，只有彼此的理解和信任，他们会恢复自然。

她又欢快起来。她要以相逢的欢乐融化他们中间那道隔膜。人不能在压抑中过日子，压抑自己的感情是痛苦的。她经过的痛苦太多了，不能再人为地制造痛苦。猛然间，她又想起了俄国一个叫托尔斯泰的人说过一句话："男女之间没有真正的感情，要么就是爱情。"她真不明白这个外国人为什么会说这样的话，为什么要下这么断然的结论。

她又有些觉得自己荒唐可笑。她只是乡间一个养殖牛蛙的专业户，一个草木之人，又不准备去研究什么理论问题，探讨那些感情和爱情界线做什么？随他把界线划到什么地方，和自己有什么相干？她要在他面前恢复纯朴而真挚的感情，用炽热的心灵的火苗去点燃人世间真正的友情之火，去温暖他那颗曾经冻僵了的硬邦邦的心。她相信这种男女之间的真正友情要比爱情更纯洁，更神圣，更牢固。

在这一瞬间，她突然觉得自己挣脱了世俗的羁绊，超凡脱俗而出，到达了一个新的意境，新的天地。

她一切都感到坦然了。她在事业上走自己的路，在与人的交往和感情的寄托上也要走自己的路。不管世人说什么，她是属于自己的。

"走，艮瓜，跟我回家。"她仍然像过去那样，拉起艮瓜向外走去，而且不容置疑。

夕阳终于完全投入山哥哥的怀抱，把重重的暮霭留给大地。两个人影也在暮霭中失去了自己本身的重量和厚度，和起伏的土丘、参差的树丛混为一体，成了一幅模糊不清的剪影。

其实，剪影只不过是人们视觉上的误差，一切都以各自的风姿存在着，而且层次分明，有条有理。

许旺从桃花坞庙会上回来，一路上只觉得恍恍惚惚的。

他感激采桑妹子给他解围。没有她的到来，不知道会有什么样一个结局。贾货这个人胃口也真够大的，自己情愿拿配制一号料的秘方，和他私了此事，他都不肯，非要他最近研制出来的三号料的配方不可。他实在恨这个贾货，他太狡诈、太贪婪了。

他又有些吃惊，吃惊地发现采桑妹子变成了一个如此厉害的女人。也许正因为她变得厉害和刚强，才创立了自己的事业。他又为她感到欣慰。

贾货见了采桑妹逃之夭夭，恐怕并不是平常人们所说的一物降一物的原因，也并不是恶人自有恶人磨的报应。贾货虽说狡诈、贪婪，但也是穷极了之后又急于发财才出现的这种变态心理。尽管有着这种变态的红眼病，但经过这些年生活的沉淀，总觉得在良心上对采桑妹是有愧的，所以才不得不退避三舍。

贾货在这个偏僻小镇上以无赖和好斗出了名，他平时根本瞧不起那些平庸无能的人。要是这种人偶尔惹了他，他并不与之计较。用他的话来说："与这种软蛋、木头疙瘩争高低，坏了名声，污了手脚。"他专拣硬碴子扳，专给那些人物头们闹，说这是扳牛角。凭着他的泼皮胆大和一肚子歪点子，还真的使不少镇上的头面人物怯他的气。尽管有些人是抱着好鞋不踩臭泥，但还是惹不起他。

他是赖皮光棍，对跟他合得来的人颇讲义气，手下也有几个人；对跟他合不来的人，想着法捉弄人家。恐怕这也是一般人不惹他的原因。

自然，他在争斗当中并不是常胜将军，有时候碰到特别硬的或者有背景的主儿，也会败下阵来。但这并不妨事，他有自己的解释：与强者斗，胜了自然可以慑服人，但败了同样可以使人敬服，就凭这股子勇气，也足以使一般人敬畏三分。他不与弱小者斗也有解释：胜了人们讥笑他欺凌弱小，挖软泥；败了则更给人落下笑柄。

要说当初和采桑妹那样的弱小女子计较并非他的本意，他只不过想通过这个事件与许旺这个强者抗衡，挤走对方。但实际上却伤害了这个弱小女子，使她在坎坷的人生道路上痛苦、绝望地挣扎着，失去了一生中最宝贵的东西。细想起来这并不是他的初衷，内心深处难免常常有一种伤天害理之后的自责。良心的谴责是无法逃避的一种惩罚，在这种良心谴责的惩罚下，他哪里还敢再见到这个女人。

第31章 希望之光

采桑妹子的突然出现意外地给许旺解脱了纠缠，可也给许旺带来了难言的悲哀和精神上的折磨。他赖以自我解脱和安慰的精神支柱崩溃了。她果然不谅解他，似乎永远也不会。

许旺在桃花坞受了羞辱，又在徒弟面前丢尽了面子，一股闷气窝在心里，连发泄的地方都没有，真是摔头找不着硬地。

俗话说："怒伤肝，忧伤脾。"一股怨气聚在心中，又找不到人诉说，闷在心里，便渐渐地病倒了。他说不清楚到底是心病还是真的有了病，反正什么病都一样，而且心病更难治。

对于贾货，他气一阵也就过去了。这个无赖之辈是不值得过多计较的，而且又不是没有打过交道。随着时光的流逝，恩恩怨怨都已成为往事。再过些年，大家都要作古，恩也好，怨也好，何必一代一代传下去呢！

他谅解了贾货。这些年来，贾货日子过得并不富裕，眼看着人家一个个腰里有了钱，也着起急来，他啥都想干，可啥也没干成。那卖假药的旧技是无法再拾起来的。蛇王是这一带有名的发迹户，谁见了不眼热？贾货自知干别的摸不着门，万般无奈之下才厚着脸皮去求蛇王。贾货这人赖皮归赖皮，却也是极讲江湖义气的，如果蛇王真能在这个时候摒弃前嫌，拉他一把，那他今生今世都会感恩戴德。

可蛇王毕竟是蛇王，没有这种风度和胸怀，一时悟不出这样的道理。这也难怪蛇王，金钱这东西像吗啡一样，吸得越多越上瘾，瘾越大也就越想吸，甚至最后连一点烟气都不想让跑掉。蛇王坎坎坷坷地混了一辈子，也没置下什么家产。养了几年蛇，大把的票子往手里流，比他混一辈子捞的钱还要多，他能不上瘾吗？慢慢地那颗心也就和钱连到一块去了，有时候竟分不出来什么是钱，什么是仁义了。就像一个躺在床上喷云吐雾、拼命过大烟瘾的人那样，他肯把手中的烟枪让给别人去抽吗？

直到这事情发生之后，蛇王才悟出了当时的失策。

求人是可怜的，这本身就是一种悲哀。何况去求一个和自己有前嫌的人，心里一定在流血。被拒之门外，无疑是在伤口上又撒了一把盐，会记恨一辈子的。像贾货这样的人物，会不想着法儿算计人吗？假若当时自己稍拉他一把，过去的一切恩怨都会冰化雪消。贾货虽则可恨，可实在也是自己的失策造成的。这种人不乏心计，刚柔两股劲，善恶一颗心，为什么不能为我所用呢？他真有点怨自己了。

艮瓜怎么也不来看自己呢？他在苦恼之中又思念起艮瓜来。他毕竟做过自己的女婿啊，尽管只是名义上的。

他理解艮瓜的处境，他现在一切都受制于采桑妹，他是来跟她学艺的，再也不是她过去的丈夫了。他也许想来看自己，可那采桑妹会让他来吗？她没有谅解自己。也许谅解需要时间和机会，需要艮瓜从中做不少工作。他不能没有这些亲人，那太冷落了。

老伴儿谢世已经快两年了。这两年的孤独和寂寞，总使他有一种难耐凄凉之感。他和女儿相依为命。女儿是懂事的，她的孝顺和温存虽然在很大程度上冲淡了这种寂寞，填补了他精神上的某种空虚，但总觉得似乎还少了点什么。究竟少了点什么，他说不上来，只感到一个人的时候，那种冷落和孤独就会向他袭来。他渐渐地悟出来了点什么，人的感情是极为复杂的，是需要多方面来补充的。天伦之乐诚然是人世间的一种享受，但家庭生活的内容并不是这种天伦之乐所能包容的。老伴儿在世的时候，很多话可以在一块叙叙，叙话可以涉及很多内容。老伴儿的体贴可人可以使他忘记许多烦恼，冲淡生活中的不快。眼下，尽管可以得到女儿的孝顺和温存，但总感到两代人之间缺少一种共同的东西。年轻的时候，他似乎从没有这种感觉，到了这个年龄，他似乎才真正悟出了"少年夫妻老来伴"的真义。唉！要是老伴儿在的话，哪会凭空添这么多烦恼！

长叹之余，他突然间又想起了一句古训："妻贤夫祸少，子孝父心宽。"是啊，家庭的每一个成员相互间的影响太大了。这种影响表现在各个方面，有思想上的，有道德上的，有感情上的，也有生活习惯上的；有的是有形的，有的是无形的；有的是潜移默化的，有的是急剧震动的。特别是感情方面的东西，有时候会更为复杂，构成一种相依相存的依赖关系。

他眼下就处于这种地步，失去了老伴儿，唯一可以寄托感情的就剩下女儿了。他不知从什么时候起就产生了一种相依为命之感。可是，女儿大了总要嫁出去的，总要离开他的，这是很快就会到来的现实，是无法回避的自然规律。这对女儿来说也许是一种幸福，是一种感情的转移和

归宿；而对他来说无疑是一种悲哀，是一种感情的丢失和转让。

他不敢想下去了。如果有一天只剩下他自己，纵然腰缠万贯又有什么意思？又会有什么乐趣？守着金山银山能挡住凄凉吗？他曾一度把感情寄托在艮瓜身上，说是忏悔也好，说是弥补也好，反正他不断想到艮瓜。人情都是账，年龄越大这往来账就越多。有他欠人家的，也有人家欠他的，一空闲下来就在脑海里不停地翻着，翻了一遍又一遍，翻得感觉实在受不了，就想法偿还。而那些无法偿还和弥补的就又会拐回来加倍地折磨，折磨得叫人无法忍受。他就是在这种折磨中过日子，想着解脱的办法。

对艮瓜他想得过多一点，因为这笔账牵肠挂肚。他甚至幻想过凭自己这几年对金钱的占有，可以对他施舍，弥补这些年来他所失去的东西。可以让他跟自己一块生活，建立一种父子般的关系。可是，这次意外地重逢，看到采桑妹那么一种神态，他的幻想破灭了。

他们仍然不肯谅解他。他连累过人家，使人家失去了人生最宝贵的韶华。这种失去的东西是无法追回来的。它不是当铺里的东西，用金钱是无法赎回的。他像个哲学家一样，突然发现了金钱在某些方面的无能。它不能弥补感情，也不能征服人心，更不能寄托希望，起码对他来说是如此。

他失望了。

失望之后便是一种悲哀。

悲哀又导致了希望的转移。

他又想起了坷垃。圣母庙那场变相的抢亲倒给了他不少启发。贾货要抢他的徒弟做女婿，而他就不能对坷垃寄予半子之托吗？

瞬间的意念点燃了希望之光，他觉得这是一个再好不过的主意了。他开始琢磨起这件事来。

坷垃自从来到这里以后，女儿似乎对他有那么一种隐隐约约的意思。这种感觉的可靠程度有多少他把握不准。但从他俩的接触里，他看出了女儿那种形体之外的东西。"知子莫若父"，他凭自己的直觉，觉得女儿对坷垃在感情上有某种的信赖和寄托，而这种信赖和寄托在某种程度上超过了对待自己。看起来对这事她一定会满意的，也许她早就有了这种打算。

可是坷垃呢？他却估不透。

这是个有心计的年轻人。他来到这里虽然处处殷勤，对自己毕恭毕敬，像对待父亲那样听话，一心为这个家操劳，但是许旺深深懂得这是"礼下于人必有所求"的缘故。他想学到养白花蛇的绝技，他想从自己这里索取，就得用忠诚来交换。这是一般人求艺的常识，他当然懂得。

他对红珠始终保持着某种距离，有些敬而远之。当然，这当中也有徒弟对主家的某种敬畏和戒备，但他却不全是这样。这青年人有着较深的城府，只是涉世不深，所卖弄的小聪明逃脱不了许旺尖锐的目光。误食阴阳果后所表现出来的那种巨大的克制力，以及在庙会上受到贾货的胁迫而不乱，被傻大姐那种近乎诱惑般地纠缠而不昏愕，足足可以看出这是个人小心大的后生，不是个甘愿居人篱下的人。他会愿意在这里长期落户吗？他吃不准了。要是一个平庸之人，就凭自己这一摊家业和对金钱的占有，足以使他眼花缭乱，会求之不得地拜倒在自己足下。他现在虽然也拜倒在自己足下，可这只是暂时的。一旦他的羽翼丰满了，他会展翅飞翔，自己去创业的。他眼下的含辛茹苦，正是这种心理的反映。

可话又说回来，他要真是那种芸芸众生中的平庸之辈，他许旺也绝不会要他做养老女婿，更不会对他寄予半子之托。

难啊！容易得到的东西太多了，就不珍贵，也并不是他所期望的，而自己真正希望得到的东西，却又是那么艰难，那么不容易得到。

他长长地叹了口气，猛地感到脚下有一团毛茸茸的东西在蠕动。他吃了一惊，本能地缩回脚来，却发现是自己家里那条大黑狗在拱他。这大黑狗极通人性，好几次他都发现，每当主人独自发呆发愣的时候，它就温顺地依偎在主人身边，似乎是感觉到了主人的孤独和凄凉，想用无声的温顺替主人分担一些。唉，猫狗尚能识人情，何况于人！

蛇王感叹地抚摸着大黑狗那毛茸茸的头，思绪变得更加混乱。人心都是肉长的，只要自己真心对待坷垃，把配制饲料的秘方和绝技都传给他，他能知恩不报吗？他能忍心抛弃自己的师父吗？这深山野沟虽然荒凉一些，但这里有得天独厚的优势，他能离开吗？

他又有些自信。古往今来，因恩成爱的事情屡见不鲜，偏偏到自己头上就行不通吗？他相信汉民族的传统美德，那就是"得人滴水之恩，必当涌泉相报"的传统思想。当然他也不赞成那种所谓"衔环结草"的说法，只是觉得报知遇之恩毕竟是顺理成章的。

"到底是个啥样的女人？你都和她干了点啥事？把我爹都气病了！"

蛇房里传来了高一声低一声的喝问。显然是红珠正在质问坷垃，那口气和逼人的神态，分明带着审问的样子。

坷垃没有办法回答，他也说不清楚。

说实在话，坷垃也像个钻进风箱里的耗子，有苦难言，满肚子委屈没地方诉说。他眼下的心情极为复杂，有惊惧，也有恐慌。刚刚得到师父的信任，传给一号料的配制秘方，其他本事还没学到手，就在桃花坞庙会上捅出了这么大的娄子，更没想到回来后会把师父给气病了。以后的事怎么办？师父还信任他吗？这学艺的事怕是黄了。

惊悸之余，他又感到一阵惶惑。在他眼里一向老谋深算的师父，竟然在那种场合束手无策，而且卑躬屈膝地去向那个采桑妹赔笑脸。这采桑妹是什么人，有些什么来历，他当然不知道。可从艮瓜毕恭毕敬地跟着她，又那么听她的话的情况来看，倒有点像艮瓜的师父。

第32章 男儿当自立

他和艮瓜一道出来学艺，自打分手以后一直没有见过面，也不知道他学得怎么样，是不是顺利。当初，他本打算跟着艮瓜一块去学养牛蛙的。但一路上他隐隐约约地发现，艮瓜神色犹豫，有些举棋不定。一会儿想学养牛蛙，一会儿又想学养红狐狸，到底想干什么，似乎心里很矛盾。他最烦这种黏黏糊糊的人，办起事来不爽快，啥事也难成。俗话说："心不可两持，事不可反复；两持者多疑而取败，反复者轻举而取辱。"跟着这样心神不定的人在一起，能学个啥手艺？

他心里琢磨着，也许艮瓜并不希望他跟着一块学养牛蛙。回去以后两人同时去干这一行，必然会多一个竞争的对手。这也是在情理之中的事。事也凑巧，他正好发现了许红珠卖双头白花蛇，才突然改变了主意，投靠了蛇王。

他猜想着，艮瓜的师父一定是个很厉害而且有点来头的女人。要不然的话，连师父都束手无策、难以对付的贾货，她竟敢甩手给他两个耳光，而那不可一世的贾货居然不敢反抗，像老鼠见了猫一样匆匆地溜走了。看来师父也是认识那采桑妹的，而且也认识艮瓜。他还发现了一个秘密，艮瓜似乎对师父有着极大的好感，有一种难舍之情；而那采桑妹却不让他和师父搭话，似乎有着很大的仇恨。令他不解的是，既然对师父有那么大的气，为什么还帮助师父解围，把贾货打走呢？这当中一定有错综复杂的关系，而这种内在的奥秘是他一下子所无法知道的。他如坠五里雾中，怎么也悟不出来。而师父似乎忌讳这事，一字不提。他猜想到师父躺倒肯定不是因为他，也可能有无法开口的隐衷。而这种隐衷对方不开口他自然不敢贸然去问。

坷垃很狼狈，既不敢开口也无法开口。这种事解释不清楚，而且无法从根到梢地说，那会有损师父的威严，他也不情愿。在许红珠的逼视下他不敢抬头，更不敢看对方的眼睛，那闪射着逼人之光的瞳仁里分明写着"招供"二字，而他怎敢如实"招供"！

门外响起一声咳嗽，打断了这沉默、尴尬的紧张局面。

这是一声带着浑浊嗓音的干咳，声音不大却听得十分清楚，只是没有

再咳第二声。它分明告诉屋里人,有人来了。

果然,干咳之后便是沉缓的脚步声,蛇王进来了。

"师父!"坷垃像得了大赦一般松了一口气,亲热地上前叫了一声,又问道,"您好点了吧?"

"嗯。"蛇王点了点头,轻轻地应了一声,随手拉了一张电镀的折叠椅在蛇房里坐了下来。他确实好点了,不像有病的样子。

蛇王突然出现,许红珠不好再说什么,虽然仍阴沉着脸,但也不好再当着父亲的面发作,只得借故去查看各个玻璃柜里的蛇。

蛇王摸出烟来抽了一支,两眼慈祥地打量着恭恭敬敬站在一旁的坷垃,问道:"坷垃,你来这时间也不算短了,还习惯吗?"

"习惯,习惯。"坷垃连连点头应着,一边观察着师父的脸色,等待着他的下文。他不明白师父为什么问起他习惯不习惯的话来,自己是来学艺的,习惯不习惯又能怎么样?说实在话,在这深山老林里开始倒蛮新鲜,过了一段时间之后便感到寂寞和孤独,连个玩的地方也没有。到小镇上去一趟也得跑近十来里山路,赶个会像过年一样,而且不经师父同意还不能去。师父倒有个电视机,可收看的图像不清晰,人影不是跳舞就是扭腰。许红珠倒是买了个四喇叭的录音机,可听来听去就是那些磁带,慢慢地就腻了。白天还好过,天一黑下来,就好像进入了一个古老的童话世界里,月亮、星斗、山峦,剩下的就是大黑狗的叫声和一个空旷寂寞的院子。这使他想起了高考落榜之后,一个人孤独地徘徊在大浪沟河边时的孤独、寂寞、烦恼,那时,他也是这样仰着脖子望月亮,看星斗,听着远处的狗叫。只不过那时他只是苦苦地思索着脚下的路怎么走,而现在已在一步一步艰难地迈着。

师父的面孔是慈祥的,没有一点修饰和做作。他平时见惯了师父严肃的面孔,所以处处小心谨慎,不敢出半点差错。年轻人的热情隐藏起来了,显得过于少年老成。尽管这不是他的初衷,有一种压抑天性的悲哀,但他必须这样做,他要尽量缩短和师父之间感情上和习惯上的距离。

蛇王的问话是亲切的,亲切得近乎拉家常。但他敏感地意识到这种拉家常可能会引出什么话头,而将要引出的这场话头对他来说是严肃的、重大的。不然的话,那就用不着这种近乎抚慰式的开场白了。

他心里有些紧张,主要是摸不透蛇王的本意。师父的严肃有时候是好事,那是把他当成徒弟看待,当成家里人,是两代人之间的正常关系。作为长辈的师父对自己热情中透着客气,显然是有什么话要对自己说,而这又不是一般的话。他是个聪明人，自然又想起了桃花坞庙会自己闯下的那场乱子。尽管并不怪他，可毕竟使师父伤了脸面。脸面和自尊心又会诱发憎恨和恼怒，谁知道师父心里会怎么想？平心静气地说，他与那贾货和傻大姐无一面之缘，鬼知道他们为什么会和自己纠缠。但这在师父眼里，难免会有一种吃里爬外的嫌疑。想起这些不愉快的往事和师父的病倒，他有一种不祥的预感，弄得不好要打发他走。

说实在话，即使要他现在出师他也不怕，不管怎么说总算学到了一点本事，回去以后慢慢摸索几年，不信就没一点长进。先干起来，走着说着。发不了大财就发小财，总不亏来学艺一场。走就走吧。

俗话说："男儿当自立，求名求利莫求人。"想到自己将要独立创业，那心里反倒踏实多了。他静静地站在蛇王面前，听其自然。

蛇王此时心里的感情也是复杂的。他没有心思去琢磨坷垃的心理，他只是斟酌着怎么开口，一支烟燃了大半，淡淡的烟雾从嘴角溢出，又从鬓角绕到头顶，仿佛才把深思熟虑的话头给带了出来。

"你来这一段时间，师父对你怎么样？"他终于开口了。

坷垃感到一阵愕然。这问话是他没料到的。也许他所担心的事情就要降临，这问话无疑是前奏曲。这一瞬间，他心里有些苦涩，一种怅然若失的凄楚涌上心头，看来真的要打发他走了。他抬头望了师父一眼，蛇王仍然笑眯眯地对着他。那目光比刚才亮了许多，似乎还闪露着几分狡黠，但更多的是期望和等待。

他有些恨蛇王，本事还没学成，半路上就打发他走。这于情于理都说不过去。可他又有些恨自己，恨自己太不争气，偏偏碰上了那些倒霉的事。他更恨贾货和那傻大姐，要不是他们来纠缠，哪会至于此？恨来恨去他还是谅解了蛇王，觉得这本不怪他，他能传给自己这点本事就是天大的恩德了。

蛇王轻轻地又咳了一声，显然是等着他的回答。在这一瞬间，他突然产生了一种依恋之情，觉得蛇王那双笑眯眯的眼睛变得分外亲热起来。他斟酌了一下自己的语言，想说"师父对我恩重如山"，可又觉得这话太老、太俗，有些不合时宜；他想说"师父待我像亲骨肉一般"，又觉得有点言过其实。言过其实的东西，在当事人听来不但感到虚假，而且还会产生误解，他不想这样说。

想来想去，他觉得还是这样回答比较实在，就说："师父平日待我的好处，我一点一滴都记在心上；我平日言语若有差错，有冒犯师父或不

恭敬的地方，还请师父不要与我一般见识。"

"不，我不是这个意思。"蛇王笑了，笑得很开心，额头上的每条皱纹似乎都舒展开了，他又接着抽了一口烟，说，"你天资聪慧，有心眼，我是喜欢你，才这么问你的。"

坷垃拿不准了，心里方寸已乱，猜不透蛇王到底是什么意思，也就不敢多说，默默地站在一旁，等待着下文。

"你学到本事以后，打算怎么办？"蛇王眯起眼睛来，又狡黠地问了一句。

学到本事以后怎么办？这还用着问吗？当然回去要养蛇！不光养药用价值极高的白花蛇，还要养有奇特价值的双头白花蛇！他回去以后要先办一个养蛇场，从师父这里挑选一些种蛇，用配制的特殊饲料饲养，不出两年他就会白花蛇满圈。他先和县医药公司订合同，求得他们的支持，用他们付给的钱发展再生产，然后再和省医药公司联系，订合同。他还要招聘技术人员，买仪器，提取蛇毒。谁不知道蛇毒比黄金还要贵重，还要稀少？到那时他要开办一个联合公司，当然少不得要招聘秘书。招聘什么秘书呢？他在电影上看过：凡有些派头的什么实业公司的经理，都带有女秘书。他既然办起了联合公司，当然也要招聘女秘书，而且要选年轻漂亮，有外交能力的。他要让三乡五里的人们看一看，过去谁也瞧不起的土坷垃如今是什么样子！如今创出了什么基业！

他这种用幻想的金丝编成的宫殿并非一日落成的，从来到这里的第一天起就开始设计了。他很自信，觉得这并非都是幻想的，并非都是不可能达到的境界，要是每一步都顺利的话，不用三五年时间，就会粗具规模。

他不相信幻象都是荒唐可笑的。他喜欢幻想，认为幻想是一种内在的力量，没有幻想的人是缺乏灵感和追求的，不会有什么作为。他甚至想到了中国古老的神话，那些不也是当时人们的幻想和追求吗？而这些幻想和追求现在不都是不同程度地实现了吗？想腾云驾雾，不就有了飞机吗？想穿行在水底，现在不就有了潜水艇。尽管他的幻想一次次地破灭，而他仍然不感到悲伤，又产生新的幻想，用来安慰、充实自己。也许他物质上缺少的东西太多了，只好用精神上的自我麻醉来弥补，来充填，来安慰吧。

他思维敏捷而又带着极大的跳跃性。由于他善于幻想，反应极为迅速，听到蛇王的问话以后，他立刻就悟出了一种形体之外的东西，何况他又不会狡黠，立刻十分得体地回答说："要说我跟师父来学本事，就是想回去也干这个行当。可眼下还只是学到个皮毛，连门都没入，哪能会有啥打算？只是想再跟师父多学点本事，即使将来学成了，也是听师父的安排。古人说：'一日为师，终身为父。'坷垃啥时候也不能忘了老师，一切听师父安排。"

蛇王笑了，笑得眼角那鱼尾形的皱纹更加集中，像一束捆得不紧的灯草。诚然，他并不否认徒弟的话中带有恭维，也并不完全相信将来坷垃会听他的安排。但他还是喜欢听这样的话，这毕竟宽了他的心，对他精神上和心理上是一种满足。就像有些人明明知道奉承是一种虚假的伪币一样，而当这种伪币向他抛来的时候，他却顾不得去辨真假了。

"好，好。"蛇王异常高兴，心头聚积多年的阴云消失了，代之而来的是欢快和明媚的阳光，又问道，"愿意留在师父家里吗？"

"愿意，当然愿意！"坷垃见师父不是打发他走，而是在试验他的忠诚；说不定又要把配制二号料和三号料的全部绝技传给他，心里忍不住一阵兴奋，立刻不假思索地回答。

蛇王哈哈大笑起来，心里的一块石头才算彻底落了地，一种宽慰的喜悦涌上眉梢。可喜悦归喜悦，高兴归高兴，留下来做养老女婿的话一下子总还是难说出口的。他略一思忖，朝女儿喊了声："红珠，你过来！"

第33章 青春韶光

"听着呢,你说吧。"许红珠仍然在喂饲料,只是抬了抬头,淡淡地应了一句。

其实,就在一个房子里,相距又不远,他们的谈话许红珠听得一清二楚。

作为蛇王的女儿,对父亲的心情她何尝不清楚?开始那阵子,她因为摸不清父亲为什么赶庙会回来生那么大的气就质问坷垃。而坷垃半隐半露、含含糊糊地又说不清楚,有些欲言又止的样子,就误以为是坷垃惹父亲生了气。她刚才盘问坷垃的目的就是想弄清事情的真相,以便从中周旋,劝解一下父亲息怒,把这事平息了拉倒。没想到还没等她问出个结果,父亲便闯了进来。她感到事情坏了。她真怕父亲在气头上大发雷霆,说不定立刻就会赶坷垃走。说实在的,她最担心的就是坷垃走。女孩子的这种心情是微妙的,大吵大嚷和逼人的质问里面隐藏着缠缠绵绵无法告人的情丝。

这也难怪,一个聪明漂亮的年轻姑娘,如果生活在条件优越的大城市里,得天独厚的环境,会使她像一棵春天的紫丁香那样,一个劲地吸吮着晨露和朝阳,娉娉婷婷地舒展枝叶,竭力施展自己迷人的风韵,去迎接那绚丽的生活色彩组成的斑驳陆离的光圈。投身到生活的激流中去,也许她能做出一番轰轰烈烈的事业。

而她青春的韶光毕竟随着叮咚的山泉而悄然无声地消失着。青山绿水能陶冶人的感情,净化人的心灵,铸造人的性格;可长期守着这些毫无灵性的山石,毕竟太孤单和寂寞了。

随着年龄的增长,她已到了女孩子一生最能显示自己风姿的黄金岁月,像一株亭亭玉立的醉玉兰;可心里却是一片由于缺乏精神营养而出现的恬然淡泊;乌黑的眸子里常常蒙着一层淡淡的忧郁,醉玉兰似的面孔上间或会有一丝冷艳哀绝的神色。姑娘的心田里隐藏着无数的秘密,而有些秘密甚至连她自己也说不清楚。高考落榜又失去母爱,使她心头聚集着阴云。

坷垃的突然到来,使这个寂寞的小家庭骤然间产生了一股生气。虽然坷垃实际上并不是这个家庭的成员，充其量来说只能是一个徒弟。但对她来说却像一潭宁静的池水突然投进了一粒石子，她心中那块姑娘家特有的、平静的天地被击破了，继而出现的是无穷无尽的回荡的涟漪。她又在激荡的涟漪中恢复了欢快。

她常常对着穿衣镜照看自己，镜子里的她仍然像一棵婷婷的醉玉兰，素净、美丽，有一种忧郁的美。她突然感到，少女的神韵从她身上并没有消失，流水一样无声无息逝去的岁月，并没有带走她青春的韶华。她心里又荡起了绿色的韵律，重温花蕾初绽时节那种清晰、明丽、温雅、轻盈的梦。

她确实喜欢坷垃，而且在他一来到的时候就喜欢上了。但到底喜欢他什么，哪点地方值得她喜欢，她自己也说不清。这也难怪，在深山藏古寺般的小山村里，她所接触的年轻小伙子实在太少了，以至于她根本就没有鉴别、比较的余地。她在小镇上看过不少电影，也在家里断断续续地看过电视，也读过不少书，按说并不能算孤陋寡闻，间或也到城市里跑过，见过世面。但那毕竟是有限的，而她基本的生活圈子还是在这个鲜为人知的小山村里。她在小镇上走动的时候，也曾招揽了不少小伙子廉价的目光和羡慕的青睐，而她也在这些羡慕的目光中看到了自己的价值，认识了自己。

坷垃的到来搅乱了姑娘心中的一池春水，春水荡起的涟漪又冲击着女性王国防御的城墙，她再也不能安静了。多少天来，她似隐似现地向对方敞露过自己的胸怀；但对方佯做不知，投来的只是恭敬和有分寸的热情，要么就是小心翼翼的殷勤。她明白对方的处境，一个外乡投师学艺的游子，处处必须检点；何况又有这么一个严师，他怎敢越雷池半步有非分之想！她明显地意识到，他处处压抑着自己的感情，不敢流露出半点冒犯和不恭。女孩子的心真是个奇怪的迷宫，他越是这样她越想接近他，越是喜欢他，越是觉得离不开他。

姑娘特有的敏感，使她对父亲的问话非常清楚，也感觉到了一种形体之外的东西在向外扩散。女孩的羞涩使她那颗心剧烈地跳动起来，只觉得一股热流从心里涌起，渐渐冲向脸颊，发出一阵阵的热辣。她猜想着自己的脸颊一定红得像燃烧的晚霞，要不为啥会阵阵发烫，灼人。但姑娘的矜持和自尊使她抑制住了自己的感情，对眼前的一切佯装不知，仍然喂着饲料，连头都不抬，只把背脊对着父亲。

"哈哈哈哈！"蛇王开怀地笑了起来，说，"坷垃愿意留下跟咱们在一

块生活，你看怎么样？愿不愿意让他留在咱家？"

许红珠真有些埋怨父亲，怎么好当面问起这话？叫人多难为情。她毕竟是女孩子，当着人怎好开口？可是她又很快地谅解了父亲。父亲这样做似乎也是对的。她知道父亲在为她的事操心，人到老了总要有个依靠。依靠谁呢？自然是依靠她。当着面把话说出来，把自己的意思暗示出来，别这样含含糊糊，不明不白；行就是行，行就是一家人不分彼此，就把所有的技术都传给他，把他当作半子看待；不行就趁早说明，各人早作各人的打算。她感到父亲这样做是明智的，当面锣对面鼓，将来谁也别说啥。

许红珠心里虽然想了许多，但姑娘的矜持和自尊总使她难以启口，何况当着父亲的面总不能表现得太充分了，就故意板着脸，不冷不热地说："留下，我也不嫌，要走我也不稀罕。五尺高的人了，主意还是自己拿。别到时候本事学成了，思前想后地又后悔。走也不是留也不是，净让自己作难；要是再干些吃里爬外的事，大家面子上都不好看。弄不好变得像仇人一样，那是何苦呢！"

白蛇公主这番话使蛇王感到震惊，不由得暗暗佩服女儿的深思熟虑。没想到她年纪轻轻竟有如此的见识，他真有些小看她了。在这一瞬间他猛地觉得女儿长大了，不光长了个头也长了心眼，长了聪慧和心计。他甚至有些自叹不如，女儿什么时候长大的呢？他天天守着竟感觉不出来，以往总是把她当成小孩子看，只有在这个时候他才意识到她真正成人了。

一向自以为老谋深算的蛇王，这时仿佛突然感到了自己的无能，自己的担心和运筹似乎都是多余的。在处理这些事情上，女儿比他想得仔细，比他想得长远和周到。是啊，这是关系到一个女孩子命运和生活道路的大事情，她不得不这么反复思索和掂量。

他又点起一支烟，吸了两口，目光变得严峻起来，脸上的笑容也知趣地隐退了，代之而来的是冷漠和深沉。只有排除了狂热和昏愕的冲击，他才感到自己真正驾驭了自己的理智，使之朝着清醒的方面思索和发展。

他的头脑又清晰起来。多少年的生活道路使他明白了这一点，向人施舍是容易的，甚至有时是毫不费力的；但要想向人索取，却不是那么容易的，有时候是非常困难的，困难到令人想象不到的程度和境地。目前自己把坷垃留下来是向他施舍，传给他技术，传给他自己积攒下来的钱财，他当然会乐意，甚至求之不得，或许会感激涕零地拜在自己的脚下，说很多廉价的感恩戴德的话。可是，再过两年，自己也许就不能干了，不但不能干而且还会成为这个家庭的累赘，成为一种负担，这个家自然要由坷垃承担起来。到他翅膀硬了，能承担起这个家业的时候，当自己在家庭中的地位明显地改变，甚至成为一个包袱的时候，他又会怎样呢？人心难测啊！

人也许可以忍耐贫穷和凄凉，可以忍耐疾病和痛苦；但最难忍耐的还要是寂寞和孤独。欢欢乐乐和谐完美的家庭，亲人的照顾和体贴，天伦之乐的宽慰，什么苦日子都能打发得过去；可一个人寂寞和孤独地生活，守着万贯家业又会如何？只能凭空增添很多烦恼，惹来很多麻烦！同样会度日如年！

他突然又恨起金钱来。这东西带给他的欢乐远远不及带给他的烦恼和忧愁多。他的思想负担要比那些无积蓄的人家重得多，要是没有这些金钱，他哪里会胡思乱想那么多，哪里会前三年后五载地反反复复地掂量，哪里会成天像有一块石头压在心上。小镇上那些卖瓜的，卖山里红、冰糖葫芦的，蝇头小利，赚几个花几个，吆三喝四，悠哉乐哉，晚上二两烧酒一喝，哪里会考虑这么远，想这么多！真是"人生不满百，常怀千年忧"，这又是何苦！看来金钱这个东西少了还是福哩，它能服服帖帖为你所用，花哪哪好，带来欢乐和幸福。但物极必反，多了它就会生出是非，搅得你终日不得安宁，欺负主人，甚至断送主人。

他觉得这些想法荒唐可笑，说不清是哪家的理论，觉得造物者本身似乎就有个规矩，天下财物聚聚散散、得得失失才是正理。若是有聚无散，有得无失，都集中在一个人手里，那会为造物者嫉妒，为造物者所不容，就会给拼命聚财者以各种形式的报复。过多金钱的占有者出现的逆反心理和思想负担，以及出现的各种不幸和灾难，也许就是这种反映，是人力所无法改变的，是造物者的报复。

他觉得手被烫了一下，才发现是烟灰掉到了手面上。他不知道自己是怎么了，思绪又混乱起来。怎么会想这些荒唐可笑的、既不能成立而谁又不会相信的东西？也许这真是一种病态心理，一种被铜臭熏染的病态心理。可他又觉得也许并不全是病态。

他终于又回到现实中来，不得不正视眼前的一切。女儿等待着坷垃的态度，而他也等待坷垃的反应。

许红珠这几句话像打闷棍一样把坷垃打蒙了。看到蛇王刚才还喜笑颜开的面孔骤然间变得严峻起来，知道事情的严重性。这一家子显然还有点信不过自己。如果照这样发展下去，他学艺的计划岂不成了幻影？他

将来的打算，那富有极大吸引力的、带有点野心的"小五年"计划，岂不化为子虚乌有？一种失落般的空虚涌上心头，他只觉得浑身一阵电击般的战栗。他此时已顾不得多想，发誓般地表白起来："师父这么看得起我，这是我的造化，也算是我坷垃烧了高香。我要是说话不算，忘了师父的好处，做了对不起师父的事，叫我走山路摔死，在家里生大疮，害病不得好死……"

"你，你胡说些什么？还不住嘴……"坷垃为了取得师父的信任，正在赌咒发誓地表白自己，只差没有双膝跪下对天起誓了。那白蛇公主原本只是想拿话激他，试一试他的诚意，也想考察一下坷垃的态度，见他认真起来，死呀活呀地赌恶咒，不由得又心疼起来。她原本一心恋着坷垃，只是怕他走了才说出那种话来的。那话语中实际上带着无限的情丝，是一种"道是无情却有情"的哀怨。见他说出如此不吉利的话来，哪里会不着急？还没等他把话说完，便几步跑过来一把捂住对方的嘴，埋怨中带着无限深情地说："真心就真心呗，谁让你赌咒发誓好没体统！"

蛇王没法看眼前的场景，赶忙转过脸去，又连连地干咳了两声。

许红珠自知失态，赶忙松开手，一溜烟跑出蛇房，到外面去了。

第 34 章　同是天涯沦落人

坷垃也被白蛇公主弄得十分尴尬，站也不是，走也不是。他只觉得满脸通红。

蛇王为了打破难堪的局面，从椅子上站起来，没事找事地把一个塑料桶提起来，又放到缸里面。

坷垃趁机就往外走，却听见蛇王在后面说："赶快吃饭，吃了饭我教你配二号料和三号料。要记准配方，那是马虎不得的，多一毫克少一毫克都要出大乱子！"

坷垃飘飘欲仙地走在县城的大街上。

从一家饭馆里出来，他和许红珠分了手，一个人沿着大街走着。在饭馆里许红珠夺酒瓶抢酒杯，半真半假地训斥着，不让他喝酒。可他拍着胸脯充好汉，说是今天特别高兴，喝上一瓶也不会醉。谁知二两酒还没喝完，他便感到脸热心跳，有点头重脚轻起来，原来他是如此地不胜酒力。幸亏许红珠厉害，也果断，把茶杯里剩下的酒端起来泼在地上，把桌子上那半瓶掂住隔窗扔了出去，他才只好作罢。

在大街上，凉风一吹，酒力发作，他才真正知道酒的厉害了。

不知什么原因，县城里人特别多。不管逢会不逢会，都是满街筒子的人流，街道也就显得狭窄了。坷垃醉眼蒙眬地在大街上走着，被拥挤的人流撞了几个趔趄，踉跄了几步，便倚着路旁的广告牌停下来。他摸出了许红珠给他买的香烟，想抽一支提提神。烟草燃烧的淡蓝色烟雾，和身上每个毛孔向外扩散的酒的精灵混为一体，围着他袅袅旋转着，他的躯壳仿佛也随着这些袅袅旋转的气流升腾着，飘荡着，失去了自我。

他那搭配得和谐的五官上，由于酒力的冲击显得有些呆滞；略略有些发红的那双眼睛，也缺少昔日精明狡黠的气质，变得浑浊和麻木。他下意识地把手伸进口袋，触到了几张崭新的硬纸，猛地想起来那是分手时白蛇公主塞给他的钞票，叫他买零用东西的。

他心里突然泛起一种满足，一种自我陶醉式的欣慰。"酒不醉人人自醉"，其实他根本就没有醉，只不过是头有些涨，心里一切都很清楚。

他是跟白蛇公主一块到县城的药材公司来出售白花蛇的。他是当事

者,再也不是旁观者。

他也是在这里因为白花蛇才和白蛇公主结下不解之缘的。

那时他初来这个地方,像一个浪迹江湖的游子,举目无亲,眼前一片迷茫。他至今还清楚地记得为学艺发愁的苦闷心情,在陌生的异乡,浑身充满了一种孤独的失落感。看到许红珠卖白花蛇赚了大把的票子,他曾眼热过,羡慕得几乎要拜倒在她的石榴裙下;梦想过自己有一日要是也能学到这种本领,那真是一步登天了。

他真的一步登天了。他确实学到了这种本领。他由眼馋的旁观者变成了分享这种满足的当事人,他怎能不为之欣慰,为之振奋。

这种满足自然使他想到了蛇王。他从内心里感激起许旺,恨不得浑身的每个毛孔都张开口为蛇王唱赞歌,为蛇王祝福,为蛇王颂德。他觉得蛇王是一个好老头,是世界上最慈善、最能体贴人的好老头。蛇王的见多识广、有涵养,是一般的专业户无法比的。他庆幸自己遇到了好人。人生的道路上有很多机遇,要碰,也要去赶。而他呢?是碰上的?还是赶上的?他也说不清楚。

坷垃第一次感到自己幼稚,感到自己生活阅历的浅薄,也感到了自己当初在蛇王面前卖弄的小聪明是那么的可笑和无知。直到真正了解了蛇王,才觉得当初对他的印象是那么的不公正。原来蛇王的性格并不古怪,也并不孤僻。人生的坎坷,使他有了深沉的城府,对世事的洞悉凝聚了他的稳重。当初他对自己的态度,是在用心地观察自己,了解自己。

他对周围的人也是这样,只有当他观察了解过以后,才决定他的态度。他对耍心计、施手段、心术不正的贾货,就是如此。在平时不见他怎么乐善好施,和乡里之间也不怎么交往,可当山里人打算筹建小水电站时,他毫不吝惜地一下就拿出来好几万元。感激得乡里的一些领导们几次进山要给他挂匾,他却躲起来不见。

他这种惊人的气魄真使坷垃感到由衷的折服,他的这种心理虽然让坷垃估摸不透。可他就是这么一个实实在在的现实生活中的人。

这一次,他毫不保留地把全部绝技都传给了坷垃,真使坷垃感动得五体投地。且不说那配制饲料中微量元素使用的绝妙,仅配制解毒灵药的方法,就足以使他目瞪口呆。

他亲眼看着蛇王把砂和十几种稀有中药掺在一起,配成饲料饲养大苍蝇;再用这些养大的苍蝇去喂壁虎,把那些壁虎喂得浑身透亮;还用类似的方法饲养蜈蚣等动物,把这些五毒俱全的小动物入药,和别的名贵药材掺和在一起，配制成解毒灵药。老人当场试验，故意让七寸蛇咬了一口，然后涂上这种解毒灵药，片刻即消除肿痛，真有点像神仙一把抓那样灵验。

这解毒灵药不但配制方法玄妙，而且令人望而生畏，可它偏偏有如此的奇效，大千世界里真是充满了神奇和奥妙，自然界里的万物，仿佛也有互相克制的规律。

坷垃还记得，蛇王曾严厉地告诫过他，要他立下约法：绝不允许用它去赚钱。要是发现他以后见死不救，或乘人之危去勒索，就要和他断绝师徒情分，而且还要严厉地罚他。

他在蛇王面前发过誓，绝不败坏师父的门风，给人用中药的时候绝不收一分钱，不管是谁都不例外。

人都有自己的威严，也都希望在他人面前树起自己的威严。这种威严来自"廉"与"公"。坷垃读过一本书，其中有一段话他至今仍记忆犹新："吏不畏吾严而畏吾廉，民不服吾能而服吾公；公则民不敢慢，廉则吏不敢欺；故曰公生明，廉生威。"

当时他还理解不透这段话的意思，现在他才觉得这是树立自己威严的最好方法。蛇王的可畏之处就在于他容不下半点邪恶，容不下诡计、狡猾和欺骗，也容不下人的虚伪。

他猛地觉得蛇王头上似乎有一种纯洁的光圈笼罩着，有种神奇而看不见、确实又存在着的潜在的力量。这种纯洁的光圈也许就是正义之神的眼睛，它监视着一切邪恶，呼唤着人的灵魂。这种力量正在紧紧地约束着他那颗容易多变的、略带点野性的心，使他不敢轻易产生邪念。

口袋里崭新的钞票仿佛是白蛇公主情真意切的笑脸，使他感到一种温暖和充实。师父传授给他的绝技又使他感到有一种力量和自信。他觉得自己的腰杆从来没有像现在这样硬，没有像现在这样挺得直。他似乎到现在才发现了自己在这些熙熙攘攘的人流中的位置。尽管这杂乱的人流中谁也不会注意到他的存在，谁也不会注意到他和上次来到小镇上时有什么区别。但是他自己感觉到了，感觉到了他是个实实在在存在着的人，他是个精神上非常富有的人，而且马上也会在财富上富有起来。他真想乘着酒力站在马路当中大声呼喊："你们快来重新认识一下我土坷垃吧！我现在已经不是过去的土坷垃了，我将要主宰自己的命运，我将要开辟自己的事业，我将要成为一个事业上的强人。"

但是，街上过往的行人谁也没有过多地看他一眼，或者说根本没有人

注意到他的存在。人们都在匆匆忙忙地为自己的事情奔走，谁会注意到与自己无关的事情呢？或许，当人们朝他倚着的广告牌投去一眼的时候，才发现下面还有一个浑身土气的、装束实在不引人注目的乡下后生。

这真使他感到难受。这也许是一种心理状态的转变，一种自身价值的突然发现。要是以往，他根本意识不到这些，也丝毫不会计较这些。因为那时的他，总是自惭形秽，哪会去注意别人的什么目光。而现在，他却感到受不了。"人是衣裳马是鞍"，这话一点不假。怪不得刚才从饭馆出来，白蛇公主硬要他赶快找个地方理理发，她到商场去帮他买了一套西服，以便出门时穿。现在，他真巴不得许红珠赶快买来西服，马上就套在身上。

酒精在扩散着，冲击着。他匆匆离开那广告牌，找到一家理发店便走了进去。

理发店里人虽然还不到排队的程度，却也是座无虚席。他用醉眼蒙眬的目光扫视了一下，正巧里面角落里一个椅子上的顾客刚刚理完，他便匆匆忙忙地坐进去，占住了这个乳白色的理发椅。

当那白色的布围套在他身上的时候，他从镜子里看到了一张似曾相识的面孔。

他愕然了，只觉得一切都是恍恍惚惚的，置身于一个虚幻缥缈的梦境之中。

他极力地去辨认。那张圆圆的、熟悉的面孔，那挂着淡淡的微笑，露出碎玉般洁白牙齿的憨厚的面孔，使他更加愕然了，惊得脊梁沟里出了一层冷汗。酒的精灵不觉完全消失了。

怎么会是她？怎么会在这里碰上她？自从在桃花坞庙会上出现了那场抢亲的荒唐事，他至今还心有余悸，还有些惭愧，还在白蛇公主那里说不清楚，躲都躲不开，怎么会又碰上她？

她怎么会来到这里？怎么会穿上白大褂变成了理发员？真是莫名其妙！

傻大姐似乎没有发现他，那张憨厚的脸上仍旧挂着淡淡的微笑，正在摆弄那把不太听使唤的电推子。

他下意识地站起来想往外走，却忘记了身上还套着白布围。

一只手把他按到椅子上。她终于摆弄好了那把不太听使唤的电推子，才打量起这个神色焦急的顾客来。她毫不费力地就认出了蛇王的大徒弟。四目相对，电光交错，简直能撞击出一串火星来。

他胆怯地转过脸去，避开对方的视线。

傻大姐的两眼也有些发直，嘴角蠕动了一下，似乎想说点什么，可一句话也没说出来。也许她觉得在这样的情况下说什么都不合适，只是脸上的表情急剧地变化着。坷垃的冷漠刺伤了她的自尊心。她脸上笼罩着一层哀怨的神情。她知道坷垃并不一定恨她，只是有些惧怕蛇王才不敢和她交往。她确实喜欢坷垃，只是由于父亲的弄巧成拙才引起他的误解和怨恨。她想解释一下事情的原委，可一切又无从开口，在这种特定的场合下，她无法把满腹的哀怨向外发泄。

电推子的嗡嗡声像千万条小虫，顺着坷垃的头皮直往身上爬，一直钻进了他的五脏六腑，搅得他浑身难受，再也无法忍耐。

他不知道头发是怎么被理掉的，更不去管她给理成什么样式了。他只感到电推子跳动得厉害，有两次差点咬住他的耳朵。原来她的技术是这么的差，他真有点怀疑她是不是会理发，有些头发简直是被她拔下来的。

第 35 章　早知灯是火，饭熟已多时

她到底会给理成个什么模样呢？反正他是顾不得了。哪怕她理得像狗啃一样，他也不想开口说话了，听之任之吧。

"理大一点还是小一点？"已经剪下了好多头发，她终于想到一个打破沉默的话题，停下手中的电推子问道。

他闭着双眼，咬着牙没有吭声，只装没听见，装得越像越好。

"大一点还是小一点？"她又贴近耳朵问了一声。那声音不很大，但耳朵上却觉得有一股热气，而且闻到了一股发油的香味，还有一丝紫罗兰的香气。

他本能而胆怯地歪了歪脖子，但仍不愿接腔，绝不和她搭讪。

"那么说是要理光头了。"她有些生气，声音中带着明显的威胁。电推子又嗡嗡地响了起来，仿佛马上就会从头顶的中间开出一条沟来。

"哎哎，不、不。"他终于憋不住了，无可奈何地嗫嚅着说了一句，"要大一点。"

"晚了。"她有些不耐烦，又要下推子。

他赶忙伸出一只手捂住头，生怕她真的从当中下推子。

"我当你中了哑巴疯，再也开不了口呢！"她终于也憋不住，笑了，轻轻地把他捂住头顶的手掰开，温声细语地说，"看你吓得那个样子？我又不是老虎，还能吃了你！"

他像触电似的赶忙把手缩回来，仿佛像烫了一下似的浑身不自在起来，不安地向四周扫了一眼。人们都在忙碌着，电推子嗡嗡地响着，有的一边做活儿一边说着没完没了的家务事。

他终于又平静下来，长长地松了口气。

平心静气地想一想，他不敢见到傻大姐，究竟是为什么呢？实在是惧怕蛇王和许红珠。而这种惧怕，似乎又是出于一种良心上的自责和不忍。

蛇王在传授他绝技的时候，已暗示出招婿之意。这点彼此都心照不宣。许红珠对他的关切和体贴，实际上已把他当作未来的女婿了。他和这个家庭的关系，实际上已不是师父和徒弟之间的那种关系了。也许因为这，他才有意冷落傻大姐。

  他当然也恨贾货。可细细一想，傻大姐是纯真的，和贾货的狡黠是两回事，这样对待一个向自己表示友好的姑娘，他心里不忍。他自嘲地笑了笑，搭讪着问道："你，你怎么又当了理发员？"

  "我为啥不能当理发员？"她笑了，笑得很甜。对方主动搭话，使她受到安慰，一下子摒弃了前怨，恢复了欢快的神态，半嗔地反问道："你刚才为什么不搭理我？恨我吗？"

  "不，不……"他一时语塞，想不出适当的话来，也没想到她会以守为攻，没回答他的话，反用这样的话来将他。踌躇了片刻，他终于平静下来，说："我哪里会不搭理你呢？只是，只是一下子没有认出来……"

  "噢？我不相信。"她说。

  "我说的是实话。在桃花坞庙会上，你穿着那么漂亮的衣裙，现在又换上了这白大褂，我一下子哪里会认得出来？谁知道你到底是干啥的？"坷垃很有分寸地说。

  "嘻嘻！"她笑了。她相信了对方的话，又靠近对方的耳朵轻声解释说，"你猜不透吧？我们家本来就不是少数民族，和你一样，也是汉族人。只是我们长期和他们住在一块，大家就像一家人一样，不分彼此。寨子里姐妹们和我很要好，那是她们送给我的衣裙，我也很喜欢穿。"

  "噢，原来是这样。"坷垃如梦方醒，感叹地说，"你要是不说破，我现在还装在葫芦里头呢！"

  "不过，那天赶庙会可是我爹特意让我穿的。"傻大姐神色黯淡地说，"他和你师父不和，想利用这逼他，将他的军……可我、可我……当时不该那样……"

  她淡淡地笑了笑，那笑容中带着凄楚，带着忏悔，也带着无限的留恋，但她又竭力保持着一种平静。

  坷垃的心灵被剧烈地撞击了一下，姑娘袒露的胸怀使他感到温暖，感到宽慰。当初在桃花坞庙会上，他曾一度误解过她，恨过她。恨她和贾货一起编织圈套，捉弄自己的感情。现在，他仿佛才真正看到了傻大姐那颗纯真善良的心，理解了一个姑娘对他的真挚和诚恳。

  误解的消除填平了鸿沟，也带走了怨恨，真正的了解又滋生了感情，缩短了他们之间的距离。

  坷垃心里泛起了一种难言的滋味，他想安慰一下傻大姐，又想向她解释些什么，但在这种情况下，又感到无从开口。

  "我告诉你这些，就是希望你不要恨我。"傻大姐仍然有些神色惨

淡地说，"当初我倒是真心实意地喜欢你……可我哪里知道我爹会利用我来……"

"不，不，我不恨你，而且根本就没有恨过。"坷垃赶忙说。

他说的是实话。他不恨她，也恨不起来。他怎么能够去恨一个真心实意地喜欢他的姑娘呢？这是不近情理的，也是不符合逻辑的。他只是有些内疚，觉得有些对不起她，辜负她的一片盛情，给她造成了感情上的痛苦。

他无法接受对方的感情，他明白这一点。他知道蛇王的期望，也感受到了白蛇公主对自己的一片深情。他对许家父女的情意既无法拒绝，也无法摆脱，只有默默地应承，默默地许诺。他仿佛早已失去了自我，而且压根就不曾有过自我。

当初，他也曾喜欢过傻大姐。喜欢她什么，他一时还说不上来。他不想欺骗自己的感情，他确实对她倾过心。但眼下他无法倾吐这种心情。咫尺之间，毕竟有一道无形的高墙。由于许红珠的这层关系，他心中的那缕缕情丝只能渐渐地藏在心底。

他是个很重感情的人。不愿让这种感情随着春风飘落而去，要把它珍贵地保留下来，化作他们之间真诚的友谊。世上再狡猾的人也会有自己真实的感情，也会有建立自己真诚友谊的时候。

"走，到后面洗头去。"她终于做完了第一道工序，招呼坷垃。

坷垃慌乱地从乳白色的理发椅上站了起来，趁机往那前面镜子里瞅了瞅。她手艺还真不错，经她这一番修整，他是比刚来那会儿神气多了。怪不得很多理发店门上都写着："进门黑面包公，出门白面书生。"猛然间，他从镜子里发现了一双眼睛，正在认真地打量着他。那眼神却是集中在发型上，似乎是在欣赏她的杰作。坷垃在这一瞬间也十分赞赏地看了她几眼。这时他才注意到眼前的傻大姐比他想象中还多了一层魅力，但这种魅力究竟表现在哪里，他还是说不上来。

她虽然说不上异常漂亮，却又很耐看，有一眼看不完、收不尽的感觉。有一种温厚丰满的神韵，比那些一览无余的"大美人"更有美的深度。她比以前消瘦了不少，也许因为消瘦才使得她更显出聪慧和妩媚。看来，她的这种魅力不仅仅是来自容貌，还有来自形体之外的气质。

理发室有一个圆门通到后面，这是新接起来的一个卫生间。十几个洗脸池冷冷清清地排列在那里，没有一个人光顾，似乎是专门为他们安排的。

"你原来就在这理发店工作吗?"坷垃有意坐在最里面一个洗脸池边,问道。

"不是。"她笑了,诙谐中带着苦涩地说,"我没有工作,毕业以后待在家里。"

"那这是……"坷垃有些不解。

"从桃花坞回去,我就和爹闹翻了,一气之下离开了家。"也许是勾起了无限的心事,她有些惆怅,强笑着说,"我表姐在这店里负责,我就来投靠她。我在这里只干活儿、学本事,不拿工钱。"

"那,那以后怎么办呢?总不是长久之计啊。"他被感动了。他没想到一个弱女子竟用这样的办法和家庭抗衡。他敬佩她不向邪恶屈服的勇气,可又有些同情她的遭遇,为她以后的生活道路担心。

他不无关切地望着对方。尽管傻大姐脸上堆着淡淡的微笑,但那微笑总是显得有些勉强,有几分强挤出来的做作感。一种由怜悯而引起的恻隐之情不觉陡然升起,搅得那颗本来就不平静的心更加不安起来。

他觉得自己对傻大姐的处境有着不可推卸的责任。要不是他哪里会导致这场荒唐可笑的事情发生?他觉得自己应该帮她一把,应该帮她挽回这样的局面。可怎样帮她呢?他又感到愕然了,感到无能为力了。

正当他在惆怅的迷雾之中徘徊的时候,傻大姐轻轻地叹了一口气,荡起一缕揶揄的笑,说:"我想先学会理发和烫发的本事,然后再说。俗话说:'车到山前必有路,船到河湾自然直。'走着说着吧,一竿子谁也插不到底。"

他点了点头,觉得这是一种自我安慰,可也不无道理,世上总没有过不去的路。

"听我表姐说,县城里有不少青年人到你们北方去,在那里裁剪衣服,理发,烫发,赚了不少钱呢!眼下,我已学会了烫发,也真想去试试呢!"她眼睛里闪射着希望和兴奋的光芒,直盯盯地望着对方。那神情像是征求坷垃的意见,却又分明是希望得到他的支持。

她的话确实提醒了坷垃。早知灯是火,饭熟已多时。

在他们家乡的小镇上,就有温州姑娘开的"小上海烫发店",那烫发店的生意十分兴隆,起早贪黑也有做不完的活儿。据说,这个烫发师傅每月能赚五六百块钱呢!由于世俗的偏见,家乡姑娘空有灵性,却没有人去想干这个活儿。

坷垃没想到傻大姐有这样的见识,有这么一个好主意,连连地说:

"行，行，这是个好办法。就凭你这般手艺，每月净赚个几百块钱没问题。再说，你爹装神弄鬼的，也无非是想赚几个钱。要是你在那里干上个一年两载的，赚了钱回来，还不把你爹喜欢疯，到时候一切怨恨都会冰化雪消。有了钱还可以干别的事业，一家人欢欢喜喜的，那才叫好呢！"

听到坷垃的一番鼓励的话，傻大姐兴奋起来。人都是这样，但凡想做一件事情总希望得到别人的支持，哪怕这种支持是精神上的，或者只是一句祝福，或者是带着奉承色彩的吉利话，对当事者都会是一种莫大的安慰，都会形成一种信心和力量，起到不可估量的作用。特别是在当事者犹豫不决的时候，这一句话往往可以起到铺平道路的作用。

傻大姐长长的睫毛抖动着，乌黑发亮的眸子里闪现出从来没有过的刚毅和自信。也许正是这种刚毅和自信才使她最后下了决心。对于经常外出的人来说，出门在外也许是一件极为平常的小事，可对于第一次出远门的她来说，是需要极大的勇气的。一阵兴奋过后，忧虑接着便又涌上心头，她十分感激坷垃的理解和支持，从她那热烈、富于情感的眼神里可以看到这一切；但是，当稍稍冷静下来以后，女性特有的那种担忧便涌上心头。女孩家在外必然会碰到很多难题。她思忖了片刻，终于说出了自己的忧虑："我没出过远门，在那里又人地两生，举目无亲，怕连个门面房都租不到；再说，头三脚难踢，我怕一开始便立不住脚……"

第36章　回乡探望

"不怕，你要是到我们那个县城的话，我帮你想方法。"

坷垃似乎找到了弥补自己过失的机会，兴奋地说。

"你？"傻大姐有些意外。

"对。"坷垃使劲地点了点头，完全是一副成竹在胸的姿态，说，"我们村有一个老太太住在城里，按辈分我该叫她奶奶呢！她在北小街有两间门面房。儿女们都在外面做事，她一个老太太又不会干别的营生，就用这两间门面房开了个茶馆。说是卖茶，实际上是图个热闹，老了不寂寞，并不指望这过生活。我给你说一说，让她给你腾出半间房来做烫发店，连供热水的地方都有了，你可以先在那儿干着。俗话说：'骑着马好找马。'等你干上一段时间赚了钱，有了底，随便再租什么好地方就不成问题了。你觉得怎么样？"

"你真是个少有的好人！"傻大姐被坷垃真诚的感情感动了，就像一个在异乡迷途的人，突然遇到故知那样。这种感激的心情和突然间爆发出来的喜悦是无法表达的。

坷垃的话像火苗一样点燃了她的希望之灯，像一股温暖的泉水淙淙流过，冲击着她的心扉，给了她一种炽热的力量。过分的激动使她两颊荡起了热艳，眉眼之际都充满了笑容。这是一种充满希望和力量的笑，是一种在极度兴奋之后而得到满足的笑。这种无声的笑比那放声的大笑更有力量，更能传神，更能抒发内心的感情。

她太兴奋了，太激动了。也许一时找不到表达这种兴奋和感激的形式，她竟抱起坷垃那满是头发茬儿的脑袋，使劲地在额头上亲了一口。

坷垃被她这种亲昵的举动吓坏了，窘迫地站了起来。这一瞬间，他只觉得周围的空气骤然紧缩，使劲地向他的胸腹挤来，把他的整个身躯和这个房间凝固在一起，再也动弹不得，仿佛连呼吸都感到困难。

又一个洗头的进来了。他们才发现应该做的事情还没有做。

洗头的当儿，坷垃仍然惦记着刚才的事情，就悄声问道："你大概什么时候可以去？"

傻大姐一边使劲地抓着满是肥皂沫子的头发，一边说："我这里什么

时候都可以，就看你什么时候能抽出空来回去一趟了。"

提到回去，坷垃才真正感到有些犯愁了。回家一趟，这本来是很简单的事情，来回用不了几天时间，也花不了多少钱，可是蛇王会同意自己回去吗？即使他同意，那白蛇公主会愿意吗？他们会有什么想法？刚学会本事就要离开吗？怎么跟他们说呢？显然他无法把事情的真相告诉他们。要是说为了傻大姐而回去，那岂不是更糟糕吗？不管怎么说，答应了人家的事情不能不算数。得想个恰当的理由，想个妥善的办法。

"有难处吗？"姑娘的心是极细的，她看出了坷垃的犹豫。

"我怕师父那里不好张口。"坷垃如实道出了自己的隐衷。

"那怕什么，就随便说个什么理由好了。"她倒蛮利索，有些男子汉的气度，"你是跟他学艺的，又不是卖给他了，连回家几天都不许吗？是你又后悔了吧？"

"不是，绝对不是，你想到哪里去了。"坷垃连连否认，说，"师父真诚待我，传给我本事，我总得讲点情义，总得跟师父好好商量，想出个正当理由才是。师父是通情达理的人，只要说得有理，他一定会同意的。"

"这事好办。你就说出来时间长了，怕家里挂念，回去看一看。这也是人之常情，顺理成章的事。再说，你还可以带点白花蛇回去，顺便看看在你们那里的行情，订订合同什么的，以便将来打开销路。这不是很正当的理由吗？有什么难的。"姑娘家到底心眼细，她想得很周到，句句话儿都在理。

"好，就这么办。"坷垃终于下了决心，说，"我回去就跟师父商量，这几天你等我的消息。"

"我相信你，在这里等着。"她使劲地点点头。没想到由于心情激动，抓头发的手指也跟着用起劲来，坷垃却受不了啦，疼得直嘘气，几乎叫了起来，她也不觉得。

"你是洗头啊还是拔猪毛？！"坷垃终于忍受不住了，使劲用胳膊肘往后拐了一下，说，"真是个傻大姐！"

那一胳膊肘正好拐在腰窝上，她才明白了自己的失态。

先是一个愣怔，紧接着又是一阵哧哧的憨笑……

崎岖的山间小径上，时前时后地走着一男一女，匆匆忙忙地赶着山路。

男的挑担，毛竹扁担上挂着两个沉甸甸的提包。提包压得扁担"吱呀""吱呀"地叫着，有节奏地上下起伏着，晃晃悠悠的。

挑担汉子随着扁担的起伏扭动着身腰，有点吃力。他不是在山里挑担的好手，有点承受不住那乱颤的扁担。

跟在后面的女人也背着一个提包，包里也塞得鼓鼓囊囊的。看那模样，倒有点像山里人家走亲戚。

拐了一道弯，挑担汉子终于受不住山路的颠簸了，靠着一道石坡放下扁担，喘了口气，说："歇一会儿吧。天早着哩，别赶那么紧。"

"娇气。"女人赶上前来，递上一块毛巾让他擦汗。

"是有点娇气。"男人接过毛巾擦了擦额头上的细汗，感叹地说，"好些年没走过山路了，猛一走还怪吃力的。"

"吃力也是怪你，你自讨的。"女人佯嗔地说，"都是你起这个念头，叫来的。"

"这回可怪不得我。"男人开怀地笑了起来，说，"当初我说来，可怎么说你都不依。这回可是你要来的，还买这么多礼物，你不是存心气我嘛！"

两人都笑了起来，那笑声很甜。

这次，确实是采桑妹备了礼物，催促着艮瓜一块来看蛇王的。

艮瓜有点奇怪，不知道采桑妹怎么突然间谅解了蛇王，勾销了往日的积怨，变得这么通情达理。

"你老盯着我干什么？"采桑妹被他看得不好意思起来，说，"就像八百年没见过似的。"

"我觉得有点反常，你好像有什么心事。"艮瓜直言不讳地说，"你肯定有什么事情瞒着我。"

"你倒是鬼精灵，我什么事瞒过你来着？"采桑妹眨着一双杏眼，那目光中带着狡黠，带着无限的隐秘，说，"不是你说要来看他的吗？我要是不让来，就显得我小里小气的，怕备礼物，怕花钱。你还不知道又会说什么呢！"

"我才不信呢！你别拿这话来搪塞我。"艮瓜笑了起来，那笑中带着无限的深情，带着对往事的怀念，说，"你是那种小气人吗？别人不知道，我还不知道吗？这是谁对谁？你用这种话能遮掩过去吗？别忘了，我是现在的艮瓜，可也没失去过去的艮瓜！"

她不再笑了。她从对方的话中得到了极大的满足。他们毕竟做过患难夫妻，彼此是了解的。他们尽管无法重新回到过去，但总算完整地保存了过去。这会不会影响到现在呢？

她不管。她相信也不会有损于现在。她深情地望了一眼对方,说:"我也想念大伯了。"

艮瓜摇了摇头,似信非信地说:"突然间想起来的吗?"

"是的。才有这种想法。"她机械地答道。

"你不感到这种想法太突然了吗?"艮瓜嘲弄地说,"你不觉得自己的变化有些反常吗?"

"反常是应该的,反常才是正常。"采桑妹脸上掠过一丝极为复杂的感情,说,"过去把事弄颠倒了,才会把反常当正常。现在把事又颠倒过来了,你说的反常就是正常了。你觉得奇怪,就是把正常当反常了。"

"你一定有什么事瞒着我。"艮瓜不再绕圈子了,直截了当地说,"我看得出来,你不想让我知道。"

"我是有事情瞒着你。"采桑妹子脸上出现了某种痛苦的表情,忧心忡忡地说,"过去,并不想瞒你,因为人们也瞒着我。现在一切都过去了,我倒想瞒着你了,而且要一直瞒着你了,要一直瞒下去。"

两人都不说话了,在静静的对视中沉默着。

山径上静得出奇。

艮瓜摸出烟来,划了几根火柴才点着。他不声不响地抽了几口烟,突然站起身来,一个人往前走去。

"哎,哎,你怎么啦?东西不挑了?"采桑妹子着急地在后面叫了起来。

他只作没有听见,头也不回,仍然往前走着。

采桑妹子慌了手脚,挑起两个提包,又掂起地下的那个提包,急忙往前赶。

他这会儿走得出奇的快了,哪里会赶得上。她知道,他是有意难为她。

她终于扔下扁担,扔下手中的提包,飞快地跑上去拉住他,站在前面堵住去路,生气地问道:"你到底想干什么?"

艮瓜没有生气,也没有激动,仿佛预料到她会这么做的,平平静静地说:"我想去看望许大伯。"

"废话!谁问你这个来着。"采桑妹子知道他在打谜,生气地说,"你为什么一个人走?"

艮瓜一脸疑惑,反问道:"那么,你要我干什么呢?"

"装迷,故意装迷。"采桑妹子气得直想去揪他的耳朵,可她抬了抬手,在对方那平静的面孔下还是停住了,赌气地说,"你来时干什么,现在还干什么！"

"我来时什么也没干。"他摊开双手说。

"那这两个提包是小狗驮来的吗？"

"可我现在不想驮了。"他耸了耸肩，把脸仰向半空。

"好了，好了，别逗气了。"采桑妹妥协地说，"这是你给你许大伯的，还不赶紧驮着！"

"他不需要这个。"艮瓜仍然仰着脸说，"他需要的是人与人之间真诚的感情，是一颗真诚的心。他需要理解，而不需要掩饰，更不需要隐瞒和虚假。"

采桑妹长长地叹了一口气，无可奈何地站在那里。她知道那话是什么意思，更清楚他难为自己的原因。可是，她怎么开口呢？每个人都有自己的隐衷，即使在夫妻之间也不是什么都好说破的。她为难了，感到一阵莫名其妙的惆怅。

艮瓜很理解她，也看出了她为难的处境。他不再逗了，扔掉手中的烟蒂，又重新拐回到原来的地方拾起扁担，满眼深情地望着对方，说："桑妹子，我说句心里话吧，我并非有意难为你。要是过去，你有瞒着我的事情，我能理解，也会理解，因为我们那时毕竟是夫妻。对方不想让知道的事情硬要去问，那是一种互不信任的表现。可现在呢？我们失去了这种关系，没有了这种前提，隐瞒就成了一种不信任的表现了。何况这种和许大伯有关的东西，你更不该瞒着我。你难道不觉得我们之间失去的东西太多，剩下的东西太少了吗？"

采桑妹被对方发自肺腑的真情感动了。她似乎到现在才突然发现，他原来还是个多情多义的汉子，躯壳内竟有那么多真挚感情。也许凡是真正的男子汉，他的感情是不外露的，他以一种更深的形式让人感觉到，就像矿藏一样，埋得越深，贮藏量越大，越开采越丰富。她之所以一直忘不掉艮瓜，他一直像块磁石一样吸引着她的心，也许就是因为他有很深、很丰富的感情贮藏量。

第37章　享受重逢欢乐，却又一个劲地去怀旧

是啊，他们之间失去的东西太多了，剩下的东西太少了。似乎应该增添点什么，不断地赋予剩下的东西以新的生命，使它永远不至于干枯。他们经过了那么多的磨难，经过了那么多的思念之苦，还有什么东西不能剖心相对呢？

"我不是不想告诉你。"她笑了，笑得很勉强，但充满着柔情，"事情就怕说破，怕你见了许大伯难为情，反倒不自在起来。"

"不会的。"他很坦然，又很自信，"我了解自己，也是了解许大伯。"

"瞎吹！你了解还用得着我说吗？"她又欢快起来，乜斜了对方一眼，"你了解什么呀，你是个糊涂虫！"

"我不了解他？"艮瓜惊讶了，也不相信这话是真的。

"他是你什么？"她两颊绯红，瞪起眼睛问道。

他一阵愕然，一下被问住了。

"他是你丈人！"她感到满脸发烧，冲口而出，"你为他受连累，受委屈都不亏！"

"什么？什么？"艮瓜怎么也不相信，也不会相信。就像采桑妹初听到这个消息的时候，怎么也不会相信一样。

老年人的事情，总是羞于对晚辈开口的，有的甚至就成了永远的秘密。

采桑妹总感到她知道这个事情太晚了一点，也不知道母亲为什么一直守口如瓶，从来没有提过。是没有机会吗？还是不愿提起？也许老年人有她自己的难处，有她自己难于启齿的地方。但是，她终于还是告诉她了。

前几天，她把母亲接来和自己一块居住了。那是因为老人在家里生了一场大气。

要说起来桑姐儿这一辈子也是够命苦的。嫁给那个主儿以后，那人对她还算不错，没有嫌弃她，也没有嫌弃她的女儿。她后来又生了个儿子，只是中途夭折，没有成人。她以后再也没有生育，只守着采桑妹一个女儿。

前几年，那主儿下世了。两个前窝儿子早已成家，都嫌弃这个后娘，谁也不愿管她。她只好一个人起火立锅，孤零零地过日子。

　　她突然收到了一笔寄来的钱。那钱是从一个使她永远难以忘怀的村子寄来的，她几十年再也没有去过的村子。她感到一阵酸楚，一阵悲凉，几十年前的往事又一起涌上心头。那是年轻时和许旺一起逃婚时，许旺的母亲指给他们的一个村子，是许旺母亲的一家亲戚。这个村子的模样，她已经没有一点印象了。那寄钱人的名字，她也还记得，但她可以肯定这个寄钱人是不会再记得她了。她终于明白了，这一定是许旺知她一个人孤苦伶仃，假托远方的亲戚接济她的。

　　她哭了，哭了整整一天。她不想去取这笔钱，这笔钱使她心里难受，使她感到了一种心灵上的折磨。尽管她知道，他是一番好意，是一番盛情，可她无法接受这种怜悯。

　　这笔钱倒引出麻烦来了。两个儿子和媳妇听说后娘凭空飞来一笔钱，都一下子红了眼，都逼着后娘去取。

　　桑姐儿无法对他们说明真相，只是说这钱花不得。他们却不管这些，开始还只是要，后来竟在屋里翻腾起来，翻着翻着又打了起来。

　　她气得浑身乱颤，把那张汇票揉成一团，填到嘴里嚼了，咽到了肚里……

　　从此，她大病了一场。

　　她被采桑妹接到家里，由汇票而引起的这场风波再也瞒不住了，她只好把一切都告诉了女儿，也顾不得什么隐私不隐私了……

　　采桑妹谅解了蛇王，谅解了他的一切。他当初送瓷像也好，甚至失误也好，都是出于一种无法诉说的感情。这是种伟大的父爱，他无法向自己的女儿倾吐，也无法向自己的女婿倾吐。他也许是为了女儿和女婿，才把这种感情深深压在心底，一点也不流露，直到今天，直到女儿和女婿的分手。他能不为自己的女儿、自己的女婿感到悲伤吗？可他这种切肤之痛又无法向任何人诉说，只好一个人默默地承受。甚至还受到女儿的怨恨，无法解释，无法消除，这需要多么大的承受力啊！他心里的裂痕肯定比自己还深，比自己还要难以忍受！

　　她决定去看蛇王，用自己忏悔的泪水去抚慰那颗金子般的心……

　　艮瓜又抽了一支烟，心里像嚼酸杏干一样，泛起了一种难以表达的感情。他思忖了一阵，说："我看这次咱们还是不要说破，这样会更自在一些。同时，也免得老人家尴尬，那毕竟是他的隐私。"

"我也是这么想的。他清楚，我们也清楚，还有什么说破的必要呢？"采桑妹点了点头，完全同意艮瓜的想法，说，"他这么些年不说破，肯定有难言之处，若由我们晚辈人来说破，他会感到难堪。再说，还有他的徒弟坷垃，女儿红珠，要是让他们知道，反而更不美了。"

"对，我们要控制住自己，还和过去一样，就像什么也不知道，什么也没有发生过一样。"艮瓜说着，兴奋地站了起来，"这事留给你母亲去说吧，我估计着，她迟早会去找大伯的。"

"我也有这种预感，他们会重新见面的。"采桑妹也欢快地笑了起来，只是那笑容中仍然带着凄楚，说，"只是委屈你了，过去没做成女婿，现在更不用说了。"

"做不做女婿，他都会欢迎我的。"艮瓜知道她在强打笑容逗趣。

艮瓜拿起毛竹扁担，重新挑起两个沉甸甸的提包，采桑妹也背起提包，一起向前走去。

山里人家来客并不是到了家门口才知道，从大黑狗那汪汪的叫声中，蛇王就发现了远处小径上的来人。他疾步走了出来，站在用石块砌成的小桥上，满含深情地喊了声："艮瓜，你们到底来了……"

艮瓜也老远就发现了站在桥上的蛇王，甚至连那熟悉的面孔都看得一清二楚。

"来了，来了……"艮瓜把采桑妹甩在了后头，迎着蛇王快步跑上去，抓住了那只满布青筋的手。万语千言尽在那手的晃动之中。

在这一瞬间，他似乎突然悟出了点什么。在这复杂多变的人生中，分分聚聚总是在所难免的。处在这样的时刻，要有一种超脱般的豁然大度，不为悲喜所纠缠。聚在一起时就欢欢乐乐，尽情享受生活的恩赐；到离别时也要风流潇洒，利利索索，何必难分难舍，诉不尽绵绵絮语，引出百般哀怨。现在，他们经过一番痛苦的离别之后，好不容易又重逢了，为什么不去享受新的欢乐，却又一个劲地去怀旧，去重提往事呢？

艮瓜不愿让往事再折磨人，他要用欢笑刷洗过去，迎接现实。

蛇王似乎理解他的心情，也许对这些人生的奥秘比他悟得更透彻。他没有问起往事，往事谁都不止一次地思念过，何必重提？他所关心的是现在，现在直接影响到今后的生路。

"学到养牛蛙的本事了吗？"他问。

"学到了，学到了。跟着这么个好师父，还怕学不到本事吗？"艮瓜笑嘻嘻地一边回答，一边把脸转向采桑妹，似乎是为了拉开话题。

"是啊，是啊，我相信她不会保留。"蛇王开怀地大笑起来，"这么快就学到本事，一定是得了真经。"

采桑妹毕竟不像艮瓜和蛇王那般亲密无间，也毕竟不像和艮瓜在一起那般无拘无束。在她眼里，蛇王是个可敬又可畏的人，辈分之间使她感到有一种无形的距离。这种距离，有点类似于老公公和儿媳妇的味道。尽管蛇王是她的生父，是没有说破的父亲。

"您身体好吗？"她终于选择了这句开场白，既是礼节性的问候又是搭讪的开场白。她那白玉似的牙齿咬着下嘴唇，似羞涩，又似在悔过。她想到了上次在桃花坞庙会上的失礼，窘得满面绯红。那双明亮而又会说话的眼睛，刹那间黯淡起来，低着头看淙淙流淌的溪水。

蛇王笑了，他悟出了对方那问话里所包含的复杂情绪。

他谅解了她的过去，她毕竟是他的女儿啊！

"我身体不错，越老越结实啊！"他像长者接受晚辈的问安那样，宽厚而慈祥地笑着，又礼节性地问道，"你们也都好吧？"

"我们年轻轻的，又没病没灾的，哪个零件都很正常！"

艮瓜嬉笑着抢先接了话茬儿，打破了拘束的气氛。

许红珠和坷垃也都闻声跑了出来，蛇王才想起来该让客人进家。

到了家里，免不了大家又亲热一阵子。

叙了一会儿话，蛇王和许红珠就忙着张罗饭菜。采桑妹子想去帮忙，一下子又插不上手，只得端着米筐到小溪边去淘米。

屋里剩下艮瓜和坷垃两个人，就变得无拘无束起来。坷垃悄声地问道："艮瓜哥，我看你和这个师父有点非同一般。"

艮瓜知道坷垃是个猴精，就掩饰地说："咱们都是出门在外学本事的人，有什么一般不一般的。你不也是碰到了个好师父吗？就不许我碰到个好师父？"

坷垃摇了摇头，诡诈地笑着，说："那不一样。"艮瓜故意平淡地说："有什么不一样？就你人小鬼点子多。"

"我这师父对我好，是不错，可是很严厉，是真正的师徒关系。我看你和她不一样。"坷垃眨着眼说，"谁也不相信你们是师徒。"

"你是说这呀！你在师父面前是个毛孩子，自然要管得紧一些，不打屁股就是好的。可我和你就不一样了。我年龄比我那师父还要大，她怎么好摆师父架子？自然就师徒不分了。"艮瓜笑着解释说，"年龄也是资格，这你不懂！"

"你过去真的不认识她吗？"他疑惑地问。

"不认识。"他平平淡淡地回答。

"那你怎么会一下跑到她那里学本事？"

"你怎么会一下子摸到这里学本事？"

"我？"坷垃反被他问住了，想想自己到这儿的情况，也觉得有些可笑，而且充满着偶然性，但他不好意思把那些很可笑的来历说出来，就改口说，"我是瞎碰的。"

"那我跟你一样，也是闭着眼碰的。"

坷垃见没有问出什么，仍有些不甘心。他凭自己的感觉，绝不相信艮瓜和采桑妹是萍水相逢，没有任何一点关系。特别是在桃花坞庙会上那次偶然相遇，他就敏锐地发觉他们之间、他们和师父之间，以及和贾货之间必然有一种关系，只是艮瓜不愿意说罢了。

他眼珠一转，突然狡黠地说："好啊，我当你赵根华是老实人，谁知道你把我当小孩哄着玩。实话告诉你吧，那天从桃花坞庙会上回来，师父就跟我说了，你和她……"

"你瞎说什么？"艮瓜摸不清情况，还真地被他唬住了，见他那挤眉弄眼的样子，赶忙截住了话头，"你毛孩子家别多打听这些事！"

"怎么样？别装蒜了吧？"坷垃一副得胜者的姿态，说，"给我说实话，你俩……"

艮瓜毕竟为人老实，以为坷垃真的知道了底细，就说："那都是以前的事，早过去好些年了。"

坷垃见他松了口，就往下追问道："你们谈过对象？谈的时候不短吧？"

"是的，谈的时候不短。本来就要结婚了，又没有结成。"艮瓜被触动了心事，有些伤感地说，"我要不是退伍回乡，怕早就和她是一家人了。"

第 38 章　喜则同笑，悲则同泣，怒则同呼，哀则同号

"啧啧，唉！"坷垃见艮瓜说出心里话，真有些替他可惜，恨不能把时间拉回来，让他们重新结合。他长长地叹了口气，说："天下多少伤心事，莫过拆散好姻缘。你当初一定是求得爱神丘比特，那个长着一双翅膀的小孩太年轻了，不会办事，哪有咱中国的月下老人牢靠。"

"别瞎逗了，过去的事只能是过去了，有钱啥都能买，就是买不来后悔药。何况，现在大家都生活得很好，也没什么值得后悔的。"艮瓜毕竟有些老成，把一切真实的感情都深深地埋藏了起来，淡淡地笑着说。

"艮瓜哥，你若不是欺骗我，就是在欺骗自己的感情。"坷垃瞪起一双眼睛盯着对方。

"为什么？"艮瓜问道。

"这是活生生的现实，你无法否认。"坷垃凑到对方耳根狡黠地笑着说，"她比你家里那个艮瓜嫂强得太多了。你若是当初和她结合，会有无限乐趣的。真是喜则同笑，悲则同泣，怒则同呼，哀则同号，乐则同唱……那才真是展翅同飞，为凤为凰！"

艮瓜给他逗乐了，捅了他一下，说："你这张嘴还真能说，就不怕将来回家了，你嫂子掂着耳朵骂你！"

"我倒是不怕，我看你回去怎么交代哟！"坷垃开心地笑起来，继续和艮瓜逗乐，说，"要说起来，我家里那个艮瓜嫂也不错，脸虽然黑一点，可心地不坏，对人也好。要论过日子那是没得说的，女子无才便是德嘛！"

坷垃逗笑了一会儿，才引出正题，悄声问道："你最近回去不回去？"

艮瓜沉思了一会儿说："要说我也学会了，弄点种蛙就可以走了。可她那蛙场最近和广州订了合同，供给他们肉蛙。蛙场要扩大，她想叫我再帮一段时间忙，这事还没定下来。"

"那你就说回去看看，安顿一下再来不行吗？"坷垃有些着急，帮他出主意说，"你附带也跟我师父说说，让我也回去几天看看。"

"你自己不会跟师父说吗？"艮瓜诧异地问道，"非得要攀着我一

起走？"

"我怕师父不答应。"坷垃眨了眨眼狡辩："你面子大，在师父面前说一句算一句，师父一定会答应。"

"哦，原来是这样。"艮瓜终于从坷垃那狡黠的眼里悟出了点什么，诡秘地一笑，说，"怕不是师父不答应吧？你这个坷垃精！"

坷垃赌咒发誓般地说："真的，真的，谁要哄你是小狗子，我不敢跟师父说，可真想家。"

"那好，我替你说说。"艮瓜老实，见他急得那个样子，便爽快地答应了。

尽管在这偏僻的山村里，一桌饭菜还是很快就做出来了。

饭菜说不上丰盛，但山里有现成的蘑菇、木耳、猴头，还有打来的野味，家里存放的罐头，各种名酒，倒也别有一番风味。

难得这么聚在一起，蛇王显得异常高兴，频频举杯，不断地劝酒。艮瓜和坷垃看到蛇王高兴，也都受了很大感染，跟着举杯。不一会儿便都有几分酒意了。

坷垃用胳膊肘暗中捅了捅艮瓜，示意他趁着喝酒的时候提提这事。

其实艮瓜并没有忘记这事。他是个老实人，既然答应了就记在心间，只是在寻找话茬儿。他并不去理会坷垃，佯装不知。急得坷垃好一阵心神不宁。

又喝了两盅酒，蛇王才问道："在你们家乡养殖牛蛙可以吗？气候适宜吗？有没有条件？"

艮瓜信心十足地说："我想是可以的。我们村前村后有不少坑塘，村外是大浪沟河，一年四季水不干。过去人们只习惯在河汊子里养苇子，在坑塘里种藕，连养鱼的都很少。我想养殖牛蛙不成问题。只是人们对牛蛙的食用不太习惯，恐怕将来销路是个问题。"

蛇王笑了，说："你可以和采桑妹联合起来办！由她提供蛙种，提供技术；将来成品蛙由她们出面和广州那里联系，统一销售，问题不就解决了吗？"

采桑妹很佩服蛇王的见识，说："我是有这么个打算，联合起来办有很多方便，可以统筹安排。我们这里气温和其他条件都好，可以集中多孵化些幼蛙，他们那里坑塘河汊面积大，饲料也丰富，可以大量地饲养小蛙。等长成以后，统一往外面销售。我是这样想的，还不知道人家肯不肯呢！"

"这叫充分发挥优势,互惠互利嘛,有什么不肯的?"

蛇王笑眯眯地端起酒盅,说:"你们之间还有什么事不好商量的?怕是故意说给我这个老头子听的吧?来,为你俩的精诚合作干杯!我相信这杯酒不会白干!"

蛇王诙谐的话逗得大家都笑了起来,气氛变得更加热烈,更加融洽。

由于酒力的冲击,艮瓜变得极度兴奋,他一口气喝干了盅里的酒,说:"好,我马上就回家一趟,让他们安排好一切必要的东西,把坑塘和河汊再整理一下,准备些饲料。等这里小蝌蚪一退尾巴,就大批量地运回去。"

"好办法,好办法!像个干事业的人,爽爽快快!"蛇王由于多喝了几盅,满面红光,神情激动,一边说话,一边斟酒。

艮瓜趁着蛇王高兴,突然话锋一转,朝坷垃笑嘻嘻地说:"怎么样?坷垃老弟,你不打算回去一趟看看行情,搞点横向联合,打开销路吗?"

坷垃心里一阵高兴,没想到艮瓜会在这个时刻、用这样的话来点拨师父,他心里暗暗佩服艮瓜。

要是直截了当地向师父提出来,也许会有一番口舌,甚至会引起对方的猜疑,免不了还得做很多说服工作,到头来说不定会使对方产生戒心。这玩笑般信口而来的一句话,却能起到点石成金的作用。怪不得古人在评论写文章时曾说:"从来不见梅花谱,信笔拈来自有神。"艮瓜这信口而来的一句话,却恰恰显示了他洞察世事的能力和驾驭事物发展的本领,也许坎坷的经历无形之中增长了他的才干。他确实忠厚老实,而又确实大智若愚。自己和他相比,自叹弗如。

他见艮瓜已经把桥搭好,也就很有分寸地说:"按说是应该到咱那摸摸行情,搞点横向联系。只不过,这事师父自有全面考虑,我听师父的安排吧。师父要是让我去,我现在就去。"

坷垃说这话的时候看了一下蛇王的脸色,那态度既谦恭又虔诚,真有点恰到好处,仿佛他根本就没有想到要回去一样。白蛇公主一听这话,有些不耐烦了,嘟哝了一句:"在这里又不是卖不出去,搞什么横向联合,瞎折腾什么!"

坷垃一看白蛇公主的态度,心里暗暗捏了一把汗,他怕蛇王也持这个态度,心里一急,鼻尖上不由得沁出一层细汗。艮瓜从这些细微的变化里,似乎发现了某种奥妙,不由得失声笑了出来。

采桑妹却装在葫芦里,不知道其中的奥妙。她见艮瓜撺掇坷垃回去,又见许红珠脸上露出不高兴，暗暗埋怨艮瓜多事，是只呆头鹅。但在酒宴上又不便明讲，只得在桌子下面用脚踩了一下对方，示意他不要再开口，免讨人嫌。

蛇王尽管精明过人，但在今天这样的场合下，作为长辈和一家之主，只顾得劝酒劝菜，却没有注意到这些晚辈们在下面搞的一系列小活动。艮瓜的话引起了他的注意，但他也想到了另一层意思，就说："艮瓜的话在理，搞些横向联系确实是很必要的。我们不要光看到眼前，要看得远一点。再说，我们养白花蛇也不是光为了赚钱。白花蛇药用价值很大，特别是对一些瘫痪、半身不遂和其他一些病人来说，是很不容易找得到的中药。我听说，一些病人为找白花蛇到处写信求援，还有些人趁机卖假药，把别的什么乱七八糟的小蛇都当白花蛇卖，图财害命，想起来实在让人痛心。我想，要是能到北方一带联系一下，即使不赚什么钱，也是一件好事，起码可以解决一些中药店缺药的问题，对那些卖假药的人也是个打击。让坷垃出去一趟，联系一下。"也许，他始终没忘贾货卖假药坑害桑姐儿的事。

蛇王一席话情通理顺，大义凛然，句句扣人心扉。艮瓜、坷垃和采桑妹子都十分感动，仿佛看到了老人一颗晶莹透亮的心。

许红珠见父亲胸怀如此宽广，尽管有些不放心坷垃，也就不好再说什么了。

蛇王起身到厨房去烧最后一个拿手菜，野鸡叼猴头。白蛇公主终归有些对坷垃不太放心，就把他悄悄拉到一边，问："你打算什么时候动身？"

"就这一两天吧。"坷垃说，"你给我准备好小箱子，我带一些蛇去。"

"得多长时间？"她两眼闪着狡黠的光芒，盯着对方道。

"多者半月，少者十天。"被她盯得有些心虚，他胆怯地说。

"山里人讲话实实在在，板上钉钉，到底得几天？"她热艳逼人，目光灼灼。

"最多不超过二十天，一定回来。"坷垃思忖了片刻肯定地说。

"好。我再给你留几天路上玩的时间。"许红珠说。

"一个月以后，我到汽车站去接你。"

"一言为定，我准时到达。"坷垃爽快地答应了。

"你等一会儿，我去拿件东西。"白蛇公主说着进了自己的房间。

坷垃被她弄得莫名其妙，傻乎乎地站在那等着，不知道她要干什么。

片刻工夫，白蛇公主在里面叫他。他迟疑了一下，推开门走了进去。

桌上放着两只高脚玻璃酒杯，里面斟了大半杯淡黄色晶亮透明的酒。

坷垃望着那对杯子，更是感到好奇，但不知她要干什么。

白蛇公主两眼喷着火一样的光芒，热辣辣地望着站在桌边的坷垃。酒力的升腾，使她产生了一种极大的勇气和胆量，突然间上前抱住坷垃的头，使劲地亲吻了一下。

坷垃愣怔地站在那里，不敢动也不敢出声，生怕被外面人听见，任凭她那沾着酒精的嘴唇在脸上吻着。

吻了几下以后，她突然推开坷垃，端着桌子旁边的一个酒杯，说："来，为你送行，干一杯！"

坷垃胆怯地说："在外面已经喝了不少了，再喝会醉的。"

"这是甜酒，不会醉的。"她把另一只酒杯递给坷垃。

"甜酒更喝不得。我听说两种酒掺起来喝，醉得更快。"他竭力推辞着。

"你要是真心和我好，就和我共同干了这一杯。"她脸上像下了一层冷霜，目光逼视着对方，显出一副不容推辞的样子。

"这，这……这和那有什么关系？我实在不能再喝了，再喝会吐的，到时候出洋相，让大家笑话。"坷垃几乎是哀求。

"喝不喝？"她寸步不让，冷艳逼人。

第 39 章　峰回路转又一村

"喝就喝！"坷垃被她逼得没法，一种男子汉的自尊突然涌上来，举起酒杯，一仰脖子喝了个底朝天。

其实，那酒并不甚甜，最多只是一点淡淡的像西瓜皮那样的甜味。可是，它却像冰水一样出奇得凉，而且带着一种清香。他说不上到底是一种什么香味，只觉得香。

酒到肚里，精神为之一振，浑身出现一种莫名其妙的舒畅。刚才的几分酒意仿佛突然间消失了。原来这酒还有解酒的功效，真是神奇莫测，叫人百思不解。

"再来一杯，我还要喝。"他兴奋起来，递过酒杯。

"没有了。"她狡黠地嘻嘻笑着。

"我不信。再给喝点吧。"他央求着。

"这是药酒，一点不能多喝的。"她认真地说。

看着她真的不给了，他也就不再讨，只是奇怪地问道："这到底叫什么酒？怪好喝的，没想到它还能解酒。"

"这酒的名字就叫'守信酒'。"她狡猾地笑了起来，说，"是我给它起的名字。"

"什么守信酒，就你会出新花样。"坷垃以为她又在借题发挥，旁敲侧击地训自己，不以为然地笑了起来。

"菜上来了。"外面传来艮瓜的喊声。

白蛇公主赶忙把两只酒杯藏了起来，推着坷垃重新入席……

县城的西街，新建了一座漂亮的临街大楼。在这本来狭窄拥挤的街道上显得引人注目了。铁门两边的方形柱子上，装饰着纹路清晰的青灰色人造大理石，这在县城的街道上还是不多见的，和附近的建筑也显得是那样的不协调。

大门里面是一个新修的梅花形的花坛，可惜的是里面花草并不多，除了一圈小叶女贞包围着一棵棕树之外，剩下的就是几棵月季和花草了。

花坛的西面是一排平房。头起的一间门旁边，钉着一个"药材公司"的小木牌，在这个空旷的院子里，实在有些不太显眼。

后面有一排显得高大一些的房子，像是个小礼堂。但从那墙上用白石灰画的箭头来看，才知道这是药材公司存放药材的仓库。旁边还钉着"闲人免进"的牌子。

　　这里的药材公司规模比较小，远远比不上许红珠带坷垃去卖白花蛇的那家药材公司那么有气魄。这也难怪，那里的深山老林有挖不尽的药材，采不完的山货，还有专门以种植药材为业的药农，加上各地药材行业的人又不断地往那里云集，使得那里的药材行业兴旺发达，药材公司也相应地得天独厚。

　　这里的人们没有种植药材的习惯，加上自然资源又不十分丰富，药材公司就有些被冷落之感。

　　坷垃带着两只作为样品的白花蛇，悻悻地走着。傻大姐没精打采地跟在后边，两人一前一后走进了药材公司。

　　两人都很扫兴，从那沉重的脚步和暗淡的眼神就可以看出一切。

　　他们出师不利，开船便碰上了顶头风。

　　他们相约来到城里，坷垃便去找同村那个开茶馆的老太太。谁知天不作美，老太太那开茶馆的两间门面房，早已租给了人家开饭铺。

　　眼下，随着开放政策的深入，乡下进城走动的人出奇地多了起来。这会儿进城赶会的乡下人，再也不像过去那样随身带着干粮，找个茶摊喝上两碗白开水就可糊弄过去了，腰里有了活便钱，转不到晌午就下馆子。每到逢会，饭铺里就应接不暇了。后来甚至不逢会，饭馆里也是座无虚席。

　　开饭馆的赚了大钱，惹得不少人红了眼，都来做这笔买卖。小县城里，陡然间增加了几十个大大小小的饭铺，还有不少肩挑担卖的，仍然生意火红。

　　这样一来，老太太的两间茶馆自然招引了很多人的青睐。经过不少人的你争我抢，终于被街道上有脸面的人租了去，开起了饭馆。

　　情况的突然变化，使得坷垃措手不及。他原本是乡下人，在城里无亲无故，重找个地方谈何容易？傻大姐是外乡人，在这里更是举目无亲，两眼一抹黑，大有些货到地头死的境地。

　　两人在城里转了一天，急得坷垃恨不能喉咙眼里伸出手来，也没有租到半间房。

　　眼下的县城，仿佛一下子都变成了寸金之地。凡能够利用起来做生意的地方，都充分利用起来了。就这还嫌不够，有人还用五合板和铁皮

钉了一些可以移动的临时小房，可怜巴巴地依附在一些机关的屋檐底下。在这种情况下，哪里还会有闲房租给别人去赚钱？

居住在城关的农民家里倒是有空闲的房子，租价也便宜，而且很好商量。但要租下来开烫发店，未免太偏僻了点，会有几个人光顾？别说赚钱了，连吃的都顾不住。坷垃为难了，出门赚钱谈何容易！

傻大姐没有出过远门，第一次尝到了人生的艰辛，有些山穷水尽疑无路之感。要不是跟坷垃在一块，精神上有个依靠，也许她早就受不住了。

坷垃思想上也并不轻松，甚至在精神上比傻大姐压力还要大。他把一个女孩子从那么远的地方带到这里，又安顿不住，像无根之草随风飘荡，能不着急吗？

他心里很清楚，傻大姐之所以到这里来，是因为受了他的影响，出于对他的信任和依托才下了决心的。他心中有一种使命感，有一种无法摆脱的压力。作为一个男子汉无法帮助一个女孩子摆脱困境而感到自愧，感到不安。

可坷垃毕竟是坷垃，有一股年轻人不肯服输的劲。说是不到黄河心不死也好，说是不到长城非好汉也好，反正他不肯认输，不肯就此罢休。

他想先到药材公司联系一下，把师父交代的事情办妥，看一下行情，然后再带傻大姐到别的地方去看看，碰碰运气。俗话说："此处不留爷，自有留爷处。"他豁出去了，反正临出发时，许红珠又悄悄地塞给了他几百块钱，他不发愁盘缠的事。

"你们有事吗？"药材公司一个胖胖的、头上略有些秃顶的中年人，笑眯眯地打量着两个人，带着和能生财的口气问道。

"我们想打听一下药材的情况。"坷垃怯生生地说。他毕竟第一次来这里，有些拘谨。

"哦，坐，坐，快坐。"中年人打量着对方，摸不清是哪方来客，赶忙让座，倒水，递烟。

坷垃跑了半天，确实有些渴了，端起茶杯不客气地喝了起来。

中年人仔细地琢磨着对方的身份，客气地问道："你们是……"

"我们从南方山里面来，想打听一下这里药材行情。"坷垃说。

"听你口音……"中年人说出了自己的疑惑，狡黠地望着对方。

"噢，我就是本地人，家在大浪沟。"坷垃坦然地一笑，说，"我在南方山里跟着师父学本事，是我师父叫回来打听的。"

"哦，哦。原来是这样。"中年人笑了，他已从傻大姐的口音里听出她不是本地人，相信了对方的话，说："咱这里药材不多，行情也不怎么样，这你可能听说过。不知你们问什么药材？"

"白花蛇。"坷垃说。

"白花蛇？"中年人惊异地说，"咱这里一直很缺，这几年根本就没有进过。别说白花蛇了，就连蝎子这一类药材也很少。配一服中药，往往要跑很多地方，有的只能到外地去买，实在没有办法。"

中年人坦率地说出了苦衷，坷垃和傻大姐相视一笑，心里感到有数了。坷垃又故意问道："不是听说街上有摆地摊卖白花蛇的吗？"

中年人一听笑了，诚恳地告诫对方说："你可别上他们的当，那都是假的。不久前，有关部门还没收了那些人的假白花蛇。经过检验，都是假的，不能入药。"

"我们带来了两条样品，你看看怎么样。"坷垃抑制住内心的兴奋，把样品取出来，递过去说，"还是活的，你可以去检验一下。"

中年人接过样品，兴奋地望着坷垃，像是要重新认识一下似的，从头到脚又仔细地打量了一遍，才问道："你们是来联系卖白花蛇的？"

"是的。"坷垃点了点头。

中年人极内行地打量了一番样品，赞许地点了点头，说："看这样子倒像是真的，不过白花蛇现在也有很多品种。听人说，江南蛇王最近用新方法饲养的白花蛇，药用价值最高，用这种白花蛇配药非常灵验。只是目前非常少，又很难买到。不知你们这白花蛇药用价值有多大，要检验一下才能知道。不过这并不困难，我们有检验的仪器。"

傻大姐见那中年人极内行、又极认真的样子，忍不住笑了起来，操着不太标准的普通话说："你根本用不着检验，他就是江南蛇王的大徒弟。若不是为了带我到这里来，他根本就不会来这里卖蛇呢！"

"啊？你就是江南蛇王的徒弟吗？"中年人一阵惊疑，似信非信地问道，"你什么时候跟他学养蛇的？"

坷垃笑了，没想到师父身居深山老林，名字竟是这么响，在这个小县城的药材公司里竟也有人知道，还这么受人推崇。他心里感到一阵欣慰，一阵满足，第一次感到作为蛇王徒弟的骄傲和自豪，刚才那种满肚子丧气不觉一扫而光，代之而来的是一种自尊心的恢复。他又呷了一口茶，坦然地说："我跟师父学习有一段时间了，基本上学会了饲养这种白花蛇的技术。师父也知道咱们这一带白花蛇奇缺，找这种药很困难，就让我来看看，搞点横向联系。"

"哦，哦，你师父有眼力，想得对，想得周到。"中年人已经完全相信了眼前这个年轻人就是蛇王的徒弟，显得更加兴奋，说，"这样做不但打开了销路，而且对咱这个县也是个支援，两全其美，两全其美！"

坷垃点上一支烟，也许不满意对方用做生意的目光来衡量这件事，也许为了不让对方小视自己，就说："要说销路，白花蛇生产量并不大。就这种白花蛇来说，在那里也是有多少就收购多少，不愁卖不出去。"

"那是的，那是的。在哪都很缺。"中年人误解了坷垃的意思，不等对方说完就截住了话头，说，"我们一定会考虑这些因素，当然在价格上要优惠一些。"

"我师父叫我来可不是这个意思。"坷垃感到对方用金钱的观点来衡量师父的好心，真是对师父人格上的亵渎。老人把几万块钱不声不响地拿出来修小水电站，难道还计较你这点优惠吗？真是狗眼看人低，人心各不平。他有点替师父抱委屈了。

坷垃也不好把话说得太直了，就抽了口烟，婉转地说："我师父说，我们是种植活药材的，种药材要首先想到给人治病，赚钱只能是第二位的。"

"对，对，对，你师父真使人敬佩。"那中年人不知是出于一种应酬，还是真的相信了坷垃的话，只是一个劲地点头称是。交谈了一会儿之后又问傻大姐道，"这位女同志也是你师父的徒弟吗？"

第40章　人上一百，形形色色

　　中年人这一问倒使坷垃犯了难。怎么介绍傻大姐呢？说她是自己什么人呢？和自己是一种什么关系呢？她实在和自己没什么关系，可自己确实又是为了她才来的。在这种场合下，他只得如实介绍说："这位是贾荷花同志，和我一块来的。她是烫发师傅，有一手烫发的好技术，想到咱们这地方烫发。我原来打算在北街给她租间房子的，谁知来了后，那房子已租给别人开饭馆了，我们正为这事犯愁。"

　　"哦，烫发师傅。"中年人似乎从中悟出了点什么，看看坷垃，又看看傻大姐，会心地笑了起来。他看出两人神色都不自然。

　　坷垃从对方那狡黠的目光中发现了一种潜在的误会，但他不想去解释。给一个初见面的人解释什么呢？随他怎么去猜想吧。

　　"好，你们先在这歇会儿，我让他们去检验一下这蛇。"中年人歉意地向他俩打了个招呼，便带着白花蛇到后边去了。

　　约莫抽了一支烟的工夫，那胖胖的中年人在门外出现了。坷垃听见有人在外面跟他打招呼，称他为胡股长，心想：这人原来还是个小头头呢！怪不得这么热情，还这么内行，这么精明。

　　那胡股长进来却没有说检验蛇的事，要带他们到机关食堂去吃饭，那态度是极诚恳的。

　　坷垃真有些受宠若惊，推说刚刚在外面吃过，无论如何不肯去。那胡股长倒是分外热情，真心相让。可第一次见面，坷垃无论怎么说，一口咬定吃过了。怎好萍水相逢就让人家管饭。

　　胡股长见他执意不肯，也就不再勉强，又说："检验要有一会儿工夫，请你们先到客房去休息一会儿，等他们检验完了，我再来请你们。"

　　坷垃没想到胡股长会变得这么客气，心想，也许是他们听说自己是江南蛇王的徒弟，又是从远道而来搞横向联系的，才这样接待的吧。不管怎么说，人家是真心实意，再推辞反而显得见外，就跟着到客房去等候了。

　　这是紧挨着大楼盖起来的几间房子，被改成了客房。后墙上面的小窗子正对着大街，连街上的嘈杂声和小贩的叫卖声，在屋里都听得清清楚楚。

胡股长很慷慨，开了两间客房，让他们先休息，又特意到坷垃这间倒上水，放了两盒高级过滤嘴香烟，客客气气地寒暄了几句才离开，真有点像对待业务员的味道了。

刚才还冷落街头无人问津，在闹市中感到孤独和凄凉，片刻工夫，又突然受到如此的热情关照，如同嘉宾一般，同是一个坷垃和傻大姐，发生了如此戏剧性的变化，使他们真正感到惶恐和不安，心里像按了个闷葫芦。

傻大姐心事重重，哪会休息得下去？等那胡股长一走，便跑了过来，满腹疑虑地对坷垃说："这人怎么对咱们这么客气？"

坷垃自己也估摸不透，但又不想让傻大姐失望，就说："我们家乡人很好客，对外面来的人都这么热情。"

傻大姐扑哧一声笑了，狡黠地眨了眨眼，奚落地说："刚才你在大街上愁眉苦脸的时候，怎么不说这话？难道那不是在你的家乡吗？连半间房屋都找不到，还好意思说这种装光的话，就不怕大风闪了舌头吗？"

坷垃遭她一顿奚落，未免有些难堪，想想刚才的情况，也自感惭愧，竟一下子答不上话来。他知道傻大姐是同他开玩笑，她是个极懂得感情而又通情达理的姑娘。在自己为找不到房子唉声叹气时，她倒装得若无其事，还宽慰自己不要为这事伤感。她把焦躁、烦恼无声无息地埋在心底，一个人默默地承受，而把笑容留给对方，让他尽可能地解除苦闷和不安。她懂得人的心理，懂得掌握恰当的火候去安慰人，又懂得在恰当的火候去泼冷水降温。

坷垃从傻大姐那半玩笑半奚落的话里悟出了意思，思忖了半天，才说："他们也许知道了我是江南蛇王的徒弟，看在师父的面子上才这样对待咱的。"

"这话有点道理，其中有这方面的因素。"傻大姐点了点头，表示同意坷垃的分析。但她很快地又拿起桌子上的高级过滤嘴香烟，拆开口，用白皙的手指抽出一支，放到鼻子上闻了闻，然后递给坷垃，若有所思地说："你不感到他对咱们的热情来得太突然，太过分吗？"

坷垃觉得她的话有些道理，但又感到她未免太小心眼，想得太细了，就不以为然地说："你也太多虑了，俗话说：'人上一百，形形色色。'世上这么多的人，就不会有几个热心肠的吗？就不会有几个肯帮助人的吗？就拿你我来说吧，咱们到底有什么关系？我还不是听了你的话就傻乎乎地跑这么远，为你帮忙吗？照这么说，你也该怀疑我有什么坏心肠，会打你的什么坏主意吗？"

"去！胡搅蛮缠！"傻大姐俳嗔啐了坷垃一口，脸上飞起一块红晕，说，"我跟你说正经的，这事怎能混为一谈。"

"怎么不能混为一谈？"坷垃故意瞪起眼睛问道，"这胡股长不是热心肠的人吗？"

"我们之间能和他相比吗？"傻大姐反问道，"啥事都得有个特定环境，特定条件。"

"怎么不能相比？"坷垃又问。

"我们虽然以前接触不多，但彼此信任了解，赤诚相见，可以依赖。你和他能达到心灵相通的程度吗？"傻大姐瞪了他一眼，那目光中带着热艳，能勾人魂魄。

坷垃有些胆怯，不敢正视对方的目光，嗫嚅着说："为什么和他们不能心灵相通？"

"为什么，为什么。"傻大姐有些赌气，故意绷着脸说，"因为我是个女的，还因为我是你大姐！"

坷垃知道傻大姐的话外之意，平心静气地想一想，确实有这种情况：一个小伙子给姑娘办什么事，往往很卖力，有时甚至是有求必应。可跟别的人办什么事，就不一定会有那么大的热情。这到底是什么道理他说不上来，但却实实在在地有这种情况。可眼下胡股长的这种热情是什么呢？他说不上来了，反正不是一般的应酬。何况对待一个来卖药材的人，司空见惯，天天如此，他根本也就用不着应酬。他思忖了片刻，也觉得有些奇怪，就问傻大姐道："你说他为什么这样热情地对待咱？"

"礼下于人，必有所求。"傻大姐似乎是胸有成竹。

"你等着吧，他肯定要用得着你！"

"咱在这儿无立足之地，两手空空；他们这么大的机关，要啥有啥，只要咱们有求于他，他会求咱们什么？"坷垃有些不相信。

"怎么两手空空？你不是有蛇吗？"傻大姐反问道。

"蛇是卖给他们的，又不是白给他们送礼。"坷垃笑了起来，说，"这两条样品蛇先给他们看看。他们检验以后认为可以了，我再把带回来的几十条都卖给他。反正师父又没有让我再带回去。"

傻大姐咻咻地笑着，用纤纤的手指点了一下坷垃的鼻子，说："你这个人哪，怎么这么不开窍！说我是个傻大姐，我看你比我还傻，是个标准的傻老弟！"

"我怎么傻？"坷垃猛一愣怔，有点不服。

"你不是江南蛇王的大徒弟吗？你不是学到了养这种优质白花蛇的绝技吗？人家不会稀罕你这几十条蛇，说不定是看中了你的本事！"傻大姐诡秘地眨了眨眼，狡黠地说。

"你是说他想要我的饲养技术？"坷垃倒抽了一口凉气，顿时警觉起来，使劲地把手中的烟蒂扔到门外，气愤地说，"他别想那好事。做梦娶媳妇，没门！"

"你先别激动，一会儿便见分晓。"傻大姐嘻嘻地笑了起来，说，"我估计，他很快就会和你摊牌，看你怎么应付吧。"

"摊牌就摊牌。"坷垃索兴把那桌子上的香烟盒一撕两开，拿起一支烟叼在嘴上，点着火，在屋里转着喷了几个烟圈，嘿嘿冷笑几声，说，"没有我师父的允许，我对任何人也不会传一点绝技！"

门外响起了脚步声。傻大姐往外一瞅，见是胡股长又兴冲冲地走了过来，便朝坷垃轻轻地"嘘"了一声。

胡股长满面春风，眉宇间洋溢着一股喜气，像是吉星高照，华盖遮顶。不然的话，哪能脸上的皱纹里都蓄满了笑意？走路时都带着笑声？

由于刚才傻大姐的提醒，坷垃心中早有戒备。尽管仍然笑嘻嘻地起身相迎，但那目光却不像当初那般柔和了，带着某种敌意和审视，又有几分狡黠。不等对方坐稳，他就冷冷地问道："检验过了吗？"

"检验过了，检验过了，真是优质品种的上等白花蛇啊！"胡股长毕竟很有涵养，稳稳当当地坐下来，先把茶杯里的水倒掉一点，又重新沏上，放在坷垃面前，说，"我们检验过后，又请老中医看了，大家都认为这是目前药用价值最高的一种白花蛇。你师父真不愧是大名鼎鼎的江南蛇王啊！可惜没有机会见到他老人家，你一定要替我问个好。"

胡股长对白花蛇的高度称赞以及对师父的敬慕之情，无形之中对坷垃是一种极大的精神刺激。这种刺激使他感到一种满足和宽慰，使他像碰到一个知己那样亲切。无形之中又对这个胡股长产生了好感，就说："我回去见到师父，一定转达你的美意！"

"那我就先感谢了。"胡股长不愧是搞业务的老手，很会应酬，而且恰如其分。他能准确地把握人的情绪，掌握人的心理，一下子把人抓住，把陌生人之间的距离缩短，造成一种非常融洽非常热烈的气氛。人与人之间的感情就在这种气氛中不知不觉地交流着，增长着。初见面时的戒备心理和拘谨情绪也不知不觉地冰化雪消，为彼此的信赖所取代。他又很能掌握分寸，使人感到热情之中不失身份，显示着自己的位置，称赞之中有节有制，避免奉承之嫌，既表现了谦恭之态，又柔中露我，不使人小视自己；使人一看就觉得这是一个涉世很深、脸朝外混事、见多识广的人物。他很随便地问道："看老弟这情况，像是出师了吧？"

坷垃淡淡地笑了笑，说："也算出师了，也算没出师。"

"哦？还有这种情况？老弟是谦逊吧？"胡股长哈哈大笑起来。那笑声使人感到分外亲切，足以使人解除一切戒备。

坷垃的戒备果然被这笑声冲散了，傻大姐刚才对他的提醒也被遗忘了，剩下的只是一种赤诚，一种无拘无束的拉家常。

第41章　将心换心

贾经理的突然出现，使他更相信了傻大姐刚才的预见。他心中暗暗打定主意："任你如何说我也要心如坚石，绝不泄露饲养白花蛇的技术。出卖技术就等于出卖师父，出卖良心。"

谁知那贾经理只是说些套近乎的客气话，并不提饲养白花蛇的事，倒又使他纳闷了。

傻大姐在一旁连连向他使眼色，又看了看表，示意他趁对方没提起这事，赶快告别起身，离开这里。

那贾经理精明过人，早把傻大姐的举动看在眼里。见她催促坷垃，就哈哈一笑说："这位就是跟你一块来的贾荷花姑娘吧？咱们还是一家子哩！"

傻大姐见对方和自己攀话，只得应酬地说："是啊，咱们五百年前是一家。可你是经理，我只是个小小的烫发师，跟你同姓一个贾，真有点沾光了。"

"荷花姑娘真会说笑话。"贾经理很会应酬，哈哈一笑，马上缓和了对方的冷落和讥讽之意，说，"听说你的手艺不错，发烫得蛮好。咱们这里就缺少好的烫发师傅，你到这儿来真有眼力，有见识，有股年轻人的开拓精神，不简单！"

一席话触动了傻大姐的烦恼，跑了半天没租到房子的怨气又涌上心来。她苦笑着摇了摇头，说："手艺不错有什么用？可惜白跑了一趟，连个房子都租不到！总不能在天上开拓！"

"哦？竟会有这种事？你怎么不早说！"贾经理十分惊奇，又十分关切。看那神色，他仿佛根本不知道外面的情况，不知道租房困难似的。他把自己装扮成了个不懂行情的人。

傻大姐愣怔了一下，觉得他的表情有点做作，可又摸不清他的后半截话是什么意思，像猜谜一样令人难以捉摸。莫非他能帮自己租到房子吗？怕不是那么简单吧？

"胡股长，这个事你经办一下。"贾经理很有气魄，略一思忖，马上拍板定案，说，"就把这间客房改造一下，在窗子下面朝大街开个门，让荷花姑娘做烫发室！"

"这好办，我明天就叫泥水匠扒门。"胡股长不假思索地说，"这事交给我好了，你放心！"

形势在一瞬间急转直下。踏破铁鞋无觅处，得来全不费工夫。贾经理一句话便定了乾坤，快人快语，利利索索，急人之难，这使得心眼颇多的傻大姐也没有料到，真有些受宠若惊。她先是一愣，马上又诚惶诚恐地说："这么好的客房，怎么能改成烫发室？况且租金会很高的……"

贾经理哈哈大笑起来。从笑声中可以看出他早已成竹在胸，使人有点怀疑这是经过商量定下来的。他很慷慨，又很大方，一副不容推辞的口气，说："荷花姑娘说这话就有点见外啰！漫说是一间客房，只要咱公司能帮助解决的，不论什么事咱们都帮忙。你就放心好了，租金咱们一个钱不收。这么大个公司，还会在乎那仨核桃俩枣的？这一间给你烫发用，隔壁一间给你当住室。将来咱公司的几个女同志来烫发，你给多抹点发油就行了。"

贾经理的话既使人感到亲切，又让人觉得有一种大企业家的风度，使人感到信赖。不但贾荷花十分感动，就连坷垃也突然间对他产生了极大的好感，为他的气度折服。这才是干大事业人的风度，这才叫气魄！仅凭这一点，就足以吸引人们和他打交道。

莫非这就是傻大姐说的那种生意场中的"以利易利"吗？就是生意人的"将心换心"的奥妙吗？坷垃突然间悟出了点什么。

这个贾经理真厉害，一来就把傻大姐给征服了。这就对自己来了一个迂回进攻，要是傻大姐也来帮助说服自己，那不更难堪吗？但不管怎样，他绝不出卖技术。他又暗暗下了决心，等待对方摊牌。

贾经理很沉得住气，根本就不提转让技术的事，仿佛他根本就没有想，也根本就不需要，除了礼节性的寒暄，就是天南地北地扯着闲话，像久别重逢的老朋友似的，那股亲热劲儿，就是铁石人也会动心。

坷垃倒有点沉不住气了，摸不清他葫芦里到底卖的什么药。萍水相逢，他如此慷慨，不会没有话说，礼下于人，不会没有所求。可他就是不说，多么折磨人！多么叫人憋得慌。自己如果就此而去，一点表示都没有，或者只说几句感激的话，未免有点太不仗义，太不够朋友，太叫人笑话了。

人怕人敬，能被敬败，能被敬垮。坷垃就处于这种境地。他感到乱了方寸，开始不安起来。怎么收拾这个局面呢？怎么下场呢？

201

他心里真憋得难受，此时倒恨不得从贾经理肚里掏出话来，看看他到底想干什么，可他又不能。他偷眼瞅了一下傻大姐，傻大姐此刻立场似乎有所转移，故意避开他的目光，只作不知，让他自己拿主意。

坷垃肚里暗暗骂傻大姐，可又无可奈何。贾经理瞅了一下他俩，眼睛里闪动着狡黠的光芒，故意假痴不癫地问道："怎么？坷垃老弟还有什么难处不好开口吗？要是信得过我贾某人，有什么难处就直说，只要能办得到的，我一定帮助解决。一回生，两回熟，以后咱们就是朋友了。朋友之间，有什么话尽管说！"

"没有，没有，实在没有。"坷垃更感到狼狈，他和贾经理称得上朋友吗？尽管他称兄道弟。

"那我就失陪了。"贾经理客气地站了起来，说，"办公室还有人等我，我去看一下。"

"你忙，你忙。"坷垃赶忙也站了起来，起身相送。

贾经理走了，胡股长也跟着走了。

两人什么也没有说，什么也没有讲，仿佛什么事情都没发生过一样，只留下了一个谜，让人猜不透的谜。

坷垃愣在那里，精明的傻大姐也愣在那里，半天谁也没说一句话。

好难猜的谜哟！

外面的喧闹声听不见了，仿佛已经凝固。药材公司大院里也是一片寂静。

"坷垃，坷垃！"外面传来高一声、低一声的喊叫。两人都吃了一惊，几乎同时跑出门外。

坷垃愣住了，原来是他的父亲土骆驼老汉站在门口。

"爹，你怎么找到这里来了？"坷垃满脸疑惑，一边把老爹往屋里让，一边问。

骆驼老汉很兴奋，像刚刚喝了一杯浓酒，爬满皱纹的脸红扑扑的，一屁股坐在沙发上，大大方方地抽出桌子上的过滤嘴香烟，叼在嘴上，炫耀地说："贾经理用小卧车把我接来的，说他们药材公司缺一个门卫，叫我来替他们看大门哩！怎么，你不知道？不是说好了每月八十块钱吗？"

"坏了！"坷垃大吃一惊，失声叫了起来。

"什么坏了？"骆驼老汉深深地抽了一口烟，又喷出长长的一串烟雾，瞪了儿子一眼，说，"人家贾经理可是一番好意，每月给八十块钱的薪水，往哪找去！傻小子！"

"哎呀，你怎么这么糊涂啊！"坷垃急得几乎是哀求，"你就没想想，这种好事会轮得到你吗？这是要付出代价的，这代价比你那八十块钱的薪水要高得多！"

"什么代价？"骆驼老汉不以为然地瞪了儿子一眼，仍然抽他的烟。

"他想用这来收买我，要我的养蛇技术。"坷垃压低了声音说，"这事万万不可答应，你赶快辞了。"

"你是说这个啊，放心吧！你爹也不是傻子，睡着时也比你醒着时精。"骆驼老汉得意地笑了，又瞪了儿子一眼，才慢条斯理地说，"这么好的事你爹就不想吗？就不问个来龙去脉吗？划不来的事，你爹会干吗？你也太小看你爹了！"

"那，那，那你说说是咋回事？"坷垃和傻大姐对望了一眼，觉得其中定有文章，着急地追问着。

骆驼老汉又狠劲地抽了两口烟，似乎还没有过瘾，就又换了一支，重新点上，才说："人家贾经理是个明白人，也是好意。他确实看中了你的技术，但人家明人不做暗事，把话都说清楚了，不要你的技术，你不用害怕。"

"那他到底想干什么？"坷垃不解地继续追问道。他不相信对方会无所求。

"人家说了，咱这地方缺这种优质白花蛇，想叫你在家办个饲养场。缺钱人家帮助找；缺房人家帮助盖，就在咱们村办。只是有一点，将来生产的蛇都归他们卖，按收购价给咱们钱。这不是再公道也没有的事了么？两方都得利，谁也不哄谁。你说说人家会有坏心吗？"

坷垃和傻大姐都愣住了，谁也没预料到贾经理会从这里下来。这真是个有心计、有手段、有气魄的非凡人物，像个干大事业的人。

可坷垃毕竟有些犯难，说："这事得从长计议，我得跟师父说一下，回来再商量。"

"人家早想到这一点啦！"骆驼老汉笑了起来，说，"你小子毛还嫩着呢！人家会不考虑这一点吗？早替你打算好了！贾经理说了，你这次回来，总会住上个把月四十天的，先把你带回来的这几十条蛇养起来，慢慢弄着。到时候回去再跟你师父商量。要是你师父不答应的话，就把咱家办的这个场当作你师父的分场，南北联营，还算一家。他还会有什么意见吗？"

坷垃不再说什么了。这个贾经理真是厉害，他算是摸透了自己的心，

一切都安排得合情合理，而且是那么细致，就是师父知道了，也一定会乐于接受的。他还能再说什么呢？

傻大姐在他们父子俩说话的时候一直没有插话，只是默默地听着，暗暗地琢磨着。从心里讲，她佩服这个贾经理的心计和手段，也佩服他运筹帷幄的才能。但平心静气地想一想，这样做也是对的，对双方都有利，而且对蛇王来说也是有利的。从另一方面来讲，也确实解决了这一带缺药材的问题，这也是蛇王的心愿和初衷，他一定会高兴。她见坷垃已经默认了，就笑嘻嘻地说："怎么样？我的傻老弟？我说的'以利易利'，'将心换心'，这回你该服了吧？这是做生意的绝招，攻无不破，谁也抵抗不了的。何况你还没做过生意！"

坷垃苦笑着摇了摇头，一副无可奈何的样子，说："我今个算是服了，彻底服了！"

门外又传来脚步声，胡股长来了。他进来得恰是时候，像经过一番计算似的。

"贾经理设了便宴，为你们三位接风，叫我来请。我想，你们不会不给我面子吧？"胡股长笑嘻嘻地望着三个人，那目光中带着狡黠，可也确实带着诚意。

"好，请！"坷垃站起身来，爽朗地答应了，像是决心早下定了似的。

傻大姐偷偷地笑了，赶快起身挽起骆驼老汉，跟在两人后面往外走去。

外面阳光灿烂，只是那树影有点叫人讨厌，隐隐约约……

第42章 "白虎探爪"与"青龙盘掌"

俗话说："修房盖屋，累断筋骨。"大浪沟的人们祖祖辈辈都是这么说的，也是这么一代一代往下传的。从坷垃的父亲骆驼老汉记事的时候起，村里只建过一所瓦房。这所瓦房还是晚清时期一个举人家建的，土改时正好做了村公所，被称之为"瓦房院"。村里人盖不起瓦房，大都用岗土打水坯垒墙，用葵花秆做椽子，用麦秸草盖顶。这种竹篱茅舍式的农家房屋，新时倒也显得齐整，三两年后就是另一番景象了。先是屋顶的麦秸被风吹雨淋慢慢变黑，然后就长满青苔，接下去便是漏雨了。泥坯墙最怕的是风搅雨，三五年下来，就被风雨剥落得差不多了。

村里有两户殷实人家，攒足劲盖了所"和尚房"，就是用砖包了后屏墙，顶盖上用了半截草半截瓦。这一下子成了人们仰慕的对象，也成了村民们议论谁家殷实的中心。

前些年乡村盖瓦房的多起来了。大浪沟有劳力的人家，也学着外村人的样子，拉上架子车跑到几百里外的山里拉煤，回来后自己培小土窑烧砖。那种辛苦劲，也真有点累断筋骨的味道了。

这两年随着农村经济的好转，盖瓦房已是很平常的事了。但对大浪沟的庄户人家来说，也要经过一年多的筹备，精心的安排，才能盖得起来。甚至有的还得列个三年计划才行。

公家盖房原来并不费什么难。由药材公司出面，不到一个星期的工夫，就在大浪沟村头盖起了三间大瓦房，这真使骆驼老汉惊叹不已！他看到了公家的力量，真是财大气粗！

其实，原来按照贾经理和胡股长的意思，想在药材公司后院盖几间房，作为白花蛇的饲养场地，说这样更方便一些。可骆驼老汉死活不依，非要坚持在村里办饲养场。人老了见过的事情多，想的事情自然多一些。说实在话，他对药材公司的诚意多少还有些怀疑。能不能合作到底，他心里还拿不准。"到时候赚了钱，场子兴旺起来了，他们还会用得着坷垃吗？会不会把我们父子俩抛开？难说啊！把蛇场办到家门口，就能当一大半家。天天守着，有一点风吹草动就知道，想抛开我们父子俩就没那么容易！再说，房子是死的，盖到这你就搬不走。即使将来不欢而散，

我起码赚你三间大瓦房。"

骆驼老汉一辈子长在农村，尽管带着浓厚的农民意识，但毕竟不乏农民的狡黠，在第一次和公家打交道上，用起了靠墙根打架的保险办法，使自己占据于主动地位。

坷垃也坚持把场办在大浪沟。当然，他不会像骆驼老汉那样，想那些荒唐可笑的事情。他完全相信，即使场子发了起来，药材公司也离不开他。何况场子发不发，关键就在他的技术，就在配饲料的绝招上。他想把蛇场办在村里，一是考虑到在师父面前好说话，二是村里有现成的饲料。他早已想好了，买上二百只鼠笼，挨家挨户送，只要活老鼠不要鼠笼钱，村里人一定乐意。再则，城里人眼多，他怕时间长了，有人会打他配饲料绝技的主意。

不管怎么说，大浪沟村头几天之内拔地而起的三间大瓦房，一下子成了人们关注的中心，也成了这几天人们议论的话题。

"听说了吗？坷垃这阵子在外面发了！"在坑塘边洗衣服的狐狸婶一边抡棒槌，一边和那些同来洗衣服的大姑娘、小媳妇们搭话。

"可不是吗？看那三间大瓦房，不费一枪一刀就盖起来了。"有人接腔。

"嗨，那算个啥。"狐狸婶停下棒槌，一副见多识广的样子，说，"三间瓦房值几个钱？人家要当蛇场的总经理，阔着呢！赶明个，说不定把咱庄的路都铺成水泥的呢！"

"听说一条白花蛇要卖好多钱呢。"有人羡慕地说。

"可不是吗。俺小孩他三妗子得了半身不遂，买了两条小长虫，就花了半头猪价钱呢！"又一个小媳妇叹息着接了腔。

"听说那白花蛇可毒呢！"一个念过中学的姑娘接了腔，"七寸蛇咬了人，走不了七步就会死。这白花蛇比七寸蛇还厉害，越小越毒，要是咬住牛也会死呢！"

"哎呀我的妈！"一个胆小的小媳妇吓得失声叫了起来，仿佛池塘里也会突然钻出一条蛇来，赶忙把光脚从水里提出来，嘘了口气，说，"别说了，吓死人啦！"

"听说长虫会撵人，跑到哪撵到哪，躲都躲不及的。"又有人说。

"人家说把它砍成两截，它也会接起来，撵着人报仇的！"

"那要是跑出来几条咋办？咱庄可不得安宁啦！"狐狸婶听着也有点害怕起来，她家离那蛇房最近，仿佛那白花蛇第一个袭击的目标就是她家。

就像谈虎色变一样，一块阴云笼罩在人们的心头，也飘荡在大浪沟的上空。

人们用各种各样的心理推测着坷垃，也像看待一个怪物似的看着坷垃。也有人贪婪地窥视着，算计着。

家乡的傍晚温和而又多情。柔软的夕阳把嫣红的晚霞铺在大浪沟的河面上，像水晶里燃起了大火。田间小径上行人匆匆，干了一天活儿的庄稼人，拖着疲乏的身子往村里走去，像要进入一个温馨的码头一样。

坷垃忙碌了两天，才刚刚把蛇房安置就绪，把带回来的几十条白花蛇重新饲养起来。

由于回来时没有准备，没有从师父那里带回来配制饲料用的微量元素，只好先用一般的饲料喂养着，等过几天再想法配制一号料。

配制一号料并不困难，料中的一些配方必需的药品，在当地也可以找到，只要严格掌握分量就行了。配制三号料难度要大得多，那需要认真准备，要费一番大周折。因此坷垃打算先配些一号料养着，等过一段时间条件成熟了，再从师父那里弄些微量元素，大批饲养。

"大侄子，蛇场弄好了？"狐狸四叔吃过晚饭，来到蛇场串门。

狐狸排行第四，人称狐狸四叔。要论起门户来，同宗同族，还不出五服。他家和蛇场是西邻居，房没盖起时就常来走动。那是一种谁也没法琢磨的心理驱使着的。

骆驼老汉看到是狐狸来了，只作没看见，扭头进了屋里。

因为盖房子的问题，两家一直不和。按原来的宅基地，狐狸四叔家在东边，骆驼老汉的宅子在西边，两家隔一个过道。

骆驼老汉盖小门楼时，和狐狸四叔的小门楼隔着过道胡同相对。狐狸四叔叫骆驼老汉家的门楼低两层砖，说是应该东高西低。

骆驼老汉自然不依。为此两家发生了一场口角，谁也不肯相让。最后被大队治保主任叫去，把两家都狠狠熊了一顿，才平息了这场口角。但是，最终骆驼老汉家的门楼也没敢盖高，还是和狐狸四叔家的砖头层数一样多。

尽管这样，居在东边的狐狸四叔总感到吃了亏，是块心病。就这样，为了盖一个小小的门楼，两家一直明争暗斗了好长时间。

坷垃毕竟是年轻人，又在城里念过中学，当然不会相信这些天方夜谭式的虚无缥缈的东西，自然也对狐狸四叔没有什么成见，而且两人倒还很谈得上来。

这两年，狐狸四叔家的日子虽然过得顺心，但毕竟并不宽裕。当然，这种不宽裕是相对来说的。他家地里粮食打得并不少，用不着为一日三餐发愁，要是用过去那种标准衡量，他是该满足的了。可这两年形势变了，村里有能耐的人再也不把眼睛盯着那两亩地了。狐狸四叔看着人家跑运输，搞加工，大把大把地赚钱，对土里刨食第一次感到不那么心安理得了。他想和人家搭帮，可又搭不上，就着人家的腿搓绳，毕竟不是那么容易啊，看到邻居家里也发起来了，免不了有些心热，就想来摸摸门路，趁趁行。他苦于找不到门路，就顾不得脸皮了。

他见坷垃并不见外，又递烟又让座的，就说："大侄子，听说你在外面大发了，还有个女秘书，这可是真的吗？"那目光中不无羡慕。

"哪有这种事！你听他们乱嚼舌头。"坷垃感到有些可笑，没想到药材公司盖这三间蛇房的事，会把他的身份一下提高这么多。在乡亲们的眼里，他好像是中了状元，帽插金花荣归故里一样。

"嘿！这有什么可瞒你四叔的？眼下都兴这个吗！你当了养蛇公司的大经理，有女秘书还不是天经地义的？"狐狸四叔一副见多识广的样子，笑眯眯地望着对方，一脸谄媚。

"我刚刚学会养蛇，想先办个蛇场，哪里有什么养蛇公司，用什么秘书？"坷垃真感到有些说不清的味道了。人的口舌比电报都快。

"人家在药材公司都见了，你这孩子还哄四叔。"狐狸四叔有点不以为然，"还来过你家哩！"

"那是烫发师傅，根本和这不是一回事。"坷垃突然间明白了，说，"人家是做烫发生意的，咋能和这连起来。"

"烫发师傅也好，秘书也好，反正就是那么回事，不说它了。"狐狸四叔自嘲地笑了笑，又抽了两口烟，换了话头，说，"你四叔早些年有个手脚麻木的老病，听说这白花蛇可是灵药，能不能给你四叔两条泡药酒？"

狐狸四叔终于说明了来意。这真使坷垃犯难了，不给吧会使他扫兴，给吧，就这些种蛇又实在舍不得。他想了想，只得婉转地说："四叔，我带回来这些是作种蛇用的，等一段时间繁殖出来了，一定送你两条，那不算个啥。"

"真是越富越奸，越有越小气。"狐狸四叔不高兴了，"我拿钱买总行了吧？"

"我不是那个意思……"坷垃愕然了。

"我知道你的意思。"他黑沉下来脸了。

第 43 章　解透人心是世界上最深的学问

"咣当"一声，屋里面传来板凳摔倒的声音，打断了他俩的说话，像是示威似的。

骆驼老汉在屋里听清楚了两个人的说话，显得极不耐烦，大有逐客的意思。

他俩都知道是骆驼老汉故意把板凳弄出响声的，却又都佯装不知，可毕竟有些尴尬。

"哎哟，坷垃在家呀！"一个女人的声音从身后传来，打破眼前这尴尬的局面。

"啊，是四婶来了。"坷垃赶忙迎上前去。

狐狸四婶满面春风，掂着四只老鼠笼子，每个笼子里都有一只活蹦乱跳的大老鼠。那老鼠个儿真大，毛都变成了黄褐色，在里面不安地跳动着，急得去啃那铁丝。

"你看这老鼠多肥，一个足能杀半斤肉！不知道吃了我家多少粮食！"狐狸四婶放下鼠笼，长长地舒了口气，不等坷垃让座，随手掂了个小木椅子，大大方方地坐了下来。

"让你费神了。"坷垃感激地说，"我去取就行了，还劳你给送来。"

"这是说哪里话来！你养长虫发财致富，是赚大钱的万元户，咱村里人都跟着沾光啦！"狐狸四婶快人快语，一副刀子样的嘴，说，"咱给你弄长虫食是应当的，你吃肉，咱喝点汤嘛！这叫大家伙共同富裕，乡长开会都这么说的！"

"对，对，乡里乡亲的，同打虎同吃肉，大家都靠你提携了。"狐狸四叔又抽出一支烟，接上了话茬儿，他明白了四婶的意思。

"四婶说笑话了。"坷垃从对方那贪婪的目光中似乎看到了一种东西，尽管他还不明白对方的意思，但分明从那双会说话的瞳仁里看到了"索取"二字。她肯定还会有话说。

"大侄子，不是说这大老鼠二十块钱一只吗？你看我家这四只老鼠个多大，够分量吧？"狐狸四婶终于把底牌亮出来了。

坷垃愕然了，继而又是一阵惶惑和不安。

从古到今哪见过卖老鼠的！而且一只要二十块钱！自己好心给他们买鼠笼，他却反过来把老鼠卖给自己！这是哪份子理，怎么个说法。真是"天上星多月不明，世上人多心不平"啊！蛇场还没办起来，他们就来跟着喝汤了。人心哪，人心！

"就算十块钱一只吧，坷垃刚开张不容易，都是乡里乡亲的。"狐狸四叔见坷垃不吭声，就打起了圆场，一副慷慨让步的样子，仿佛他做出了极大的牺牲，这是极公道的了。

"四婶，你家过去买老鼠药，药死的老鼠不都是扔到粪坑里了吗？"坷垃尽量克制住自己的感情，平心静气地说。

"哟，话可不是那样说！那是有毒的死老鼠，这可是活蹦乱跳的老鼠。你算算看这老鼠长这么大个儿，偷吃我家多少粮食？偷喝我家多少香油？那粮食一块多钱一斤，香油可是一斤十来块啊！要算起来，这老鼠能值十来块钱哩！"狐狸四婶能把死蛤蟆说出尿来，眼下更是口吐莲花，说，"你眼下财大气粗，身上拔根毛都能当梁使，哪在乎这仨核桃俩枣的！几条蛇都能卖个猪价钱，这是发大财的买卖！你富了，总不能看着大家受穷啊。"

坷垃一时竟说不出话来，也感到没什么好说的了，只觉得心里一阵凄楚，一阵迷惑。他并不恨狐狸四婶的贪婪，也并不觉得她的面目可憎，只是感到有些迷茫，前些年大家日子都不太好过的时候，两家倒相处得很安生。狐狸四婶家里有棵大榆树和香椿树，每到开春，上树勒的榆钱总要给他家送来一些；掰下来的香椿叶，也总是送些来尝鲜。

在童年的美好记忆里，狐狸四婶是个很可亲的人。那时候两家都不宽裕，今天借一勺盐，明天借一点灯油的，谁也不去计较，也不盼着人家还，倒显得很融洽，很亲近。

后来日子都好起来了，盖了瓦房和门楼，倒失了和气。

坷垃心里很纳闷，当两家都处在同一个水平线时，倒相安无事，甚至还能互相帮衬，互相照应。可是，当一家稍微高出一点点时，就生出许多是非来了。这难道就是社会上所说的那种"红眼病"吗？细细想起来，又不全是。这是一种复杂的社会现象，并不是"红眼病"一词所能包容得了的。

"水深千丈有底，人心三寸难测。"这话一点不假啊！谁能把人心解释透了，他肯定是世界上最有学问的人！也是最有贡献的人！

坷垃在外面纳闷，骆驼老汉在屋里却憋不住了，隔着窗户扔出了一句石头蛋子般砸人的话："你拿把刀上庄头劫路去吧！要不就当响马！一斤猪肉才卖多少钱？一只老鼠就想要二十块钱！你讹人也不是这个法。"

"谁讹你了？不是你家送的笼子收老鼠吗？"狐狸四婶也被激怒了。她从不让人，也不饶人。

"只有卖老鼠药的，谁见过卖老鼠的？亏你想得出来！"骆驼老汉又哼了一声，那声音带着很大气，"我家的钱也不是好挣的！"

"咋？你家能卖长虫赚钱，我就不能卖老鼠？"狐狸四婶肚里有的是理，何况又有一张利口，"你家养长虫赚钱，我们平白给你送老鼠啊？皇帝老子还不白用人哩！你想得倒美，买个小鸡拴门槛上里外叨食，净你得了？"

坷垃看着越闹越不像话，赶忙劝解地说："四婶，你要是缺钱花尽管跟我说。这老鼠实在是没法买，也不是卖的东西，咋说哩！"

"你不买，我还不卖哩！"狐狸四婶气呼呼地站起来，打开那老鼠笼子，把那四只大老鼠一个一个地都放了出来，又狠狠地朝笼子上踢了一脚，扬长而去。

"四婶，四婶，您别生气，听我说……"坷垃赶快追上去，拉住狐狸四婶的胳膊，笑脸挽留。他不想为此伤了和气，日子长着呢。

"快点过来，坷垃！"骆驼老汉在屋里大声喊了起来，那声音很急迫，又有点吓人，"长虫跑了两条！"

"啊？长虫跑了？"狐狸四叔吓得从椅子上跳了起来，仿佛长虫就在他的脚下，拔腿就朝外跑，也顾不得卖老鼠的事了。

狐狸四婶看到老头子吓的那个样子，又想起了长虫会撵人的话，更是魂不附体。她使劲甩开坷垃，尖叫了一声就跑，一边跑还一边大声喊着："长虫跑了，快关门啊！"

"长虫跑了！"

"长虫跑了！"

大浪沟到处是一片喊叫声，到处是一片"嘭嘭""咣咣"的关门声。

一刹那工夫，街上连一个行人也没有了。小孩子哭着叫着，被大人连哄带吓地拖进屋里，拴在外面空地上的羊、大牲畜也被拉进院子里，还在大门外面堵上一块木板。

空气骤然间紧张起来，仿佛一切都加速了运转，仿佛大祸突然间降临到了大浪沟。

蛇确实跑了两条。

骆驼老汉和坷垃紧张地找了大半夜，仍然无踪无影。

大浪沟的村民们紧张、惊惧地度过了一个不眠之夜，真像人们预料的那样，村里从此不得安宁了。

无事嫌夜短，有事恨更长。难熬的一夜终于过去了。随着一声长长的鸡鸣，浓重的暮霭像纱帐似的渐渐被拉开，远处的河流、村庄、菜园，近处的树木、房屋和竹篱茅舍，又都恢复了各自原来的面貌。

坷垃有些奇怪，凭着对白花蛇习性的了解，他不相信这两条蛇能跑很远，天刚刚亮，就在院子里又寻找起来。

"哎呀呀，坑害死人啦！这是哪辈子造的孽呀！你们喂长虫卖钱，闹得四邻八舍不得安生这是报应啊！"一个女人的号叫声从外面传来。那声音有哭腔，有闹意，又有虚张声势的扯旗放炮，在清晨的空气里足足可以传遍半截大街。

坷垃还没有弄清到底是怎么回事，一只长毛兔已经摔在了他的面前。

"咋回事？四婶？"坷垃被她哭叫得迷糊了，赶忙问道。

"咋回事？你装什么迷糊啊？你喂的长虫跑出来，钻进我家的兔圈里，把我家的兔子咬死啦！"狐狸四婶又一把鼻涕一把泪地哭叫起来，"这可是西德进口的纯种长毛兔啊，托人买的时候花了二百多块钱啊！到我家是一月一窝，正周济我家哪，给你那小长虫咬死了！我还指望着买牛哩，天哪，这可怎么过啊！"

"四婶，蛇还在你家吗？"坷垃也被她搞糊涂了，心里惦念着蛇，赶忙问道。

"啊？你还嫌把我家坑得不够苦啊！想叫它住到俺家把人都咬死啊？你安的什么心哪！"女人的哭能得七分理，狐狸四婶深深懂得这一点，一边尽力哭叫一边比画着，"那长虫咬死了俺家的兔子，早跑了，不知道又糟蹋谁家去啦。"

坷垃似乎意识到了一些什么，用脚轻轻地踢了踢地下那只僵硬的长毛兔，问道："你看到是蛇咬死的吗？"

"那还会有假吗？我还会讹你吗？那长虫跑的时候，我还在后面撵着打了一铲子哩！只是那东西跑得快，没有打着。要不，掂着死长虫给你看！"狐狸四婶说得有鼻子有眼，活灵活现，而且还带着一股曾经和蛇搏斗过的狠劲，和没有打住蛇的遗憾。

"这兔子死的真是时候。"坷垃冷冷地望着狐狸四婶，又踢了那长毛兔一脚。

"啊？照你这么说，兔子是我咬死的呀？天地良心，亏心了不得好死啊……"狐狸四婶又大闹起来，"咬死了我家长毛兔还不认账啊！"

外边围了很多人。先是孩子们来看热闹，挤挤扛扛的，渐渐地又来了一些大姑娘小媳妇，她们只是探头探脑地远远站着，谁都不肯近前，不知道是怕蛇会突然间跑出来，还是怕卷进这场风波，只是远远地看着，轻声交头接耳地议论着，各种各样的神色都有。

"好，好，我赔你一只兔子，总行了吧？"坷垃实在不想把事态扩大，不愿意看到蛇场刚开始就闹成这个样子，就作了让步。

"赔兔子？没那么便宜的事！"狐狸四婶突然不哭了，抹了一把泪发起狠来，"我那兔子是德国纯种好兔，给我一百只我也不换！当初是花了二百多块钱买来的，我还要我这只兔子！"

狐狸四婶突然间亮出底牌，这却使坷垃惊愕了。打死和尚要和尚，这不是讹诈又是什么？好厉害的女人哪，真有她的！也真绝！

坷垃是个不愿多事的人，宁愿吃点亏也不想和别人发生口角争执。他毕竟有点文化修养。他虽说明知道狐狸四婶是趁机讹诈，可和她一个妇道人家纠缠下去会有什么结果？

213

第44章 蛇场风波

看着狐狸四婶在这里要死要活地闹腾下去也不是个法，惹得村里人乱哄哄地看热闹，也实在不像话。她无非是手头紧一些，要讹几个钱，就给她算了。何况远亲不如近邻，又是对门不远的人。坷垃趁着爹一早到药材公司没有回来，平息了这场风波算了。她虽然有些可恶，但毕竟还有些可怜。她当初想买长毛兔发财，那时正兴起一阵养兔热，长毛兔的身价百倍。可当她在后面赶这股热潮的时候，行情下跌，兔子身价一落千丈，她也跟着倒了霉。坷垃真有点可怜她了。

眼下，蛇场刚刚办起来，才有点眉目，坷垃不愿意以小不忍而乱大谋，不愿意因为几个钱的小事而搅乱办蛇场的事业。何况人心都是肉长的，自己让步也许能够感化她，引起她良知的萌发。做一件事情之前难的是下决心，一旦决心下定，即使再大的事情，再严重的后果也都无所谓了。眼下坷垃就处在这样的境地，他只想在众目睽睽下赶快平息这场风波。至于这只长毛兔眼下到底值几个钱，是不是他的蛇咬死的，他全然不去想了，也不去管了。吃亏只一遭！何况当着这么多人的面，不管人们开口不开口，心里都像明镜一样，自然能辨出是非曲直，这就叫有亏吃在明处。他吃了亏，也许能换得人心。

他跑进屋里，把临来时许红珠塞给他的钞票取出来，数了二十张，交给狐狸四婶说："不管是不是我的蛇咬死了你家的长毛兔，我都赔你！按你说的价钱，这是二百块，你数数！"

狐狸四婶被他突然间的举动搞得先是一阵惊愕，愣怔了一下，没敢去接。其实，按照她的本意，闹腾一阵子最多能讹个十块八块的就行了，没想到他真的一下子出了二百块，如此慷慨，如此神速，倒把她给吓住了。

但是，这种犹豫、惶恐只是一瞬即逝的。那二十张崭新的钞票到底还是诱人的。那是钱哪，它能买好多东西啊！

她盯着坷垃，那目光是胆怯的，有些躲躲闪闪。但是她看到对方眼神是那样的坚毅，丝毫没有心疼钱的意思，便陡然增添了勇气。她猛地伸出手来，从对方手中夺过那二十张崭新的钞票，就往腰里塞。

她没有数,也顾不上去数,其实根本就没有必要去数。夺来的东西,不论多少都是意外之财,还用得着去数吗?

她急着把钱往裤子上的口袋里装,可怎么也摸不着口袋。也许那口袋并不常用,也许是她急着藏起来,竟把一只纽扣给扯掉了。

她顾不得去捡那纽扣,一边倒退着走一边说:"这可不是四婶讹你,我那兔子买时候就是二百块钱。这搁到你身上是不算个啥的,好比牛身上拔根毛,搁到四婶身上就是半个家业。"

坷垃没有吭声。他不想再说什么,也说不出来什么。望着狐狸四婶走出去的背影,他感到一阵凄楚。

坷垃长长地出了口气,他猛地发现,围观的人们并没有随着狐狸四婶的离去而散开,而且似乎比刚才还多了一些。孩子们看够了狐狸四婶的哭闹,见再没有什么有趣的东西,都渐渐地跑散了。大姑娘、小媳妇们不再探头探脑地往里瞅了,而是叽叽喳喳地议论着,用惊异的目光,像看一个怪物似的看着坷垃。陆续而来的男人们倒成了外围,远远地站着,眼睛里闪射着令人难以捉摸的目光。

坷垃终于没有能够走出蛇场,又有人掂来十几只长毛兔,而且都一口咬定,是夜里被蛇咬死的。

坷垃愕然了。多好的兔子啊,他真舍不得!

他对狐狸四婶的让步倒激起了一些人的贪婪。在大浪沟人的眼里,他是一个在外面发了大财归来的富翁,腰包里有着花不完的钱,对村里施舍是他的本分。二百元容易得很,就像从牛身上拔毛一般。这么一块肥肉不吃白不吃;别人吃了,我也得吃,不然的话,岂不是吃了大亏吗?普天下的人,谁愿意吃亏呢?

坷垃终于忍无可忍了,气得浑身发抖,看着扔在院里的一堆兔子,大声喊道:"我的蛇又不是狼!有多大本事,能一夜咬死这么多兔子吗?你们这是安的什么心?"

"咋不能咬死?那长虫比狼还厉害呢!"有人在后面接上了腔。

"那长虫跑得快着呢!挨门挨户地窜,咬了东家咬西家的!"又有人说。

人们七嘴八舌地叫着,嚷着,起哄着,像一股旋风席卷着蛇场,像一股洪水冲击着蛇场。坷垃真有点受不住了,一步一步地往后退缩着,仿佛那三间蛇房被这突如其来的洪水荡涤一空。

人们一步步紧跟着,都一口咬定蛇咬死了他们家的兔子,不赔是不行

的，还有的喊着威胁性的语言："不赔就扒他的房。"

这种威胁性的语言又激起了一层狂潮，有几个性急的又往前冲，大声说："前头有车后面有辙，赔了狐狸家的，也得赔我们的！"

"对，一样的兔子，得一样价钱，一样看待！"

"不赔钱就把蛇给他分了！"不知是谁在后面又叫了一声。

这声带动性的吼叫真的起了作用，人们又一个劲往前来。有道是人多势众，人多胆壮，人们怀着各式各样的心理，在金钱占有欲的促使下，什么也顾不得了。坷垃被逼得一步一步地往后退着，眼看撞着了门。

坷垃没想到事情竟然发展到这种地步，他望着那一双双既熟悉而又变得陌生起来了的眼睛，那一双双眼睛里分明喷吐着贪婪的火苗，是那样的吓人，仿佛要把他烧成灰烬。

坷垃被逼到了门槛前，已经无路可退了，也愤怒到了极点。他突然转过身去，"哗"的一声推开了两扇门，大声道："不怕死的进来吧！蛇咬死谁了谁倒霉，我可不负任何责任！"

这一声吼叫，像晴空一声霹雳，把往前涌的人们镇住了。对白花蛇的恐惧心理，像兜头一盆冷水击退了那种浑噩的欲望。

三间敞开着的蛇房，一瞬间变成了往外喷着阴气的阎王殿，仿佛随时都会飞出一个牛头马面的勾魂鬼，把门外的人抓进去，扔到蛇群之中，被撕个粉碎。

"哎呀！蛇跑出来了！"不知谁看花了眼，吓得惊叫了一声。

本来就像惊弓之鸟的人们，哪里经得起这声惊吓，"哗"的一声掉头就往后跑，有的鞋子踩掉了也顾不得捡。后面的人踩了前面人的脚后跟，前面人又撞在更前面人的脊梁上，谁也不敢停留，只顾往前跑，一直跑到大街上，才敢掉头往后瞅了瞅。

看看蛇并没有追出来，人们才略略松了口气。胆大一点的才又重新叉起腰，隔着路和坷垃吵起来。

慢慢地，逃跑的人们又聚拢起来，加入争吵的行列。但始终没人敢越过土路，仿佛那是一条警戒线。

一阵响亮的喇叭声掩盖了吵架声。一辆乳白色的面包车缓缓驶来，停在蛇场的门口。

车门打开，骆驼老汉陪着药材公司的贾经理和胡股长出现在人们面前。

"哟，这么多人参观蛇场啊！"贾经理微笑着，幽默地说了句逗趣的话，跟着骆驼老汉进到院里。

人们不再害怕了，纷纷越过那恐惧的警戒线，跟在贾经理后面重新涌进院里。

贾经理看到院里扔着十几只兔子，又看看倒涌进来的人们的脸色，问道："你们这是干什么？啊？"

贾经理和胡股长盖蛇房时曾来过，人们早就认识他俩。胆子小点的不敢上前了，开始往后面缩，有的躲在远处看动静，等着事态的发展。

胆子大的犹豫了一下，赔着笑脸上前说："贾经理，是这么回事，蛇场的蛇夜里跑出来了，咬死了我们的长毛兔，大家来要求赔偿。"

"噢？有这种事？"贾经理感到有些意外。蛇夜里跑出来的事，他听骆驼老汉说了，就是专程来看看的，没想到竟会咬死这么多兔子。他看了看那扔在院子当中的兔子，又看了看一双双狡黠的目光和坷垃那喷着怒火的眼睛，心里顿时悟出了点什么，说，"不会的，蛇在夜晚最害怕兔子的眼睛，它不敢咬兔子。我估计蛇根本就没有跑出这院子。"

"怎么没出这院？把狐狸家的兔子都咬死了，还赔了人家二百块钱呢！"有人在后面作证。

"啊？你们这是在讹人！在抢劫！"骆驼老汉听说赔了二百块钱，再也忍不住了，急得大叫起来，"你们欺负我这老实人，我跟你们拼了！"

"谁讹你了？没咬死，你们肯白赔人家钱吗？"一个人出了头，又有人跟着喊起来，乱哄哄的。

"对，赔狐狸家也得赔我们，少一个也不行。"

"要赔都得赔，不能俩价钱！"

贾经理终于明白了一切，脸色变得严峻起来，他跳上一个石碾子，挥了一下手，大声说："你们这样闹腾是不对的，哄抢专业户是犯法的！谁带的头？站出来我马上把他带走！"

城里的干部毕竟是有一定的威胁力的，何况又是一个经理。胆小的人害怕了，乱哄哄的声音停了下来，又有人悄悄往后溜。

"都赶快回去，别在这儿瞎闹腾了！"贾经理有刚有柔，大有些动之以情、晓之以理的风度，说，"大家想致富，可以想各种各样的门路嘛！目前政策又允许，大家可以八仙过海，各显其能，发挥自己的优势，害红眼病是不能致富哟！讹诈人是要犯法的，犯法就要住不花钱的房子！"

人们并没有离去。也许他们只怕贾经理的气势，而并不怕贾经理讲的那些道理。

沉静了片刻，胆大些的又申辩起来："我家的兔子被咬死了，叫赔偿总不犯法吧？"

"对，多少总得赔几个吧。"

贾经理真的被激怒了，正要发作，却突然听见墙角跟前一个小姑娘尖叫起来："哎呀，长虫，长虫，长虫在这！"

人们惊愕了，一起把目光转向在墙角尖叫的小姑娘。

一只打鱼用的破篓子静静地躺在墙角边。那篓子实在太破了，荆条已经霉得发黑，而且篓口也散开着，里面装着一些从河里捞出来的杂草，发着霉败的气味，不知什么时候被人踩过，扁扁地趴在地上。要不是小姑娘喊叫，谁也不会注意到墙角边还有它的存在。

跑出来的两条白花蛇，却偏偏藏身在这里面，听到小姑娘的惊叫和跑动，又"嗖"的一声钻进了腐败的杂草里面！

一场蛇惊的风波结束了！

围着贾经理的人们先是一阵惊慌，接着又发疯似的去抢扔在院里的兔子。经过一阵你争我夺，终于辨认出了自家兔子的特殊记号，掂起来就跑！

人心啊人心，在这场蛇惊的闹剧面前，赤裸裸地展现了出来！

第45章　做贾家女婿吧

一张传票，将骆驼老汉吓得魂飞魄散！

别看乡里人在家门口闹起事来，胆子有泼天般大，但一听说要吃官司，即使再有主见的人，也会惊得六神无主。

乡里人有着一种天然的畏惧心理，把打官司叫作"爬堂台"，是和祸事连在一起的可怕的灾难。由于这种恐惧心理，本分的乡下人流传着一种不成文的家教，那就是"冤死不告状，饿死不做贼"。

虽然这些年来，人们司空见惯了各种争斗场景，目睹了大事、小事和有理、无理的纠缠，这种畏惧的心理有些消除，对"爬堂台"之类的事看得不那么可怕了，但对正儿八经的传票带人，还是有着很大的威慑力的。

眼下，官司偏偏落在了骆驼老汉家里，怎么能不使人心焦，怎么能不使人着急！

骆驼老汉一辈子为人本分，从没有做过对不起乡邻的事，又不曾和谁红过脖子板过脸，是谁这么黑心告的阴状呢？

唉！常言说："谗言败坏君子，冷箭射死英雄！"真叫人防不胜防啊！

骆驼老汉人不出众，貌不惊人，家境又不怎么好，在村里是个极普通的农户。他的存在影响不到村里的任何一个人，任何一个家庭。村里的人相安无事，既融洽而又陌生，既和谐而又疏远。他无求于人，而人们更无求于他。

小小的蛇场，一下子使他成了众人注意的目标，失去了这种生活的平衡。

乡里派出所的人拿着传票把坷垃带走了。骆驼老汉叫了一阵子屈，求了一阵子情都无济于事，万般无奈，只得进城去找贾经理。

坷垃倒很坦然，受过普法教育，懂得些法律常识，相信自己没有触犯过任何一条禁律。他理直气壮地去了。

但是，他毕竟年纪太轻，而又过于自信。殊不知人世间的是非曲直，常常会被假象掩盖住，有时会来一个颠倒。

乡政府大院坐北朝南，一道青砖院墙把它和杂乱的居民们隔绝开来。

虽说乡政府是国家机关中的最基层、最下面的一个机关，但它毕竟是一级政权机构，各种职能俱全，和县里、省里的各个机关都对得上口儿。司法，公安，民政，共青团，妇联会，都各在自己办公室的门上挂着牌子。

坷垃被带进了司法室。乡里管司法的丁助理到大浪沟去解决过民事纠纷，坷垃是认识的，尽管没打过什么交道，可总算挂面认识。

丁助理三十来岁年纪，是新近才调到这个乡工作的，为人宽厚，性格温和，可那满脸的络腮胡子，总是给人一种不怒而威的感觉。只有摸透了脾气的人，才知道他是极随和的。

乡里工作头绪多，而且又经常下村，由于人手少，几个部门往往合起来办公。这司法室实际上是和乡派出所联合办公的地方。

丁助理没有板起面孔和坷垃谈话，先是客客气气地给他倒了一杯水，又递给他一支烟，极随便地拉起了家常，仿佛坷垃不是被传来的，而是被他请来的客人。

虽然，气氛不那么紧张，可坷垃心里仍然是忐忑不安存有戒备。他知道那传票的分量，那不是请帖，不是闹着玩的。若不是有人把你告下，丁助理是不会发传票叫你来的。

他一边抽烟一边静静地等待着，他知道丁助理拉过几句家常话后，就会转入正题。

丁助理似乎并不着急，拉过家常之后又扯到了白花蛇的事，问他怎么会想到学这种技术，还不时插进几句笑话。那气氛是极融洽的。

坷垃小心而拘谨地一一回答着，就像学生回答老师的提问那样。

一支烟快抽完了。尽管他口袋里装着比丁助理还要好的香烟，但此时却不敢拿出来去让对方抽。眼下的情况不同，他怕犯忌讳。自己毕竟坐在被告席上，他没有资格让烟。

果然，扯了一会儿闲话，丁助理转了话题。那神色仍然是平静的，脸上还带着微笑。

"你认识贾荷花吗？"丁助理平静地问道。

"认识的。"坷垃没想到他会问起傻大姐的事，有点摸不着头脑，略略愣怔了一下，如实地回答道。

"熟悉吗？"他又抬眼望了望对方。

"熟悉。"坷垃想了想又补充说，"过去不认识，才认识不久。但还是熟悉的。"

丁助理脸上露出微笑。但那微笑是不能说明任何问题的。既不表示对回答的满意，也不表示心里还有疑惑，怎么都可以解释。

"她是干什么的？"丁助理又问了。

"是烫发师傅。"坷垃说，"在城里开了个烫发店，房子还是从县药材公司租赁的。"

"她怎么会到这里来做生意的？"丁助理又追问道。显然，这是倒卷帘的问法，层层逼近。

"咱这里烫发的少，她又有一手好技术，能赚钱，当然就来了。"坷垃解释说，"咱这小镇上不也有外地来烫发的吗？有什么奇怪的。"

"是不是你把她从家里领来的？"丁助理眼睛里闪射着逼人的光芒，这时才有一些审问的意味，看来这是他所关心的核心问题。他神态是慎重的，又补充了一句，带有提醒的意思，"或者是她自己跑到这地方来的？"

"是我把她领来的。"坷垃几乎不假思索地回答。尽管丁助理的问话里带着明显的提示，可坷垃并不理解对方的苦心，"我把她领来有什么过错？她凭自己的手艺赚钱，又没有做什么违法的事。"

丁助理嘴角绷紧了，脸上出现了一丝明显的不安，似乎这并不是他的心愿，也不是他的初衷。他下意识地摸出一支烟来，叼在嘴上，又去找火柴，似乎借此来解脱某种困惑。

抽了两口烟，他终于平静了下来，又问道："你和她到底是什么关系？"

"什么关系？"这倒把坷垃问住了，一时竟回答不出来。人们为什么都这么看重关系呢？

是啊，平心静气地想一想，自己和傻大姐到底有什么关系呢？似乎有些关系，又似乎什么关系都没有。一不沾亲二不带故，非朋非友，只是在偶然的、并不太愉快的情况下认识的一个熟人。可以说是萍水相逢，陌路相识，既一般而又平常，就像所有一面之交的人那样，可以发展关系，也可以从此再无来往。

"你们是不是谈过恋爱？交过朋友？"丁助理看对方一时语塞，回答不上来，就又提醒他说。他知道年轻人都是脸皮极薄的。

"没有。我和她只是一般认识。"坷垃如实地回答说。

"那你为啥从几千里以外把她带到这里来？"丁助理有些不信，又有

些不满。

"我只想帮助她。"坷垃说,"她对她父亲的做法看不惯,想自己出来独立生活,我同情她。"

"噢。"丁助理似乎悟出了点什么,幽默地又问了句,"你们不是私奔吧?或者是抗婚?"

"绝没有这种事情。"坷垃肯定地说。

"你这种说法就毫无道理了。"丁助理又抽了口烟,仍然不紧不慢地说,"一无亲,二无故,又不交朋友,不谈恋爱,背着家里人把人家一个女孩子带到这里来,这怎么解释?"

"这,这……"坷垃又答不上来了。他以前确实没有考虑过,也没想这么多。此时他似乎才意识到了问题的严重性,胆怯地问道:"这,这也犯法吗?是她求我带她来的呀!"

丁助理瞪了坷垃一眼,那目光既严峻而又充满了同情,似乎又有几分爱莫能助的味道。他轻轻地叹了口气,说:"贾荷花的父亲贾货把你告下了,说你拐骗妇女!"

"这,这,这是没有的事!他是胡说!"坷垃像被当头击了一棍,浑身一阵战栗,又一阵眩晕。他这时才知道了事情的严重程度,咬得牙齿咯咯地响,大声地申辩说:"不信的话,你可以去问问贾荷花,是不是我拐骗她的!"

"坐下,坐下。"丁助理轻轻地拍了拍坷垃的肩膀,把他按在椅子上,又递给了他一支烟,轻轻地叹了口气,说,"我当然问过贾荷花了,要不然的话……"

是的,要不然的话,事情就严重了。要不是贾荷花一口否定,竭力分辩,那丁助理是不会对坷垃如此客气的。他没有说,但坷垃已经预感到了,他并不笨。

坷垃摸出火柴点上烟,狠狠地抽了一口,试探地问道:"那,这事怎么处理?"

坷垃问的问题,也正是丁助理感到最难办的事。他苦笑着摇了摇头,一副极为为难的样子,说:"尽管贾荷花不承认你拐骗她,说是她自己愿意跟你来的,还替你说了不少好话,可贾货在县里闹得厉害,一口咬定你拐骗了他的闺女,还说你威胁他闺女不敢说出实情。这事情就有点说不清了。"

"那,那,你总得秉公办理吧?"坷垃有点乞求地望着丁助理,希望他能够拿定主意。

"我何尝没有秉公办理！问过贾荷花之后，我什么都明白了，也曾跟贾货解释过多少遍。可贾货闹腾得厉害，又上告到县法院，把事情捅大了。"丁助理真想息事宁人，可又有些力不从心，就劝解地说，"我看那贾荷花对你很有意思，人也不错，倒不如将错就错，顺水推舟，确定个恋爱关系算了，这样贾货就闹腾不起来了。"

"这，这怎么能行呢？"坷垃知道丁助理是出于好心想帮助他调停一下，解决纠纷。可他怎知道自己的苦衷？师父那里怎么交代？白蛇公主早已把他当作终身伴侣，如果和傻大姐确定恋爱关系，她知道了会不气疯吗？何况自己原本就没有这个意思，这不是强人所难吗？他苦笑着摇了摇头，说，"我师父那里肯定是不会答应的。况且，我压根也没有这个意思。"

"那事情就不好办了。"丁助理显得有些为难，说，"实话跟你说吧，我已把这个意思跟贾货说了，他开始还不太愿意。后来听说你已经办起了蛇场，正在干事业，就同意了我的意见，说是只要你真愿意做他的女婿，就万事皆休，不再告了。我想这对你来说是个两全其美的好事，既少了很多麻烦，平息了官司，又解决了婚姻问题，就一口答应了。没想到你还不愿意，这可叫我左右为难了。"

"我比你更作难，你知道吗？"坷垃哭丧着脸说，"他早就想得到养白花蛇的绝技，曾经打过这种主意。贾荷花就是反对他这样做才跑出来的。我们已经不是第一次打交道了。"

"可事到如今，你说该怎么办呢？"丁助理似乎理解坷垃的心情，也体会到了他的苦衷，可又不得不提醒地说，"要是闹翻了，你们只有到县法院去爬堂台子了。我看那贾货不是个省油的灯，一肚子歪理，死蛤蟆能说出尿来，又有嘴有牙的。何况贾荷花跟你跑出来毕竟是事实，给他抓住把柄，死咬住不放，你怎么能够说得清楚？肯定要麻烦一阵子的。这点你必须要全面地、慎重地考虑。"

两人正说着话，贾货突然从外面进来了。他两眼通红，嘴里往外喷着酒气，显然是刚从街上喝了酒转回来的。

第46章　能遥控的酒

　　贾货看了看丁助理和坷垃的神色，心里就明白了。他大大咧咧地往旁边椅子上一坐，没和坷垃搭讪，以一副征服者的神态扫视着丁助理，故意问道："丁助理，你的面子我给了，情我领了，调停得怎么样啊？你要是管不了，就别拦我进城了。"

　　丁助理毕竟是有涵养的，没有计较对方的傲慢和那种无理的举动，反而递给对方一支烟，温和地笑了笑，说："我正在和坷垃商量着呢，你不要急。性急吃不了热豆腐嘛！"

　　"这还有什么好商量的？"贾货斜视了坷垃一眼，并不去接丁助理递过来的烟，喷着满口的酒气说，"占了我姑娘的便宜，不是你丁助理的面子，我怎能咽得下这口恶气！事情既然到这个地步了，木已成舟，家丑不可外扬。同意了，现在就办手续登记，我权当吃个哑巴亏。要是不同意，我贾货也不是好欺负的，我不能当这个乌龟王八！反正我姑娘被拐骗被糟蹋了，咱们法院里见！"

　　"你胡说八道，还算不算人？"坷垃终于忍无可忍，气得呼的一下站了起来。

　　"你小子才不算人！拐了我家姑娘还骂人！看我不揍你这王八羔子！"贾货借着酒力，挥拳便向坷垃打来。

　　丁助理眼明手快，上去抓住了贾货的胳膊，把两人隔绝开来。可贾货仍然借酒发疯，挣扎着，叫骂着。

　　坷垃哪里经得住这种侮辱，只气得两眼发黑，浑身颤抖。一瞬间只觉得眼冒金星，一切都旋转起来。他想喊叫什么，却什么也没有喊叫出来，猛地感到一股热乎乎的东西向上涌来，胀得心里难受，憋得喘不过来气，仿佛浑身的血液都突然间凝固了，令人窒息般地绞痛。

　　他挣扎了两步，终于气血攻心，一头栽倒在地上……

　　多么舒适惬意的湖水啊！坷垃尽情地在里面游着，嬉闹着，自由自在地打着扑通，真痛快呀！湖水当中似乎有不少人，好像在跳舞，跳什么舞他看不清楚，反正那音乐是极好听的。他弄不清楚这是什么地方，好像是西湖，又好像是家乡的大浪沟河。这水好凉啊！他拼命地游着，劈波穿浪，两腿使劲地蹬着，好自在啊！

猛地，他听见岸上有人在叫他的名字，那声音好熟啊！他从水中探出头来，模模糊糊地看见一个人影正在向他跑来。渐渐地他看清楚了，也听清楚了，原来是傻大姐！

他应了一声。一张嘴，却咕咕咚咚喝了几口水，呛得"哇"地大叫了一声……

坷垃终于醒过来了。

他发现自己躺在一个陌生的地方，床头还挂着吊针，这才意识到是躺在医院里。骆驼老汉、贾经理、傻大姐都焦急地坐在旁边，看到坷垃醒过来了，才都长长地松了口气。

坷垃感到极难为情，挣扎着想坐起来，却又觉得浑身没有一点力气，像散了架一般，胳膊腿都不听使唤。

傻大姐轻轻地把他按下，嘘了口气，说："快躺着，别动。"

"不，我没有病，让我坐起来。"坷垃又挣扎了两次，但始终没有能够坐起来。

"还说没病呢！你都睡了两天啦！"傻大姐眼圈有点红，眼角似乎还残存着泪痕，心疼地说，"从乡医院转到城里，你连眼都没有睁，真吓人！"

一个穿白大褂的医生闻声进来，摸了摸坷垃的脉搏，又听了听心跳，看了看温度计，在病历卡上写着什么，写完之后又问问坷垃有什么地方不舒服，感觉怎么样。坷垃说只是感到有些困，只想睡觉，确实没有什么不舒服的地方。

医生困惑地望望坷垃，又仔细地听了一遍，摸了摸脉，看了看化验单，满腹疑惑地走了出去。看来，医生也有些迷茫。

骆驼老汉和贾经理也都跟着医生去了，他们也急着打听病情。

坷垃确实得了一种奇怪的病，奇怪得连医生们都没有见过。

经过认真检查，发现他的腹部及大腿两侧，起了很多明晃晃的、指头肚大的水疱。经过再三化验，也不知道这是一种什么病毒。

更为奇怪的是，他本人竟毫无感觉，不疼也不痒，似乎根本不知道一样。

医生急坏了，骆驼老汉和贾经理也急坏了，商量着要转院。

贾货得知这种情况，猜想着不是好兆头，再也不提亲事和告状这两回事，拉着傻大姐要走。

傻大姐不愿意在这个时候离开坷垃，更不愿扔掉刚开张的烫发店，便要死要活地跟贾货大闹了一场。贾货看到傻大姐执意不走，又见她烫发店的生意兴隆，也就只好算了。可是，他怕坷垃的病情恶化，将来牵连到自己，就连夜匆匆地走了。

傻大姐到底是个心眼精细的姑娘，仔细地想一想，也觉得坷垃的病情有些奇怪。要仅仅是因为和父亲生一场气，是不至于如此的，更不会生出这许多莫名其妙的水疱来，何况这水疱也来得奇怪，不疼不痒，似乎并不要紧，可又看着怕人，连医院都查不出原因，就像坷垃那养蛇绝技一样深不可测。

想到坷垃的绝技，自然又联想到了他那令人感到神秘的师父。那是一个见多识广的老人，有着渊博的知识，会配很多种药，说不定他能知道这到底是什么病。

想到坷垃的师父，她猛然间又记起了一件事。临来的路上，她似乎听坷垃说过：红珠姑娘和他相约，四十天内一定得回来，并且反复嘱咐他，如果有意外情况，四十天内回不来的话，一定要提前打个电报。

她当时并没有介意，坷垃也是信口说来。说这段话的意思，也无非是说明无论事情办成办不成，他都不能在家长住的。她当时有些不快，觉得这种嘱咐有些荒唐。回家的事，多住几天少住几天，何必定得那么死呢？又不像机关单位那样，有个假期，超假了要扣工资奖金什么的。

在火车上无事闲聊的时候，坷垃感叹地说过，他这一趟出来得不容易，是艮瓜在师父面前给他周旋的，还说开始许红珠不高兴，后来竟又举杯给他送行，那酒他从来没有喝过，叫什么"守信酒"。作为女人，她当时真有点嫉妒，为什么坷垃在她面前说这些。她甚至有点怀疑，坷垃是不是有意说给她听的。女人的心是极为敏感的，她怀疑坷垃是在向她暗示，他将来肯定要做许家的女婿了。

由于女人的特殊心理，她当时并不乐意听，也不去接腔，后来自己还曾以此取笑过他。

现在想起来觉得有些奇怪：许红珠为什么给他喝这"守信酒"呢？是开玩笑呢，还是有别的什么原因？为什么一定要约准四十天回来呢？而且说要是不回来就得拍电报。她好像预料到会发什么事一样。

她猛地悟出了点什么，这与坷垃的病有没有什么内在联系呢？许红珠会不会通过那"守信酒"遥控着坷垃呢？完全有这种可能。她能用微量元素配制蛇饲料，使外人化验不出来，偷不走，也一定会配制这种神秘的药酒。怪不得医院里都查不出是什么病毒。

她屈指算了一下，从下山那天起，到现在还不到一个月，要从发病那天算只有二十七天，为什么就会出现这种情况呢？她又不解了。莫非自己是瞎猜疑吗？她又陷入一片迷茫之中。

怀疑归怀疑，迷茫归迷茫。她觉得眼下只有自己才能帮助坷垃，只有自己才知道隐情，总不能这样看着医生们束手无策。昨天夜里，她偷偷地跑到邮局给许红珠发了个电报，而且特地注明：坷垃病危。

这封电报也许会使许红珠吓一跳。

其实，他不但没有一点病危的样子，而且根本就不像生病！

他醒过来没有多久，拔下吊针后就喊饿，就要吃的，把傻大姐买的蛋糕一口气吃下了半袋！

吃过蛋糕就喝水，而且一连喝了两杯，等傻大姐提着水瓶回来的时候，他已经下床走动了，正在伸懒腰，看到傻大姐就叫办理出院手续，嚷着要出院，仿佛根本就不知道身上还起了那么多指头肚般大的小水疱！

一封加急电报，折腾得许红珠风风火火地连夜赶来。

情是孽，爱是债。许红珠心内说不上来是一种什么滋味，只感到焦急，感到不安。

也许人真的有第六感官。这几天来她一直有些心神不宁，看到什么烦什么，总是拿东忘西地魂不守舍。

其实，自从坷垃离开这里以后，她就有一种空落落的孤独感。每当她有意无意地走进坷垃曾经住过的屋子，这种人去房空的失落感就会产生。坷垃初来时，她并没有感到家里增添了什么，无非吃饭时多增加一双碗筷，做饭时多一个帮手。本来由她一个人到溪边淘米洗菜，后来改成了一个人淘米，一个人洗菜。饭后茶余，多了一个人说话。看电视的时候，增加了一个场外评论员。这些都是在不知不觉中慢慢增添的生活内容，谁也不觉得意外，没感到他的重要。可当失去这些时生活却一下子变得那么索然无味。

她曾受过这种痛苦的折磨。那是在她失去母爱的时候，也许就是当初的那种痛苦，才使她更经不起凄凉。

母亲是个很有学问的人，使她从小就接受着良好的家庭教育，学习成绩总是名列前茅。小镇上的同学和老师很羡慕她。她自己也有一种优越感，对升学充满着信心。

正当她准备高考的时候,母亲谢世了。这意外的打击使她失去了升学的机会。以后她又接着考了两年,始终没有考取,也就心灰意冷了,一直跟着父亲学养蛇。

坷垃走后,屋里还是原来那个样子,谁也没有动过,这更使她感到有一种莫名其妙的凄楚。她真希望这里再被坷垃弄得乱七八糟的,哪怕是个底朝天,她进来为他收拾一番也是心甘情愿的,那样才显得有生气。她收拾起来是一种享受,也是一种乐趣。可眼下,一切竟是那么整齐。

她怕父亲发现自己的这种情绪,总是尽量装得快活一些,想给一度冷清的家庭增添些乐趣。可眉宇间的愁容总不是那么容易抹去的,快活之中难免会有一种悲凉,也就显得有些惨淡了。

蛇王把这一切都默默地看在眼里,为女儿这种失魂落魄的神态而感到焦虑。他提醒女儿写封信,催坷垃快点回来,或者去一趟看看情况。当着父亲的面,她尽量装出一副无所谓的样子说:"我才不管他呢!他爱什么时候回来就什么时候回来!谁一天到晚没事尽念着他!"

嘴上这么说,她却暗地里扳着指头数日子,撕去一张日历,就站在那里思索半天。日历被折起来的有好几张,那是希望的标记,那是坷垃有可能回来的日子。

第47章 许红珠来探望

她背着父亲给坷垃喝了"守信酒"。其实这并不是她的发明，这种酒自古就有。山里人和人交往，怕不守信用，就用这种酒来限制人。其实，这种酒只要在一定的时间内解除，并不伤人的。

姑娘的心是最难猜测的。正像一些人所说的那样，爱得越深，也就猜疑得越狠。她怕坷垃恋家不回来，也怕他变心，到家后被别的姑娘抢去，就想出了这个遥控约束的办法，远远地用看不见的绳牵着他，叫他想飞也飞不掉。她自己也说不出这到底是一种什么心理，反正她放心不下。

按照她的计算，那药性要在四十天以后才能发作。到时候即使不伤身体也足以吓他一跳，使他早早返回。

她计算得非常精确，连坷垃体质的因素也估计到了。按说在正常情况下是绝不会出什么问题的，即使误差也不会超过几天。

可是她失误了，药性提前发作了。

这实在不能怪她，她是按正常情况估计的，而多变的生活打乱了她的计划。

她怎么也想不到坷垃回家之后，会在这么短的时间内办起蛇场。出师大捷，无疑是激动人心的。过分的激动有损于人的健康，同样会伤身。大喜之中，突然出现了蛇惊的事变，闹了一场轩然大波，由大喜陡然间产生大怒。在极短时间内发生的情绪上的大起大落，使人在生理上一下子怎么承受得了。

一波未平一波又起，贾货的无理取闹，即使是个好端端的人也能被气出一场病来。何况他刚刚经过那场折腾，已经超出了身体的承受能力。雪上加霜，使他气血攻心，药性便提前发作了。

尽管电报上写着病危，许红珠并不感到紧张。她相信坷垃不会出事，最多只是一场虚惊。那药酒并不伤人，她听父亲讲过。

许红珠来到医院的时候，已经是傍晚时分了。这里宁静得很，早已不见了白日里那种紧张、忙乱的景象。轻病号们厌倦了病房的寂寞和单调，能下床走动的都来到院子里散步。

许红珠没怎么费劲，就在东南角的一个小花园里找到了坷垃。他悠闲

得很，坐在喷水池边的连椅上，看那鲤鱼嘴里往外喷水呢！

她突然长长地松了口气，一路上的疲劳、紧张仿佛顿时消除了。果然是一场虚惊。她没有去喊坷垃，她不喜欢那种一般的相见方式。她要突然地出现在对方面前，吓他一大跳，来点刺激性。

她轻轻地从一边走过去，悄悄地靠着连椅的一头坐下来。

坷垃感觉到了有人坐在连椅上，但并没有介意，也没有回头。他仍然颇有兴致地看着鲤鱼嘴中的小珠，被水流冲得咕噜咕噜乱转，而转动的小球又从不同角度影响着水流的大小和方向。

白蛇公主又往坷垃身边靠了靠，几乎紧贴着他的后背。

坷垃突然感到有人向他后脑勺喷热气，便转过脸来。一转脸他大吃一惊，下意识地从连椅上跳了起来。

"你，你，你……怎么会是你？"他惊愕之中不知道该怎么说了，显得慌乱而又语无伦次起来。

白蛇公主像得到了某种满足似的哈哈大笑起来，望着坷垃的窘态，诙谐地挖苦说："你不是病危了吗？怎么还会跳？这是什么毛病？"

"谁说我病危了？怎么这样凭空咒人？"坷垃稍稍安定了一下，又重新坐在连椅上，但仍然有些疑惑，问道，"你怎么来了？怎么知道我在这？"

"咦？不是你打电报叫我来的吗？"白蛇公主以为是坷垃故意逗她，怨她来得晚了，就说，"接到电报我就来了，几千里地，我又不会飞！你倒性急！"

"我什么时候打电报来着？"坷垃有些摸不着头脑，又有些硬充好汉地说，"我一个大男人家，头疼脑热的，犯得着惊天动地地去打什么电报吗？"

"这是什么？"白蛇公主掏出电报，示威似的递给坷垃，说，"自己看吧！"

坷垃接过电报看了一遍，先是感到一阵惶恐，又是感到一阵紧张，嘴张了张想解释什么，可什么也没说出来。

"到底是谁打的？"许红珠看出了其中的蹊跷，忙追问道。

"这……"坷垃一下子不知怎么回答。

"快说！"白蛇公主更怀疑了，简直是在逼问。

坷垃看看瞒不住了，只得如实地把如何遇到傻大姐，傻大姐如何和父亲闹翻，求他帮助，他如何遇到药材公司贾经理，如何办蛇场，贾货如何来闹，傻大姐如何护理他的事，从头到尾说了一遍。

白蛇公主听他这么一说，真是哭笑不得。她有点恨他怨他；又有点可怜他，同情他；尽管心里还有一些醋意，终于还是谅解了他。

由于这封电报是傻大姐发给她的，她心里的醋意减了不少。傻大姐毕竟在这个时候想起了她，把她和坷垃连在了一起。是啊，这个时候只有她配到这里来。坷垃是属于她的。

她是他的家属，谁也不敢和她争。

一瞬间，她又有点感激傻大姐了。多变而又难以捉摸的女人心！

"病好点了吗？"她关切而又深情地问道。她悟出了药性提前发作的原因，怕真的引出其他意外来。

"病早好了，只是又起了这些该死的水疱。"坷垃见白蛇公主并没有责怪他，刚才的担心和紧张情绪顿时烟消云散，说着，便掀起衣服让她看肚子上的水疱。他忘记了白蛇公主还是姑娘家。

许红珠倒没露出半点羞涩，用纤纤的手指轻轻地按了按那些水疱，故意地问道："疼吗？看这样子怪吓人的，好端端地怎么会起这些水疱？"

"不疼。"坷垃如实地说，"要是疼倒好办了，医生就有办法了。就是这么不疼不痒的，叫医生也作了难，怀疑是什么新的病毒，正在观察呢！"

"不疼不痒的，又不耽误吃饭，干脆带着算了，看什么。"白蛇公主嬉笑着说。

"看你说的。"坷垃斜了对方一眼，又放下衣服，说，"不疼不痒终归是病，总不能老带着这水疱！像什么样子。说不定哪一天会引来大祸的。"

"这是报应！"白蛇公主仍然嬉笑着，"谁叫你拐骗人家姑娘来着！"

坷垃被她抢白得有些不好意思，说："你又说这些了，哪壶不开提哪壶！就不怕傻大姐知道了生气。她可为我吃了不少苦头呢！"

"生气管什么用？"白蛇公主的泼辣劲又上来了，那嘴头实在厉害，"叫她给你一个一个把水疱按下去，那才叫本事！怎么还把我从这么远找来！"

坷垃知道再说下去没什么好的，赶忙把话岔开，问道："师父知道这事吗？"

"哪能会不知道？"白蛇公主说，"他只是不知道你到底得了什么病，叫我先来看看。他把家里安顿一下，然后再来。"

"哎呀，别再惊动他老人家啦！"坷垃感到不安起来。

"还不都是你闹腾的事！"白蛇公主没好气地说，"真该给你耳朵上拴个撇绳，走一步扽一扽。"

晚风轻轻地吹拂着宁静的小花园。鲤鱼嘴里喷出的水珠又被打碎，似烟似雾，湿漉漉的。吸进一口顿感心旷神怡，仿佛置身在雨后的大森林里。

远处的六边形门口，傻大姐不知什么时候来了。她没有进来，只是悄悄地望着两个人的背影，偷偷地笑了。

那笑容是甜甜的，但也有些苦涩。她既怅然若失又如释重负地叹息了一声。随着这声轻轻的长叹，她慢慢地转过身去，不情愿地离开了那使人柔肠寸断的六边形小门。

夜风仍然缓缓地带着水雾轻轻吹来，使人感到一阵凉意。白蛇公主似乎到现在才突然想起了什么，从小提包里掏了两块水果糖，递给坷垃一块，说："光顾着说话了，吃块糖。"

坷垃接过糖，剥开绿色的玻璃纸，见那糖软绵绵的，黑乎乎的有点发黏，外面似乎还沾着一层白砂糖粒，就问道："这是什么糖啊？这么差劲？"

"这是多维巧克力软糖，看着不怎么样，最好吃了。你尝尝看，我就喜欢吃这种糖。"白蛇公主又剥了一颗红玻璃纸的送到嘴里，挺有味地吃着。

坷垃把糖送进嘴里就嚼了起来。那糖还真的有些香味，只是不很甜。吃到最后才觉得有些凉辣，凉得冰牙。

"这糖有些药味。"坷垃说。

"是毒药。"许红珠说，"我想药死你。"

"哪能呢！"坷垃笑了起来，"你不会药我。我已经感觉出来了。"

"为什么不会？"白蛇公主瞪起眼睛，那里面闪射着野性的狡黠，"我恨你，想毒死你！"

"越恨越不会毒。"

"为什么？"她倒给绕进去了。

"恨和爱实际上是一回事。"坷垃狡黠地笑着说，"你没见那书上写的吗？恨得越深，爱得也越深；没有恨，也就没有爱。一个伟大的人物说过：女人的恨，实际上是一种变态的爱，一种疯狂的爱。"

"什么混账人物说的？分明是你瞎编的！"白蛇公主啐了坷垃一口，

说,"我就是恨你！谁叫你拐骗人家姑娘！我要毒死你,替人家姑娘报这个仇！"

"我真想叫你药死！我想那种死一定是很甜蜜的！"坷垃深情地望着对方的眼睛,嘻嘻地笑着,"请再给我吃一颗。"

"张开嘴。"她说。

他真的张开了大嘴,傻乎乎地仰着脸。

她又剥开了一颗绿玻璃纸糖,塞进对方嘴里。

他闭着眼睛大嚼起来,津津有味。

她扳起对方的脖子,使劲地在额头上亲了一口……

坷垃一觉醒来的时候,已经是日出三竿了。他真有些难为情,太阳已晒到了屁股。

他不知道这一夜怎么睡得这么香,睡得这么死,一直到医生查房的时候才睁开惺忪的睡眼。

他伸了伸懒腰,仿佛仍不愿意爬起来,还在竭力回忆昨夜的美梦。

他只记得白蛇公主走后,他怎么也睡不着,翻来覆去地折腾着。折腾了一阵便想拉肚子,一连去了三趟厕所。最后便感到困乏得睁不开眼,躺下之后便什么也不知道了。

"咦？你身上的水疱什么时候下去的？"查房的医生惊奇地盯着坷垃问道。

坷垃这时候才突然发现,身上的水疱不知什么时候全部消失了。

他惊愕地望着医生,又困惑地望着自己的肚皮。他实在不知道水疱什么时候消失的,就像不知道它什么时候起来的一样。

他想起了昨晚的拉肚子,又想起了昨晚上吃的两颗所谓多维巧克力软糖。

他似乎悟出了点什么,也似乎仍是一片迷茫……

第48章　装迷作哑是老翁

山区的早晨是柔和而美丽的，温馨之中带着诱人的色调。

蛇王一夜没有睡好，天一亮就匆匆下山去了。

天上没有云，瓦蓝瓦蓝的，像一潭清水。苍穹显得特别高，大地也显得特别静。山林静悄悄的。

女儿红珠走后，他再也保持不住平静了。他不知道坷垃到底得了什么病，为什么会这么厉害。他心里有些怀疑：小伙子走时好好的，身强力壮，怎么会突然间病危呢？他不相信。他尽管往好处着想，但总免不了牵肠挂肚。要是不严重，会凭空打来电报吗？也许是出现了什么意外。会是什么意外呢？他想不出来。

他本想和女儿一道去，可家里不能没人照看，还有那么多蛇需要定时喂饲料。

昨天夜里，他几乎一夜没睡，准备了十天的饲料，就来找艮瓜和采桑妹，希望他们能够临时帮助自己照看几天，他再动身。

他来到那片丘陵起伏的丛林地带的时候，太阳已经爬上中天了。山丘上树木遮掩，那鸟儿扯着喉咙高一声低一声地叫着，叫得人心里怪烦的。山丘之间是一块开阔的平地，还有一个个明晃晃的坑塘。远远望去，真像一面面闪光的镜子。阳光照在水面，那晃动着的金光波影也别有一番风采。

蛇王知道他们此时不会在家，就一直往蛙塘寻来。

坑塘一个挨着一个，每个坑塘边上都竖着"承包鱼塘，禁止钓鱼"的木牌。蛇王没来过这里，沿着塘边的小径，踏着绿茸茸的小草，慢慢地寻找着。

这里洋溢着一片温柔恬静的气氛。由于受到那些威严的木牌的保护，坑塘里鱼儿们很胆大，也不甚怕人。金色的鲤鱼不时地跃出水面，把平静的塘水激起一个个金色的圆圈。

牛蛙的叫声把蛇王引到了饲养场。

艮瓜正在粉碎饲料，看到蛇王来到这里，赶忙把柴油机熄了火，往屋里让。

蛇王没有进屋，站在塘边望了望，心里有事，顾不得去看那牛蛙，问道："采桑妹呢？怎么不见她？"

"她回村里拿点东西，一会儿就来。"艮瓜看蛇王神色忧郁，站不稳坐不稳的，猜想他一定有事，就说，"您急着见她吗？我去叫她来，近得很。"

"嗯。啊，不用，不用。等她一会儿吧。"蛇王有些心不在焉，摸出烟来点上火。

"有急事吗？"艮瓜说。

"坷垃病了。"蛇王犹豫了一下，终于说。

"病了？"艮瓜觉得有些奇怪，忙问，"他来信了吗？"

"来了电报。"蛇王说。

艮瓜觉得事情严重了，来了电报，肯定是病得不轻。但他又不知道蛇王来这里是什么意思，就问道："那您打算怎么办呢？"

蛇王思忖了片刻说："红珠已经去了，我打算也去看看。"

艮瓜更惊愕了："病得很厉害吗？"

蛇王点了点头，说："电报上说是病危，我也被搞糊涂了啊。"

"不会的，不会的。"艮瓜连连摇头。他并不是有意宽慰蛇王，只是他自己也不相信，就说，"他一个棒小伙子，走时还好好的，才这么几天，怎么就会病危？根本不可能的，您放心好了。"

蛇王长长地叹了口气，说："我也不大相信的，觉得有点奇怪。可他来了电报，总不会是没有原因。也许是发生了意外。"

艮瓜想了想，说："要是意外事故，电报上肯定会说的。"

"既然没说，这种可能性就很小。您放心好了，不会有大事。"

蛇王点了点头，似乎同意艮瓜的分析，可想了想，又说："不管怎么样，我得去一趟看看，不然的话，终究放心不下的。"

"那我跟您一块去吧。"艮瓜说。他知道蛇王没去过那里，来找自己也许就是问情况的。

"不用了，我想请你们帮我照料一下家就行了。"蛇王说，"我一切都安排好了。"

"现在就去吧。"艮瓜看出蛇王的焦急，不假思索地说，"我这里不忙，脱得开身。"

"那也得跟采桑妹说一声。"蛇王说。

"不用，我给她留个纸条就行了。"艮瓜说着就去找笔和纸，一边找一

边说,"叫她有事去找我就行了。"

一个纸条还没写好,外面响起了自行车铃声。艮瓜赶忙放下笔,兴奋地说:"不用写了,她回来了。"

果然,他的话音未落,采桑妹已经推着车子进了篱笆墙。

"艮瓜,饲料没打完就把机器停了?"她把车子往墙上一靠,一边往下卸东西一边说,"我一离开你就偷懒,再别说你那和我一心的话啦!"她把卸下来的口袋放在地上,又喊道,"还不出来帮助抬抬,拿着架子作客呀!"

艮瓜慌忙从屋里跑出来,怕她再说出其他难堪的话,赶忙截住话头,说:"你也不睁眼看看,大伯来啦!"

采桑妹感到有些尴尬,脸不由得红了。她使劲瞪了艮瓜一眼,怪他不早打个招呼,慌忙跑到屋里,窘迫地说:"大伯,您,您早来了?"

"刚到,刚到。"蛇王装作没听见刚才的话,平平静静地站了起来,说,"我想跟你商量个事情,想请艮瓜帮我看几天家,要不了几天,我就回来。"

"红珠呢?她也不在家吗?"采桑妹有些意外,又问道。

"是的。"蛇王点了点头说,"家里没人不行,你知道,那一摊子事要人照料,别人我也不放心。"

采桑妹踌躇了一下,狡黠地笑了,说:"怕不行啊你也看到了,这里也离不开人。"

蛇王没想到她会拒绝,一下子愕然了。老人是极要面子的,那嘴本来就难张,既张开嘴又未得应允,那是十分难堪的。

艮瓜也没想到她会驳蛇王的面子,一下子急了,说:"坷垃有病,大伯要去看他。咱们无论如何也得去,何况咱又不是分不出身来。"

"非要你去不行吗?"采桑妹瞪了他一眼,满脸不高兴地说,"多嘴多舌。"

"能找到人的话,大伯还会跑这么远来吗?"艮瓜觉得她有点不近人情,也沉下脸说,"大伯不是说了吗,叫别人去照料他不放心。"

"就放心你吗?"采桑妹抢白了他一句。

"当然更放心你!可是你能去吗?你会去吗?"艮瓜也拿话反过来噎她。

"好了,好了。"蛇王倒觉得没意思起来。他确实没料到会有这样的结果,就站起身来,说,"我看你们这里确实分不出身来,也是我一时考虑不周。你们不要再为难了，我会想别的办法的。"

看到蛇王要走，艮瓜心里老大不忍，一把拉住蛇王说："我和你一块去，我还有人身自由，并没卖给她。"

采桑妹并没有生气，狡黠地一笑，半真半假地奚落起艮瓜来，说："别张口卖给我，闭口卖给我。你自己觉得怪主贵，要是真卖给我，说不定我还不要哩。这不是买鸡买鸭，我可不敢拐卖人口。"

"你到底打啥主意，快说吧。"艮瓜没心和她纠缠，"大伯可是急得很呢！"

"不用你管，我自有我的主意！糊涂虫！"她又白了艮瓜一眼，朝蛇王伸出手来，说，"拿来吧！"

"什么？"蛇王惊奇地问道。

"你，你，你……你要干什么？"艮瓜误解了，以为她要讲价钱。

"钥匙呀！"采桑妹子嘻嘻地笑了起来，"叫人看家总得拿钥匙呀！"

"你，你去吗？"蛇王惊奇了，摸不着头脑，赶忙推辞地说，"这里离不开你，不行的。"

"我当然去不了，也不会去。"采桑妹顽皮地笑了，那笑容中带着几分羞涩，"我会给你找人看家的。"

"不行，不行。"蛇王说，"别人怕照应不了。再说，再说我也放心不下。"

"你会放心得下的，快拿来钥匙吧。"采桑妹认真地说。

艮瓜一时被搞糊涂了，把采桑妹拉到一旁，打了个背场，悄悄地问道："你搞得什么名堂？叫谁去看？"

"真是个榆木疙瘩脑袋，一点也不开窍！"采桑妹子啐了他一口，悄声说，"你忘了谁把汇票吃了？我妈正想去找大伯，又不好意思开口，这不是再好也没有的机会吗？你充什么人物头，去瞎搅混！"

"哎呀，该死，该死。"艮瓜恍然大悟，连连点着头说，"我真是木头，木头。不过，你怎么不早说呢？"

采桑妹亲昵地乜斜了他一眼，看到蛇王走出屋外了，才说："留给你去说呢，让你去卖乖！"

蛇王隐隐约约地听到了些什么，慢慢地在蛙塘的田埂上踱着步，心里翻腾着，只装作什么也不知道，什么也没听见。

艮瓜跑了出来，拉住蛇王的胳膊，说："大伯，你先走一步，回家准备着东西。我随后就去，送一个人给你看家。不过，你得给她交代清楚，

怎么喂饲料。"

"好吧。"蛇王故意装糊涂，在晚辈面前，说破了多难为情。

"不过，得有个条件。"艮瓜狡黠地笑了，一边走一边说，"你先试用一段时间，要是满意的话，可以留下来做帮工……工钱嘛，采桑妹说了，她愿意替你付。"

蛇王什么也没有说，一个劲地装聋作哑，只顾向前走……

蛇王来到了县城医院以后，还没有和坷垃红珠见面，就被药材公司的贾经理给请去了。因为坷垃和红珠都不在城里，坷垃出院后，挂念着蛇场，红珠也想看看新创办的蛇场是什么样子，两人就匆匆回大浪沟去了。

短短的几天，大浪沟发生了一场很大的变化，蛇场也经历了一场劫难。

坷垃被传走的消息，不到中午就在村里传遍了。人们怀着各种各样的心情议论着这件事，怀着不同的目的传递着这个消息。有的惊愕，有的叹息，有的得意，有的暗暗打着主意。特别是那些死了兔子没有得到赔偿的人家，更是幸灾乐祸地观望着。

"听说了吗？坷垃是拐骗人口被抓走的！"消息传得真快，人们很快就知道了内情。

"可不是嘛！那姑娘家爹追到这里来了，正在打官司！"又有人从村干部家出来，传出了更确切一点的消息。

"原来这孩子在外头做这种买卖，怪不得发得这么快！"

"这一下得坐几年小黑屋了！"

"只可惜了这蛇场，不知怎么处理！"

坷垃直到晚上都没有回来，人们更证实了自己的看法。又有人传说，坷垃被带到城里去了，这官司不小。还有的说，坷垃已经被关起来了，骆驼老汉探监都不让见。夜里，蛇场的院墙被扒得干干净净，砖头一块也没剩下。

第 49 章　占地工的风波

第二天，村里倒出奇地静下来了，好像什么事都不曾发生过，也再听不到谁在村头议论坷垃的官司了。好像这一切都成为历史，都已与村里无关了。只是在夜里，蛇场那三间新瓦房上的红瓦被揭得干干净净，一块也没剩下。屋顶上只剩下了黑黑的一层油毡。

蛇场门上的铁锁仍然威严地挂在那里，没人敢碰它一下，谁都知道那白花蛇的厉害。也许正是因为怕那白花蛇，才没人敢扒这房子。

坷垃回到村里，没碰到一个人。人们看到他回来，先是一阵惊愕，然后又远远地躲了起来，没有一个人照面。

他似乎意识到了什么，来到蛇场以后，才明白了一切。他没有发脾气，经过了这一连串的挫折，他也知道这不是生一通气就能解决得了的。他领着白蛇公主默默地转了一圈，没进蛇房，就回到了家里。

在家里刚坐了一会儿，村主任提着几斤糕点看他来了。村主任这两天在乡里开会，刚刚回来，听说他生病出院了，就来看他。

他很受感动，怨气也消了不少。

这几年随着责任制的进一步发展，村干部们已不像过去那样有权威了，但仍然主宰着一个村里的各种事务。在乡民们的眼里，村支书和村主任仍然是头面人物，能到谁家坐坐，仍然是谁家一件光彩的事。

何况村主任又是坷垃的长辈，按辈分该叫叔的。现在村主任专门来看望坷垃，怎不使他受宠若惊！

"这几天活儿忙，又加上在乡里开两天会，没顾上到医院看望你。"村主任歉意地说，"听说你吃了官司，真是没有想到。如今的人哪，真不像话……唉，说不上来。"

坷垃赶忙拿出烟来，请村主任抽，陪着他说些办蛇场的话。

"前几天那些人瞎闹腾，都是患了红眼病！"村主任有些生气地说，"以后有你老叔撑腰，谁敢再无理取闹，看我不惩治他！"

"全凭村主任大力扶持了。"坷垃感激地说。

"那是的，那是的。不说那外气话，支持专业户上面是有指示的。"村主任又抽出一支烟来，说，"那天我刚好不在家，要是在家的话，看他谁

敢放个屁！大浪沟还是我说了算！"

"是的，老叔当了这些年的干部，谁不敬重。"坷垃顺着他的话说。坷垃实在弄不清那天他在不在家，也不知道他送这些过后人情是什么意思，好像他什么都不知道。

"就拿盖这饲养场来说吧，有人说是巧占宅基地，是占集体的便宜。我当场就给他顶回去了，一锤定音，盖！"村主任吐了几口烟雾，兴致勃勃地说，"乡里人哪，眼皮子薄着呢！两眼看鼻洼，总共没有四指远，懂得个什么。"

坷垃听出来了，村主任不只是送过后人情，还在表功。他的意思很明白，他是有恩于坷垃的，而且这种恩德不小。这种恩德是需要报答的。那话的弦外之音，是向坷垃暗示着：你想平平安安地办蛇场，没有我这个村主任，你一步也走不通，尝到厉害了吧？

坷垃慢慢意识到了：村主任扎了那么大的圈子，拐了那么多的弯子，是有用意的。他装着什么也不明白，什么也没有听出来，静静地等待着。反正，他早晚总会摊牌的。他不会无缘无故地来看自己。

果然，没停多大一会儿，村主任的话锋一转，说："你那兄弟订亲了，也了却了我心中一件大事。"

"是吗？哪村的？"坷垃高兴地问道。

"城边上的，是他同学。那闺女可争强好胜了，模样也好，我和你婶子都满意。"村主任说到儿子的婚事，高兴起来了，脸上露出得意的笑容。

"那好哇，老叔你可真有福气。"坷垃奉承地说。他不知道对方为啥跟他说这种事，怕不是又绕什么圈子吧？

"还好呢，你老叔碰到难题啦，眼下正作着大难哩！"村主任说。

"还有啥事能难住你吗？"坷垃装作关心的样子。

"要说你老叔这辈子还从没发过愁，这一下倒给难住了。"村主任摊开双手，一副无可奈何的样子，说，"这不昨天托媒人带来了信，提了条件！"

"噢，现在年轻人都兴提条件。"坷垃的心慢慢收紧了，怕村主任给自己提条件。

"按说人家女孩子也够意思了，一不要彩礼，二不要咱花钱，只提一个条件，就是叫你兄弟得出去当工人。"村主任说。

"出去当工人，那可不是说一句话的事啊！"坷垃确实也感到吃惊。

"是啊，谁说不是这样，这比要彩礼还难呢！"村主任说，"城里新盖的商场，倒是招收工人，但那得出五千块钱集资。咱这种人家，哪里出得起啊！"

坷垃明白了，村主任是为钱发愁，是用这话探听他的口气。

五千元可不是个小数目啊，他犯愁了。他生平也没见过这么多的钱，而村主任竟在他面前说出了这么个大数目，这几天坷垃一听说钱字就头疼，就害怕，甚至感到恐惧。

临来时，许红珠悄悄塞给他的那三百块钱，已被狐狸四婶讹去了二百元。尽管贾经理跟村里干部们说了，叫他们做做工作，得把钱退给他。可窖里能倒出来柴火吗？那狐狸四婶对村干部们又哭又闹，要死要活，一口咬定钱被她没过门的儿媳妇拿去买车子了，说是等来年收了棉花再还。村干部们都知道狐狸四婶难缠，也就只得借坡下驴，叫她打个借条给坷垃送去算了。

眼下，他腰里连一百元钱也拿不出来，何况那五千元呢？

"别怕，你老叔不是向你借钱的。"村主任看到坷垃谈钱色变，不由得笑了起来，那笑声中带着狡黠，说，"别说没有钱，就是你借给我钱，我也不能拿钱去买工人。那像什么话！也不是咱这种人家干的！我还怕人家笑话哩！"

"是的，是的。"坷垃机械地点着头，心不在焉地应酬着，那颗悬着的心并没有落下来。他心里清楚，看来村主任的胃口，比那狐狸四婶的胃口大得多，也要高明得多。没见过大世面，也见过小世面，没在大的场面上混过，也在小的场面上混过。村主任虽然也是一般的草民百姓，可毕竟又是草民百姓之首，不像他们那样死皮赖脸，从一开始扎那么大的圈子看，就知道有着不同寻常的手段。

"骆驼老哥在家吗？"村主任无意地问道。

"没有。"坷垃说。

"哎呀，想起来了。他在药材公司当门卫哩！你瞧我这记性！"村主任拍了一下脑壳，仿佛他那脑壳真的不顶用了似的，"那可真是个好差事。比我这村主任都有来头哩！"

坷垃见他那拍着脑袋的滑稽劲，感到有些可笑。坷垃已经隐隐约约地意识到了一种可怕的东西，就说："那不是长活儿，人家药材公司并不缺人，当时只不过是那样说说，他却认了真。实际上，家里也缺人手，过一段时间我准备和他商量商量，家里离不开他。"

"我正想和你商量这个事呢！大侄子。"村主任好不容易找到了话头，看来他是极能掌握火候的，就说，"老叔想托你的金面，跟贾经理说一声，叫你兄弟到他那里当个工人。你看怎么样？"

村主任终于摊牌了。这张牌足以把坷垃压得喘不过气来，逼得他无路可走。这不是为了钱，却比要几个钱更难办，他思忖了片刻，终于还是拒绝了。

"大叔，这可不是好办的事，小侄实在无能为力。"坷垃婉转地说，"药材公司根本不缺人，即使跟贾经理说了也难办成，大家脸上都不好看。"

"这是特殊情况嘛。"村主任仿佛预料到他会拒绝一样，狡黠地一笑，不紧不慢地说，"咱又不是白找他。蛇场扎在咱的地盘上，占了咱村的宅基地，现在都兴安排占地工，这是天经地义的，也是顺理成章的。不是咱讹他，他盖蛇场占了咱的地，给咱安排一个占地工还不应该吗？"

"这，这，这怎么是占地？怎么能和占地工连起来？"坷垃感到事情复杂化了。

"怎么不算占地？他是盖在天上的吗？"村主任变了脸，口气强硬起来，烟也不抽了，说，"你给他捎个口信，好商好量倒还罢了。要是不同意的话，他占了村里的地，就别想安生一天！出了事我概不负责！"

村主任气呼呼地走了，丢下了个硬邦邦的石块，压在坷垃的心坎上。

他不是叫给贾经理捎信，而是先给坷垃来一个警告。贾经理有什么不得安生的？不安生的应该是坷垃，实际上他已经不得安生了，而且自从回来以后，他一天也没有安生过。

他刚刚住了几天院，蛇场的院墙被扒了，房上的瓦被揭了，就差没有扒房子，没有抢蛇了。

村里出了这样的事他会没有一点耳闻吗？会一点都不知道吗？他肯定会听说的。要不，他为啥会说"出了事我概不负责"的话呢！出了这样的事他非但不管，反而趁火打劫，以此来要挟自己，真是太可恶了。坷垃甚至有点怀疑，是他在暗中煽动的。

许红珠刚才在里屋没有出来。她刚来到村里，人地生疏，又不认得村主任，在他们两个人说话的时候，一直陪着坷垃母亲在里面。她见村主任气呼呼地走了，事情闹得很僵，才出来提醒坷垃说："你趁早打主意，这种人坏点子多得很，他不会就此罢休的。"

坷垃感到一阵迷茫，又感到一阵惶惑，说："难道这蛇场就不办了吗？"

　　许红珠理解坷垃的心情，见他满脸凄楚，就劝慰地说："也不必太伤心了，在这里实在办不下去，就跟我回山里去，以后再慢慢想办法。"

　　"不行，一定得办下去！"坷垃终于忍不住了，他苦心外出学艺，不就是为了回来干一番事业吗？为什么家乡竟容不得他？为什么会这样难？他气呼呼地站了起来，说，"我告他去！"

　　"你疯了？"母亲闻声从里间走了出来，望着眼睛发红的儿子，赶忙拦住，劝道，"你就帮他去说一下怕什么？"

　　"这你不懂！"坷垃在气头上，朝母亲吼叫起来。

　　"他要娶不上儿媳妇，会恨咱一辈子，解不开的冤家呀！"

　　母亲是极怕事的，竭力劝慰儿子。这也难怪，谁不怕当地的土地爷呀！

　　"他娶不上儿媳妇和我有啥关系？我还没娶上媳妇呢，我找谁说理去！"一向对母亲孝顺的坷垃，实在气得忍无可忍，把一肚子怨气冲着她发来，"你们怕他，我不怕他！我告他个龟孙去！"

　　"你还想去吃官司啊，你还没吃够啊！"母亲吓得浑身像筛糠一样，几乎要给儿子跪下了，乞求地说，"民不告官。你扳不动他的牛角，要吃罪的。你就给我少找一点事，忍了吧！"

　　"不用你管！吃官司我担着，坐牢我去蹲！"坷垃一股火气在胸中冲荡着，只觉浑身像火一样地燃烧着。这无名怒火烧昏了他的理智，烧焦了他的心肺，烧得他七窍冒烟。他一把推开母亲，吼叫着，说，"你就只当没生我这个儿子，只当我死了。我也得去告他！"

第 50 章　义断亲疏只为财

母亲差一点被他推倒，踉跄了几下才站住了脚。她感到眼前一片火星乱闪。她一手拉扯大的儿子，竟然这样对她忤逆不孝，她很伤心。她牵肠挂肚地盼望儿子到外面学技术早点归来，儿子归来了，给她带来的却是七邻八舍的登门大闹，带来了官司，带来了祸害……

她推开来扶她的许红珠，颤抖着扑过去，劈脸照儿子打了一记耳光！这是她平生第一次打儿子，打得那么重，打得剜心般地苦痛。她一边打一边哭了起来，哭着，骂着："你这是跟你娘说话吗？你长大了，中用了，你娘啥也不算了……呜呜……你扳起指头算算，你回来都干了些啥事？咱哪一天安生过？你娘哪一天不跟着担惊受怕？你这个白虎星啊，家要败在你手里啊。我哪一辈子作的孽，养你这个儿子啊……"

坷垃只觉得头"轰"的一声炸开了，只觉得眼前一片漆黑，几乎跌倒在地。狐狸四婶的讹诈，贾货的纠缠，固然可恨，可气，但他还能忍受，还能伸伸脖子咽下去。村主任的威胁，他也能顶得住。可老娘的这番话真像五雷击顶，他怎么承受得了！他只觉得灵魂已经出窍。

他细细想想，回来以后给老娘带来了什么呢？除了担惊、受怕，还有什么呢？他对不起老娘，对不起这个家啊！

一切的祸根都是为着钱而来的。义断亲疏是为了它，骨肉反目也是为了它，威逼、纠缠也是为了它！这真是个惹祸的根源，坑人的深渊啊！

可是要维持自己的生命，要开创自己的事业，没有它又不行！为了开创事业，他天南地北地跑，挖空了心思，费尽了心机。开拓一条新的生活道路为什么这样难？

他迷惑了。也许他不是创业的料，也许大浪沟就该穷。

母亲哽咽着哭了一阵子，那股火气还没有消。许红珠劝了一阵子，也没有劝住。

坷垃一肚子气没地方发泄，自然也顾不得去劝母亲。相反，听到母亲没完没了的絮叨，心里更是烦躁。他赌气出了门，一口气跑到大浪沟河边上。

坷垃赌气出了门，母亲更是伤心，又一把鼻涕一把泪地向许红珠诉说起来。

许红珠看到坷垃赌气出走,怕他一时想不开,会去找村主任闹事,把事情搞得更僵,就想去找他。可这会儿母亲一个劲地向她诉说委屈,弄得她不好脱身了,只好默默地听着,轻轻地叹息。母亲看看许红珠不扶她的理,自觉没意思,也就不说了。

许红珠心里惦念着坷垃,刚刚出院,元气还没有恢复,又经过这场大闹,担心他受不了,说不定又会出什么毛病就急急地往河边寻来。

她终于在河边的一棵老柳树下找到了坷垃。

他半躺半卧地斜倚着老柳树,两只脚埋在柔软的草丛中,脑袋像霜打的茄子,紧贴着老柳树那粗糙的树皮。

河风吹动着老柳树垂下来的柔软的枝条,轻轻地在他那蓬乱的头发上拂弄着,他也全然不觉,任凭一些昆虫围着那蓬乱的脑袋上下翻飞。

他双眼微合,嘴唇紧闭,像是睡着了,又像醒着。只有草地上被撕碎了的香烟盒子,还有冒着一缕缕蓝烟的香烟屁股,诉说着他内心的烦恼和痛苦。

他确实痛苦极了。

一连串的挫折使他在迷茫之中渐渐产生了一种变态心理:他恨起金钱来,把自己的一切痛苦都归到了金钱上。

他欠了欠身,下意识地把口袋里剩下的钱都掏了出来,一张一张地向河里抛去。

那大大小小的纸币像一片片落叶,又像一片片扁舟,在平静的河面上飘荡着,起伏着,又缓缓地移动着。

宁静的河面没有一点反应,也没有激起一点浪花,仍然是平平静静地淌着,淌着。

无声无息也许是嘲弄,是讥笑,是轻蔑,嘲弄着这个天字第一号的傻瓜蛋。

许红珠只是静静地站着,没有吭声,也没有拦他。让他扔吧,也许这样能减轻一些他内心的痛苦……

"坷垃叔——"远处传来一个小女孩声嘶力竭的喊叫。

那声音叫得很急,还夹杂着哭腔,在寂静的河边显得有些凄厉刺耳。

这尖利的喊叫声使坷垃从迷茫之中猛地惊醒过来。他侧身望了望,原来是艮瓜的小女儿毛妹跑着喊他。

看到毛妹,他真感到有点惭愧,回来这些天,接二连三地出事,心里烦躁,还没有来得及到她家里坐坐呢,只是在盖蛇房时碰上毛妹娘,跟

她说了几句话。

"什么事,毛妹?"他看到小姑娘慌里慌张的样子,赶忙站起来迎了上去。

"不好了,坷垃叔。"毛妹喘着气,跑到坷垃眼前说。

"好多人在你家挖沟呢!"

"挖什么沟?"坷垃摸着毛妹的头,"慢慢跟大叔说。"

"他们要在你家蛇场外面挖个大沟。村主任说了,叫你有本事了就飞过去,没本事了就憋死在里头。"毛妹一边比画一边说,"俺妈叫我来找你,快回去吧,迟了就挖深了。"

坷垃那颗刚刚平静下来的心又被这突如其来的事件点燃成一团烈火熊熊燃烧起来了。他顾不得和毛妹再多说什么,也顾不得和站在旁边的许红珠招呼一声,紧握双拳,掉头就朝村里跑去,仿佛要去和谁拼命。

许红珠看坷垃那个样子真是又担心又害怕,担心他经受不住这一连串的打击给逼疯了,又害怕他失去理智之后会闯出祸来。刚才在家看到那村主任气呼呼的样子,她就知道对方不会善罢甘休,不幸被她言中了,她没想到会来得这么快。

凭直觉,她就觉得这是个有心计、有手段不好对付的角色,他先礼后兵,有软有硬;笑脸过去就是威逼,威逼过去就是不择手段地蛮干。这种人平时在村里作威作福惯了,是谁也惹不起的。他不同于一般的乡民百姓,他会钻政策的空子,会讲得头头是道,满嘴的新名词。在他这块小天地里,他的意志就是一切。别看他蛰居村里,和上面却有联系,也有对付上面的法子,既能迎合,又能软拖,还会欺哄人,弄得你摸不着头脑。

许红珠听说村主任亲自出面,知道来者不善,也深深知道坷垃不是村主任的对手,怕他吃了眼前亏,就急急忙忙地在后面追赶过来。

坷垃赶到蛇场的时候,十来个人还在沿着原来院墙挖沟。村主任叉着腰站在旁边,一边抽烟,一边黑丧着脸,仿佛那股怒气还没有出完。

那十来个挖沟人见坷垃气呼呼地跑了过来,有些胆怯。手中的家伙都慢慢地停了下来,不约而同地把目光转向村主任,看他的态度。

村主任不看坷垃,阴沉着脸抽烟,仿佛在进行一场冷战。

坷垃强压怒火走到村主任跟前,尽量克制着自己的感情,问道:"老叔,这是怎么回事?"

"你没看见吗?挖沟!"村主任哼了一声。

"怎么在这儿挖？"

"村里的地，怎么不能在这儿挖？"

"你这不是欺负人吗？"坷垃实在憋不住了。

"这你可说错了，这叫自卫措施。"村主任冷笑一声，又抽了一口烟，说，"这都是为你着想，为你好！蛇跑出来咬死了人怎么办？人命关天，你负得了这个责吗？"

"你，你，你这是胡搅蛮缠！蛇怎么会跑出来？"坷垃气得说不出话来。

"怎么不会跑出来？"村主任弹了弹烟灰，得意地说，"不是已经跑出来过了吗？我是一村之主任，得替村里人的安全负责！"

"挖一圈大沟，你叫我怎么过？怎么进蛇场？"坷垃质问地说。

村主任真有这方面的经验，不慌不忙，一边抽烟一边冷笑，摊开双手说："这个问题可就超出我的职权范围了，我是村主任，管不了蛇场的事。铁路上的巡警还是各管一段呢，我哪管得了那么多？"

"你还让不让我办蛇场？"

"我咋不让你办？你不是有钱吗？在上面又有面子！"村主任嘲弄地说，"叫上面给你批一架直升飞机，不是啥事都解决了吗？"

坷垃果然不是村主任的对手，直气得说不出话来，可又对他无可奈何。

许红珠看到事情已经闹僵了，只得到村主任面前劝解地说："村主任，坷垃有礼路不到的地方可以商量。这样做是不是太过分了，闹到最后大家都不好看。"

"你是干什么的？"村主任不认得许红珠，也没有见过，正在气头上，就冲了她一句，"这关你什么事？狗咬耗子多管闲事！"

"这怎么是多管闲事？路不平有人铲！"许红珠本是个厉害姑娘，因为是在坷垃家乡，出于一种面子，她才忍让着劝了一句，见村主任出言不逊，就火了起来，说，"你嘴里干净一点！"

坷垃带着傻大姐到村上来的时候，村主任见过，而且还寒暄过几句，后来听说是被坷垃拐骗来的，又有点吃惊。许红珠来的时间短，他还没有见过。尽管他觉得这个女人可能和坷垃有些什么关系，还是带着审视的目光盯着对方，问道："你是从哪来的？到这里干什么？"

"到我家来的，不用你管！"没等许红珠接腔，坷垃就冲了他一句。

村主任听许红珠说话的口音，就知道她是和傻大姐一个地方来的。刚

才被她抢白了几句,他怎甘心自己在一个姑娘面前失去面子?听她这么说,他似乎意识到了什么,狡猾地一笑,说:"好啊,坷垃你上次拐骗妇女,官司还没有打完,这次又拐骗一个。村里不能不管!不能任你打着办蛇场的旗号胡作非为。"

两个人没想到他会说出这样的话来,正在惊愕,村主任却狠狠地把烟头一甩,朝几个挖沟的年轻人说:"你们几个基干民兵,马上把他俩押到乡里去!"

几个年轻人看看村长,又看看坷垃和许红珠,都愣怔在那里没有动。尽管村主任发了话,但往乡里送自己村上的人毕竟不是小事,都迟迟疑疑地不肯近前。

村主任感到失了面子,气呼呼地说:"谁去?回来奖励二十块钱!不去,罚五十!"

几个年轻人在村长那威严的目光逼视下,只得扔下手中的家什,朝两人走过来。

坷垃气得发疯似的喊了一声:"谁敢碰她一指头,我放蛇咬死他个龟孙!"他说着几步跑进蛇场,就去开那门上的锁。

村主任知道坷垃是用这吓唬人,嘿嘿冷笑一声说:"好,我知道你会来这一招!把我家那几瓶1059农药掂出来,都倒进他那长虫窝里去,看是他的长虫厉害,还是这农药厉害!"

几个年轻人趁机跑去掂农药,两下里出现了相持的局面。

农药很快被掂回来了,村长打开瓶口,示威似的站在院里。

坷垃也打开了锁,示威似的站在门口。

挖沟的人们都躲得远远的看着,谁都知道闹起来会有多厉害。

空气骤然间紧张起来,仿佛随时都会爆炸,把这个小院子炸得粉碎。

"嘀嘀——"村头的大路上传来了喇叭声,冲破了这种沉闷紧张的气氛。

第 51 章 外地和尚会念经

一辆三轮摩托车缓缓地驶到蛇场门口，嘎的一声停了下来。

从摩托车上跳下来两个穿着黄色制服的人，艮瓜也坐在偏斗里，毛妹还在比画着给他说着什么。

艮瓜几乎是和蛇王同时到达县城的。

送走了蛇王，艮瓜始终觉得有点不大放心，一来感到蛇王年纪大了，出这么远的门需要人照顾，再说他到一个地方，人地两生，终归有很多不方便的地方。如果万一坷垃真的有什么意外，也需要有个帮手。二来，艮瓜也考虑到了另外一个方面，他想趁这个机会，借助蛇王的影响在县里活动一下，为他创办牛蛙养殖场打开局面。

艮瓜经历的坎坷毕竟多一些，他很了解在大浪沟这块地方，要办成一件事，开辟一条新道，没有上级的支持是寸步难行的。由于这种原因，他跟采桑妹商量了一下，就在后面追回来了。

艮瓜的想法是很实际的。俗话说："外地和尚会念经。"如果仅仅是艮瓜回到县城，谁也不会当回事，谁也不会接见他。可是，他跟着蛇王来到县药材公司的时候，身份就不一样了。药材公司设宴招待以后，县长很快就接见了他们。

艮瓜趁机说了他学养牛蛙的情况和采桑妹南北联营的打算，以及在大浪沟建立牛蛙养殖基地的设想；蛇王也帮助介绍了些广州方面出口牛蛙的行情。县长一口答应，当场拍板定案，并指定有关方面的负责人全力支持。

县长还要留蛇王好好聊聊，想了解一些南方乡镇企业的情况。艮瓜心里有事，就提前回来了。

艮瓜从贾经理那里，已经知道了坷垃回来创办蛇场受了不少挫折，也预料到自己创办牛蛙养殖基地，可能会比坷垃受到的阻力还要大。乡村里无理蛮缠、明欺暗夺的风很盛行，有不少专业户为对付这种无理纠缠，都请了保镖。他听说县里新近成立了保安公司，受理这方面的事情，就找到保安公司签订了合同，要他们负责蛇场和将要创建的牛蛙养殖基地的安全。刚签过合同，他就带着保安公司的两个同志看蛇场来了。

村主任看到两个穿制服的人并不怎么介意，以为他们是乡派出所的。他是一村之主任，和乡里派出所的所长经常在酒桌上见面，彼此熟得很，只是看到他们和艮瓜一起来，未免有些诧异。这几个人冲蛇场而来，想到必有事情，他只得放下手中的农药瓶子，上前打招呼说："艮瓜回来了？"

"回来了。"艮瓜从现场的情况，已明白了几分这里发生的事情。但出于一种初见面的礼节，他还是平静地问道："老叔这是唱的哪一出戏啊？"

村主任懂得先发制人的优势，看了两个穿警服的人一眼，说："这小子上次拐骗人家一个妇女，官司还没打完，这次又拐骗一个。我正说往乡里送他，他竟要放蛇咬人，真是无法无天了！"

"你说的她呀？"艮瓜大笑起来，嘲弄地说，"她是江南蛇王的闺女，来帮助坷垃养蛇的。"

"我不管她是谁，没跟村里打招呼，就是黑人黑户，我就得管！"村主任仍然鄙薄地扫了许红珠一眼，理直气壮地说。

坷垃看到艮瓜回来了，猜想着师父肯定也回来了，心里不由得感到一阵宽慰，一阵踏实，当众把村主任的老底抖了出来，说："他是倚仗权势故意刁难！煽动人扒了蛇场的院墙，揭了房上的瓦，还逼着我要安排他儿子到药材公司当占地工。我没答应他，他又派人挖沟，想把蛇场憋死！"

村主任被坷垃揭出了老底，恼羞成怒，脸变成了酱紫色，使劲地踢了脚下一块砖头，说："扒墙揭瓦关我什么事？我早有言在先，出了事我概不负责！地是村里的，谁敢不让挖！"

艮瓜看到越来越多的人围过来看热闹，就趁机说："蛇场已经同县保安公司签了合同，这两个同志就是县保安公司的。以后谁要是再来蛇场捣乱，保安公司的同志可不答应！"

人们愣怔了一下，不知道这保安公司是干什么的，都用惊异的目光打量着两个穿制服的人。

那两个保安公司的人看到这种情况，早就忍耐不住了。一个人掂起刚才村长踢过的那块砖头，大声说："我们保安公司就是负责企业和专业户的安全的。蛇场是我们保护的目标之一。以后谁要是敢再来破坏，别怪我们不客气。"他一边说着，一边伸开手掌劈去，那砖头当即被劈成两截。

另一个人抓起刚才挖沟用的一把铁锨，在膝盖上一磕那铁锨把"咔"

的一声折断了。

看热闹的人们见到这场景，吓得直伸舌头。那几个挖沟的人顾不得去捡自己的家伙，悄悄地溜跑了。人们一哄而散，谁也不敢再往前去了。

村主任看到两个人盯着自己，也吓得变了脸色，刚才那种气壮如牛的神气劲不见了，不由自主地往后退着。

艮瓜看到村主任吓软了，趁机上前说："我说老叔，你的胆子可真大呀！你也不看看眼下是啥年月了，还使你那一套老法子？哄抢专业户是要判刑的！我实话告诉你吧，等一会儿县长还要到村里来看蛇场。到时候坷垃歪歪嘴，在县长面前告你一状……你这村主任干不成倒是小事，那不花钱的小黑屋也不是光叫人家坐的！老叔你好好想想吧。"

村主任的小腿不由得抖动起来，头上也渗出了一层细细的冷汗。但村主任毕竟是村主任，抖动一阵子以后，那张略显得有点惨白的脸上出现了微笑，咧开的嘴巴上也出现了媚态，弯腰递给艮瓜一支烟，说："还是大侄子有见识，你老叔刚才是气迷了。其实，你老叔也不想跟谁过不去，都是村里爷们抬头不见低头见，何苦呢！不都是争那一口气嘛！要像你这样把话说明了，不是啥事都没有了嘛！过去是大叔的错，咱以后还是好爷们！"

艮瓜觉得好笑，接过对方的烟，故意问了句："那以后……"

"以后我保证大力支持！要是说话不算，你往老叔脸上吐口水。"村主任一边赌咒发誓，一边又给坷垃递烟，也不管他接不接，只管往他手上塞。

塞过烟，村主任赶忙夹起农药瓶往回走，一边走一边朝艮瓜说："大侄子，你刚回来，也快回家吧。"

看到村主任匆匆而去的狼狈相，艮瓜和坷垃相视一下，都笑了……

蛇王和贾经理谈得非常愉快，很感谢贾经理帮助坷垃建立了蛇场，也同意了贾经理的要求，把这作为一个分场，南北联营。

贾经理还提出，药材公司愿意投资，购买一些设备，提取蛇毒，同时建立一个小型的白花蛇加工厂，和蛇场配套。

蛇王看到贾经理是个干事业的人，有胆魄有气魄，也乐于和药材公司合作。两人又谈了一些具体的细节和设想，贾经理就跟有关方面汇报去了。

贾经理走后，蛇王一个人待在屋子里，想想和贾经理谈的情况，不由得又兴奋又担心：兴奋的是通过这样南北联合，加工配套，他的养蛇事

业必定会有大的发展，他多年的愿望可以实现了；担心的是，如果在这里建立分场，南北联合，坷垃必然得留在这里，不然的话，没人能够应付得了这种局面。要是坷垃留在这里，那女儿红珠呢？必然也会往这里来，家里岂不又剩他一个人孤零零的了？

要说起来，这并不是他的初衷。他原打算收这个徒弟，传给他绝技，是让他留在自己身边，寄予半子之托的，以便将来有人照应，老有所依。可事情发展到这个地步，坷垃要干一番事业，贾经理又如此热情合作，他还能再说什么呢？

其实，即使坷垃和许红珠都来到这里，眼下蛇王也不算孤单。

采桑妹毕竟还是认了他这个父亲，并且会经常去看他的。何况他临来的时候，他们又把桑姐儿送到了他的家里。

他忘不了相见的那天晚上，两人都悲喜交集，絮絮叨叨地谈了一夜。直到早上送他上路的时候，桑姐儿才说她这次来就不走了，要帮他养蛇，还要照顾他，补过去欠他的情，还他的债。桑姐儿说这话的时候哭了，他也感到眼睛有些湿润，但又找不出适当的话来安慰她，就说："等我回来，咱们就去登记……"

他相信由于桑姐儿的到来，他不会感到孤单了，可是细细想想，他和桑姐儿毕竟都老了，会有很多不方便的地方。

尽管采桑妹会不断地去看望他们，但她总还有自己的事业，有牛蛙养殖场，不能经常和他们在一起啊。

他心里总感到有些不踏实，又有些空落落的。

"许大伯……"外面传来一个既熟悉而又陌生的声音。这是一种亲切的江南乡音，听起来非常入耳，也倍感亲切。

他转过身来，一个姑娘拘谨地站在门口，用怯生的目光打量着他。

"你是……"他愣了，一下子想不起来她是谁，可她又分明是找自己的。

"认不出来了吗？"她笑了，笑得有些顽皮，又有些甜。

她这时已经不感到拘束了，没等蛇王往屋里让，就大大方方地走了进来。

"是有点忘了……"蛇王有些尴尬，自嘲地拍了拍自己的脑袋，说，"到底老了，你瞧我这记性……"

"我叫贾荷花！"她抿着嘴笑了起来，"咱们见过面的，瞧您这眼力！"

"荷花……荷花……"蛇王仍然皱起眉头，苦苦地思索着，可是他失败了。这也难怪，在桃花坞庙会上见过一面，当时她穿着那样花哨的衣服，又是在那样的情况下，他实在是认不准了。何况来到这里以后，贾经理只顾和他谈南北联合办蛇场的事，倒把这个事忘记告诉他了。他一下子怎么能想得出来是傻大姐。

傻大姐见蛇王真的没认出自己来，就"哧哧"地又笑了起来，笑得很开心，说："人家都叫我傻大姐，在桃花坞庙会上我见过您的，您怎么就忘了。"

"噢。"蛇王突然想起来了，她就是贾货的女儿傻大姐。

在这里突然间遇到她，蛇王难免有些意外，不由得升起了疑团，就问道："你怎么会在这里？"

"我吗？"傻大姐故意卖关子，说，"我在这做生意呀！"

第52章 以德报怨是人生的最高境界

"做生意？"蛇王有些惊愕，不相信地打量着眼前这个姑娘，试探地问道，"你在这做什么生意？"

"做烫发生意呀！"她有些自得地歪着头，说，"我现在是烫发师傅了！"

"噢。"蛇王有点相信了，点了点头，但很快地又问道，"你怎么知道我在这？"

"我当然知道了，电报还是我给你们发的呢！"她狡黠地笑着，说，"红珠已经来过了，我猜想着你肯定也会来的。怎么样？叫我猜着了吧？"

蛇王倒被她搞糊涂了，如坠五里雾中。眼前这个姑娘什么都知道，什么都明白，可自己却被蒙在鼓里。由于和贾货翻过脸，他本能地对眼前这个姑娘产生了几分戒心，想起了桃花坞庙会上抢亲的那回事，一种厌恶之情涌上心头。但他毕竟是个有涵养的人，看到人家姑娘一副笑嘻嘻的面孔跑来看自己，总不能太冷落了。何况，他又想知道一下内情，就客客气气地给对方倒了一杯水，问道："你什么时候到这里来的？"

"我跟坷垃一块来的。"她说，"有一个月了。"

蛇王的头猛然"嗡"了一下，浑身像电击一样。他没有预料到的事情发生了。坷垃对自己说，到这里来是为了看看行情，进行横向联系，他怎么会和这傻大姐一起来？莫非他们瞒着自己干了别的事情吗？难道自己看错了人？可是，坷垃又确实进行了横向联系，而且创办起了蛇场，不像欺哄自己的样子。难道说这里面另有原委？

他想不下去了，也不愿再多想了，就试探着问道："红珠呢？你见到她了吗？"

"见是见到了，只是还没说上话。"傻大姐看出了蛇王的情绪，又"咻咻"地笑了起来，顽皮地说，"开始在医院那阵子，她只顾得了坷垃，哪里还顾得了别的？这会在大浪沟两人只顾亲热哩，哪里还会记得起我？不是连您也没顾得上接吗？"

蛇王又被她说得有点摸不着头脑了，愣了愣，有点迷茫地打量着对方。

"事情是这样的。"傻大姐笑了一阵子以后，不想再跟蛇王兜圈子了，说，"从桃花坞庙会上回来以后，我就跟父亲闹翻了……"

听了事情的来龙去脉以后，蛇王长长地叹了口气，一时真是感慨万千，悲喜交集。他此时的心情是极为复杂的，说不上来是生气，是怨恨，是怜悯，还是同情。也许，各种各样的心情都有一些。

但是，他毕竟生活经历比年轻人深一些，问题也想得更远更细一点。想到姑娘和父亲闹翻以后，离家出走的处境，不由得又替她担起心来。尽管贾经理一番美意，提供房子让她在这儿开个烫发店，但寄人篱下，总不是个长久之计啊，总得有自己的归宿啊。

误解消除以后，代之而来的是一种深深的理解。他非常喜欢起这个有见识、有个性的姑娘来。可是，这么个通情达理的姑娘，却偏偏遇上了贾货这样的父亲！那心眼不正的贾货，却又偏偏生了这么一个多情多义、心地善良的女儿！

蛇王从她的谈话中，已经看出来她也深深地爱着坷垃。

可是，当她知道许红珠也爱着坷垃以后，就把这种感情悄悄埋在了心底，转化成了一种真挚的友情。这对一个姑娘来说，是多么大的牺牲啊！需要忍受多么大的痛苦啊！在坷垃突然发病的时候，她没日没夜地照料，又悄悄地给许红珠发电报报信，这是一个心地多么善良的姑娘啊！

这么一个纯真善良的姑娘，应该有一个圆满的归宿，应该有一个好的结果，不能这样寄人篱下，像无根草一样到处漂泊。他应该帮助她找到自己的归宿，可怎样帮助她呢？他一时又没了主意，想不出好的办法。

也许是对傻大姐产生了极大的好感，他又自然地想到了贾货。他觉得贾货也应该找到自己的归宿，不能再像过去那样浑浑噩噩地过下去了。

他恨过贾货，但由于傻大姐的原因，现在他却谅解了贾货。他们之间的恩恩怨怨也应该到此结束，不能再延续下去了。这不是什么传家之宝，也不是什么好东西，是不能再传给儿孙们的。眼下，他应该帮助贾货，也应该了结这种积怨。

尽管贾货一直打自己的主意，但终归是跟着潮流走，想早日富起来，按说这也是个好事，应该拉他一把。可自己怎么拉他呢？怎么转这个弯子呢？蛇王一时又没了主意，想不出办法了。

眼下，药材公司帮助坷垃在这里搞饲养白花蛇的分场，已经成为现实，而且南北联合，横向发展，对双方都有利。他又亲口答应了贾经理，

还商量了今后的规划，说出来的话不能不算数。他蛇王不能失信于人。

现在木已成舟，一切都不可挽回了，而他也不想挽回了。坷垃要留下来这也是无法挽回的现实，而红珠怎么办呢？她是一心恋着坷垃的，即使她愿意跟自己回去，他也不能答应啊。他是明白人，能眼睁睁地看着孩子为了自己天南地北地分居两处吗？他不能。

再说，他的蛇场也还得发展，总不能停步。尽管他可以支撑门面，但是外出联系，总还得有人哪。何况蛇场要是再发展，人手就更显得不够了。

桑姐儿虽然可以帮他料理一些杂务，使他免去了生活上的后顾之忧。但他们毕竟都老了，精力总显得不足，有时候难免会力不从心。

他自然而然地想到了眼前的傻大姐。傻大姐外憨内秀，是个懂事理、明大义的姑娘，而且又有一颗纯洁善良的心，要是能把她留在自己身边，那不是一切问题都解决了吗？只要傻大姐留在自己身边，那贾货也一定会摒弃前嫌，主动找上门来帮助自己。这样不是把弯子转过来了吗？

贾货固然有些可恶，可恨，有很多毛病，但那毕竟是过去的事了。这些年对生活的反思，他不会没有触动。何况，贾货也有他的长处，他有很强的活动能力和社交本领，他讲义气能吃苦，只要调教好了，是会有大用处的。他不相信，贾货的心不是肉长的，感化不过来。何况在这种时候帮他一把，那分量更不一样。

一种想法逐渐在蛇王脑海里形成了，他要把这种想法付诸现实。

"荷花姑娘，你打算以后怎么办呢？"他既关切而又试探地问道，"在这里烫发虽然可以，但终归不是个长久之计啊。"

这问话触动了傻大姐的心思，她脸上的笑容慢慢地消失了，渐渐地被一种淡淡的忧郁代替。她也是个有心计的姑娘，怎么会想不到这些呢？她想了很多，也想了很久，只是没想出什么好的办法，只好听之任之，随波逐流了。她苦笑了一下，神色惨淡地说："我也没什么长远打算，过一天说一天吧。一根竹竿通不到头，谁知道能够通到哪一节。"

"就没想到回去吗？"蛇王笑着问道。

"不回去。"傻大姐坚定地说，"我爹要是一直那个样子我就不回去见他！"

"净说孩子气话。"蛇王笑了，慈祥地望着眼前这个可爱的姑娘，说，"他纵有千般不是，可总是你爹呀。他会想你的。"

蛇王那慈爱的目光像一束火苗，燃起了姑娘心中的父女之情。她感到心中一阵酸楚。她咬了咬嘴唇，没有吭声。

"跟我回去学养蛇吧？"蛇王笑着问道，"我那里缺人手，想收你这个徒弟。"

"我？"她愣住了，惊愕了。她不相信，也不敢相信。

她父亲用尽心机，使尽手段，苦苦追求都没能得到的东西，会这么容易地降临到自己头上吗？自己怎么会如此幸运？

这来得太突然了，以至于她没有丝毫的精神准备，也就越发感到意外，越发感到令人费解。愣怔了半天，她才似信非信地问道："您不是逗我玩的吧？"

"不是的。"蛇王一脸诚恳，笑眯眯地说，"坷垃和你红珠妹妹在这里的情况，你都看到了。我老了，身边总得有个人哪。你是个好姑娘，和你父亲不一样，我看准了。你要是不嫌弃的话，就做我的干女儿吧。"

傻大姐从蛇王那堆满笑容的诚挚的脸上，终于相信了这一切都是真的，是实实在在的。眼前不是幻境，不是虚假，也不是玩笑，而是一种活生生的现实。她只感到有股热乎乎的东西往上涌来，鼻子一酸，扑到蛇王身上，喊了声："大伯……呜呜……"

"不要哭，孩子！"蛇王爱抚地摸着傻大姐的头，说，"不要再生你爹的气了，他也是想致富，又苦于找不到门路才这样干的。我相信他会明白过来，也会致富的。过一段时间我请他来，咱们两家合到一起干，再和这里南北联合，配套加工，轰轰烈烈地干他一番事业！"

"呜，呜……"不知道是兴奋，还是受了感动，傻大姐哭得更痛快了，丰满的身腰颤抖着，像起伏的曲线……

贾经理不知什么时候回来了，看到这种情况，先是一阵愕然，然后又开心地笑了……

太阳照在大浪沟的河面上，宁静的河面又像往常一样，燃起了熊熊的大火。波动的涟漪和跳动的光斑融为一体，像一团团火球在河面上滚动、蔓延，使人感到眼花缭乱。不知从哪里飞来一叶渔舟，在熊熊燃烧的河面上划过，冲得那一束束火苗七扭八歪，仿佛巨大的灭火器一样，把燃烧的河面划出一个隔离带，阻止火势的蔓延。

坷垃和许红珠站在小桥边，倚着那株弯腰的老柳树，满腹惆怅地望着河面。

平息了那场挖沟断路的风波之后，县保安公司的两个人开着摩托车回去了。艮瓜刚刚回来，免不了要在家里团聚一番，说说在外面的情况。

他俩知道蛇王要到大浪沟来，就在村外等着。

不知等了多久，终于有一辆面包车下了公路，掉头拐上了小桥。也许是发现了站在河边的两个人，那面包车缓缓地驶过小桥，靠着路边停了下来。

看到驶来的面包车在路旁停下，两人都意识到是蛇王来了，赶忙迎了上去。

第 53 章　创业的路是漫长的跑道

　　面包车上的滑动门缓缓拉开了，果然是蛇王从车上跳了下来。
　　许红珠抢先迎了上去，埋怨地说："爸爸，既然来了还在城里磨蹭什么？到现在才来！"
　　蛇王并不知道两人此时的心情，笑了笑，说："你们知道我来了，怎么还不到城里接接我？就不怕我摸丢了吗？"
　　"还去接你呢！这里闹翻了天，就差没有打起来了！"许红珠赌气地说。
　　"噢？"蛇王这时才发现两人的气色有些不大对劲，又看到坷垃在一旁呆呆地发愣，似乎有一肚子委屈和怨恨，就意识到出了什么事情。蛇场出现的讹诈和哄抢事件，他已听贾经理说了，那都是平息过的事了。而且贾经理已经给村里开过会，了结过了，怎么又会闹翻了天？莫非又出事了吗？他就问坷垃道："又出了啥事情？"
　　坷垃哭丧着脸，脑袋勾着，一副没精打采的样子，说："外面逼，家里闹，我母亲也气走了……"
　　蛇王感到事情比他想象得还要严重，就问许红珠："都是谁闹腾的？为啥闹腾？"
　　许红珠满腹怨气地说："这也怪不得坷垃伤心，一般群众来闹腾也就算了，可恨的是村主任也来逼他。他母亲也吵不休。能不把人气昏头吗？谁能受得了！"
　　"还是讹诈钱吗？"蛇王问道。
　　"比讹诈钱还厉害呢！说蛇场占了村里的地，得安排占地工。"许红珠说。
　　"什么？安排占地工？"蛇王没料到还会有这一招，就问道，"他叫安排啥人？往哪里安排？蛇场吗？"
　　"自然是村主任的儿子，要安排到药材公司当工人。"坷垃说，"这事我能做得了主吗？刚一推辞，村主任就变了脸，说蛇场若不答应，就别想安宁一天，出了事他概不负责！"
　　"噢——"蛇王脸上掠过一丝不易觉察的苦笑，轻轻地摇了摇头，说，"就为这事闹腾起来的吗？"

"他煽动人揭了蛇场房上的瓦，扒了院墙，还要挖沟断路。"许红珠气愤地说，"我刚接腔，他又说我是被圪垃拐骗来的，要往乡里送。若不是艮瓜哥带着县保安公司的人来，我们说不定就被送到乡里去了，还怎么去接你！"

"这么厉害吗？"蛇王有点被激怒了。一路上他曾和贾经理、莘县长谈过办蛇场的艰难和可能会遇到的阻力，却没想到情况会如此复杂，怪不得莘县长非要亲自来看看不可，原来他对下面的情况摸得很透。

"师父，咱们把蛇场搬走吧，在这里实在太难了！"圪垃拉着蛇王的胳膊，悲愤地说，"我满腔热情地想开辟一条致富门路，带领全村人富起来，没想到事情会这么艰难……"

蛇王轻轻地用手抚摸着圪垃那被河风吹得蓬乱的头发，叹了口气。他深深理解这个年轻人此时的苦闷心情。也许他涉世太浅了，并没有领悟到世事的艰难，在创业中过多地想到了成功，而把失败和挫折估计得不足。而现实生活中，人们往往也是只看到创业者在事业上的成功，为他捧上一束庆功的鲜花，对于没闯出来的失败者，就很少有人知道了。其实，哪个创业者不是踏着挫折、失败的奠基石走过来的？哪个人的创业档案里不是装着一大堆艰苦磨难的记录？这里面有忍辱负重，有顽强挣扎。这些，他都经历过尝试过，于是深沉地说："孩子，你还年轻，要知道，在社会上办成任何一件事情，都不是那么容易的。但有一点你要记住，那就是成功不要疯狂，失败不要丧气！"

圪垃望着师父，使劲地点了点头，似乎明白了，又似乎还有些迷茫。创业实在太难了。

蛇王看出了圪垃心中的惶恐和不安，轻轻地拍了拍他的肩膀，慈爱地说："孩子，作为你的师父和长辈，我有一句紧要的话告诉你，也许会对你有些启示：要教会人掌握一门技术是容易的，可要教会人在复杂的社会上站得住脚，那是最难最难的啊！这种学问书本上没有，全靠自己摸索，处理好各种人际间的关系，处理好社会上各种矛盾，实在是不容易的。这些东西，师父平时给你讲得甚少，对不住你啊！"

圪垃听着蛇王的肺腑之言，眼睛湿润了，呜咽着说："师父，您别说了，我……"

"好！"蛇王狠劲地在圪垃的背上拍了一掌，说，"师父过去碰过的挫折比你多得多，但是一挺腰都过来了。路是人走出来的！碰了壁不拐弯，硬着腰杆走到底，这才像我的徒弟！"

"师父！"坷垃趴在蛇王的胳膊上，像孩子般地哭了起来。

原来面包车里还有那么多的人！看到蛇王一直不上来，只顾在下面说话，人们又都一个个下来了。

最先下来的是一个胖胖的中年人，四十多岁，个子虽然不高，却显得极有精神和风度，下车后朝这边打量了一下便缓缓地走了过来。

药材公司的贾经理紧跟在中年人后面，态度极其谦恭而又热情。

骆驼老汉也下来了，他只是远远地站着，怯生生的，一副没见过世面的样子，又不时地摸着面包车的滑动门，似乎是在欣赏，又似乎是在炫耀，他也是坐面包车来的。

傻大姐也随后从车里钻了出来。她是极其精明的，大概猜出了下面发生的事情，只是咪咪地笑着，不肯近前。

那胖胖的中年人没走到坷垃跟前，就爽朗地笑着，问道："这就是土坷垃同志吧？"

坷垃一愣，听口气就知道来人的身份非同一般。他望了望师父，希望能从师父口中得知来人是谁。可是，还没等蛇王开口，跟在后面的贾经理就抢上前一步介绍说："这是咱县的莘县长，特地来看望你。"

"噢！莘县长！"坷垃叫了一句，上前紧紧握住那只海绵般柔软的手，有些受宠若惊，诚惶诚恐的样子。

这是一县之尊，几十万人口的父母官。乡里人平时只能在有线广播里听到他那抑扬顿挫、铿锵有力的讲话声，很难有机会亲自见到他。他能亲自到村里来，而且是来看望他土坷垃，这是多大的荣耀！坷垃一下子不知道说什么好了。

"许师傅，感谢你带出了这么个大徒弟，也感谢你为我们县培养了这么个人才啊！"莘县长又极其亲热地和蛇王拉起话来，解脱了坷垃的困境。

"哪里，哪里！莘县长能亲自过问蛇场，关心蛇场的建设，蛇场一定能办得兴旺起来。"蛇王也客气地说。

贾经理悄悄把坷垃拉到一旁，说："你遇到的麻烦，我都跟县长汇报过了。莘县长很支持你，要亲自抓这个典型，已经跟你师父谈好了，你师父也同意南北联合。有莘县长撑腰，你就放心大胆地干吧。这不，他还专门写了个牌子，叫钉在蛇场门口。你看看——"

贾经理拿出了一个像奖状大小的红木牌，递给坷垃。

坷垃接过红木牌，只见上面用黄漆工工整整地写着：

云和县大浪沟蛇场

场长：土坷垃

　　联系人：县长莘大明

　　"怎么样，坷垃？"贾经理兴奋地望着对方，说，"回去就把牌子钉在门上。从今以后，看谁还敢来胡闹！"

　　坷垃望着那块红底黄字的木牌，觉得有一股热流在周身激荡。他望了望师父，又望了望莘县长，不知不觉地眼睛湿润了，慢慢地又觉得几颗泪珠淌到了嘴里。

　　那泪水是咸的，又有些苦涩，到最后还有些甜甜的感觉。

　　"好好干吧！坷垃同志，你现在年轻，正是为家乡建设出力的时候！"莘县长拍了拍坷垃的肩膀，说，"你们村的赵根华同志也跟我谈过了，他准备创办牛蛙养殖基地，这是个很好的计划。我希望你们都搞南北联合，将来条件成熟了，就成立个联合公司，我来当你们的名誉经理，大力支持你们，你看够意思吧？"

　　"那太好了，太好了！"坷垃被莘县长的热情感染，一时不知说什么好了。

　　许红珠望着眼前的热烈场面，一直插不上嘴，只是在一旁静静地站着，听着他们的谈话。她突然想起了什么，就悄悄拉住蛇王的胳膊，问道："爸，你打算什么时候回去？"

　　蛇王笑了笑，说："帮坷垃把蛇场料理一下，过几天就走。"

　　"那我呢？"许红珠狡黠地望着父亲，似乎在试探着什么。

　　"你的意思呢？"蛇王从女儿的眼神中已明白了一切，故意问道。

　　"我当然跟你一块走了。"许红珠撒娇地说。

　　"你来了可就走不了啦！"贾经理哈哈大笑起来，上前截住了话头。他很精明，逗趣地说，"我们已经跟你爸爸商量好了，把你留下来，跟土坷垃同志一块办蛇场！只是事先没有征求你的意见，我替你做主了。我想……我想你不会不感谢我吧？啊，哈哈哈！"

　　"那怎么行呢？那怎么行呢？"许红珠被他说得有些不好意思起来。

　　"怎么不行呢？"贾经理故意问道，"是不是对坷垃有意见？或者是嫌我们这大浪沟河里水浅，养不住你这条大鱼？"

　　"大浪沟连你贾经理这条龙都藏住了，何况我这条小鱼！"许红珠嘴不饶人。

　　"那为什么呢？不是故意说给我听的吧？"贾经理倒喜欢她这种快人快语的性格，笑嘻嘻地又问道。

到底为什么呢？许红珠自己也说不上来。这回她并不是故意做作，而是有些犹豫了。平心而论，刚才那阵子，她真担心父亲会带她一起走，不让她留下。

等到真的要她留下，她又犹豫了。女孩子的心是多变的，也是细腻的，想到别人的往往比想到自己的还要多。父亲这么大年纪了，一个人孤孤单单地怎么生活？突然离开终日相依为命的女儿，怎么舍得？万一有个头疼脑热的，谁来侍候？谁来烧茶送水？她不能不想到这些，不能离开年迈的父亲。

"我父亲年纪大了，需要人照顾。"她终于说出了自己的担心。

"这个你就放心吧！我们早替你考虑到了，你父亲也已安排好了。"贾经理仿佛早已成竹在胸，笑呵呵地望了望远处的傻大姐，说，"你父亲已经收贾荷花为徒弟了，她会像你一样照顾老人家的！"

"真的吗？"事情发生得太突然，许红珠简直有些不相信。

"这还会有假的？在城里已经举行过拜师仪式了！"贾经理认真地说，"你又多了个姐姐，没有想到吧？啊，哈哈！"

"爸爸，这是真的吗？"许红珠急不可待地又问蛇王。

"真的！你就放心吧！"蛇王笑着点了点头，说，"过两天，荷花就跟我一块回去，我们会经常来看你的。"

许红珠还能说什么呢？她只感到心头一阵热，愣怔了片刻，便大步朝傻大姐跑去，一边跑一边喊道："荷花姐……"

面包车又欢快地向前飞驶，后面扬起了一阵尘烟，也留下了几道清楚的痕迹……

那痕迹很长很长，像创业的崎岖小路，又像人生漫长的跑道……